NICOLE ALFA

KICKING YOUR LOVE

IMPRESS

© MAKEMOHRFOTO Erding

Nicole Alfa schrieb bereits mit elf Jahren die Erstfassung für ihre Debütreihe. Nachdem sie ihre Manuskripte auf einer Plattform für Autoren hochlud und dort Zuspruch von ihren Lesern bekam, verfestigte sich ihr Wunsch, Schriftstellerin zu werden. Oft lässt sie sich für ihre Charaktere und deren Schicksale durch ihre Umgebung, Erfahrungen, Musik oder Fotos inspirieren. Ihr Motto ist es, nicht aufzugeben, auch wenn andere sagen, dass es unmöglich ist.

Für alle Raileys dort draußen

Vorbemerkung für die Leser*innen

Liebe*r Leser*in,

dieser Roman enthält potenziell triggernde Inhalte. Aus diesem Grund befindet sich hier eine Triggerwarnung. Am Romanende findest du eine Themenübersicht, die demzufolge Spoiler für den Roman enthält.

Entscheide bitte für dich selbst, ob du diese Warnung liest. Gehe während des Lesens achtsam mit dir um. Falls du während des Lesens auf Probleme stößt und/oder betroffen bist, bleib damit nicht allein. Wende dich an deine Familie, Freunde oder auch professionelle Hilfestellen.

Wir wünschen dir alles Gute und das bestmögliche Erlebnis beim Lesen dieser besonderen Geschichte.

Nicole Alfa und das Impress-Team

Playlist

Numb – NEFFEX
Swing of Things (Remix) – MAY-A feat. Powfu
Girls Like Us – Zoe Wees
Lay It All on Me (feat. Ed Sheeran) – Rudimental
Unstoppable – Sia
Colors – Halsey
Bleeding Love – VAMERO & LIZOT
I Believe I'm Fine – Robin Schulz & HUGEL
Ghost – Jacob Lee
Iris – Natalie Taylor
like that – Bea Miller
I Like Me Better – Lauv
Gone Are The Days (feat. James Gillespie) – Kygo
All Nighter (Dark Heart Remix) – OVERSTREET
Bird Set Free – Sia
Stronger (feat. Kesha) – Sam Feldt
The Power of Love – Gabrielle Aplin
Never Forget You – Zara Larsson & MNEK

Prolog

Drei Jahre zuvor

»Railey Young«, werde ich namentlich aufgerufen.

Ich atme einmal tief durch, um meine zitternden Hände und mein klopfendes Herz unter Kontrolle zu bringen.

Aufgeregt trete ich an den anderen Teilnehmern vorbei und stelle mich vor die drei in schwarze Jogginghosen und T-Shirts gekleideten Kampfrichter, die mir freundlich zunicken.

Einer von ihnen ist Steven, mein Kickbox-Trainer. Er hält eine Urkunde in der einen Hand und einen Pokal in der anderen. »Herzlichen Glückwunsch.«

Strahlend nehme ich die Urkunde und den glänzenden Pokal entgegen. Auf diesen Moment habe ich seit Wochen hingefiebert: Ich habe an meinem ersten Turnier im Kickboxen teilgenommen und den Titel für die Regionalmeisterschaft in meiner Gewichtsklasse gewonnen!

Überglücklich stelle ich mich zurück in die Reihe, als der nächste Gewinner einer anderen Gewichtsklasse seine Urkunde erhält. Ich schiele heimlich nach links zu Miles, einem Schüler aus meinem Verein, und werde knallrot, weil er mich ansieht. Seine blonden Haare hängen ihm wirr in sein breites Gesicht und seine himmelblauen Augen funkeln mich an. Ein angenehmes Flattern breitet sich in meinem Magen aus.

Als er mir zuzwinkert, werde ich rot. Miles hat meinen Kampf mitverfolgt, weshalb ich mehr als stolz bin, ihn gewonnen zu haben. Doch dann wendet er sich wieder seinem Kumpel neben ihm zu und die beiden tuscheln miteinander.

Nachdem jeder Teilnehmer seine Urkunde erhalten hat, renne ich aufgeregt zu meiner Familie, die wie alle anderen Angehörigen und Freunde auf der anderen Seite der Turnhalle gewartet und sich von dort aus die Kämpfe angesehen hat.

»Du hast es geschafft!«, jubelt mein Zwillingsbruder Dean. Er strahlt über das ganze Gesicht und umarmt mich stürmisch.

»Ja«, gebe ich fröhlich zurück, als wir uns voneinander lösen, werde dann jedoch traurig. »Schade nur, dass du nicht mitmachen konntest.«

Dean, der sich vor ein paar Wochen beim Training das Kreuzband gezerrt hat und deshalb nicht am Turnier teilnehmen konnte, zuckt mit den Schultern.

»Das nächste Mal bin ich wieder mit dabei, Schwesterchen«, meint er und lächelt mich zuversichtlich an.

Dann tritt unser großer Bruder Reece an ihm vorbei. Stolz zeichnet sich in seiner Miene ab, als er mich feierlich in seine Arme zieht. Glücklich schmiege ich mich an ihn. Er ist nicht nur mein großer Bruder. Er ist mehr als das. Er ist mein bester Freund.

Reece löst sich wieder von mir und legt wie Steven zuvor seine Hand auf meine Schulter. »Das hast du toll gemacht, Railey. Ich wusste, du wirst es schaffen.«

Obwohl nur Dean und ich Zwillinge sind, sehen wir uns alle ziemlich ähnlich. Wir haben dieselben dunkelbraunen, fast schwarzen Haare, stechend blaue Augen und ein herzförmiges Gesicht. Manchmal denken die Leute, wir wären Drillinge. Wobei Reece ein wenig größer ist als Dean und ich.

Unser Dad steht neben unserer Mom und hat ebenfalls ein glückliches Strahlen im Gesicht. Dad kam erst letzte Woche von seinem Einsatz zurück und hat jetzt für ein paar Wochen frei. Er arbeitet in der Army im Iran an der Grenze zu Afghanistan, wo er Soldaten ausbildet.

In der Zeit seiner Abwesenheit ist Reece für uns da, so wie er immer für uns da ist. Reece ist etwa drei Jahre älter als Dean und ich und fängt jetzt sein letztes Jahr an der Highschool an. Seine Kumpels unternehmen heute zum Abschluss der Sommerferien einen Trip nach Kalifornien ans Meer. Aber er ist hiergeblieben, damit er mir bei meinem ersten Wettkampf zuschauen konnte.

»Lasst uns zur Feier des Tages Essen gehen«, schlägt Mom vor.

»Du willst dich bestimmt noch schnell von deinen Freunden verabschieden, oder? Wir gehen schon mal vor und warten am Auto auf dich«, meint mein Vater und zwinkert mir verschwörerisch zu, sodass ich mich mit glühenden Wangen abwende. Meine ganze Familie weiß, dass ich in Miles verknallt bin.

Nachdem sie gegangen sind, schlendere ich mit klopfendem Herzen zu Miles und seinem Kumpel. Beide sind zwei Jahre älter als ich, haben aber denselben Gürtel, das heißt denselben Ausbildungsgrad wie ich. Wir haben etwa zur gleichen Zeit mit dem Kickboxen angefangen und sind seitdem so etwas wie Freunde. Wobei ich die ganze Zeit über hoffe, dass Miles in mir mehr als nur irgendeine Freundin sieht.

Miles hat mir den Rücken zugewandt und sieht mich deshalb nicht auf ihn zugehen. Trotzdem höre ich, was er sagt. »Krass, dass sie sich den Meistertitel in ihrer Gewichtsklasse geholt hat. Auch wenn es nur die Regionalmeisterschaften sind. So lange ist sie ja noch nicht dabei und es war ihr erstes Turnier. Railey ist für ein Mädchen echt gut«, meint er zu seinem Freund. Vor Aufregung und Stolz macht mein Herz einen Satz.

»Klingt, als ob sie dir gefällt?«, erwidert sein Freund und stößt ihn mit der Schulter an.

»Sie ist ja ganz nett und niedlich«, entgegnet Miles. »Aber sie ist überhaupt nicht mein Typ. Sieh sie dir an, wie winzig sie ist. Ich stehe auf richtige Frauen. Nicht auf kleine Mädchen, die aussehen wie aus der Elementary School. Die wird wahrscheinlich für immer so kindlich bleiben. So eine will doch niemand daten.« Er lacht über seinen eigenen Witz und sein Freund stimmt lauthals mit ein.

Mein Herz, das gerade eben noch sehr schnell geschlagen hat, bleibt stehen und zerbricht in Millionen von Scherben. Das Atmen fällt mir schwer. Tränen schießen mir in die Augen.

Bevor sie mich bemerken können, drehe ich mich um und laufe davon. Am Ausgang der Turnhalle wartet Reece auf mich. Er lehnt lässig an der Wand, die Hände in seine Hosentaschen geschoben.

Als er die Tränen in meinen Augen bemerkt, verändert sich seine Miene. Er stößt sich von der Mauer ab, kommt auf mich zu und schließt mich in seine Arme.

»Was ist denn los, Railey?«, will er wissen und streicht mir zärtlich durch die Haare.

»Er ... er ... er hat gesagt, dass er mich nicht attraktiv findet, weil ich so klein bin wie ein Kind«, jammere ich und schäme mich im nächsten Moment, weil ich nicht nur aussehe wie ein kleines Kind, sondern mich gerade auch so verhalte. Aber Miles' Worte haben mir wehgetan.

Reece legt seine Hände auf meine Schultern und sieht mich eindringlich an. »Sag so etwas nicht. Du bist zwar kleiner als andere Mädchen in deinem Alter, aber das ist doch nicht schlimm. Außerdem bist du noch viel zu jung für einen Freund. Du hast genügend Zeit, einen zu finden. Du bist sehr hübsch, Railey. Und schlau. Außerdem zählen die inneren Werte mehr als die äußeren. Wenn er dich so, wie du bist, nicht mag und so oberflächlich ist, dann hat er dich nicht verdient. Irgendwann wirst du schon den Richtigen finden. Genau dann, wenn du es am wenigsten erwartest.«

Kapitel 1

Hatte Reece recht? Würde ich wirklich den Richtigen finden, wenn ich es am wenigsten erwartete?

In dem Augenblick, in dem ich hörte, was Miles über mich sagte, dachte ich, meine Welt bricht zusammen. Dabei tat sie das nicht in diesem Moment. Miles' Worte zogen lediglich Risse durch mein Herz. Es zerbarst erst vollständig, als Reece nicht mehr da war.

Mein Leben veränderte sich schlagartig, sodass ich es nicht mehr wiedererkannte. Innerhalb kürzester Zeit war so viel geschehen. Dinge, die mich völlig überforderten. Dinge, von denen ich geglaubt hatte, sie würden nie Realität werden. Doch das wurden sie.

Das Leben hatte mir mit voller Wucht den Boden unter den Füßen weggerissen. Es zerbrach in tausend Scherben, die mich wie eine unerwartete gewaltige Flutwelle überrollten. Sie überraschte und erdrückte mich. Raubte mir die Luft zum Atmen. Jedoch konnte ich nichts dagegen tun. Jede einzelne Erfahrung, jeder einzelne Schicksalsschlag, jedes einzelne Ereignis – auch wenn es noch so klein und unbedeutend war – brannte sich wie heißes Feuer in meine Haut. Manche Wunden verheilten. Aber ihre Narben blieben als Erinnerung.

Es war, als wäre ich aus einem Traum herausgerissen worden. Einem Traum, in dem die Welt noch in Ordnung war. Stattdessen wurde ich in die harte Realität katapultiert. So gerne ich zurück in die Vergangenheit rennen wollte, eine unnachgiebige Tür hielt mich davon ab. Diese Tür verschloss sich, bewahrte die Vergangenheit vor mir und zwang mich dazu, in der Gegenwart zu bleiben.

Alle wollten, dass ich losließ und weiterlebte. Ich lebte weiter. Loslassen konnte ich jedoch nicht. Verzweifelt klammerte ich mich an meiner Vergangenheit fest, als wäre sie der rettende Anker inmitten der stürmischen See. Niemand verstand mich. Niemand wusste, wie es war, wenn man einen geliebten Menschen verlor, der nie wieder zurückkehren würde.

Ein lautes Klingeln reißt mich aus meinen Gedanken. Blinzelnd löse ich die Finger von der Tastatur, um den Wecker auszumachen. Ich war so im Niederschreiben meiner Gefühle versunken, dass ich die Zeit ganz vergessen habe. Es ist fast fünf. In einer Stunde beginnt unser Kickboxtraining, das jeden Freitagabend im örtlichen Sportverein stattfindet.

Da ich mich noch fertig machen muss, speichere ich den geschriebenen Text in meinem *Gedanken*-Dokument ab. Dort halte ich all meine Überlegungen und Sorgen fest, wenn es mir nicht gut geht.

So wie heute. Denn vergangene Nacht habe ich wieder von *ihm* geträumt. Der Traum war eine Erinnerung. Eine Erinnerung an damals. An mein erstes Turnier im Kickboxen, als *er* noch gelebt und mich nach Miles' bösen Worten getröstet hat. Sie hat die Trauer wieder hochleben lassen, weshalb ich meine Gefühle niedergeschrieben habe. Danach geht es mir immer besser.

Als Nächstes lade ich ein bereits vorgeschriebenes neues Kapitel meines Buches hoch, das ich auf einer kostenlosen Schreibplattform veröffentliche. Jeden Freitag teile ich vor dem Training ein neues Kapitel mit meinen mittlerweile fast zehntausend Lesern. Die Deadlines, die ich mir somit selbst gesetzt habe, sind motivierend. Ebenso wie das Wissen, dass die Leser jede Woche darauf warten, wie es weitergeht.

Nachdem der erfolgreiche Upload bestätigt wurde, klappe ich den Laptop zu. Dann packe ich meine Tasche zusammen und warte ungeduldig auf meinen Zwillingsbruder.

»Hast du's endlich?!«, rufe ich entnervt und klopfe zum gefühlt hundertsten Mal gegen die Badezimmertür. Dean hält sich jetzt gefühlt seit einer halben Ewigkeit darin auf. Es ist jedes Mal dasselbe mit ihm und dem Bad.

»Gleich, ich muss noch meine Haare trocknen«, gibt er empört zurück. Ich höre, wie er den Stecker in die Steckdose steckt und den Föhn anschaltet.

Genervt schlage ich meinen Kopf gegen die Tür. Er braucht jeden Tag eine halbe Ewigkeit, um sich fertigzumachen, bevor er aus dem Haus geht. Dabei ist das Gestyle umsonst, da wir nach dem Training ohnehin total zerzaust und verschwitzt sein werden.

»Dean, mach jetzt diese verdammte Tür auf oder ich breche sie ein! Ich brauche nur schnell meinen Haargummi, dann kannst du wieder abschließen!«, rufe ich, als er sich nach fünf Minuten immer noch föhnt, und sehe erneut auf die Uhr auf meinem Handydisplay. Wenn er so weitermacht, kommen wir zu spät.

»Wozu der ganze Aufwand? In spätestens einer Stunde ist deine Frisur doch sowieso ruiniert«, schimpfe ich, als er endlich die Tür öffnet und ich ins Bad stolpere. »Warum bist du nicht angezogen?«, frage ich ihn, da er nur in seiner Unterhose bekleidet vor dem Waschbecken steht und sich im Spiegel begutachtet.

Der penetrante Duft seines übermäßig verwendeten Eau de Toilette kriecht mir in die Nase und lässt mich niesen. »Hast du in *CK One* gebadet, oder was?«, frage ich angewidert.

»Gerade weil ich in einer Stunde sowieso wieder schwitzen werde, habe ich in *CK gebadet*«, verteidigt er sich gespielt empört. »Im Gegensatz zu dir ist es mir nicht egal, was andere über mich denken.«

Kopfschüttelnd schnappe ich mir meinen schwarzen Haargummi, der auf der Ablage über dem Waschbecken liegt. Es ist mir ganz und gar nicht egal, was andere über mich denken. Aber ich sehe es nicht ein, warum ich mich extra für ein eineinhalbstündiges Training aufstylen sollte.

»Weißt du, früher haben sich die Weibchen immer das Männchen gesucht, das am meisten gestunken hat«, sage ich und gehe zurück auf den Flur.

»Das war vor vielen tausend Jahren. Außerdem gab es da noch kein Deo«, ruft mir Dean nach, als ich in mein Zimmer laufe, um meine Sporttasche zu holen.

Nachdem ich wieder zurück auf den Flur getreten bin, fällt mein Blick auf die Tür zu Reece' ehemaligem Zimmer neben meinem, das jetzt als Gästezimmer dient. Ein Stich bohrt sich in mein Herz. Wie sehr wünsche ich mir, er wäre noch hier. Doch er ist weg. Er wird nie wieder zurückkehren und wir müssen jetzt damit leben.

Er ist schon tot. Dean könnte auch noch sterben, schießt es mir plötzlich durch den Kopf. Es ist ein reiner Zwangsgedanke, den ich seit seinem Tod häufiger habe.

Obwohl ich weiß, dass das, was ich tue, totaler Blödsinn ist, gehe ich drei Schritte zurück und konzentriere mich, aus Angst, dass der Gedanke Realität werden könnte, fest auf das Mantra, dass Dean *nicht sterben* wird.

Dann laufe ich nach unten und warte vor der Haustür ungeduldig auf meinen eitlen Zwillingsbruder. Da Mom und Dad noch arbeiten müssen, sind wir allein. Dean kommt fünf Minuten später endlich fertig angezogen in Jeans, T-Shirt und Jacke mit seinem Rucksack auf dem Rücken gemächlichen Schrittes nach draußen.

»Es ist so ein Klischee, dass es immer heißt, Mädchen würden länger brauchen als Jungs. Du bist das perfekte Beispiel dafür, dass es nicht so ist«, meine ich und hole mein Fahrrad aus der Garage, die ich zuvor per PIN-Eingabe geöffnet habe. Meine Sporttasche klemme ich auf den Gepäckträger, damit sie mich beim Fahren nicht stört.

»Ich will gut aussehen und riechen«, kommentiert Dean, der sein Fahrrad ebenfalls nach draußen schiebt und einen Schalter drückt, damit sich das Garagentor wieder schließt. Im Gegensatz zu mir hat er keinen Gepäckträger. Deshalb hat er seine Sportsachen in seinem Rucksack verstaut.

»Ein einfaches Deo hätte gereicht«, erwidere ich. »Außerdem sind wir viel zu spät dran.«

»Stress nicht so herum, Railey«, antwortet Dean mit einem Blick auf seine Armbanduhr. »Das Training beginnt erst in einer halben Stunde und wir brauchen nur fünf Minuten, bis wir da sind. Wir sind also super in der Zeit.«

Schließlich setzen wir unsere Helme auf und schwingen uns auf unsere Fahrräder. Dann radeln wir die Einfahrt an unserem gepflegten Vorgarten entlang durch unser Wohnviertel in River Hill – einer typischen amerikanischen Vorstadt in Arizona mit Kindergarten, mehreren Schulen, Einkaufs- und Freizeitmöglichkeiten.

Bis auf die verschiedenen Farben der Hauswände sehen alle Häuser in unserem Viertel so gut wie gleich aus. Die Straßen sind in regelmäßigen Abständen mit Laubbäumen gesäumt. Da wir in einer ruhigen Gegend wohnen, kommen uns nur ein paar Autos entgegen. Dafür sind auf den

Fußgängerwegen und auf der Straße aufgrund des sonnigen, warmen Wetters einige Spaziergänger und Radfahrer unterwegs.

Nach nur wenigen Minuten taucht vor uns die kleine Turnhalle auf, in der wir ein- bis zweimal in der Woche Kickbox-Training haben.

Wir fahren auf den Parkplatz davor, der von mehreren Bäumen umgegeben ist, und halten bei den Fahrradständern, an denen schon zwei Fahrräder lehnen. Dean hat sein Fahrrad schneller als ich abgeschlossen und stürmt schon voller Vorfreude in das alte Backsteingebäude. Im Vorraum kann ich ein paar Jungen und Mädchen ausmachen, die ihn begrüßen.

Da ich noch genug Zeit habe, ziehe ich mein Handy aus meiner Tasche auf dem Gepäckträger und überfliege meine neuen Benachrichtigungen. Die ersten Leser haben das neue Kapitel schon durchgesuchtet und Votes sowie Kommentare hinterlassen. Ihr Feedback ist sehr hilfreich, um mich zu verbessern. Jedes Mal, wenn ich ein neues Kapitel hochlade, warte ich sowohl gespannt als auch ungeduldig auf neue Rückmeldungen.

Als ich allerdings den ersten Kommentar durchlese, spüre ich einen Stich im Herzen.

> Bisher hat mir das Buch ganz gut gefallen und nach dem bösen Cliffhanger von letzter Woche habe ich mich schon auf das nächste Kapitel gefreut. Nach dem ewigen Hin und Her haben sie sich endlich ihre gegenseitige Liebe gestanden und es kam zum eigentlich lang ersehnten ersten und verbotenen Kuss. Allerdings wurde ich enttäuscht. Was war das denn für eine langweilige, gestellte Kussszene? Null Kribbeln, null Prickeln, null Romantik. Da hätte ich mir mehr erwartet …

Ich muss schlucken. Wie soll ich den Kuss richtig beschreiben, wenn ich selbst noch nie geküsst wurde? Andere Leser haben unter dem Kommentar ähnliches geschrieben.

Ich bin so in die negativen Rückmeldungen versunken, dass ich das leise, kaum hörbare Sirren hinter mir nicht wahrnehme. Erst als ich aus dem

Augenwinkel eine Bewegung registriere, werde ich aus meinen Gedanken gerissen. Als ich den Kopf zur Seite drehe, schießt ein Zweiradroller knapp an mir vorbei. Mit einem lauten Aufschrei springe ich erschrocken zurück. Dabei fällt mir das Handy beinahe aus der Hand. Der Fahrer des Rollers hält auf dem Parkplatz neben mir. Da das Fahrzeug kaum ein Geräusch von sich gibt, vermute ich, dass es sich dabei um einen Elektroroller handelt. Dennoch hat er mir einen riesigen Schrecken eingejagt.

»Kannst du nicht aufpassen?«, rufe ich mit klopfendem Herzen. »Du hättest mich fast umgefahren!«

Der Rollerfahrer zieht den Schlüssel aus dem Zündschloss, steigt von dem Fahrzeug und dreht sich zu mir um. Dann nimmt er in aller Seelenruhe den dunklen Helm ab. Mein Herz setzt für einen Schlag aus, als verwuschelte haselnussbraune Haare und gleichfarbige Augen zum Vorschein kommen.

»Du bist gar kein Junge, du bist ein Mädchen«, stellt der Typ, den ich hier noch nie zuvor gesehen habe, verblüfft fest. Seine tiefe Stimme jagt mir eine Gänsehaut über den Rücken.

»Wie bitte?« Entrüstet stemme ich die Hände in die Hüften.

Der unbekannte Junge verstaut seinen Helm in einem Fach unter dem Sitz, ehe er sich vor mich stellt. Es gefällt mir nicht, wie sich seine Mundwinkel amüsiert heben.

»Ich habe dich nur von hinten gesehen und zuerst für einen Jungen mit schulterlangen Haaren gehalten – so was liegt ja momentan bei manchen im Trend. Aber dann hast du geschrien und ich dachte mir nur: Der Kleine hat aber eine hohe Stimme.«

Er lacht kopfschüttelnd und fährt sich mit der anderen Hand durch die vom Helm zerzausten Haare, um sie wieder in Form zu bringen.

Ich sehe an mir herunter. Meine kurzen, dunkelbraunen, fast schwarzen Haare reichen mir knapp bis zu den Schultern. Ich trage knielange Shorts und über meinem T-Shirt eine Jacke, weil es beim Fahrradfahren und vor allem nach dem Training kühl ist.

Die Worte des Typen machen mich wütend. Ich hebe den Kopf und sehe ihm in die Augen. »Na und? Die Klamotten sind bequem. Ich bin hier nicht auf dem Laufsteg und muss auch niemandem gefallen!«

Seine Mundwinkel zucken, als hätte ich einen Witz gemacht. »Da gebe ich dir recht, Shorty. Im Übrigen habe ich dich nicht beinahe umgefahren.« Er setzt ein freundliches Lächeln auf, das ich ihm nicht abnehme.

Ich kenne Kerle wie ihn. Sie machen sich über mich und meine Körpergröße lustig. Dazu sieht er noch unglaublich gut aus, was ihm bestimmt bewusst ist. Er hat ein schönes, markantes Gesicht und lange, dichte Wimpern. Seine Strähnen reichen fast bis zu seinen Augenbrauen. Er wirkt muskulös und sportlich. Zumindest erahne ich das aufgrund seines enganliegenden T-Shirts, das über seiner Brust spannt. Darüber trägt er eine Dog-Tag-Halskette, eine Erkennungsmarke für Soldaten, und eine Lederjacke.

Der Junge sieht aus wie einer dieser selbstverliebten Möchtegern-Bad-Boys in den Büchern, die ich gerne lese. Wie ein Typ, mit dem ich mich nicht trauen würde zu sprechen – und noch wichtiger: mit dem ich niemals sprechen *wollen* würde! Normalerweise. Denn dieses selbstgefällige Grinsen, das sich auf seinen vollen Lippen ausbreitet, macht mich nur noch wütender.

»Du *hast* mich beinahe umgefahren«, halte ich fest. »Kommst du dir jetzt cool vor, weil du mich so erschreckt hast? Das ist ganz und gar nicht cool.«

»Ich bin in mäßigem Abstand an dir *vorbei*gefahren. Das ist ein großer Unterschied«, verbessert er mich. »Und wärst du nicht so auf dein Handy fixiert gewesen, hättest du den zugegeben leisen Motor meines Elektrorollers trotzdem gehört und wärst nicht erschrocken«, schiebt er noch hinterher. Er mustert mich aus zusammengekniffenen Augen. »Bist du eine dieser Influencerinnen, die außer ihrem Handy gar nichts mehr um sich herum wahrnehmen?«

»Überhaupt nicht«, widerspreche ich ihm heftig.

Vielleicht reagiere ich gerade wegen der negativen Kommentare, des Schrecks und der Tatsache, dass er mich anscheinend erst für einen Jungen und dann für eine handysüchtige Influencerin gehalten hat, über. Doch das würde ich niemals laut zugeben. »Ich bin weder das eine noch das andere. Und hast du mich vorhin Shorty genannt?«, fällt mir sein Kommentar wieder ein.

Der Junge grinst breit und tritt einen Schritt näher an mich heran, sodass sich unsere Oberkörper fast berühren. Da er etwa eineinhalb Köpfe größer ist als ich, muss ich meinen Kopf in den Nacken legen, um ihm in die Augen sehen zu können. Er hat wirklich unglaublich schöne haselnussbraune Augen. Bei genauerem Hinsehen erkenne ich, dass seine Iriden jeweils von einem dunkelgrünen Ring umgeben sind.

»Ich kenne deinen Namen ja nicht und fand Shorty ganz passend. Oder wäre dir Kleine oder Minion lieber?«

Mir klappt vor lauter Verblüffung über seine Unverschämtheit die Kinnlade herunter. »Sehe ich so aus, als wäre ich gelb im Gesicht?«

»Nein, aber das können wir mit etwas Farbe gern ändern, wenn du willst«, schießt er feixend zurück.

Eigentlich sollte ich mich mittlerweile daran gewöhnt haben, immer auf meine Größe reduziert zu werden. Dennoch verletzt es mich. Ich weiß, dass ich klein bin. Warum muss ich von jeder Person, der ich über den Weg laufe, daran erinnert werden?

Da es mir reicht und diese Diskussion zu nichts zu führen scheint, lasse ich den Typen kurzerhand stehen. Wortlos greife ich nach meiner Sporttasche und stürme zur Turnhalle.

»Hey, warte bitte!«, ruft er und folgt mir. »Tut mir leid, wenn ich dich verletzt habe. Das war doch nur Spaß und nicht so gemeint«, beginnt er überraschend versöhnlich und läuft neben mir her, als er mich an der Eingangstür eingeholt hat. »Ich wollte nur –«

»Lass es einfach und lass mich in Ruhe!«, unterbreche ich ihn wütend und flüchte in die Mädchenumkleide, wo ich mit vor Aufregung zitternden Händen meine Tasche öffne, um meine Sportklamotten herauszuholen. Im Training trage ich entweder Shorts oder elastische Leggings und einen Sport-BH. Damit ich mich nicht so nackt fühle, ziehe ich meistens ein Tanktop mit der Aufschrift ›*You train to look good, I train to kick your ass*‹ darüber an. Dieser Spruch motiviert mich. Außerdem trage ich zum Schutz vor möglichen Verletzungen Schienbeinschoner. Beim Zweikampf bekomme ich zusätzlich noch einen Mundschutz, der mein Gebiss und meinen Kiefer schützt.

Während ich mich umziehe, spukt die Diskussion mit dem fremden, unverschämten Typen in meinem Kopf umher. Warum müssen immer alle denken, sie könnten auf mir herumhacken, nur, weil ich klein bin? Was hatte er überhaupt vor der Turnhalle zu suchen? Ist er neu hier? Immerhin habe ich ihn bisher weder im Training noch an meiner Schule je gesehen. Innerlich hoffe ich, dass er nicht auch Kickboxen betreibt, doch meine Chancen stehen bestimmt schlecht. Er sah jedenfalls nicht so aus, als wäre er nur aus Langeweile hierhergefahren.

Allerdings will ich mir weder von ihm noch von den negativen Rückmeldungen zu meinem neuen Kapitel die Laune verderben lassen. Immerhin habe ich mich auf das Training gefreut. Zwar lässt mich das Schreiben in andere Welten eintauchen und lenkt mich von Problemen ab. Aber beim Kickboxen kann ich mich abreagieren. Und gerade habe ich genug Emotionen in mir, die ich an einem Boxsack auslassen möchte.

Nachdem ich meine Haare zu einem kurzen Zopf zusammengebunden habe, begebe ich mich in die mit Bodenschutzmatten ausgelegte Turnhalle. An der Decke sind an festen Stahlhalterungen mehrere Boxsäcke befestigt. Außerdem gibt es noch Standboxsäcke und im hinteren Eck der Turnhalle befindet sich ein Ring für Zweikämpfe. Durch die hohen Fenster an den Wänden oben scheint die untergehende Sonne herein und taucht den Raum in ein angenehmes warmes Licht.

Etwa dreißig Jugendliche unterhalten sich angeregt miteinander, um die Wartezeit zu überbrücken. Ich marschiere zu einer Turnbank an der Wand, auf der ein kleines Notizbuch liegt. Dort trage ich meinen Namen ein, da bei jedem Training die Anwesenheit kontrolliert wird.

Punkt sechs Uhr stellen wir uns der Gürtelfarbe nach in einer Reihe vor unserem Trainer Steven auf.

Im Kickboxen gibt es wie im Karate verschiedene Gürtelfarben, die den Ausbildungsstand, genannt Kyu, zeigen. Der weiße Gürtel ist beispielsweise für Anfänger, wird meistens allerdings gar nicht getragen. Dann kommen der gelbe, orange, grüne, blaue, braune und vier schwarze Gürtel. Dabei wird zwischen Schüler- und Meistergraden unterschieden und die Kyus werden rückwärts gezählt. Die bunten Gürtel stehen für die Schülergrade. Somit hat der braune Gürtel als erster Kyu den höchsten Rang und der gelbe mit dem fünften den niedrigsten. Die schwarzen Gürtel sind Meistergrade und bilden eine Ausnahme, da es mehrere von ihnen gibt, die *Dan* genannt und ebenfalls rückwärts gezählt werden.

Ich habe mittlerweile den blauen Gürtel, welcher dem zweiten Schülergrad entspricht. Dean ist mit dem grünen einen Grad unter mir und steht deshalb ein paar Schüler links von mir. Als ich ihn in der Reihe entdecke, sackt mein Herz nach unten. Denn er unterhält sich fröhlich mit dem unbekannten Typen von vorhin.

Zumindest bis sich unser Trainer Steven räuspert und Stille einkehrt. Jeder achtet darauf, den Körper aufrecht zu halten und die Füße schulterbreit auseinanderzustellen.

Steven lächelt zufrieden. Er hat kurzgeschorene Haare und trägt einen Vollbart. Seine muskulöse Statur verrät, dass er Kampfsport betreibt. Doch trotz seiner respekteinflößenden Ausstrahlung ist er sehr nett und rücksichtsvoll.

Da er sowohl Lehrer fürs Kickboxen als auch für Judo und Karate ist, hat er vom Karate ein paar Begrüßungsformen übernommen. Deshalb verneigt er sich mit einem »Ossu« vor uns und wir alle tun es ihm gleich. Dieses Ritual ist ein Zeichen des gegenseitigen Respekts und der Anerkennung.

»Wie ihr womöglich schon bemerkt habt, haben wir seit heute einen neuen Schüler«, beginnt Steven und nickt zu dem fremden Jungen.

Der tritt einen Schritt nach vorne und winkt selbstbewusst mit einem breiten Grinsen in die Runde. »Hey, ich bin Austin.«

Austin also. Was für ein blöder Name! Wer benennt denn sein Kind nach einer Stadt?

»Meine Familie und ich sind vor Kurzem aus North Carolina hierhergezogen«, fährt er fort. »Ich habe dort vor ein paar Jahren in einem Fight Club mit dem Kickboxen angefangen und aktuell den dritten Kyu.«

Ich hebe die Brauen und kann mir ein selbstgefälliges Grinsen nicht verkneifen. Er hat wie Dean den grünen Gürtel und ist somit einen Kyu unter mir.

»Herzlich willkommen in meinem Kickbox-Kurs«, sagt Steven und lächelt. »Ich hoffe, dir wird es hier genauso gut gefallen wie in North Carolina. Jetzt haben wir gleich drei Junior-Meister in unseren Reihen.«

»Wie bitte?«, frage ich verwirrt. Die einzigen Junior-Meister der letzten drei Jahre in unserem Kurs sind Miles und ich.

Steven lächelt. »Austin hat letztes Jahr in seiner Gewichtsklasse die Junior-Regionalmeisterschaften gewonnen.«

»Konkurrenz finde ich immer gut«, kommt es von Miles, der ein paar Schüler weiter neben mir steht. Er mustert Austin mit zusammengezogenen Brauen. »Ich freue mich schon auf den Kampf.«

Beinahe hätte ich über die Falschheit in seiner Stimme laut aufgelacht. Er freut sich ganz und gar nicht. Miles hat denselben Gürtel wie ich und will immer der Beste sein. Er sieht diesen Austin als Gefahr an. Doch das kann mir egal sein. Sollen sich die beiden Idioten doch gegenseitig die Köpfe einschlagen.

»Ich freue mich auch schon. Es wird mir hier bestimmt viel Spaß machen«, erwidert Austin leichthin und blickt in die Runde. Als seine Augen bei mir haltmachen, wird sein Lächeln noch breiter. Finster erwidere ich seinen Blick. Zu meiner Überraschung zwinkert mir Austin zu, woraufhin ich mich entrüstet abwende. Hat es nicht schon gereicht, mich auf dem Parkplatz zu erniedrigen? Nein, er muss auch noch in mein Training gehen und mich hier ärgern! Zu allem Überfluss scheint sich mein Bruder gut mit ihm zu verstehen.

Steven klatscht in die Hände. »Genug geredet. Lasst uns mit dem Aufwärmen und dem heutigen Training beginnen.«

Zunächst lässt Steve uns ein paar Runden durch die Turnhalle laufen und seilspringen, um zusätzlich unsere Ausdauer zu trainieren.

Schließlich stellen wir uns wieder in einer Reihe nebeneinander auf. Daraufhin tritt jeder Zweite nach vorne, da wir so mehr Platz haben und unsere Nachbarn nicht stören, und wir beginnen mit den restlichen Aufwärmübungen.

Weil ich Austins Blick immer wieder auf mir spüre, strenge ich mich heute mit zusammengebissenen Zähnen bei den Sit-ups umso mehr an. Danach mache ich mit Leichtigkeit die Liegestütze auf Fäusten, bis meine Muskeln angenehm brennen und ich mich mit knallrotem Gesicht wieder aufrichte, um nach Luft zu ringen.

Nach den anschließenden Dehnübungen, die besonders wichtig sind, da unsere Bänder und Sehnen bei bestimmten Techniken auf unterschiedliche Weise beansprucht werden, beginnen wir mit dem eigentlichen Training.

Zunächst lässt Steven uns Trockenübungen machen, indem wir die einzelnen Bewegungsabfolgen auf der Stelle ausführen und dann Schritt für Schritt nach vorne gehen, bis wir an die gegenüberliegende Wand gelangen und wieder umkehren. Währenddessen geht unser Trainer mit hinter dem Rücken verschränkten Händen an uns vorbei und korrigiert hin und wieder unsere Form.

Ich blicke zu Dean. Der führt einen Sidekick aus, den Steven verbessert.

Als ich mich wieder auf meine eigene Beinarbeit fokussieren will, fällt mein Blick auf Austin. Er ist ganz konzentriert in seinen Bewegungen, daher bemerkt er nicht, wie ich ihn anstarre. Seine Augen haben die Wand vor sich fixiert, während ihm die Haare wieder in die Stirn hängen, auf der ich die Schweißperlen bereits sehen kann, die wie Diamanten auf seiner Haut funkeln. Dennoch ist sein Gesicht nicht so rot wie meines oder das meines Bruders. Mit geradezu unmenschlicher Leichtigkeit hebt er das Bein und dreht sich, ehe er es ausschlägt und wieder fest auf dem Boden aufkommt. Ein perfekter Sidekick.

Ich muss schlucken, als meine Augen über seinen Körper wandern. Er trägt ein dunkles Tanktop, das sich seinem durchtrainierten Oberkörper wie eine zweite Haut perfekt anpasst. Wie ich bereits vermutet habe, scheint er häufig zu trainieren. Als er die Lederjacke vorhin anhatte, habe ich seine definierten Armmuskeln gar nicht gesehen. Seine Beinmuskeln sind ebenfalls ausgeprägt und kommen durch seine kurze Hose gut zur …

»Railey! Was stehst du da so rum und starrst durch die Gegend? Nicht aufhören, weitermachen!«, schimpft Steven und reißt mich dadurch aus den Gedanken.

Alle Augen wandern zu mir. Ich laufe noch röter an, als ich durch die

Anstrengung ohnehin schon bin. Erst recht als Austin Stevens Blick folgt und mich direkt anschaut.

Meine Kehle fühlt sich plötzlich ganz trocken an und ich räuspere mich, was in einem Hustenanfall endet. Noch peinlicher geht es nicht mehr.

Dachte ich zumindest. Denn eine halbe Stunde später machen wir Partnerübungen, für die wir unsere dafür extra vorgesehenen fingerfreien, am Handballen und -rücken gepolsterten Halbhandschuhe anziehen. Es sind nicht die Boxhandschuhe, die wir beispielsweise bei Kämpfen im Ring tragen. Durch die abgespeckte Version haben unsere Hände mehr Freiheit und wir können sie auch zur Faust ballen oder damit Liegestütze machen. Außerdem sind sie bei Partnerübungen angenehmer.

Jene mag ich allerdings so oder so nicht besonders gern, weil meine Partner meistens größer sind als ich. Zwar werden wir bei Wettkämpfen oft in Gewichtsklassen eingeteilt, doch im Training lässt Steven uns per Zufallsprinzip üben. Im Gegensatz zu anderen Trainern in der Region ist er eher unkonventionell. Doch genau das lieben seine Schüler an ihm.

Als ich mich zu meinem Hintermann umdrehe, sackt mein Herz nach unten.

»Miles?«, hauche ich entsetzt. Vorhin stand er noch ein paar Schüler weiter, deshalb war ich schon erleichtert nicht mit ihm zusammen trainieren zu müssen. Hat er mit jemand anderem gewechselt?

Miles wirkt genauso wenig begeistert. Wie Austin vorhin stellt er sich direkt vor mich. Und wie der Neue ist er fast zwei Köpfe größer als ich. So, wie er auf mich herunterschaut, fühle ich mich ganz winzig. Vor ein paar Jahren noch habe ich für ihn geschwärmt. Zumindest bis ich herausfand, was für ein Idiot er ist.

Miles mustert mich kritisch. »Kommt es mir nur so vor oder bist du geschrumpft?«, scherzt er.

Seine Worte verletzen mich erneut, denn sie erinnern mich an die Situation vor drei Jahren, als er sich über mich lustig gemacht hat.

»Vielleicht bist du ja gewachsen?«, gebe ich zurück, weil mir nichts anderes als Konter einfällt.

Ehe es noch peinlicher werden kann, müssen wir mit unseren Partnerübungen beginnen. Dabei hält er seine Hände, die wie meine von Handschuhen geschützt sind, vor sich. Mit der rechten Hand boxe ich in seine rechte. Das gleiche tue ich mit der linken. Allerdings ist Miles so groß, dass ich mich strecken muss, um ihn überhaupt treffen zu können.

»Ich sollte in die Hocke gehen, damit du auch mal rankommst, was?«, grinst er und geht tatsächlich in die Knie, sodass er mit mir auf gleicher Augenhöhe ist.

Meine sowieso schon üble Laune verschlechtert sich noch mehr und ich bin kurz davor, einfach abzuhauen. Gedanklich zähle ich bis zehn, ehe ich einen Angriff auf seine Stirn antäusche. Miles blockt meinen nächsten Schlag ab und kontert mit einem Beinkick.

Sein Fuß berührt meine Hüfte. »Das war ja leicht. Wir haben zwar beide Regionalmeistertitel, aber in einem Kampf zwischen uns wäre ich der wahre Sieger«, meint er überheblich und runzelt die Stirn. »Wenn das so weitergeht, langweile ich mich noch.«

Ich kneife die Augen zusammen, Scham brennt in meinen Wangen. Ich balle die Hände zu Fäusten, würde sie ihm am liebsten ins Gesicht oder dorthin rammen, wo es besonders wehtut.

Ehe ich etwas Schlagfertiges erwidern kann, tritt unser Trainer neben uns und wir machen mit unseren Übungen weiter. Ich hebe das Knie und verpasse Miles einen Stoßtritt in Richtung seines Magens, den er gekonnt abblockt.

»Hey, Steven, meinst du nicht, ich sollte mit einem ebenbürtigeren Gegner trainieren, der so groß ist wie ich?«, fragt er an Steven gewandt. »Oder wenigstens in meiner Gewichtsklasse? Railey ist ein Fliegengewicht. Nicht, dass ich sie am Ende noch verletze.«

Ich halte mitten in der Bewegung eines Schlages gegen seine Schulter inne.

Mein Trainer runzelt die Stirn, dann schüttelt er den Kopf. »Zwar finden unsere Wettkämpfe in Gewichtsklassen aufgeteilt statt, aber es kann vorkommen, dass man mal gegen kleinere oder größere, schmächtigere oder stärkere Gegner antritt. Außerdem ist dir Railey, auch wenn sie kleiner ist als du, mehr als gewachsen. Wenn du ein Problem damit hast, mit kleineren

Menschen zu trainieren, solltest du dir überlegen, ob mein Kurs wirklich der richtige für dich ist.«

Miles läuft tiefrot an und Steven zwinkert mir zu, weshalb ich trotz meiner Beschämung lächeln muss. Wenigstens einer hält zu mir. Dann wendet er sich ab und Miles weicht meinem Blick aus, während wir beide peinlich berührt weitertrainieren.

Wir betreiben keinen Small Talk mehr, sondern konzentrieren uns verbissen auf die Übungen. Miles scheint genauso wenig mit mir reden zu wollen wie ich mit ihm, was die ganze Situation nur noch unangenehmer macht. Deshalb nehme ich mir fest vor, das nächste Mal darauf zu achten, wo ich mich hinstelle, um nicht wieder mit ihm gepaart zu werden.

Hin und wieder schiele ich zu meinem Bruder, der überglücklich mit diesem Austin trainiert. Ich verspüre einen eifersüchtigen Stich, da ich auch lieber an Deans Seite wäre.

Miles folgt meinem Blick. »Kennt ihr den Neuen? Wisst ihr, wie lange er schon kickboxt? Dein Bruder und er scheinen ja schon gute Freunde zu sein.«

Ich sehe Miles an. Kommt es mir nur so vor oder klingt er ebenfalls eifersüchtig? Hat er sich deshalb extra so hingestellt, dass er mit mir zusammen trainiert, um aus mir herauszubekommen, woher mein Bruder Austin kennt?

»Warum fragst du das? Vorhin meintest du, du findest Konkurrenz immer gut. Klingt aber eher so, als hättest du Angst, dass der Neue besser ist als du. Ist bestimmt blöd, nicht mehr der einzige Junge mit einem Regionalmeistertitel zu sein«, bemerke ich herausfordernd.

Mit Genugtuung registriere ich, wie sich Miles' Miene verdüstert. Er zieht die Brauen zusammen und schnaubt auf. »Was auch immer er in North Carolina gelernt hat, er kommt nicht an mich heran.«

***

Nachdem wir noch ein paar Schlagtechniken an den Boxsäcken geübt haben, ist das Training auch schon vorbei.

Als ich aus der Umkleide komme, fällt mein Blick auf die Stelle, an der

Reece vor drei Jahren gelehnt und mich nach Miles' Abfuhr getröstet hat. Es war einer der letzten Momente, die ich mit ihm hatte.

Dean oder unseren Eltern könnte dasselbe passieren, schießt es mir plötzlich durch den Kopf und ich bleibe schlagartig stehen. Angespannt sehe ich mich um, ob mich jemand beobachtet. Mein Puls rast in die Höhe. Da aber niemand hier ist und lediglich gedämpfte Stimmen aus den Umkleidekabinen dringen, gehe ich hastig drei Schritte zurück, ehe ich nach draußen laufe, bewusst daran denkend, dass Dean *nicht* sterben wird.

Der wartet fröhlich an den Fahrradständern auf mich. Er ist in ein angeregtes Gespräch mit Austin verwickelt. Dessen Blick fällt auf mich. Ausgerechnet da atme ich den unüberriechbaren *Ck-One*-Duft des Eau de Toilette meines Bruders ein, der in alle Richtungen weht. Ich muss niesen.

»Gesundheit«, grinst Austin, woraufhin ich ihm nur einen eisigen Blick zuwerfe und hocherhobenen Hauptes zu meinem Fahrrad marschiere, um es aufzuschließen. Auch wenn es mir Genugtuung verschafft, dass Miles einen Konkurrenten in ihm sieht, bin ich immer noch sauer, weil er mich vor dem Training beleidigt hat.

»Hat mich gefreut dich kennenzulernen, Austin«, sagt Dean und sieht mich verwirrt an. Vermutlich wundert er sich, warum ich seinen neuen Freund ignoriere.

»Mich auch, Dean«, erwidert dieser und holt seinen Helm aus dem Fach in seinem Elektroroller hervor.

Austin scheint aufzufallen, dass ich ihn dabei beobachte. Ein stolzes Lächeln breitet sich auf seinen vollen Lippen aus. »Es ist ein cooler Roller, oder? Wenn ihr wollt, könnt ihr irgendwann mal eine Spritztour mit mir drehen«, schlägt er vor und ich glaube mich verhört zu haben.

»Gerne!«, sagt Dean begeistert.

»Super«, erwidert Austin. Dann zwinkert er mir zu. »Man sieht sich, Shorty.« Er zieht sich seinen Helm über, steigt auf den Roller und fährt mit einem letzten Blick auf mich davon.

»Seid ihr jetzt beste Freunde, oder was?«, frage ich meinen Bruder beleidigt.

Dean setzt sich auf sein Fahrrad und grinst mich schulterzuckend an, als er wie ich seinen Helm aufhockt. »Was hast du denn gegen ihn? Aus ist nett und cool.«

»Du kennst ihn doch nicht mal«, widerspreche ich und kann nicht glauben, dass er ihm schon einen Spitznamen gegeben hat. Er hat ihn vor zwei Stunden zum ersten Mal gesehen. »Wie kannst du da wissen, dass er nett und cool ist?«, schiebe ich hinterher und muss an Miles denken. »Er kann so tun, als fände er dich nett, aber in Wirklichkeit lästert er hinter deinem Rücken über dich.«

Dean schüttelt den Kopf. »Manchmal muss man halt Risiken eingehen. Wenn ich jedes Mal Angst haben müsste, dass jemand hinter meinem Rücken über mich lästert, könnte ich keine Freundschaften schließen. Austin ist neu hier und kennt noch niemanden. Er sucht Anschluss, deshalb habe ich ihn direkt angesprochen. Sein Vater arbeitet auch beim Militär und wurde wie Dad kürzlich auf den Stützpunkt in der Nähe versetzt. Aus diesem Grund sind sie umgezogen. Vielleicht kennen sich unsere Väter sogar«, meint er.

Na super. Das hat noch gefehlt.

»Allerdings ist er leider hetero, also wäre er eher was für dich«, fährt er grinsend fort.

Ich werfe meinem Bruder einen finsteren Blick zu. »Woher willst du wissen, dass er hetero ist? Und nein danke.« Gleichzeitig macht sich ein schmerzhafter Stich in mir breit. »So ein Typ will nichts von Mädchen wie mir«, murmle ich.

Austin ist gut aussehend und allem Anschein nach hat er kein Problem damit, auf Leute zuzugehen. Schön für ihn. Bestimmt hat er eine Freundin. Noch schöner für ihn. Und falls nicht, wird er an unserer Schule schnell eine finden. Aber das kann mir egal sein, weil er nichts von mir und ich nichts von ihm will. Außerdem kann ich ihn nicht leiden. Er ist genauso wie Miles. Genauso wie alle anderen Typen.

Da bleibe ich lieber in meiner erfundenen Welt und träume von einem Freund, der mich bedingungslos liebt.

So, wie ich bin.

Kapitel 2

»Railey, aufstehen!«, weckt mich eine mir wohlbekannte Stimme.

Blinzelnd öffne ich die Augen, bis sie sich an die Helligkeit gewöhnt haben, die mein Zimmer durchflutet. Meine Mom steht vor meinem Fenster und hat die Gardinen beiseitegezogen, sodass die strahlende Sonne in mein Zimmer scheint und es in ein blendendes Licht taucht.

»Was soll das?«, murmle ich verschlafen. »Es ist Samstag.«

»Es ist Mittag«, erwidert meine Mom streng. »Hast du wieder bis in die Nacht hinein geschrieben? Ich habe dir doch gesagt, dass du nicht immer so lange aufbleiben sollst. Es ist mir egal, dass heute Samstag ist. Das späte Schlafengehen und Aufstehen bringt deinen Schlafrhythmus durcheinander, wenn in zwei Wochen wieder die Schule beginnt. Wann wärst du aus dem Bett gekommen, hätte ich dich nicht geweckt? Außerdem treffen in ein paar Stunden unsere Gäste ein und wir müssen noch den Garten für die Grillparty vorbereiten. Mach dich jetzt bitte frisch und komm dann runter«, führt sie ihre Schimpftirade fort.

Grummelnd ziehe ich die Decke über meinen Kopf. Mit einem Ruck zieht meine Mutter sie weg, woraufhin ich empört protestiere. Doch Mom kennt kein Nein. Mit erhobenem Finger steht sie da und deutet auf meinen Schreibtischstuhl, über den sie ein Blümchenkleid geworfen hat. Gedanklich übergebe ich mich bereits. Ich bin doch keine Blumenfee.

»Ich möchte dich nicht im Schlabberlook auf dem Barbecue sehen, junge Dame«, droht sie gespielt ernst.

»Muss ich da überhaupt anwesend sein?«, murmle ich unbegeistert. »Ich verstehe nicht, warum ihr einen solchen Aufstand wegen Dads Kollegen macht.«

Ich habe keine Lust darauf, die glückliche Tochter inmitten der teilweise versnobten Freunde meiner Eltern zu spielen. Vor allem, wenn ein Familienmitglied fehlt, das früher solche langweiligen Feiern mit seinem Humor aufgelockert und uns alle zum Lachen gebracht hat.

»Natürlich wirst du hingehen, sonst kannst du vergessen, mit Großvaters Auto in die Schule zu fahren. Jack ist mit seiner Familie neu in die Stadt gezogen. Da dachten wir uns, es wäre doch nett, sie durch das Barbecue mit unserem Bekanntenkreis vertraut zu machen, damit sie leichter Anschluss finden.«

Sofort muss ich an diesen Austin denken. Spricht sie von ihm und seiner Familie?

Da meine Mom mich erwartungsvoll anblickt und ich sowieso keine Wahl habe, nicke ich nur. Daraufhin marschiert sie zufrieden nach draußen. Im Türrahmen dreht sie sich noch mal zu mir um. Sie ringt kurz mit sich. Dann sagt sie: »Es ist jetzt fast drei Jahre her, Railey. Seitdem verkriechst du dich in deinem Zimmer und gehst nur für die Schule, den Sport oder mit Victoria aus dem Haus.« Sie macht eine Pause. »Ich vermisse ihn genauso sehr wie du. Wie wir alle. Aber er hätte gewollt, dass wir weitermachen.«

Mom wartet meine Antwort gar nicht erst ab, sondern tritt nach draußen und marschiert die Treppe hinunter. Die Zimmertür lässt sie offen stehen, damit ich nicht in Versuchung komme, weiterzuschlafen. Ich bleibe noch eine Weile im Bett liegen und kämpfe mit den Tränen. Ja, er hätte gewollt, dass wir weitermachen.

Schließlich steige ich aus dem Bett und schließe die Zimmertür. Ich drehe mich um und blicke sehnsüchtig zu meinem Laptop, der auf dem Schreibtisch auf mich wartet. Obwohl mich die negativen Kommentare zu meinem letzten Kapitel runtergezogen haben, habe ich bis kurz nach drei Uhr in der Nacht am nächsten Kapitel gearbeitet. Es kribbelt mir auch jetzt in den Fingern, den Laptop einzuschalten und an der Geschichte weiterzuschreiben. Mich in meine erfundene Welt zu flüchten.

Leider muss ich das auf nach dem Barbecue verschieben.

Ich seufze ergeben auf und begebe mich ins Bad, um mich frisch zu machen. Nachdem ich mir gemütliche Klamotten angezogen und mit meiner Familie gefrühstückt habe, helfen Dean und ich unseren Eltern bei der Vorbereitung der Party. Wir bereiten die Salate und Marinaden für das Fleisch zu und bauen im Garten neben dem Grill einen Buffettisch für Speisen und

Getränke sowie zwei weitere Tische auf, um die wir Bänke und ein paar Klappstühle stellen. Zwar ist unser Garten von mehreren Bäumen und einer hohen Hecke umgeben, die ihn von dem unserer Nachbarn trennt. Trotzdem platzieren wir zusätzlich zwei Sonnenschirme neben den Tischen, weil die Sonne im Laufe des Tages wandern wird.

Da bald die ersten Gäste eintreffen werden, ziehe ich mir in meinem Zimmer das Kleid über, das mir Mom bereitgelegt hat.

Allerdings schießen während des Umziehens wieder böse Gedanken durch meinen Kopf, weshalb ich das Kleid dreimal aus- und wieder anziehe, bis der Druck in mir nachlässt. Obwohl ich weiß, dass die Handlungen sinnlos sind, muss ich dem Zwangsgefühl folgen, weil mir sonst die Angst, dass meine Gedanken Realität werden könnten, keine Ruhe lässt.

Würden mich andere Leute jetzt sehen, würden sie mich für verrückt halten. Aber ich kann nichts dafür. Mein Therapeut hat damals eine Zwangsstörung bei mir diagnostiziert. Ausgelöst wurde sie durch ein Ereignis, durch das ich die Kontrolle über mein Leben verloren habe. Mithilfe der Zwänge versuche ich die Kontrolle anderweitig wieder zurückzuerlangen.

Ich sehe mich im Spiegel an. Dunkle Ringe liegen unter meinen Augen und verdeutlichen, dass ich heute Nacht nicht viel geschlafen habe. Ich überdecke sie mit Concealer und trage zusätzlich Mascara auf. Dann betrachte ich mein Erscheinungsbild erneut. Jetzt sehe ich etwas frischer aus. Allerdings gefällt mir das Kleid noch nicht ganz. Es hat dünne Träger und reicht mir bis zu den Knien. Weil ich es so langweilig finde, hole ich aus meinem Kleiderschrank einen Gürtel heraus, den ich mit dem Kleid und einer Lederjacke kombiniere. Somit sehe ich zumindest weniger nach Blumenfee aus.

Ich versuche meine Mundwinkel nach oben zu ziehen, doch sie heben sich nur leicht. Früher habe ich viel gelacht. Jetzt fällt es mir oft schwer, ein ehrliches Lächeln zustande zu bringen.

Traurig berühre ich das silberne Medaillon um meinen Hals, das einzige Schmuckstück, das ich trage und in dem ich ein Foto von meinem toten Bruder aufbewahre.

Ich wünschte, du wärst jetzt hier, denke ich und wische mir über die Augen.

Obwohl es bereits fast drei Jahre her ist, nagt der Verlust immer noch schwer an mir. Ich kann und will seinen Tod nicht akzeptieren. Denn das würde bedeuten, ihn loszulassen.

***

Kurze Zeit später stehe ich in unserem Garten. Der unverwechselbare Duft von Spareribs und gegrilltem Mais liegt in der Luft und lässt mir das Wasser im Mund zusammenlaufen.

Die Freunde und Arbeitskollegen meiner Eltern sind bereits zahlreich eingetroffen unterhalten sich angeregt miteinander. Wie jedes Mal bewundern sie die sorgfältig angelegten Blumen- und Gemüsebeete – ein leidenschaftliches Hobby meiner Mom.

Auch sie trägt ein Kleid. Mein Dad wiederum steht in Chinoshorts und einem Polo-Shirt vor dem Grill, um seine Hüften hat er eine Schürze gebunden. Aufgrund seines Aufzugs erinnert er mich eher an einen Hobbykoch als an einen Soldaten. Ich bin froh darüber, dass er sich nach seinen Außeneinsätzen vorletztes Jahr auf einen anderen Posten beworben hat, den er auch bekommen hat. Jetzt arbeitet er hier in der Nähe beim zivilen Militär, wo er für Amts- und Katastrophenhilfe zuständig ist.

Neben ihm befindet sich ein Tisch, auf den wir zuvor das Grillfleisch, die Marinaden und Salate sowie Pappteller und Getränke gestellt haben. Die Vorräte werden immer kleiner, weil sich die Gäste reichlich bedienen.

»Hey, Dad«, sage ich und stelle mich neben ihn. »Das Barbecue scheint ja gut zu laufen.«

Mein Dad wendet seinen Blick kurz vom Grill ab, um mich anzusehen. Seine Stirn glänzt aufgrund der Hitze, die die Glut ausstrahlt. Er lächelt fröhlich. »O ja, es läuft fantastisch. Danke, dass ihr uns geholfen habt.«

»Kein Problem«, meine ich. »Mom hat uns dazu gezwungen. Du weißt ja, wie überzeugend sie sein kann.«

»Das muss ich ja auch sein, damit unsere Tochter nicht andauernd in ihrem Zimmer versauert«, ertönt Moms Stimme hinter mir. Sie tritt zu uns. »Siehst du, ich sagte dir doch, es würde dir gefallen.« Sie ist sichtlich überglücklich, dass die Grillparty so erfolgreich ist und die Gäste bei guter Laune sind. Ihr Blick fällt auf jemanden hinter mir. »Oh, wie schön, die Carters sind eben gekommen.«

Sie winkt eine schlanke blonde Frau und einen Mann herbei, denen Hailee folgt. Sie ist in meinem Alter, hat dieselben aschblonden Haare und das gleiche herzförmige Gesicht wie ihre Mom, jedoch die stechend blauen Augen ihres Dads. Sie trägt ein schlichtes Kleid, das ihre Figur an den richtigen Stellen perfekt betont, ohne anzüglich zu wirken. Allerdings scheint sie sich genauso unwohl zu fühlen wie ich mich, da sie mich zurückhaltend anlächelt und neben ihren Eltern eher verloren wirkt.

Die Carters sind unsere Nachbarn. Früher haben Dean und ich oft gemeinsam mit Hailee gespielt. Wir kamen immer gut miteinander klar. Doch seit wir damals auf die Middle School gewechselt sind, sind Hailee und ich nur noch Bekannte, die hin und wieder eine Fahrgemeinschaft bilden.

Dean gesellt sich zu uns und umarmt Hailee stürmisch.

»Schön, dass du da bist«, meint er, woraufhin sich auf ihrem Gesicht ein erfreutes Strahlen ausbreitet. Im Gegensatz zu mir und ihr verstehen sich die zwei noch immer sehr gut. »Wollen wir verduften?« Er wendet sich an mich. »Railey, kommst du auch mit?«

Ehe ich zu einer Antwort ansetzen kann, ertönt hinter mir eine fröhliche Stimme. »Railey!«

Ich trete an Dean und Hailee vorbei, um meiner besten Freundin entgegenzulaufen.

»Vicky!«, rufe ich erfreut.

Ein paar Sekunden später finde ich mich in einer stürmischen Umarmung wieder. Ein süßlicher Parfümduft dringt an meine Nase und ihre langen dunkelbraunen Haare kitzeln mein Gesicht.

Dann löst sich Victoria wieder von mir. »Da bin ich endlich. Sorry für die Verspätung. Ich war noch bei Luke.«

»Kein Problem«, antworte ich. »Ich freue mich, dass du es noch geschafft hast.« Lächelnd sehe ich zu ihr auf. Wenn meine beste Freundin da ist, wird es weniger langweilig.

Während ich mit meinen siebzehn Jahren gerade einmal die ein Meter fünfzig erreiche, ist sie ein Meter achtzig groß. Ihrem Bruder fehlen nur wenige Zentimeter zur Zwei-Meter-Grenze. Im Gegensatz zu meiner bleichen Haut ist Victoria braun gebrannt, was perfekt mit ihren dunkelbraunen Locken harmoniert.

»Ich habe keine Lust auf dieses lahme Barbecue«, wispert sie mir zu und schultert ihre Umhängetasche. »Deshalb habe ich Bier mit dabei – habe ich von meinem Bruder geklaut. Lass uns ein ruhiges Örtchen suchen.«

Ich nicke nur, wenngleich es mir widerstrebt, Alkohol zu trinken. Da mein Magen knurrt, schnappe ich mir noch einen Teller mit Spareribs und Servietten.

»Willst du auch was?«, frage ich Victoria. »Du kriegst selbstverständlich kein Fleisch. Oder bist du mittlerweile keine Vegetarierin mehr?«, schiebe ich im Scherz hinterher, weil ich weiß, dass sie keine Gelegenheit auslässt, um zu erwähnen, wie furchtbar der Fleischkonsum doch ist.

»Doch, bin ich noch und werde ich auch nach wie vor bleiben. Nur einen Salat bitte. Außerdem bin ich auf Diät«, erwidert sie pikiert und nimmt sich einen kleinen Teller. Sie ist alles andere als mollig, ernährt sich gesund und treibt viel Sport. Trotzdem ist sie der Meinung, sie wäre zu pummelig.

Gemeinsam begeben wir uns unter einen schattigen Baum im hintersten Eck des Gartens, wo wir uns auf dem Gras niederlassen und uns mit dem Rücken an den Stamm lehnen. Schweigend essen wir unsere Teller leer. Als wir fertig sind, legen wir sie beiseite und Victoria holt zwei Flaschen Bier aus ihrer Tasche.

»Was ziehst du denn für ein Gesicht?«, will sie wissen und spielt mit dem Deckel ihres Getränks. Die andere Flasche drückt sie mir in die Hand. Sie ist schon lauwarm. Mit zusammengekniffenen Augen mustert Victoria die Gäste. Wie ich sie kenne, hat sie darauf gehofft, dass süße Typen hier herumlaufen. Doch die meisten Leute sind so alt wie unsere Eltern oder haben Kleinkinder dabei. Kleinkinder, die so groß sind wie ich.

Ich seufze, ziehe die Knie an und bette meinen Kopf darauf. »Ich habe genauso wenig Lust auf dieses Barbecue wie du. Lieber würde ich jetzt schreiben.«

Victoria hebt die Brauen. »Schreiben ist doch stinklangweilig. Ich kann nicht verstehen, wie dir so etwas nerdiges Spaß machen kann. Außerdem bin ich ja da.« Sie sieht mich vorwurfsvoll an. »Seit dein Bruder gestorben ist, bist du noch verklemmter, als du früher warst. Und du bist ruhiger geworden. Ich vermisse die alte Railey, mit der man Spaß haben und über alles Mögliche lachen konnte.«

»Was gibt es Neues über Luke?«, wechsle ich schnell das Thema und drehe die Flasche gedankenverloren in meiner Hand. Ich mag keinen Alkohol, was sie eigentlich weiß. Alkohol benebelt die Sinne und senkt die Hemmschwelle. Und dann trifft man dumme und im schlimmsten Fall lebensgefährliche Entscheidungen.

Ich schüttle mich, um den Gedanken zu vertreiben, und konzentriere mich auf meine beste Freundin. Im Gegensatz zu mir ist Victoria sehr offen und selbstbewusst und hat auch keine Probleme damit, auf andere Leute, insbesondere auf Typen, zuzugehen. Während ich in der Anwesenheit eines Jungen nicht die richtigen Worte finde, gewinnt Victoria mit ihrem strahlenden Lächeln viele Jungs für sich.

Sie hatte an ihrem ersten Jahr auf der Highschool schon ihren ersten Freund und ihren ersten Kuss. Meine Erfahrungen wiederum beschränken sich auf Bücher und Filme.

Auf meine Frage hin errötet Victoria und schiebt sich eine Haarsträhne hinters Ohr. »Wir haben es getan. Gestern Abend«, wispert sie aufgeregt.

»Und wie war es?«, will ich neugierig wissen.

Ihr erstes Mal hatte sie mit sechzehn, das war letztes Jahr. Seitdem wechselt sie häufig die Freunde, weil die meisten nur das Eine von ihr wollen, was sie frustriert.

»Es war sehr schön. Er ist einfühlsam und alles und scheint es wirklich ernst mit mir zu meinen. Ich glaube sogar, dass mehr daraus werden könnte. Luke ist richtig cool. Nächste Woche gehen wir auf die Party von Kyle. Die ganze Schule wird dort sein. Du kannst mitgehen, wenn du willst«, meint sie strahlend.

Ich nicke nur, weil ich nicht so der Feiertyp bin. Zum einen langweile ich mich auf Partys schnell. Zum anderen werde ich häufig von irgendwelchen Leuten, die sich besonders witzig vorkommen, gefragt, ob ich mich auf dem Weg zum Kindergarten verirrt habe. Am schlimmsten ist es, mit Victoria verglichen zu werden: *das heiße Mädchen mit den Modelmaßen und ihre kleine Freundin, die aussieht wie ein Kind.*

Victoria will gerade etwas sagen, als meine Mom auf uns zukommt. »Versteck die Flaschen, sonst flippt sie aus!«, zische ich hektisch und werfe mein unangerührtes Bier ins Gebüsch neben uns. Victoria lässt ihres in ihrer Tasche verschwinden.

»Mrs Young.« Sie winkt meiner Mom fröhlich zu, die ihre Lippen zu einem schmalen Strich zusammenpresst und vor uns aufragt.

»Victoria«, antwortet meine Mom kurz angebunden und mustert sie scharf. Ich muss schlucken und habe das ungute Gefühl, dass sie genau weiß, was meine beste Freundin gerade getrunken hat. Das Verhältnis zwischen den beiden war schon immer sehr angespannt, da Mom der Meinung ist, dass Victoria einen schlechten Einfluss auf mich ausübt.

»Railey, Jack ist mit seiner Frau und seinem Sohn eingetroffen. Es wäre toll, wenn du sie gemeinsam mit uns begrüßt.«

Widerwillig rapple ich mich auf und halte mir den Bauch, der mir plötzlich wehtut. Mir ist nicht gut. Vielleicht hätte ich doch nicht so viele Spareribs essen sollen.

Meine Mutter blickt mich abwartend an. Ich habe keine Lust, diese Familie zu begrüßen. Aber ich habe keine andere Wahl. Deshalb werfe ich Victoria einen entschuldigenden Blick zu.

»Ich bin gleich wieder zurück«, sage ich.

Dann folge ich meiner Mom zu meinem Dad und Dean, bei denen ein Mann und eine Frau stehen. Sie unterhalten sich gut gelaunt miteinander.

»Das sind Mr und Mrs Anderson«, stellt meine Mom das Paar vor. Ich schüttle ihnen höflich die Hand.

»Nenn mich gerne Evelyn«, meint Mrs Anderson. Sie erinnert mich trotz ihrer hellblonden Haare und ihrer schmächtigen Statur an meine Mom.

Mr Anderson wiederum ist ein kräftiger Mann mit denselben kurzgeschnittenen Haaren wie mein Dad. Auf seinem Unterarm zeichnet sich das Tattoo eines Soldatenskelettkopfes ab, das unter seinen hochgekrempelten Ärmeln hervorlugt. Um seinen Hals hängt eine Dog Tag. Obwohl er auf den ersten Blick wie mein Kickboxtrainer sehr einschüchternd wirkt, lächelt er warm. »Und mich darfst du gerne Jack nennen.«

Ich nicke nur und zwinge mich zu einem höflichen Lächeln. Jack tritt einen Schritt beiseite und mein Blick fällt auf einen Jungen, der sich bisher im Hintergrund gehalten hat. Im Gegensatz zu unseren Eltern trägt er keine eleganten Sachen. Ganz im Gegenteil: Er steckt in Cargoshorts und einem T-Shirt, das seinen gut gebauten Oberkörper und seine Arme besser zur Geltung bringt. Um seinen Hals hängt dieselbe Kette, die auch Jack trägt. Meine Augen wandern langsam nach oben über das markante Kinn und treffen auf haselnussbraune Augen, um deren Iriden ein dunkelgrüner Ring zu erkennen ist.

Meine Mom legt mir eine Hand auf die Schulter, als hätte sie Angst, ich würde augenblicklich die Flucht ergreifen. Was ich vielleicht auch getan hätte, stünde sie nicht direkt neben mir. »Und das ist ihr Sohn: Austin Anderson. Laut Dean müsstet ihr euch bereits aus dem Kickbox-Training kennen.«

»Austin«, sagt Dean erfreut und die beiden tauschen einen Handschlag aus. Dann entdeckt er drei Jungs und zwei Mädchen, die gerade den Garten betreten. »Meine Freunde sind gerade angekommen. Ich gehe sie schnell begrüßen und bin gleich wieder da. Wenn du willst, kann ich dir meine Clique später vorstellen. Dann kennst du schon mal ein paar Leute aus unserer Schule.«

»Sehr gerne«, erwidert Austin lächelnd, woraufhin sich Dean vor unseren Eltern entschuldigt. Ich hingegen stehe wie festgefroren da und starre Austin an.

»Du«, entfährt es mir. Zwar habe ich bereits vermutet, dass es sich bei besagtem Sohn um ihn handeln könnte. Dennoch habe ich bis zuletzt gehofft, ich würde falsch liegen. Nicht nur, dass er jetzt in mein Kickboxtraining geht, sich so schnell mit meinem Bruder angefreundet hat und unsere Eltern sich gut verstehen. Er muss auch noch auf unsere Schule gehen.

Kann es noch schlimmer kommen?

Austin deutet unschuldig auf sich. »Ich?«

»Ja, du!«, fahre ich ihn an und ignoriere die verdatterten Gesichter unserer Eltern. »Was machst du hier?«, schiebe ich hinterher, obwohl ich das weiß.

Ein süffisantes Grinsen breitet sich auf seinem Gesicht aus und er hält mir die Hand hin. Sein durchdringender Blick lässt meinen Magen nervös flattern. »Wie es aussieht, werden wir zwei ab jetzt häufiger das Vergnügen miteinander haben, Railey«, raunt er und hält seine Hand noch immer ausgestreckt vor sich.

Ich zögere.

»Warum führst du dich denn so unmöglich auf? Sei doch nicht so zickig und hör auf uns zu blamieren. Austin ist ein sehr lieber und netter Junge«, knurrt meine Mom leise an meinem Ohr, weshalb ich widerwillig seine Hand schüttele.

Er hat einen unerwartet zärtlichen Händedruck. Ein angenehmes Gefühl macht sich in mir breit, als er mit dem Daumen über meinen Handrücken streicht, während er mich unverwandt anblickt. Mir wird plötzlich ganz warm, weshalb ich ihm meine Hand schnell wieder entziehe.

»Railey, wieso zeigst du Austin nicht den Garten und das Haus? Dann können wir Erwachsenen uns ungestört unterhalten«, schlägt meine Mom lächelnd vor und sieht mich mahnend an.

Ich will schon protestieren, als Austin an mich herantritt und eine Hand auf meine Schulter legt. »Das wäre super. Dann können wir uns gleich besser kennenlernen.« Er zieht mich mit sich, bevor ich widersprechen kann.

»Was soll das?«, frage ich ihn.

Ein merkwürdiges Kribbeln überkommt mich, als mir auffällt, dass seine Hand immer noch auf meinem Arm liegt, weshalb ich sie schnell abschüttele und auf Abstand gehe.

»Hättest du dem langweiligen Gespräch weiter beiwohnen wollen?«, meint er schulterzuckend und sieht sich interessiert im Garten um, ehe sein Blick wieder auf mir landet.

Ich schweige, da ich ihm nicht widersprechen kann. Ich hätte es keine weitere Sekunde länger bei unseren Eltern ausgehalten. Dafür breitet sich jetzt eine unangenehme Stille zwischen uns aus.

Austin betrachtet mich lächelnd. Mein Puls schießt in die Höhe. Ich weiß nicht, wohin mit meinen Händen, weshalb ich meine Arme vor dem Oberkörper verschränke. »Was schaust du mich so an?«

»Ich schaue dich an, weil ich dich gerne anschaue«, erklärt er leichthin. »Aber wenn es dich so sehr stört, höre ich damit auf.«

»Haha, sehr witzig.« Er meint das sicher nicht ernst. Das hat bisher noch kein Junge.

Austin hebt irritiert eine Braue, als hätte er eine andere Reaktion erwartet. Dann legt er nachdenklich den Kopf schief. »Das war kein Witz. Das Kleid steht dir und mir gefällt die Kombi mit der Jacke und dem Gürtel.«

Ich schweige und wende mich mit glühenden Wangen ab, während ich mir über die Unterarme streiche, auf denen sich eine merkwürdige Gänsehaut ausbreitet. Mir wurden noch nie Komplimente gemacht, weswegen ich damit nicht umgehen kann.

Victoria wüsste, was zu tun ist.

Aber die sitzt nach wie vor an dem Baum und wartet auf mich.

»Außerdem hast du mich doch gestern im Training auch angeguckt, oder?«, fügt Austin hinzu und mustert mich aufmerksam, woraufhin ich noch mehr erröte. Es ist mir unglaublich peinlich, dass er mein offensichtliches Gestarre bemerkt hat. »Du kannst mich so oft anschauen, wie du willst. Ich halte dich nicht davon ab.« Er macht eine Pause. »Aber wie gesagt: Wenn du dich dabei unwohl fühlst, höre ich damit auf.«

Weil ich genug davon habe, dass er sich über mich lustig macht, lasse ich ihn erneut wortlos stehen.

Doch Austin folgt mir.

»Was ist denn los? Habe ich etwas Falsches gesagt? Ich dachte, du wolltest mir eine Führung durch den Garten und euer Haus geben?«

»Das kannst du dir von Dean zeigen lassen. Er freut sich sicher darüber, seinem neuen besten Freund unser Zuhause zu zeigen«, gebe ich zurück, was anscheinend genügt, um ihn abzuschütteln.

Anschließend stampfe ich zu meiner besten Freundin, die immer noch am Stamm lehnt und auf ihrem Handy herumtippt. Vermutlich schreibt sie mit

Luke oder irgendwelchen anderen Typen, die etwas von ihr wollen. Obwohl sie mit Luke anscheinend so gut wie zusammen ist, will sie sich wahrscheinlich vorsichtshalber weitere Möglichkeiten offenhalten.

»Du wirkst ein wenig sauer«, bemerkt Victoria, als ich mich neben sie fallen lasse. »Ist das Gespräch denn nicht so gut verlaufen? Ich habe den Typen gesehen. Ist das der Sohn von dem Freund deines Dads, von dem deine Eltern andauernd reden? Er ist wirklich heiß. Willst du mich ihm vorstellen?« Sie sieht sich suchend nach ihm um.

Ich folge ihrem Blick. Austin steht nun tatsächlich bei Dean und dessen Freunden. Sie halten Pappbecher mit Limonade in den Händen und unterhalten sich gut gelaunt. Ich spüre einen schmerzhaften Stich, als er etwas sagt, woraufhin alle lachen.

Missmutig wende ich mich ab. Das Rumoren in meinem Magen wird schlimmer.

»Der wirklich heiße Typ ist ein unverschämter, gemeiner Idiot«, murmle ich finster und verziehe das Gesicht, weil mein Bauch so wehtut.

»Alles klar bei dir?« Victoria betrachtet mich skeptisch.

»Ja, alles gut. Ich habe nur Magenbeschwerden. Wird sicher gleich wieder besser sein«, meine ich und hoffe, dass ich mich nicht irre.

»Okay.« Victoria grinst breit. »Egal, ob er ein unverschämter, gemeiner Idiot ist. Ich wette, er kann bestimmt gut –«

»Wag es nicht, den Satz zu beenden!«, warne ich sie.

»Sei doch nicht so verklemmt. Wenn du so weitermachst, kriegst du nie einen ab«, wirft sie mir vor. Es tut weh, weil sie recht hat. Aber ich kann meine Verklemmtheit nicht einfach ablegen. Ich bin nicht Victoria.

Schließlich berichte ich ihr von dem Gespräch mit Austin.

»Bestimmt hat er das nur gesagt, weil er sich mit der Tochter vom besten Freund seines Vaters gutstellen will. Das klingt vielleicht hart, aber ein so heißer Typ wie Austin steht eher auf Frauen, die aussehen wie Victoria's-Secret-Models«, sagt sie überzeugt und blickt mich mitleidig an.

Ich schweige und atme tief ein und aus, um die in mir aufsteigende Übelkeit zu kontrollieren.

Frustriert presse ich die Lippen aufeinander und werfe einen weiteren kurzen Blick auf meinen Bruder und seine Clique, bei denen ich Austin vermute. Doch der ist inzwischen weg. Die Übelkeit breitet sich weiter in mir aus. Ich schließe kurz die Augen und konzentriere mich auf meine Atmung.

Ich werde mich jetzt nicht übergeben.

»Bist du dir sicher, dass alles okay ist?«, hakt Victoria nach. Ich schüttele nur den Kopf und lege die Hand auf meinen Mund, um den Brechreiz zu unterdrücken. Leider wird es dadurch nicht besser.

»Ich glaube, ich muss mich übergeben«, presse ich hervor.

Dann rapple ich mich auf und stürme an den verwunderten Gästen vorbei. Das Einzige, was jetzt für mich zählt, ist der Weg zu unserem Bad. Ich laufe über die Terrasse ins Wohnzimmer und sprinte die Treppe gleich zwei Stufen auf einmal nehmend hoch. Als ich endlich oben ankomme, geht die Tür auf und ich knalle gegen einen durchtrainierten Oberkörper. Ich hebe den Kopf und blicke einem verdutzten Austin in die Augen.

Der mustert mich mit zusammengezogenen Brauen. »Ist alles in Ordnung bei dir? Du siehst sehr blass aus.«

In diesem Moment lässt sich die Übelkeit nicht länger zurückhalten. Ich halte mir erneut die Hand vor den Mund, stürze an ihm vorbei ins Bad und übergebe mich in die Toilette.

Dabei fallen mir meine kurzen Haare ins Gesicht. Ich hätte sie beinahe angespuckt, hätte sich Austin nicht geistesgegenwärtig neben mich gekniet und sie zurückgehalten. Erschöpft klammere ich mich am Toilettenrand fest und bin kurz davor, wegen der demütigenden Situation, in der ich mich gerade befinde, in Tränen auszubrechen.

Austin sagt nichts. Er bleibt neben mir sitzen und streicht mir sanft über den Rücken. Obwohl er sich sehr fürsorglich verhält, will ich am liebsten unsichtbar werden. Ich will diesen Moment rückgängig machen, weil er mitangesehen hat, wie ich mir die Seele aus dem Leib gekotzt habe.

Kapitel 3

Ein paar Stunden später sitze ich mit Victoria und meinem Zwillingsbruder in meinem Zimmer und berichte ihnen von dem katastrophalen Ende des Barbecues. Austin war sehr behutsam. Doch die Situation war mir so peinlich, dass ich, als ich fertig war, aufgestanden und abgehauen bin. Aus Angst, Austin noch einmal zu begegnen, habe ich mich bis jetzt in meinem Zimmer verschanzt. Da Mom und Dad mit ein paar Freunden und mehreren Gläsern Wein auf der Terrasse sitzen, um den Abend ausklingen zu lassen, müssen wir noch nicht beim Aufräumen helfen.

»Schade, dass ich nicht dabei war. War bestimmt ein lustiger Anblick. Du über die Schüssel gebeugt und dieser Austin hält dir die Haare zurück«, meint Victoria und hält sich den Bauch vor Lachen.

Dean, der es sich mit seinem Handy auf meiner Couch bequem gemacht hat, schmunzelt. Mir ist ganz und gar nicht nach Scherzen zumute, weshalb ich die Decke über den Kopf ziehe und am liebsten gar nicht mehr darunter hervorkommen möchte.

»Ich kann ihm nie wieder in die Augen sehen«, murmle ich. Hätte es nicht ein Junge sein können, den ich nicht kenne und nie wiedersehe? Dann wäre das Ganze nicht so peinlich. Aber nein: Es musste ausgerechnet der Sohn des Kollegen meines Vaters sein. Ausgerechnet der Typ, der neuerdings mit mir ins Kickboxtraining geht. Der Typ, der, wie es aussieht, der beste Freund meines Bruders wird. *Wir werden von nun an häufiger das Vergnügen miteinander haben*, wie er es so frech ausgedrückt hat.

»Natürlich kannst du ihm wieder in die Augen sehen. Es gibt Schlimmeres. Ist ja nicht so, als hätte er dich nackt gesehen.« Victoria zieht meine Bettdecke weg und legt mir tröstend ihre Hand auf den Arm.

»Es ist mir einfach peinlich«, gebe ich zurück und sehe zu meinem Bruder, der bisher geschwiegen hat. Stattdessen tippt er mit einem breiten Grinsen auf seinem Handy herum.

»Mit wem schreibst du da?«, frage ich ihn.

»Mit niemandem.« Er hebt den Kopf und macht ein unschuldiges Gesicht, weshalb ich misstrauisch werde.

»Mit wem schreibst du da?«, wiederhole ich und kneife die Augen zusammen.

Ein ungutes Gefühl steigt in mir auf. Dean entgegnet meinen Blick einige Sekunden lang. Keiner will den Blickkontakt abbrechen, sodass es Victoria vermutlich unangenehm wird, denn sie räuspert sich, während sie zwischen uns hin und her sieht.

»Ist das so ein Zwillingsding?«, scherzt sie.

In dem Moment fege ich die Decke vom Bett, springe auf und stürze auf meinen Bruder zu, der mit dem Handy in der Hand in Richtung meiner Zimmertür flüchtet.

»Bleib sofort stehen und sag mir, mit wem du da schreibst!«

»Niemals!«, gibt er lachend zurück. Er will nach der Türklinke fassen, doch da hole ich ihn ein und entreiße ihm das Handy. »Hey, das ist mein Privateigentum«, protestiert er, doch ich eile schon von ihm weg und überfliege hektisch den Chatverlauf. Mit jedem weiteren Wort, das ich lese, rutscht mir das Herz noch tiefer in die Hose. Meine Wangen brennen.

Ungläubig starre ich von dem Display zu Dean, der mich anklagend ansieht, als hätte *ich* einen Fehler gemacht.

»Was soll das?« Fassungslos starre ich auf den Chatverlauf von *Aus* und meinem Bruder. Anscheinend haben sie Handynummern ausgetauscht.

Aus: Wie geht es deiner Schwester? Ich hätte mich gern von ihr verabschiedet, aber sie war nirgends mehr zu finden. Ist alles okay bei ihr?

Dean: Sie hat mir erzählt, was passiert ist. Es ist ihr peinlich, dass sie sich vor dir übergeben hat.
Danke übrigens, dass du ihr die Haare zurückgehalten hast und so nett zu ihr warst, obwohl sie dich ja anscheinend nicht so mag. Meine Schwester ist seeeeehr verklemmt ...

Aus: Das muss ihr nicht peinlich sein. War doch selbstverständlich, dass ich ihr geholfen habe. Ich halte ihr die Haare gern wieder zurück Sooooo verklemmt kann sie ja nicht sein, wenn sie sich munter vor mir übergeben kann

Dean: Sie hat gesagt, dass sie dir nie wieder unter die Augen treten kann ...

Aus: Oh, okay ...
Kann ich mit ihr reden und das klären?

Dean hat bereits ›Ja‹ getippt, aber ich lösche die Nachricht schnell und sehe ihn wütend an. »Warum schreibst du mit ihm über mich?«

Mein Bruder zuckt gelassen mit den Schultern und entreißt mir das Handy, um es in seine Hosentasche zu schieben, während meine beste Freundin sich gar nicht mehr einkriegt vor lauter Lachen.

»Bevor er gegangen ist, hat Austin den ganzen Garten nach dir abgesucht. Dass er mir geschrieben hat, verdeutlicht, dass er nur sichergehen wollte, dass es dir gut geht«, erwidert er ernst. »Es tut mir leid, dass ich hinter deinem Rücken mit ihm über dich geschrieben habe. Aber ich hatte dabei keine bösen Absichten. Ich will dir nur helfen, Railey. Du wünschst dir andauernd einen Freund. Ich weiß nicht, warum du auf Austin so schlecht zu sprechen bist. Aber er ist wirklich nett. Er wäre doch perfekt.«

»Danke, Dean, aber dabei brauche ich keine Hilfe. Bitte misch dich da nicht ein und lass mich meine Kämpfe selbst ausfechten«, erwidere ich. Zudem ich an Austin sowieso nicht interessiert bin.

»Wie poetisch«, spottet Victoria.

»Manche Typen stehen auch auf kleinere Mädchen«, versucht mein Bruder zu helfen, macht es damit jedoch nicht besser.

»Kleinere Mädchen. Da haben wir es wieder: Ich werde andauernd nur auf meine Größe reduziert. Das nervt!«

»Austin hat mir erzählt, dass –«, beginnt mein Bruder, doch ich unterbreche ihn barsch.

»Lass es einfach, ja? Diese Typen sind doch alle gleich. Austin ist da nicht anders.« Das hat er nur allzu deutlich gezeigt, als er mich vor der Turnhalle so veräppelt hat.

Victoria sieht zwischen uns hin und her. »Da gebe ich ihr recht«, stimmt sie mir zu und wirft meinem Bruder einen entschuldigenden Blick zu. »Während Railey weg war, habe ich diesen Austin aus Langeweile auf Instagram gesucht. Der Großteil seiner Follower besteht aus Mädchen.«

»Du hast ihn auf Instagram gestalkt?«, hake ich nach.

Sie zuckt mit den Achseln. »Klar doch. Ich wollte wissen, wer der heiße Typ ist, der dich beinahe umgefahren hat.«

»Also findest du ihn doch heiß.« Mein Bruder lächelt wissend.

»Megaheiß«, korrigiert ihn Victoria grinsend.

»Wehe du schreibst ihm das!«, knurre ich.

»Außerdem hat er einen gewissen Ruf«, fährt Victoria wieder ernst geworden fort.

»Du hast auch gar keine Vorurteile«, kommentiert mein Bruder ironisch. »So viele Follower hat er gar nicht. Es sind gerade mal tausend. Er postet dort nur ein paar Fotos vom Kickboxen und teilt seine Leidenschaft mit anderen. Daran ist doch nichts verkehrt.«

»Ihm folgen viele Mädchen«, betont Victoria noch einmal besserwisserisch. »Sie liken und kommentieren seine Bilder. Außerdem sieht er gut aus. Der ist ganz sicher ein arroganter Player.«

Der bedeutungsschwangere Ton ihrer Stimme versetzt mir einen tiefen Stich im Herzen, für den ich mich selbst nicht verstehe. Es kann mir doch egal sein, ob Austin ein selbstverliebter Aufreißer ist oder nicht.

»Ich finde es total bescheuert, aufgrund seines Social-Media-Profils und seiner Follower auf seine Person zu schließen«, verteidigt mein Bruder Austin und macht Victoria damit wütend, sodass die beiden zu streiten beginnen, weshalb ich sie aus meinem Zimmer verbanne.

Nachdem die restlichen Gäste und Victoria gegangen sind, helfen wir unseren Eltern beim Aufräumen.

Danach sitze ich wieder in meinem Zimmer auf meiner Couch. Meinen Laptop habe ich auf dem Schoß platziert. Für die richtige Atmosphäre sorgen nur meine Lichterketten an den Wänden und die LED-Kerzen auf meinem Bücherregal spenden zusätzliche Helligkeit. Aus meiner Stereoanlage dringt Musik, die mich inspiriert und in die richtige Stimmung bringt.

Meine Hände prickeln wie verrückt, als ich endlich das Schreibprogramm öffne und die neu begonnene Romance-Geschichte noch mal überfliege.

In letzter Zeit habe ich häufiger über die Idee nachgedacht und wollte sie parallel zu meinem Fantasyprojekt schreiben. Bisher habe ich nur die Grobhandlung in einem Exposé festgehalten und ein paar unfertige erste Kapitel geschrieben.

Die Geschichte handelt von einem beliebten, hübschen Mädchen an der Highschool. Sie hat gute Noten, enge Freundinnen, die immer zu ihr halten, ist Kapitänin des Cheerleaderteams und könnte mit Leichtigkeit einen Freund haben, weil es einige Interessenten gäbe. Ihr Leben ist nahezu perfekt. Allerdings fühlt sie sich trotz ihrer Beliebtheit manchmal einsam und sucht die große Liebe.

Eigentlich gefällt mir die Idee. Doch heute ist irgendetwas anders als sonst. Ich kann mich weder auf die Handlung konzentrieren noch mich in die Hauptprotagonistin Ashley hineinversetzen. Zudem ich andauernd die negativen Rückmeldungen zu meinem Fantasyprojekt im Hinterkopf habe. Ich will mich beim Schreiben verbessern und die Romantik richtig hinkriegen.

Doch im Gegensatz zu meinen anderen Büchern finde ich dieses Mal keinen Bezug zu der Idee, was mich zunehmend frustriert. Immer und immer wieder tippe ich neue Worte ein, ändere Szenen, aber ich bin nicht zufrieden damit.

Normalerweise hilft mir das Schreiben, um abzuschalten und herunterzukommen, wenn es mir nicht so gut geht. Jetzt quält und deprimiert es mich, dass ich nicht vorankomme, weil ich keine Ahnung habe, wie die Liebesgeschichte weitergehen soll.

Umso länger ich auf den Bildschirm starre, desto blöder kommt mir die Idee vor.

***

Weil ich meine Schreibblockade auch die nächsten Tage nicht überwinden kann, konzentriere ich mich auf meine Workouts. Der Sport hilft mir, klare Gedanken zu fassen und runterzukommen.

Dafür schwänze ich das nächste Kickboxtraining, das wenige Tage später stattfindet, und schlage lieber auf den Boxsack in unserem selbst eingerichteten Sportzimmer daheim ein. Ich weiß, dass ich mich nicht ewig vor Austin verstecken kann. Aber je länger ich ihn nicht sehen muss, desto besser fühle ich mich. Zumindest rede ich mir das ein.

Bis Dean in mein Zimmer kommt und mir berichtet, dass Austin erneut nach mir gefragt hat. Er will sogar meine Handynummer, aber ich verbiete meinem Bruder sie ihm zu geben. Es juckt mir geradezu in den Fingern, ihn wie Victoria auf Instagram zu stalken. Doch ich widerstehe dem Drang und konzentriere mich weiterhin auf meine Fitness.

Ein paar Tage später versuche ich es wieder mit dem Schreiben. Doch ich sitze nur da und starre erneut frustriert auf den Bildschirm meines Laptops. Mein Kopf ist wie leergefegt.

Aus diesem Grund bin ich froh, als Freitagnachmittag mein Handy mit einer eingehenden Nachricht vibriert.

Vicky: Wir sind in zwei Stunden bei dir 😊

Heute steigt die Party von diesem Kyle. Eigentlich habe ich keine Lust auf feiern. Lieber würde ich mit Victoria einen Filmabend machen. Aber darauf hat sie wiederum keine Lust. Außerdem brauche ich die Ablenkung und vielleicht bekomme ich so neue Inspiration für meine Romance-Idee.

Kapitel 4

Kurze Zeit später sitze ich in Jeans, T-Shirt und Lederjacke auf dem Rücksitz von Lukes Mustang. Luke ist zwei Jahre älter als wir und studiert bereits auf einem nahegelegenen College. Er ist groß, schlank und sieht gut aus. Für die Party hat er seine blonden Haare nach hinten gestylt. Auf den ersten Eindruck ist er charakterlich sehr cool. Denn während er sich mit Victoria unterhält, schließt er mich nicht aus wie seine Vorgänger, sondern bezieht mich ins Gespräch mit ein.

Immer wieder tätschelt er dabei Victorias Bein. Es ist keine sexuelle Berührung, sie ist zärtlich und liebevoll. Damit ist er der erste ihrer Freunde, den ich annähernd leiden kann.

Da die Straße vor dem Haus, wo die Party stattfindet, zugeparkt ist, quetscht Luke sein Auto in eine Lücke in einer Nebenstraße. Nachdem wir ausgestiegen sind, küsst er Victoria. Sie sieht wunderschön aus in ihrem engen Kleid, dessen Saum knapp über ihren Knien endet und das ihre kleinen Brüste und schmale Taille perfekt betont. Ihre langen braunen Haare fallen in eleganten Wellen bis zu ihren Hüften. Außerdem hat sie sich geschminkt, wodurch sie kombiniert mit ihren hohen Schuhen noch größer und älter wirkt.

Als sie sich nach dem Kuss wieder voneinander lösen, greift Luke nach Victorias Hand. Sie strahlt mich überglücklich an und ich lächle zurück. Ich freue mich für sie, weil sie sich anscheinend sehr mögen. Doch ein anderer Teil von mir hätte auch gern jemanden, der mich so ansieht oder berührt.

Wir machen uns auf den Weg zu der großen Villa, die am Ende des Viertels in die Höhe ragt. Auf einem kunstvoll angelegten Vorgarten mit akkurat geschnittenen Baumkronen und bunten Blumenbeeten, der dem meiner Mutter Konkurrenz macht, tummeln sich Jugendliche mit den typischen roten Partybechern in den Händen. Sie unterhalten sich lachend oder tanzen zur Musik. Über der Eingangstür befindet sich ein von einer Balustrade umgebener Balkon. Darauf stehen mein Bruder und fünf Freunde aus seiner Clique. Sie halten ebenfalls Becher in den Händen und beobachten von dort aus das Geschehen.

Wir gehen alle auf dieselbe Schule, weshalb sie letzte Woche auch auf unserem Barbecue waren. Es sind neben meinem Bruder und Austin der Gastgeber Kyle Jackson mit seiner Freundin Isabella Wilson und ihren gemeinsamen Freunden Ben Blake und Shane Davis.

Es ist mir ein Rätsel, wie mein Bruder und die Jungs sich angefreundet haben. Immerhin ist Kyle einer der reichsten, beliebtesten Schüler und Footballstar unserer Schule. Ben hat den Ruf eines verzogenen, draufgängerischen Players und Shane, der sowohl Jungs als auch Mädchen datet, ist Wide Receiver im Footballteam.

Dean hingegen interessiert sich weder für Geld noch für Football. Ich bin mir sogar ziemlich sicher, dass er und die anderen insgesamt nur wenige Gemeinsamkeiten haben.

Dennoch hängen sie andauernd miteinander ab und verstehen sich anscheinend super. Dabei ist Dean nicht so beliebt und ihm scheint auch der Ruf seiner Freunde egal zu sein. Er behauptet immer, dass die Gerüchte, dass sie Bad Boys und Player wären, andauernd nur Party machten, schwänzten und total arrogant wären, gar nicht stimmen und die Mitschüler ein falsches Bild von ihnen haben.

Ich weiß nicht, ob das stimmt, da ich mit ihnen bisher wenig bis gar nicht zu tun hatte. Außerdem hänge ich sowieso immer mit Victoria ab, wenn ich nicht gerade mit dem Kickboxen, Schreiben oder Lesen beschäftigt bin.

Mein Herz bleibt stehen, als mein Blick zu Austin wandert, der die Hände auf dem Steingeländer abgestützt hat und mich direkt anschaut. Er löst seine Finger von der Balustrade und winkt mir zu. Perplex hebe ich die Hand, lasse sie jedoch schnell wieder sinken. Was, wenn er gar nicht mir, sondern jemand anderem gewunken hat?

Ich drehe mich um, doch da sind nur Partygäste, die in Gespräche, das Tanzen oder das Trinken vertieft sind. Hitze schießt in meine Wangen, als ich wieder zu Austin schaue, der wiederum zu mir nach unten sieht.

Um den Anschluss nicht zu verlieren, stolpere ich Luke und Victoria hinterher ins Haus. Wir quetschen uns an den Gästen vorbei, die den kompletten Flur und alle umliegenden Räume des Erdgeschosses einnehmen. Zwar führt eine Treppe nach oben ins Obergeschoss, doch die ist mit einem Absperrband und einem ›Betreten strengstens verboten‹-Schild gesperrt.

Im Haus ist es sehr laut und stickig. Die Bässe der Musik und das Gejohle der Leute, die zu den Songs mitsingen oder sich etwas zubrüllen, vermischen sich zu einem ohrenbetäubenden Dröhnen. Der Gestank von Schweiß, Alkohol, Rauch und einem Hauch von Gras liegt in der Luft. Deshalb bin ich froh, als wir durch das große Wohnzimmer nach draußen in den hinteren Garten gelangen, wo es etwas ruhiger und weniger beengend ist.

Dort steuern Victoria und Luke sofort auf einen großen, langen Tisch an der Seite zu, der als improvisierte Bar dient. Darauf stehen leere Becher und verschiedene Alkoholgetränke, für welche die Mehrheit der Gäste eindeutig zu jung ist. Unter dem Tisch befinden sich mehrere Kisten voller Bier und Säfte.

Victoria mixt uns beiden Cocktails, während sich Luke eine Wasserflasche nimmt.

Meine beste Freundin hält uns ihren Becher entgegen. »Auf einen coolen Abend.«

Wir stoßen dagegen, dann nippe ich an meinem Getränk und verziehe das Gesicht, weil der hohe Alkoholgehalt in meiner Kehle brennt.

Victoria hingegen scheint der starke Cocktail nichts auszumachen. Sie trinkt ihn in einem Zug halb leer. Dann zieht sie uns auf die Wiese vor einen beleuchteten Pool, wo sich bereits mehrere Leute zur Musik bewegen.

»Ich will jetzt tanzen«, bestimmt sie und beginnt bereits sich mit Luke im Takt der Musik zu bewegen.

Ich gebe mir Mühe, nicht allzu verkrampft zu sein. Weil ich Luke und Victoria nicht bei ihrem innigen Tanz beobachten will, lasse ich meinen Blick über den Garten schweifen.

Einige Jugendliche schwimmen mehr oder weniger bekleidet im Wasser, andere sitzen am Rand und flirten miteinander. Die meisten Mädchen unter ihnen sind schlank, groß, haben lange Beine, eine ansehnliche Oberweite und machen wie Victoria einigen Models Konkurrenz. Wie schön wäre es, wenn ich auch mal als eine von ihnen wahrgenommen werden würde.

Als ich wieder zu Victoria schaue, schwingt diese die Hüften, als hätte sie nie etwas anderes gemacht, und zieht damit nicht nur die Blicke ihres Freundes auf sich, sondern auch die der umstehenden Typen.

Bei mir sieht es nicht so anmutig aus. Ganz im Gegenteil: Ich wirke trotz meiner Bemühungen eher wie ein Roboter, der nicht richtig programmiert ist und lediglich steife Bewegungen vollführt. Weil ich mich unwohl fühle, nippe ich immer wieder an meinem Cocktail, bis er leer und mein Kopf leicht benebelt ist. Zumindest werde ich dadurch lockerer.

Irgendwann hören Victoria und Luke auf zu tanzen, weil sie sich etwas zu essen holen wollen. Erneut werde ich mitgezogen zu einem Tisch, an dem Fingerfood angeboten wird. Davor hat sich eine lange Schlange gebildet. Der Duft von Pizza liegt in der Luft. Victoria stellt sich Händchen haltend mit Luke hinten an. Da ich nicht mit ihnen warten will und mein Kopf vom Alkohol leicht schwummrig ist, begebe ich mich zu einem nahegelegenen Baum, in dessen Krone sich Lichterketten befinden. Darunter stehen zwei Jungen – einer mit schwarzen und der andere mit blonden Haaren. Beide halten Pizzen in den Händen.

Kurz zögere ich, dann überwinde ich mich und trete zu ihnen. Ich will Erfahrungen sammeln. Mich trauen jemanden anzusprechen. So schwer kann das doch nicht sein.

Fragend sehen sie mich an.

»Hey«, sage ich, ehe ich mich selbst davon abhalten kann.

Normalerweise bin ich, wenn es um Jungs geht, sehr verklemmt. Nie im Leben würde ich einfach so ein männliches Wesen ansprechen, von dem ich potenziell etwas will. Für mich ist die männliche Spezies ein ungelöstes Rätsel, das es noch zu entschlüsseln gilt. Doch der Alkohol beschwingt mich und lässt mich mutig werden.

»Hey«, antwortet der Schwarzhaarige lächelnd.

Um die Konversation am Leben zu erhalten, frage ich: »Wo kommt ihr denn her?«

»Ich wohne in der Nähe von River Hill«, antwortet er.

»Ich auch«, fügt der andere hinzu und mustert mich mit gerunzelter Stirn. Ich kann mir schon vorstellen, was ihm gerade durch den Kopf geht: *Was will denn die Kleine hier?*

»Und du?«, will der Schwarzhaarige wissen. Ihn finde ich von den beiden am sympathischsten. Denn er lächelt mich wenigstens freundlich an und wirkt nicht so unbegeistert über mein Auftreten wie sein Freund. Zudem sieht er gut aus.

»Ich komme aus River Hill.«

»Cool.« Er nickt mir zu. Sein Freund wiederum tippt ihn an und nickt in Richtung Haus.

Der schwarzhaarige Typ wirft mir einen entschuldigenden Blick zu. »Wir gehen wieder rein. Man sieht sich vielleicht noch.« Dann verschwindet er mit einem letzten Lächeln in meine Richtung mit seinem Kumpel im Haus.

Ich starre ihnen hinterher, unfähig mich zu bewegen. Auf der einen Seite bin ich enttäuscht, dass ich mich nicht getraut habe den sympathischen Schwarzhaarigen nach seiner Nummer zu fragen oder dass er meine nicht wollte. Andererseits bin ich stolz auf mich, weil ich mich dazu überwunden habe, auf ein männliches Wesen zuzugehen. Sogar gleich auf zwei.

Schließlich gesellt sich Victoria mit Luke im Schlepptau zu mir und drückt mir ein Pizzastück in die Hand. »Wir haben gesehen, wie du dich mit zwei Typen unterhalten hast. Warum sind sie gegangen? Hast du sie vertrieben?«

Obwohl ihre Stimme einen scherzenden Unterton angenommen hat, versetzen mir ihre Worte einen Stich im Herzen. Ich weiß, dass ich nicht gerade die Flirtkanone Nummer Eins bin.

»Wenigstens habe ich mich getraut mich mit ihnen zu unterhalten«, erwidere ich.

»Hast du denn ihre Nummern bekommen?«, hakt Victoria nach. Ihre Wangen sind gerötet und sie wirkt etwas angetrunken, was wohl an ihrem zweiten Cocktail liegt, den sie sich zur Pizza geholt hat.

Ich schüttle den Kopf, woraufhin sie mit den Schultern zuckt. »Na ja, die sahen sowieso nicht so gut aus. Da gibt es hübschere Kerle.« Sie öffnet den Mund, als wolle sie noch etwas sagen, doch dann richtet sich ihre Aufmerksamkeit auf jemanden hinter mir. »Tyler!«

Meine beste Freundin stolpert schwankend an mir vorbei. Dabei verschüttet sie ihr Getränk. Stürmisch umarmt sie ihren großen Bruder, der ganz in der Nähe bei seinen Kumpels steht. Tyler ist nicht nur älter als Victoria, sondern im wahrsten Sinne des Wortes groß. Ich reiche ihm mit den Schultern gerade so bis zur Hüfte.

Victoria rauscht mit Luke an der Hand einfach ab, um die Gruppe zu begrüßen. Ich wiederum bleibe wie angewurzelt stehen, weil ich nicht weiß, was ich tun soll. Dabei bemerke ich, wie Tylers Freunde mich aus der Ferne unter hochgezogenen Brauen mustern.

»Wer ist denn das Mädchen, mit dem ihr da seid? Die ist ja winzig. Wenn Sie neben deinem Bruder stehen würde, wäre sie ein Zwerg«, meint einer der Jungs, woraufhin alle lachen – inklusive Victoria und Luke.

Mir wiederum ist gar nicht zum Lachen zumute. Unbehaglich schlinge ich die Arme um den Oberkörper. Ich weiß nicht, was ich sagen soll. Dabei werde ich nicht einmal beachtet. Sie haben mir den Rücken zugekehrt, als wäre ich gar nicht anwesend.

Ich will nicht mit anhören, wie sie sich über mich lustig machen. Deshalb verstecke ich mich kurzerhand hinter einem nahegelegenen Baumstamm. Von dort aus kann ich sie allerdings trotz Musik und anderer sich miteinander unterhaltender Gäste noch gut verstehen, da der allgemeine Alkoholpegel ihre Stimmen immer lauter werden lässt.

»Schätzt mal, wie alt sie ist«, meint Victoria.

Ich halte den Atem an. Ich habe gehofft, dass sie es endlich lassen würde. Es ist jedes Mal dasselbe. Jedes Mal stellt sie den Leuten die immer gleiche Frage. Derweil will ich nicht wissen, auf wie jung sie mich schätzen. Victoria ist bewusst, wie unwohl ich mich dabei fühle. Ich verstehe nicht, warum sie es trotzdem immer wieder tut.

»Auf den ersten Blick würde ich sie auf zwölf oder maximal vierzehn schätzen. Aber ich vermute mal, sie ist ein wenig älter, oder? So fünfzehn oder sechzehn?«, meint einer abschätzig. Die anderen nicken zustimmend.

Mir rutscht das Herz in die Hose. Tränen schießen mir in die Augen, weil ich mich bloßgestellt fühle. Stumm verharre ich hinter meinem Versteck. Victoria sieht sich nicht einmal nach mir um. Hat sie mich vergessen?

»Nein, sie ist siebzehn«, klärt meine beste Freundin die Jungs auf. »Und sie ist Hobby-Autorin.«

»Autorin?« Einer der Jungs sieht sie erstaunt an. »Ich finde ja lesen und Aufsätze schreiben in der Schule schon langweilig. Hat deine kleine Freundin nichts Besseres zu tun?«

»Sie hat keinen Freund«, erklärt Victoria. »Aber wenn jemand von euch Interesse hat, Railey ist auf der Suche.«

Ich will im Boden versinken.

»Sorry, ich stehe nur auf Jungs«, erklärt einer von Tylers Freunden und hebt entschuldigend die Hände.

»Ich bin nicht so der Typ für Beziehungen. Wenn überhaupt, dann könnte sie eher als Standgebläse herhalten«, wirft der Nächste ein.

»Ich finde, sie sieht ganz süß aus«, meint ein anderer. »Aber ein bisschen zu kindlich wäre sie mir schon.«

Etwas Ähnliches hat Miles auch gesagt. Meine Brust wird eng und ich habe das Gefühl, nicht mehr richtig atmen zu können. Ich will nur noch weg von hier. Deshalb stürme ich aus meinem Versteck hervor.

Erst jetzt scheint Victoria mich zu bemerken. Sie dreht sich überrascht nach mir um. »Da bist du ja. Wo warst du denn und wo willst du hin?«

Ich bleibe stehen, blicke in ihr verwirrtes Gesicht. »Ich habe keine Lust, andauernd als Witzfigur herzuhalten! Oder als Standgebläse«, sage ich mit Blick auf den unverschämten Typen, der mich so bezeichnet hat. Der grinst nur, als wäre das lustig. Ich wiederum finde es alles andere als witzig. Er hat mich ernsthaft beleidigt.

»Stell dich doch nicht so an. Das war sicher nicht so gemeint«, erwidert Victoria verständnislos. »Du verhältst dich gerade total kindisch, statt es mit Humor zu nehmen.«

Fassungslos sehe ich sie an. Ich weiß, dass sie, wenn sie etwas getrunken hat, manchmal gemein sein kann und Dinge sagt, die sie womöglich nicht so meint. Aber ihr Verhalten ist unmöglich. Ich dachte, sie wäre meine beste Freundin. Alkohol hin oder her. Eine Freundin sollte ihre Freundin immer verteidigen. Doch sie macht mich lieber runter oder sieht lachend dabei zu, wie andere es tun.

Weil ich nicht vor allen Partygästen in Tränen ausbrechen will, drehe ich mich endgültig um und laufe an knutschenden Paaren vorbei ins Haus, bis ich in den Vorgarten gelange, wo ich mich erschöpft auf der Veranda niederlasse. Ich bin allein und froh darüber, dass alle anderen sich im Haus oder hinten im Garten befinden. Kyle hat sie dorthin geschickt, damit sie die Nachbarn nicht stören.

Um mich zu beruhigen, atme ich ein paarmal tief durch. Eigentlich sollten mich Luke und Victoria nach der Party nach Hause fahren. Allerdings weiß ich nicht, ob sie das wegen des Streits noch tun werden. Ich jedenfalls will es nicht. Deshalb schreibe ich Dean, ob er mich später mitnehmen kann. Notfalls würde ich unsere Eltern anrufen, aber die will ich ungern wecken. Außerdem müsste ich dann die Situation erklären, was sehr unangenehm wäre.

Während ich auf Deans Antwort warte, öffne ich die App für die Schreibplattform, auf der ich meine Geschichten hochlade. Meine Lust auf diese Party ist gleich null. Viel lieber würde ich jetzt in meinem Zimmer auf der Couch liegen und lesen oder schreiben, damit ich das alles vergessen und jemand anderes sein kann.

Ich habe erst zwei Kapitel gelesen, als sich plötzlich jemand neben mich setzt. In der Erwartung, dass es Victoria ist, will ich der Person schon sagen, dass ich meine Ruhe haben will. Doch ich erstarre, als ich in haselnussbraune Augen blicke.

»Austin?«

»Es freut mich, dass du meinen Namen noch kennst. Ich habe dich gesucht.« Mein Herz macht einen Satz. Er hat mich gesucht? Austin registriert meine überraschte Miene mit einem breiten Grinsen. Doch dann wird er wieder ernst. »Warum sitzt du ganz alleine hier draußen?«

»Ich lese.«

»Du liest? Was liest du denn?«

Ich zögere einen Moment, weil ich nicht weiß, ob ich ihm davon erzählen soll. »Mein Buch«, bringe ich schließlich hervor, traue mich aber nicht, ihn anzuschauen. Was, wenn er mein Hobby wie Victoria langweilig und mich nun komisch findet? Und warum kümmert mich das überhaupt?

»Dein Buch?« Austin linst in mein Handy. Schnell mache ich das Display dunkel. »Wie heißt dein Buch denn?«, fragt er, als ich nichts sage.

Ich suche nach Anzeichen in seiner Miene, dass er mich auslacht. Aber er wirkt ehrlich interessiert.

»Es heißt *Kampf der Königreiche*«, gebe ich leise zurück.

»Und du hast es geschrieben?«

»Ja.«

»Du hast ein komplettes Buch geschrieben? Wie viele Seiten hat es denn?«, hakt er weiter nach, was mich irritiert. Bisher hat sich noch nie jemand dafür interessiert.

Dennoch beschließe ich das Spiel mitzuspielen, bis er endlich damit aufhört. »Aktuell sind es fünfhundert Normseiten.«

Austin stößt einen anerkennenden Laut aus. »Wow, Respekt. Ich kenne niemanden, der schreibt, kann mir aber vorstellen, dass das ein Haufen Arbeit ist.«

Verlegen streiche ich meine Haare zurück. »Na ja, es ist schon irgendwie Arbeit. Aber es macht mir ja Spaß.«

»Also ist das Schreiben dein Hobby?«

Ich nicke.

»Was sind denn Normseiten? Und wie lange hast du daran geschrieben?«, will er wissen.

»Eine Normseite ist eine Hilfsgröße, mit der man den Umfang eines Manuskripts besser abschätzen kann«, erkläre ich und frage mich, ob ihn das denn wirklich interessiert. »Das Buch habe ich vor knapp drei Jahren angefangen zu schreiben. *Kampf der Königreiche* ist aber eine Reihe. Mittlerweile schreibe ich am zweiten Band.«

»Der Titel klingt nach Fantasy?«

Erneut nicke ich.

Austin lächelt. »Ich mag Fantasy- oder Science-Fiction-Bücher. Wo kann ich es denn lesen oder kaufen?«

Ungläubig blicke ich ihn an. Ich habe keine Ahnung, was er damit bezwecken will, mich in ein Gespräch zu verwickeln. Er hat doch bestimmt besseres zu tun, als sich mit mir über meine Bücher und das Schreiben zu unterhalten. Zudem es mich überrascht, dass er liest. Ich kenne außer Dean und seinen Freunden keinen Jungen, der Bücher cool findet.

»Warum bist du hier?«, frage ich ihn deshalb.

»Das sage ich dir erst, wenn du meine Frage beantwortet hast«, entgegnet Austin.

»Welche Frage?«

»Ich habe dich gefragt, was du ganz alleine hier draußen machst.«

»Und ich habe dir darauf geantwortet.«

Austin hebt die Brauen, als würde er mir nicht glauben. »Du flüchtest dich auf einer Party in eine Fantasiewelt. Ganz allein auf der Veranda. Während alle drinnen ausgelassen feiern.«

Ich zucke mit den Schultern. »Mir ist halt gerade nicht nach feiern. Ich lese lieber. Außerdem gefällt mir die Fantasiewelt gerade besser als diese Scheißparty.«

»Okay.« Er schweigt. »Du hast nämlich nicht gerade sehr begeistert gewirkt, als ihr hier aufgetaucht seid.«

»Meine beste Freundin wollte unbedingt herkommen. Ich wollte Zeit mit ihr verbringen und ein wenig rauskommen. Also bin ich mitgegangen.«

»Deshalb sitzt du jetzt hier ganz allein«, stellt Austin überflüssigerweise fest. »Und das liegt sicher nicht an den Typen und deiner *besten* Freundin, die sich im Garten über dich lustig gemacht haben?«

Erschrocken sehe ich ihn an. Hat er gehört, was sie gesagt haben?

Ertappt will ich aufstehen, doch Austin hält mich zurück.

»Bitte hau nicht ab. Ich will dich nicht vertreiben oder belästigen. Wenn du deine Ruhe willst, gehe ich wieder rein. Aber ich habe die Aktion von deinen

Freunden vorhin mitbekommen und fand das mehr als uncool. Ich habe dich weglaufen sehen. Also bin ich dir gefolgt.«

»Warum?«, frage ich nur.

Mehr bekomme ich nicht heraus. Es ist mir extrem peinlich, dass Austin und vermutlich einige Partygäste im Garten mitangehört haben, wie ich gedemütigt wurde.

»Ich wollte sowieso mit dir reden, weil ich mich für mein Verhalten vor der Turnhalle entschuldigen wollte. Ich habe dich auf den ersten Blick wirklich für einen Jungen gehalten. Das war mir echt unangenehm. Deshalb wollte ich mit Witzen die Stimmung etwas auflockern, was nicht so gut geklappt hat. Mir war nicht bewusst, dass dich das so verletzt. Das war nicht meine Absicht und tut mir leid.«

Mir fehlen die Worte. Ich weiß nicht, was ich von seiner Entschuldigung halten soll. Aber Austin klingt sehr ernst. Kann ich ihm vertrauen?

Er erwidert meinen Blick ruhig. »Willst du darüber reden, was da auf der Party vorhin vorgefallen ist?«

Weil mich der Streit noch immer belastet und ich mir die Worte gerade nicht von der Seele schreiben oder die angestauten Gefühle an einem Boxsack auslassen kann, beschließe ich Austin davon zu erzählen.

Deshalb setze ich mich wieder neben ihn. Ich brauche jemanden zum Reden. Zwar konnte ich ihn anfangs nicht leiden, jedoch war er auf dem Barbecue meiner Eltern sehr nett zu mir und hat sich bei mir entschuldigt. Dean mag ihn. Sonst würde er ihn nicht in seine Clique integrieren. Vielleicht sollte ich ihm eine Chance geben. Immerhin werden wir uns häufiger sehen. Da würde ich mich lieber gut mit ihm verstehen, statt ihn zu hassen. Womöglich kann er dann auch nachvollziehen, warum ich so überreagiert habe, als er über meine Größe gescherzt hat. Falls er mich danach auslacht, weiß ich, dass er ein ebenso großer Idiot ist wie Victorias und Tylers Freunde. Also gebe ich mir einen Ruck und fange an zu erzählen. Dabei lasse ich kein Detail aus. Denn ihre kränkenden Worte und ihr Gelächter haben sich tief in mein Gedächtnis eingebrannt.

»Ich weiß aber, dass Victoria, wenn sie betrunken ist, oft verletzende Dinge sagt, die sie so gar nicht meint«, schließe ich meine Wiedergabe der Ereignisse ab.

»Hm.« Austin kneift die Augen zusammen. »Egal ob sie Alkohol getrunken hat oder nicht. Das, was sie gesagt hat, war nicht nett. Hast du denn schon einmal mit ihr darüber gesprochen, wenn das anscheinend häufiger vorkommt?«

»Ja. Ich habe ihr gesagt, dass mich das stört, und sie hat es eine Zeit lang sein lassen. Aber dann hat sie wieder damit angefangen. Sie findet es lustig und ist der Meinung, dass ich das nicht so ernst nehmen soll.«

»Das ist überhaupt nicht lustig«, meint Austin. »Ganz ehrlich? Eine beste Freundin sollte ihre Freundin verteidigen und nicht bloßstellen. Für mich klingt diese Victoria eher wie eine blöde Muh.«

Verwirrt sehe ich ihn an. »Eine Muh?«

Er grinst. »Warum heißt eine Kuh ›Kuh‹ und nicht ›Muh‹? Immerhin macht sie Muh.« Austin zieht nachdenklich die Brauen zusammen. »Wobei es für die Muh eine Beleidigung wäre, mit deiner Freundin verglichen zu werden.«

Obwohl mir bis eben noch so gar nicht nach Lachen zumute war, entfährt mir ein leises Kichern. Schnell schlage ich mir die Hand vor den Mund.

Austins Mundwinkel heben sich. »Wenn du lachst, strahlst du richtig.«

Überrascht sehe ich ihn an. Ein merkwürdiges Magenflattern macht sich in mir breit. Ich weiß nicht, was ich von seinem Kompliment halten soll, weshalb ich schweige.

»Hast du einen Freund?«, fragt Austin plötzlich.

»Sehe ich so aus, als hätte ich einen? Ich habe noch nicht einmal einen Jungen geküsst. Die denken alle, ich wäre ein kleines Mädchen.«

»Du bist auch klein.«

»Ich bin aber *so* klein, dass ich für ein Kind gehalten werde.«

Austin schüttelt den Kopf. »Du siehst nicht aus wie ein Kind, Railey.«

»Sag das der Dame, die Victoria für meine Mutter gehalten hat«, widerspreche ich ihm finster.

Austin prustet los. »Wie bitte?«

»Letztes Jahr waren wir kurz vor Weihnachten im Kino. Sie war aufgestylt und hatte hohe Schuhe an, weil sie danach auf einen Geburtstag ging. Ich trug eine Jeans, einen Pulli und eine etwas zu große Winterjacke. Bevor der Film anfing, musste ich dringend aufs Klo und bin an einer Frau vorbeigerannt. Victoria ist mir gefolgt. Und dann sagte diese Frau zu ihr: Mit Kindern hat man es nicht immer leicht.«

Austin hält sich die Hand vor den Mund, um einen erstickten Lacher zu vertuschen.

Eingeschnappt sehe ich ihn an. »Ich finde das nicht witzig.«

»Also ich finde das schon witzig«, meint er mit zuckenden Mundwinkeln, woraufhin ich, ohne es zu wollen, lächeln muss. Ich weiß nicht warum, aber sein Grinsen steckt an.

»Wahrscheinlich hat diese Frau nicht genau hingeschaut und dich nur aus den Augenwinkeln gesehen. Denn ich finde wirklich, dass du ganz und gar nicht aussiehst wie ein Kind«, bemerkt er.

Ich blicke ihm in die Augen und mir wird plötzlich ganz warm, was an dem Alkohol in meinem Blut liegen muss.

»Danke«, sage ich leise und frage mich zugleich, ob er das wirklich ernst meint oder nur gesagt hat, um mich zu beruhigen.

»Was ist denn so schlimm daran, jünger geschätzt zu werden?«, will Austin wissen.

»Ich will nicht andauernd auf meine Größe reduziert werden. Das ist so frustrierend«, erwidere ich. »Du hast es ja mitbekommen. Die Typen nehmen mich nicht einmal ernst. Für sie bin ich Victorias hässliches kleines Anhängsel, über das man sich lustig machen kann.«

»Ich kann verstehen, dass das für dich frustrierend ist. Aber auf solche Leute kannst du verzichten«, meint er. »Die sind es nicht wert, dass du deine wertvolle Lebenszeit damit vergeudest, dich über sie aufzuregen.«

»Hast du dich nicht auch über mich lustig gemacht? Immerhin bin ich ja ein Minion, dem noch gelbe Farbe fehlt«, bemerke ich spitz. Auch wenn ich jetzt weiß, dass er nur Scherze machen wollte, tut es trotzdem noch ein wenig weh.

»Das mit dem Minion war tatsächlich ein wenig übertrieben. Die sind viel kleiner als du«, meint Austin lächelnd. Als ich nichts darauf sage, wird er wieder ernst. Er legt seine Hand auf die meine und sieht mich direkt an. »Es tut mir wirklich leid, Railey. Lass es mich wiedergutmachen.«

»Ist schon okay.« Ich bin es schließlich gewohnt, dass man sich über mich lustig macht.

»Nein«, widerspricht er mir. »Ich will mich für mein Verhalten bei dir revanchieren.«

»Das musst du nicht.«

Austin schweigt. Stattdessen betrachtet er mich nachdenklich. »Findest du es denn so schlimm, dass du noch ungeküsst bist?«, wechselt er plötzlich das Thema. »Viele Jungen stehen darauf, wenn ein Mädchen noch nicht so viele Typen zuvor hatte. Wenn man der Erste und Einzige ist. Das ist für sie etwas Besonderes.«

Ich hebe die Brauen. »Das ist also was Besonderes, aber Typen dürfen davor viele Freundinnen haben?«, kontere ich, weil ich schon häufiger mitbekommen habe, dass viele Jungs es erstrebenswert finden, wenn man noch Jungfrau ist, sie selbst aber schon mit einigen Mädchen rumgeknutscht oder geschlafen haben. Die Mädchen werden dann als ›leicht zu haben‹ oder ›Schlampe‹ abgestempelt.

»So meinte ich das nicht«, erwidert Austin. »Jeder sollte das tun, was er will, wenn er dabei niemand anderen verletzt. Es geht ja um die Person, die man liebt, und nicht darum, wie viele Freunde oder Freundinnen sie davor hatte. Aber findest du den Gedanken denn nicht schön, wenn du dich in jemanden verliebst und diese Person die einzige ist, mit der du alle Erfahrungen machst? Erfahrungen, die nur euch beiden gehören?«

»Doch, das klingt schon schön.« Ich hätte gerne einen Freund, der für mich da ist, so wie die Vorzeigefreunde in vielen Büchern immer beschrieben werden. Mit ihm meinen ersten Kuss, meine ersten Erfahrungen erleben, irgendwann mit ihm zusammenziehen, heiraten, Kinder kriegen und alt werden. »Aber heutzutage halten Beziehungen doch sowieso nicht ewig.« Das habe ich bei Victoria und vielen Mitschülern gesehen.

»Was Beziehungen angeht, hast du eine sehr optimistische Einstellung«, bemerkt Austin sarkastisch.

Ich zucke nur mit den Schultern. »Von dem ausgehend, was ich bisher mitbekommen habe, ist es nun mal so. Dabei wünsche ich mir, diese Erfahrungen zu machen. Ich will wissen, wie es sich anfühlt, auf ein Date zu gehen, mit jemandem zu kuscheln, geküsst, berührt und geliebt zu werden.«

»Es gibt durchaus auch viele Beziehungen, die ewig halten. Willst du denn so unbedingt Erfahrungen machen?«, hakt er schließlich mit zusammengezogenen Brauen nach.

Ja, denke ich, traue mich aber nicht es auszusprechen. Warum habe ich ihm überhaupt davon erzählt?

»Da seid ihr ja!«, ertönt Deans Stimme hinter uns und erlöst mich somit von einer peinlichen Antwort.

Erschrocken fahren Austin und ich auseinander. Erst da fällt mir auf, wie nahe wir beieinandergesessen haben und dass seine Hand bis gerade eben auf meiner gelegen hat. Und obwohl er sie weggenommen hat, spüre ich sie noch immer. Ein Prickeln breitet sich an der Stelle aus, an der er mich berührt hat. Mein Herz klopft schneller, Hitze schießt in meine Wangen.

Dass Dean stirnrunzelnd zwischen uns hin und her sieht, macht es nicht besser. »Habe ich euch erschreckt?« Er grinst wissend. »Oder bei etwas gestört?«

Austin und ich blicken uns an.

Ich schüttle heftig den Kopf.

»Wir haben uns nur unterhalten, während wir auf dich gewartet haben«, erklärt Austin.

»Achso.« Dean mustert uns misstrauisch. Doch dann gähnt er. »Ich bin müde. Wollen wir fahren?«

Kapitel 5

Schätzt mal, wie alt sie ist.

Schlag eins. Schweiß perlt mir von der Stirn.

Auf den ersten Blick würde ich sie auf zwölf oder maximal vierzehn schätzen.

Nächster Schlag. Ich puste mir eine verschwitzte Strähne aus dem Gesicht, die sich aus meinem Zopf gelöst hat.

Wenn überhaupt, dann könnte sie eher als Standgebläse herhalten.

Schlag Nummer drei.

Autorin? Ich finde ja lesen und Aufsätze schreiben in der Schule schon langweilig. Hat deine kleine Freundin nichts Besseres zu tun?

Erneut donnern meine Fäuste auf den Boxsack in unserem Sportzimmer ein. Immer und immer wieder. Mein Atem geht nur noch stoßweise. Meine Muskeln brennen. Meine Fingerknöchel schmerzen bereits leicht. Aber ich höre nicht auf. Passend zu meiner Stimmung habe ich die Musikanlage auf volle Lautstärke aufgedreht, aus der per Zufallswiedergabe Lieder meiner ›Epic‹-Playlist dringen. Gerade läuft *Unstoppable* von Sia. Mit diesem Song fühle ich mich tatsächlich unschlagbar.

Seit ich auf der Party aus dem Garten geflüchtet bin, hat mir Victoria nur eine einzige Nachricht geschrieben, warum ich einfach abgehauen und nach Hause gefahren bin, ohne etwas zu sagen. Ich habe ihr geantwortet, dass ich gut daheim angekommen bin.

Seitdem hat sich nichts mehr gerührt. Sie hat nicht einmal gefragt, ob alles okay ist. Zudem habe ich die verletzenden Kommentare von ihr und den Freunden ihres Bruders nicht vergessen.

Irgendwie musste ich die angestauten Gefühle, die Wut, den Frust wieder loswerden.

Zuerst wollte ich mich mit schreiben ablenken. Doch ich stecke noch immer in einer Blockade fest. Meistens sitze ich ratlos vor dem Laptop. Die Worte in meinem Kopf wollen keinen Sinn ergeben und die Idee, die ich anfangs hatte, finde ich mittlerweile so schlecht, dass ich mit dem Gedanken spiele, das Buch einfach zu löschen.

Mein Entschluss verfestigt sich durch eine neue Leserin oder einen neuen Leser namens *read1302*, deren oder dessen Kommentar mich zum Nachdenken gebracht hat.

> Die Handlungen ergeben keinen Sinn für mich. Wenn sie nach der großen Liebe sucht und die in Isaac gefunden hat, warum küsst sie dann alle möglichen Jungen? Davon abgesehen, dass Isaac ein Bad Boy und Schläger ist, ein Mädchen nach dem anderen flachlegt und sich dann ausgerechnet für sie entscheidet? Dein Buch strotzt nur so von Klischees und die Figuren haben keine greifbare Persönlichkeit. Ich kann mich mit ihnen nicht identifizieren.
> Dafür hast du einen schönen, anschaulichen Schreibstil. Vielleicht hast du ja eine andere Idee, die nicht so 0815 ist? Ich würde gerne mehr von dir lesen …

Obwohl ich beim ersten Mal Lesen schlucken musste, bin ich dankbar für die Kritik. Denn solche Meinungen – sofern sie konstruktiv und nicht verletzend ober beleidigend sind – zeigen mir auf, was ich besser machen kann. Oft bin ich beim Schreiben so in der Welt gefangen oder in Gedanken schon in der nächsten Szene, dass ich hin und wieder Logikfehler übersehe. Mal abgesehen davon, dass ich als Autorin meine Texte eher subjektiv betrachte. Außenstehenden fallen oftmals Dinge auf, die mir entgangen sind.

Was diese Person geschrieben hat, stimmt. Meine Liebesszenen wirken unreal, gestellt, und meine Figuren sind schlecht ausgearbeitet. In meinem anderen Buch konnte ich mich mit der Hauptprotagonistin identifizieren. Dieses Mal nicht. Und wie soll ich wissen, wie das mit dem Kennenlernen und dem Verliebtsein funktioniert, wenn ich keine Erfahrung in solchen Dingen habe?

Es ärgert mich, dass ich nicht weiß, was ich schreiben soll, obwohl ich das neben dem Kickboxen so gerne tue. Zumindest hilft mir der Sport mich abzureagieren und all den Frust, der sich in den letzten Tagen in mir angestaut hat, herauszulassen.

Während ich weiter auf den Boxsack einschlage, stelle ich mir wieder vor, dass Victoria und die anderen vor mir stehen.

Ich finde, sie sieht ganz süß aus. Aber ein bisschen zu kindlich wäre sie mir schon.

Mit einem lauten Kampfschrei verpasse ich dem schwarzen Sandsack so einen kräftigen Fausthieb, dass er zu mir zurückgeschleudert wird und mich mit einer solchen Wucht trifft, dass ich zurückstolpere.

»Deine Schwester ist ja eine richtige Kickboxqueen. Das ist echt gut zu wissen, dann sollte ich sie trotz meiner Karate-Kenntnisse besser nicht auf die Palme bringen«, ertönt plötzlich eine amüsierte Stimme hinter mir durch die laute Musik hindurch.

Ich fahre erschrocken herum. Vor mir im Türrahmen stehen mein Bruder, Ben, Kyle und Austin. Allesamt starren sie mich sowohl grinsend als auch beeindruckt an.

»Sie hatte einen Streit mit ihrer blöden *besten* Freundin und ist seitdem nicht so gut drauf«, erklärt mein Bruder Ben brüllend und marschiert zur Musikanlage, um den Song zu pausieren. »Da kriegt man ja einen Gehörsturz«, beschwert er sich bei mir.

»Diese Victoria, die dich so niedergemacht hat?«, fragt Ben und fährt sich durch die dichten dunkelbraunen Haare, die schon fast ins Schwarze übergehen. Er trägt als einziger der vier Jungs eine lange Jogginghose. Über seiner rechten Augenbraue verläuft eine kleine, längliche Narbe, wie mir erst jetzt auffällt.

»Woher …?«, will ich schon nachfragen, doch Dean unterbricht mich.

»Tut mir leid. Ich habe ihnen von deinem Streit mit Victoria erzählt. Sie sind alle der Meinung, dass sie sich nicht wie eine Freundin verhält.«

Finster blicke ich meinen Zwillingsbruder an. Ich finde es nicht in Ordnung, dass er seinen Freunden schon wieder von meinen Problemen berichtet hat. Immerhin geht es sie nichts an. Das ist eine Sache zwischen Victoria und mir.

»Was macht ihr hier und wie lange steht ihr schon hier herum?« Ich verschränke die Arme vor der Brust. Es ist mir unangenehm, dass ich nur meine Shorts und einen Sport-BH trage. Außerdem bin ich ganz verschwitzt. Bestimmt riecht man, dass ich trainiert habe.

»Dir beim Abreagieren zusehen. Und wir stehen lange genug da, um festzustellen, dass du echt gut, aber auch furchteinflößend aussiehst, wenn du so auf den Boxsack einschlägst«, antwortet Austin und zwinkert mir zu. »Dein Können ist sehr beeindruckend, Railey. Ben hat recht. Da will man sich lieber nicht mit dir anlegen.«

Errötend streiche ich mir die verschwitzten Haare aus der Stirn. Die vier Jungs werfen sich belustigte Blicke zu.

»Wir gehen zu Kyle«, erklärt Dean schließlich. »Musik hören, im Garten abhängen und so. Wir wollten dich fragen, ob du auch mitkommen möchtest. Hailee und Isabella sind auch mit dabei, also wärst du nicht das einzige Mädchen. Es würde dir guttun, mal mit anderen Leuten außer Victoria abzuhängen.«

Er weiß, dass ich außer ihr keine Freunde habe. Doch ich kenne die Jungs und Mädchen nicht so gut wie Dean. Es ist seine Clique, nicht meine. Am Ende stehe ich dort nur dumm herum wie das überflüssige Anhängsel. Da bleibe ich lieber daheim und lese.

»Danke, aber ich habe noch etwas vor«, lüge ich.

Mein Bruder verharrt unschlüssig auf der Stelle.

»Das Angebot steht noch«, meint Kyle und schiebt die Hände in die Taschen seiner Jeans. Seine dunkelgrünen Augen mustern mich abwartend. »Wir wollen in fünf Minuten los, würden aber auf dich warten, falls du dich doch spontan dazu entscheidest, mitzukommen.«

»Das ist wirklich nett von euch. Danke für die Einladung, aber ich habe wie gesagt noch was vor«, wiederhole ich und zwinge mich zu einem Lächeln, um nicht unfreundlich zu wirken.

Dean zuckt mit den Achseln. »Wie du meinst. Wir haben es dir angeboten.«

»Dann sollten wir uns langsam auf den Weg machen.« Kyle nickt mir zu. »Man sieht sich.«

»Bis zum nächsten Mal, Kickboxqueen«, meint Ben. Er schenkt mir ein freches Grinsen und folgt Kyle hinaus auf den Flur. Dean dreht sich ebenfalls um. »Kommst du?«, wendet er sich an Austin, der sich nicht von der Stelle rührt. Stattdessen sieht er mich direkt an.

»Geht ihr doch schon mal vor. Ich wollte noch kurz mit Railey sprechen und komme gleich nach.«

Dean nickt. »Alles klar.« Er zwinkert mir verschwörerisch zu. Dann dreht er sich um und marschiert gemeinsam mit seinen Freunden die Treppe hinunter.

Ich höre, wie sie nach draußen gehen. Nun sind nur noch Austin und ich im Haus.

Wie erstarrt stehe ich da, überlege Dean wieder zurückrufen, weil ich mit Austin nicht allein sein will. Er bringt mein Herz zum Rasen und ich weiß nicht, ob das gut ist.

Wenn ich ihn ignoriere, geht er vielleicht einfach.

Kurzerhand drehe ich mich um und schlage weiter auf den Boxsack ein. Durch die unfreiwillige Pause bin ich kurz ausgekühlt. Dennoch treten mir neue Schweißperlen auf die Stirn, da Austin, statt zu gehen, immer noch dasteht und mich unverhohlen beobachtet.

Diese Aufmerksamkeit macht mich ganz nervös, sodass meine Bewegungen immer steifer und ungelenker werden, bis er schließlich laut aufseufzt und auf mich zuschlendert. Ich will ihn ignorieren, doch da bleibt er hinter mir stehen. Sein Atem streift meinen Nacken und ich spüre seinen Oberkörper an meinem Rücken. Mein Herz beginnt zu rasen, eine Gänsehaut breitet sich auf meinem Körper aus.

»Darf ich?«, fragt er ganz nah an meinem Ohr.

Obwohl ich nicht weiß, was er meint, nicke ich. Kurz darauf spüre ich seine Hände auf meinem nackten Bauch, die mich ein wenig zurückdrücken.

»Du machst das falsch«, flüstert er.

Er steht so dicht bei mir, dass sein Atem abermals meine Haut streift und dort einen merkwürdigen Schauer auslöst. Statt von mir wegzutreten, wandern seine Finger zu meinen Armen und legen sich um meine Hände, wo er mir mit einer Geste bedeutet eine Faust zu machen. Perplex balle ich sie zusammen und er umfasst meine Handgelenke. Dann streckt er meinen Arm aus und ich schlage gegen den Boxsack, der ein wenig von mir wegschaukelt, ehe er wieder zurückkommt.

Austin wiederholt die Bewegungen, was mich ganz verrückt macht.

»Du bist total verkrampft«, bemerkt er. »Im Training und vorhin sahen deine Bewegungen viel flüssiger aus.«

Ich hole tief Luft. »Wie soll ich denn bitte schön entspannt sein, wenn du so dicht hinter mir stehst und mich anfasst?«

Austin lässt mich los und tritt einen Schritt zurück. »Deine Technik war gegen Ende hin falsch. Ich wollte dir nur helfen.« Er grinst mich an. »Vielleicht wollte aber ein kleiner Teil von mir auch auf Tuchfühlung mit dir gehen.«

Ich stolpere überrascht zurück, pralle gegen den Boxsack und werde durch den Rückstoß in seine Arme befördert.

»Wow, nicht so stürmisch«, lacht Austin.

Mit knallrotem Kopf löse ich mich von ihm und trete einen Schritt zur Seite. Der Tuchfühlung-Kommentar hat mich vollkommen aus der Fassung gebracht. Weil ich mir meine Verunsicherung nicht anmerken lassen will, sehe ich ihm fest in die Augen. »Meine Bewegungen waren nur deshalb gegen Ende hin so falsch, weil mich deine Anwesenheit in meiner Konzentration gestört hat. Was willst du?«

»Mit dir reden.«

»Worüber willst du mit mir reden?«

Ich schlinge mir die Arme um den Bauch, weil es mir plötzlich wieder unangenehm ist, dass ich halbnackt vor ihm stehe. Austins Blick wandert auf den Boden, wo mein Tanktop einsam und verlassen herumliegt. Ich habe es ausgezogen, weil ich beim Trainieren so sehr ins Schwitzen gekommen bin.

Austin hebt das Kleidungsstück auf und wirft es mir zu. Als ich es übergezogen habe, fühle ich mich weniger entblößt.

»Worüber willst du denn reden?«, wiederhole ich meine Frage, auf die er noch nicht geantwortet hat. »Die anderen warten sicher schon auf dich.«

Er zuckt gleichgültig mit den Schultern. »Na und? Die können warten. Ich bin gerade lieber bei dir.«

Seine Worte lassen meinen Magen merkwürdig kribbeln. Austins Blick gleitet über mein Gesicht bis zu meinen Händen. Dann zieht er die Brauen zusammen, geht auf mich zu und greift vorsichtig nach ihnen.

»Hast du die ganze Zeit ohne Handschuhe trainiert?«, will er wissen.

Ich schweige.

Wenn ich mit Boxhandschuhen trainiere, spüre ich nicht richtig, wie ich den Sandsack treffe. Ich wollte, dass es sich natürlich anfühlt. Außerdem sorgt der Schmerz dafür, dass ich im Hier und Jetzt bleibe. Doch das würde ich Austin niemals anvertrauen.

»Im wahren Leben kann ich nicht schnell nach Hause laufen und mir Boxhandschuhe holen, wenn mich jemand angreift, oder?«, sage ich stattdessen.

Mein Magen kribbelt wie verrückt, als sein Daumen an den blutigen Schrammen vorbeistreicht und über mein Handgelenk gleitet.

»Da hast du recht. Aber zur Übung solltest du sie anziehen. Es gibt die nicht umsonst.« Er berührt meine Handrücken. »Deine Haut ist ganz schön rau. Wäschst du deine Hände oft und trocknest sie nicht ab?«

Er mustert mich mit zusammengekniffenen Augen. Meine Atmung beschleunigt sich. Ich wasche meine Hände tatsächlich übertrieben oft. Immer dreimal, um genau zu sein. Ebenso, wie ich dreimal nacheinander die Zähne putze oder manchmal drei Schritte zurücklaufe, wenn mir unschöne Gedanken durch den Kopf rasen. Panik befällt mich. Austin ist sehr aufmerksam. Was, wenn er herausfindet, wie verkorkst ich bin?

»Du solltest sie mit einer Feuchtigkeitscreme eincremen«, meint er schließlich.

Ich nicke nur und mir fällt ein schwerer Stein vom Herzen. Sollte er von meinen Zwängen erfahren, könnte ich ihm nicht mehr unter die Augen treten. Dennoch lässt mich das komische Gefühl nicht los, dass Austin das nicht so schnell vergessen wird, da er mich so komisch ansieht.

Aber dann lächelt er freundlich. »Die Schürfwunden gehören verarztet. Habt ihr irgendwo Heftpflaster?«

Unsicher erwidere ich seinen Blick. Will er mir jetzt wirklich helfen meine aufgeschürften Hände zu behandeln, obwohl seine Freunde draußen auf ihn warten?

»Ich schätze mal, der Verbandskasten befindet sich bei euch auch im Badezimmer?«, hakt er nach, als ich schweige, und tritt bereits auf den Flur. Ich folge ihm.

»Ja«, murmle ich leise und halte abrupt an, als wir an *seiner* Tür vorbeikommen. Meine Gedanken springen von Reece über zu Dean und wieder zurück. Was wenn Dean dasselbe passiert, was wenn ... Mich befällt das dringende Bedürfnis, drei Schritte zurückzugehen.

Austin bleibt ebenfalls stehen und mustert mich verwirrt. In mir spannt sich alles an. Schweiß bricht auf meiner Stirn aus, mein Herz schlägt schneller und meine Hände beginnen zu zittern. Ich weiß, dass es Unsinn ist. Dennoch bleibt wie immer die Angst, dass meinem Zwillingsbruder etwas passiert, wenn ich dem Zwang nicht nachgebe.

Austin runzelt die Stirn. »Kommst du jetzt oder was ist los?«

Fieberhaft überlege ich nach einer Ausrede, nach einer Möglichkeit, wie ich die peinliche Situation umgehen kann.

»Ich, ähm ...« Ich weiche einen Schritt zurück. Dann noch einen. Nach dem dritten fällt die Anspannung von mir.

Ich atme tief durch, das Zittern meiner Hände lässt nach. In einer übertriebenen Geste neige ich meinen Oberkörper in Richtung meines Zimmers. Dann schüttle ich den Kopf und marschiere an Austin vorbei ins Badezimmer.

»Ich dachte, ich hätte was vergessen«, sage ich nur, damit er mich nicht für bescheuert hält, und öffne gleichzeitig den kleinen Schrank, der neben dem Waschbecken hängt. Dann hole ich den kleinen Verbandskasten heraus. Austin nimmt ihn an sich, stellt ihn jedoch beiseite. Als ich ihn fragen will, was das soll, legt er seine Hände auf meine Schultern.

»Die Schrammen müssen erst gesäubert werden, bevor wir ein Pflaster darauf machen.«

Er schiebt mich zum Waschbecken und greift an mir vorbei zum Hahn.

Zuerst hält er seinen Finger darunter, um die Temperatur zu überprüfen. Dann nimmt er wieder meine Hände und hält sie unter den Wasserstrahl. Ich zucke kurz zusammen, als die Wunden brennen, doch sehr schnell wird es besser und das kühlende Wasser tut gut.

»Setz dich auf den Toilettendeckel«, bittet er mich schließlich und grinst breit. »Da kommen Erinnerungen auf, was?«

»Auf die kann ich gern verzichten«, erwidere ich mit einem gequälten Lächeln.

»Das war doch halb so schlimm«, meint Austin. »Das kann jedem mal passieren und muss dir nicht peinlich sein oder so. Ich halte dir gerne wieder die Haare zurück.«

Er zwinkert mir zu, holt zunächst Desinfektionsmittel und dann ein Heftpflaster aus dem Verbandskasten heraus. Damit kniet er sich vor mich, sodass sein Kopf auf der Höhe meines Bauches ist.

Als er nach meinen Händen greift, beginnt mein Magen erneut zu kribbeln. Mit klopfendem Herzen beobachte ich Austin dabei, wie er die Verletzungen desinfiziert und auf jede Schürfwunde ein kleines Heftpflaster klebt. Dabei zieht er seine Brauen konzentriert zusammen und legt seine Zunge zwischen die Lippen, was irgendwie richtig süß aussieht.

»So, fertig«, sagt er kurze Zeit später und betrachtet zufrieden sein Kunstwerk, während er sanft mit dem Finger darüberstreicht, sodass ich abermals eine Gänsehaut bekomme. »Sie dürften es überstehen, Patientin Young.«

»Danke, Doktor Anderson.«

Zu spät erkenne ich, wie zweideutig das klingt, und reiße erschrocken die Augen auf. Austin grinst breit, erwidert jedoch nichts darauf.

Nachdem er den Verbandskasten weggeräumt hat, lässt er sich auf der Kante der Badewanne neben mir nieder. Er beobachtet mich nachdenklich, was meine Unruhe steigen lässt.

»Was ist?«, frage ich nervös.

»Ich habe lange über unser Gespräch auf der Party nachgedacht«, beginnt er nach kurzem Zögern. »Und dann kam mir gestern eine Idee. Ich weiß allerdings noch nicht, was du davon hältst.«

»Was für eine Idee?«

»Du hast Probleme mit deinem Selbstbewusstsein und bist total verklemmt, wenn es um Jungs geht, was dich ärgert, oder?«

»Was ... was hat das ...«

»Ja oder nein?«, unterbricht er mein aufgelöstes Stottern.

»Ja«, sage ich widerwillig. Warum habe ich ihm auf der Party nur davon erzählt?

Austin sieht mir fest in die Augen. »Ich weiß, dass hinter dieser Railey, die schüchtern und verkrampft ist, mehr steckt. Die Railey, die eine krasse Autorin ist und gerade den Boxsack verdroschen hat, sodass die Jungs und ich Respekt vor dir bekommen haben. Eine Railey, die ich gerne näher kennenlernen möchte.«

Ich blicke ihn überrascht an. Austin hebt eine Hand und streicht mir eine Strähne zurück, die mir ins Gesicht gefallen ist.

»Ich glaube, dass dich deine Selbstzweifel irgendwie einsperren. Deine Einstellung, dass du klein und nicht attraktiv bist und eh keinem Jungen gefallen wirst, ist nicht gesund. Ja, es gibt immer Arschlöcher, und ja, du bist klein. Aber ich bin nicht so ein Arschloch und du bist überhaupt nicht unattraktiv.« Er holt tief Luft. »Ich möchte mein Verhalten vor der Turnhalle wiedergutmachen und würde dir gerne helfen. Deshalb habe ich einen Vorschlag für dich. Nennen wir es einen Deal.«

»Was für einen Deal?«, frage ich stirnrunzelnd. Zugleich schlägt mein Herz schneller. Was hat Austin vor?

Er lächelt. »Ich würde dir gerne dabei helfen, Selbstbewusstsein aufzubauen.«

Mir klappt vor lauter Verblüffung der Mund auf. Als ich mich wieder gefangen habe, schüttle ich den Kopf. »Und wie willst du das anstellen?«

Austin lächelt schief. »Da wird mir schon was einfallen. Zuerst musst du den Gedanken loswerden, dass du wie ein kleines Kind aussiehst und nicht attraktiv bist. Ich weiß, dass da Worte nicht viel helfen werden. Du hast gesagt, dass du dir einen Freund oder Erfahrungen wünschst. Vielleicht brauchst du am Anfang jemanden, der dir dabei hilft, diese ganzen ersten

Erfahrungen zu machen und selbstsicherer zu werden. Ich werde das tun, wenn du es zulässt.«

Das Herz schlägt mir mittlerweile bis zum Hals, meine Hände beginnen zu zittern, weshalb ich sie in meinen Schoß lege. »Was meinst du damit?«

»Damit meine ich«, er beugt sich zu mir, sodass sein Gesicht direkt vor meinem verharrt und ich seinen warmen Atem auf meiner Wange spüre, »dass du bestimmte erste Erfahrungen, die du mit Jungs machen willst, mit mir machen kannst. Zum Beispiel könnten wir gemeinsam auf ein Date gehen oder einen Film schauen und dabei kuscheln. Wir können machen, was auch immer du willst. Außer küssen und Sex.«

Ich glaube mich verhört zu haben. Ungläubig starre ich ihn an. »Du verarschst mich, oder?«

»Sehe ich so aus, als würde ich dich veräppeln?«

Ich erwarte, dass er gleich in lautes Gelächter ausbricht und mir genau das verkündet. Doch Austin bleibt ernst. Er lächelt nicht, sieht mich direkt an.

»Ich weiß, dass ich dich damit überrumpelt habe. Nimm dir so viel Zeit, wie du brauchst, um darüber nachzudenken.«

»Was hast du davon? Oder willst du eine Gegenleistung?«, frage ich skeptisch.

Warum bietet er mir so was an?

Austin legt die Hand auf mein Knie. »Wir beide haben bereits einen Meistertitel. Aber du bist einen Gurt weiter und erfahrener als ich im Kickboxen. Ich fände es cool, wenn wir außerhalb des Trainings gemeinsam üben und Sport machen könnten – Sportdates quasi. Wir könnten so etwas wie Trainingspartner werden und voneinander lernen. Und gemeinsam macht es mehr Spaß als allein. Vielleicht hilft es dir auch dabei, dein Selbstbewusstsein zu pushen, wenn du mich vermöbelst«, schiebt er mit einem Zwinkern hinterher.

»Nein«, erwidere ich schnell. »Das ist doch total …«

Mir fehlen die Worte. Die Idee ist komplett bescheuert. Ich weiß nicht, was ich davon halten, ob ich ihm wirklich glauben soll. Was, wenn er dabei böse Hintergedanken hat?

Doch wäre er so ein Junge wie die Typen, die Victoria verarscht haben, und der Player, für den sie ihn aufgrund seiner Instagramfollower hält, hätte er *sexuelle* Dinge nicht ausgeschlossen.

Oder will er keinen Kuss, geschweige denn Sex mit mir, weil er mich nicht attraktiv findet? Mal davon abgesehen, dass ich für Letzteres sowieso noch nicht bereit bin.

Austin lächelt leicht. »Verständlich. Ich weiß, dass das jetzt sehr plötzlich kam und womöglich verrückt klingt. Aber ich meine das wirklich ernst. Du kannst es dir ja mal in Ruhe durch den Kopf gehen lassen, ob du dich damit wohlfühlst und das wirklich machen möchtest. Wenn du dich dafür entscheidest und merkst, es ist nichts für dich, können wir den Deal sofort beenden.«

Ich verschränke schweigend die Arme vor der Brust.

Austin erhebt sich. »Ich gehe jetzt zu den Jungs, bevor sie noch ungeduldig werden. Überleg es dir. Ich würde mich freuen.«

Er schenkt mir ein letztes Lächeln, dann verlässt er das Badezimmer.

Ich bleibe sitzen und starre ihm nach, während ich mich frage, ob ich das alles nur fantasiert habe.

Kapitel 6

Angespannt sitze ich neben Reece auf der Couch im Wohnzimmer und starre mit großen Augen auf den Fernseher. Ich will wegschauen, weil der Film so gruselig ist. Doch gleichzeitig habe ich Angst, etwas zu verpassen.

Die vier Jugendlichen schleichen durch ein dunkles, verlassenes und abbruchreifes Haus, in das sie wegen einer Mutprobe eingebrochen sind. Unwissend, dass sie von einem dämonischen Wesen beobachtet werden. Ich halte die Luft an. Schweißperlen stehen mir auf der Stirn, so sehr fiebere ich mit.

»Sie sollen aus dem Haus rausgehen!«, zische ich nervös.

Aus den Augenwinkeln sehe ich meinen großen Bruder zustimmend nicken.

Ein lautes Hupen ertönt von draußen. Im selben Moment schießt im Film ein schwarzer Schatten hervor und greift die Freunde an. Sie schreien auf, ich schreie auf und Reece fährt zusammen.

»Shit!« Er greift nach der Fernbedienung und drückt auf Pause. Kopfschüttelnd streicht er sich mit den Händen übers Gesicht. »Das ist Timing, was? Jetzt ist der Schockmoment verdorben.«

»Hey, Reece, es gibt eine spontane Party bei Noah. Alle sind dabei. Kommst du auch mit?«, ruft eine weibliche Stimme von draußen.

Durch die gekippten Fenster kann ich in die sternenklare Nacht blicken. Zwei Autos parken in der Hofeinfahrt, wo Reece' Clique und seine Freundin Olivia stehen.

»Wartet kurz. Ich komme gleich raus!«, ruft mein großer Bruder zurück.

Er löst sich von mir und ich sehe ihn fragend an. Eigentlich hatten wir einen Filmabend zu zweit geplant. »Willst du mit ihnen fahren?«

Reece zieht die Brauen zusammen. »Wäre es denn für dich okay?«

Er wirkt unschlüssig. Doch ich weiß, dass er seine Zeit gerne mit seinen Freunden verbringt. Dass ihm Partys gefallen. Ich weiß auch, dass er dableiben würde, wenn ich ihn darum bäte. Doch ich will nicht, dass er wegen mir sein Leben mit seinen Freunden verpasst. Zudem bin ich sowieso müde.

Deshalb sage ich: »Geh ruhig mit ihnen mit. Ich bin müde und werde mich eh bald ins Bett legen.«

Erleichterung breitet sich in Reece' Miene aus. »Bist du dir sicher?«, hakt er dennoch nach.

Ich nicke, wenngleich es mir lieber wäre, er würde dableiben. Der Gruselfilm hinterlässt kein gutes Gefühl in mir.

Reece lächelt. »Cool. Danke, Railey. Dann muss ich jetzt aber los. Wir gucken morgen weiter, okay?«

Ich nicke. Doch dann kriecht Panik in mir empor, weil ich Angst habe, dass es solche bösen Geister wie in dem Film wirklich gibt. Warum muss Reece ausgerechnet jetzt los, wo der Rest unserer Familie noch nicht zurück ist?

Wenn er weg ist, bin ich allein zu Hause, weil Mom und Dad mit Dean im Kino sind und erst spät zurückkehren werden. Da die Komödie, die unsere Familie anschaut, weder Reece noch mich interessiert hat, hatten wir beschlossen, daheimzubleiben und einen Horrorfilmabend zu machen. Nun erscheint es mir als schlechte Idee, diesen Streifen ausgesucht zu haben.

Mein großer Bruder sieht mich unschlüssig an. »Du hast Angst, oder?«

Ich senke den Blick zu Boden. Es ist mir peinlich, mit vierzehn Jahren Angst zu haben. Schließlich gibt es keine Geister. Dennoch bleibt die Angespanntheit in mir bestehen.

»Auch ich habe manchmal Angst, Railey. Aber weißt du, was mir dann immer hilft?«

Ich schüttle den Kopf, weil es mir unglaublich erscheint, dass Reece Angst haben könnte. Immerhin ist er mein starker, furchtloser großer Bruder. Dachte ich zumindest immer.

»Mein Schutzengel«, fährt er fort. »Er hilft mir mutig zu sein und beschützt mich vor bösen Geistern.« Reece schnappt sich seinen Schlüsselbund von der Kommode und macht seinen Anhänger ab, den er mir in die Hand drückt. »Jetzt ist er deiner. Er wird dich beschützen, bis Mom, Dad und Dean wieder daheim sind.«

Ich umklammere den kleinen Engel in meiner Hand und fühle mich gleich viel stärker. Dankbar sehe ich ihn an. »Danke, Reece.«

»Bitte schön. Ich muss jetzt los, bevor sie noch ohne mich fahren und ich zur Party

laufen muss. Du weißt ja, wie sehr Olivia warten hasst. Wenn ich jetzt nicht gleich zu ihr rausgehe, macht sie mich einen Kopf kürzer.«

Ich muss lachen. »Das ist Blödsinn. Olivia mag dich und dein Gesicht. Sie würde deinen Kopf sicher verschonen.«

Reece schmunzelt. »Da hast du natürlich recht. Wir sehen uns morgen wieder.« Er umarmt mich kurz. Dann legt er seine Hände auf meine Schultern und sieht mich eindringlich an. »Denk daran: Wenn etwas ist, ruf mich sofort an. Und du musst keine Angst vor bösen Geistern haben. Mein Schutzengel beschützt dich.«

Er nimmt seine Hände von meinen Schultern und marschiert pfeifend auf die Haustür zu.

Ich begleite ihn. Als er sie öffnet, erhasche ich einen Blick auf seine Freunde: ein paar Jungs und Mädchen in knappen Klamotten, die für diese Jahreszeit eigentlich viel zu kalt sind. Reece ist sehr beliebt und hat viele Freunde, während ich nur Victoria habe.

»Reece!« Ein Mädchen mit pechschwarzen Haaren stöckelt auf High Heels freudestrahlend die Einfahrt hoch und umarmt ihn stürmisch. Sie ist nur wenige Zentimeter größer als er. Dann küssen sie sich leidenschaftlich.

»Schön dich zu sehen, Baby«, murmelt er in ihre Haare.

Die zwei lösen sich voneinander und Olivia sieht an ihm vorbei. Ihre smaragdgrünen Augen treffen auf meine.

»Hallo, Railey.« Sie umarmt auch mich und ich werde von ihrem blumigen Parfüm eingehüllt.

»Hallo, Olivia.« Ich mag sie, weil sie nett ist und Reece glücklich macht.

Olivia löst sich wieder von mir und tritt neben meinen Bruder. Der legt einen Arm um ihre Schultern. »Bis morgen, Railey. Bleib nicht zu lange auf.«

»Bis morgen«, gebe ich zögerlich zurück, weil ich eigentlich wirklich nicht will, dass er geht.

Ich könnte ihn noch immer bitten dazubleiben. Aber er freut sich schon so sehr auf die Party und seine Freunde, dass ich es ihm nicht verderben will.

Seufzend will ich die Tür hinter mir schließen, weil ich weiß, dass sie erst losfahren werden, wenn ich im Haus bin.

Doch plötzlich verändert sich etwas. Der Himmel verdunkelt sich, die Sterne verschwinden, die Umgebung wird pechschwarz. Ein mulmiges Gefühl überkommt mich, als ich ihnen dabei zusehe, wie sie Arm in Arm zu den Autos schlendern. Etwas sagt mir, dass er nicht gehen darf. *Etwas in mir weiß genau, was kommen wird.*

Und dann bricht mit einem Schlag alles über mich herein und ich stürme schreiend los.

»Nein, Reece, du musst dableiben. Bitte, bleib da!«, flehe ich ihn an. Doch ich werde immer langsamer. Die mit flachen Steinplatten gepflasterte Einfahrt verwandelt sich in Treibsand, der mich einsaugt. Ich kämpfe mich durch den zähen Sand, strecke die Hand nach ihm aus. Doch egal, wie sehr ich mich anstrenge, ich kann Reece nicht erreichen. Dabei weiß ich genau, dass er nicht mehr zurückkehren wird, wenn er jetzt in dieses Auto steigt. Nie wieder.

Ein lautes Läuten dringt an meine Ohren. Erschrocken öffne ich die Augen und sehe mich schweißgebadet um. Mein Atem geht stoßweise und ich bebe am ganzen Körper, weshalb ich langsam ein- und ausatme, um meinen Puls zu beruhigen. Zitternd wische ich mir mit dem Handrücken über mein tränennasses Gesicht.

Mit einem Blick auf den Radiowecker auf meinem Nachtkästchen lasse ich mich stöhnend wieder zurückfallen. Heute ist der erste Schultag nach den Sommerferien.

Mir wird übel. Übler, als mir sonst immer am Morgen ist. Obwohl ich mich am liebsten unter der Decke verkriechen und gar nicht mehr hervorkommen würde, weiß ich, dass es nichts bringt. Mit äußerster Überwindung kämpfe ich mich aus meinem Bett heraus und wische die letzten Tränen von meinen Wangen.

Ich stehe lange vor meinem Kleiderschrank, unschlüssig, was ich anziehen soll. Da es heute sehr warm werden soll, entscheide ich mich letztendlich für Shorts und ein T-Shirt.

Nachdem ich aus dem Bad zurückgekommen bin, greife ich nach meiner Tasche und will mein Zimmer schon wieder verlassen, als ich mitten im Türrahmen innehalte. Mit klopfendem Herzen drehe ich mich noch mal um und marschiere zu meinem Tisch, wo ich die Schublade öffne und darin herumkrame. Als ich endlich finde, was ich gesucht habe, spüre ich einen schmerzhaften Stich im Herzen.

Mit dem Daumen streiche ich über die kleine Engelsfigur in meinen Händen, die ich dort gut aufbewahrt habe. Obwohl ich erneut kurz davor bin, loszuheulen, hole ich meinen Schlüsselbund hervor und hänge die Figur daran.

Ich möchte, dass *er* mich heute begleitet. Auch wenn es nur der kleine Schutzengel ist. Eine Gänsehaut überzieht meinen Körper, als ich mir vorstelle, dass er neben mir steht und mich mit seinem unverbesserlichen Lächeln betrachtet. Er wäre stolz auf mich und würde sich freuen, dass ich in einem Jahr meinen Abschluss machen werde.

Nachdem ich mich vergewissert habe, dass man mir nicht mehr anmerkt, dass ich geweint habe, und vor seiner Tür wieder drei Schritte zurückgegangen bin, schlurfe ich die Treppe hinunter. Angeregtes Geplapper dringt aus der Küche.

»Es freut mich, dass das mit der Fahrgemeinschaft klappt«, sagt meine Mutter fröhlich.

Zögernd betrete ich den Raum und erstarre. Darauf war ich nicht vorbereitet. An unserem Esstisch sitzen meine Mom, Dad und Austins Vater, die beide bereits ihre Militäruniformen anhaben, Dean und zu guter Letzt natürlich Austin. Als sie mich bemerken, heben sie die Köpfe.

»Ähm ... guten Morgen?«, stottere ich überrumpelt und bin froh, nicht im Schlafanzug nach unten gegangen zu sein.

»Guten Morgen«, kommt es von allen.

Ich lasse mich auf dem einzigen freien Stuhl nieder, der natürlich ausgerechnet neben Austin steht. Der sieht mich lächelnd an, doch ich weiche seinem Blick aus.

Nervös wippe ich mit dem Fuß auf und ab. Seit er mir vor ein paar Tagen diesen Deal vorgeschlagen hat, haben wir uns nicht mehr gesehen oder gesprochen. Ich weiß noch immer nicht, was ich davon halten soll.

»Warum seid ihr hier?«, frage ich in die Runde.

»Hat dir Dean denn nichts gesagt?« Mom sieht mich überrascht an.

»Was soll er mir gesagt haben?«

»Oh, das habe ich ganz vergessen«, schaltet sich mein Zwillingsbruder ein. »Jack und Dad arbeiten im selben Gebäude und haben ähnliche Arbeitszeiten, deshalb bilden die beiden eine Fahrgemeinschaft. Da Austin auf unsere Schule geht, nehmen wir ihn mit.«

»Aber er hat doch einen Roller«, protestiere ich, weil ich bei dem Gedanken, jeden Tag mit Austin zur Schule und wieder nach Hause zu fahren, ganz unruhig werde.

Mit dieser Aussage fange ich mir nur verwirrte Blicke ein.

Jack lächelt. »Der Roller ist für kleinere Wege wie zur Turnhalle. Er hat den Führerschein erst seit Kurzem, von daher möchten wir nicht, dass er im größten Verkehr damit herumkurvt.«

»Das erklärt, warum er mich beinahe über den Haufen gefahren hätte«, murmle ich leise, woraufhin Austin mich beleidigt ansieht und die Arme vor der Brust verschränkt.

»Diese Diskussion hatten wir schon mal. Ich habe dich nicht umgefahren«, widerspricht er mir ruhig. »Ich bin an dir *vorbei*gefahren! Das ist ein Unterschied!«

»Dürften wir erfahren, wovon ihr sprecht?«, schaltet sich Mom alarmiert ein.

Austin und ich schütteln synchron die Köpfe.

»Ist schon okay«, sage ich und sehe ihn an. »Das war nur ein Missverständnis.«

***

Kurze Zeit später sind unsere Eltern auf dem Weg zur Arbeit und wir fahren zur Schule. Dean und ich wechseln uns immer mit Grandpas altem Ford ab. Heute bin ich die Fahrerin. Ich umklammere das Lenkrad, als wäre es mein Rettungsanker auf stürmischer See. Nicht, dass ich nicht ohnehin schon ganz nervös bin, weil heute der erste Schultag nach den Sommerferien ist. Jetzt muss ich auch noch Austin mitnehmen.

Dennoch versuche ich mich auf den Verkehr zu konzentrieren, und die lebhaften Gespräche zwischen ihm und Dean auszublenden.

Da wir pünktlich losgefahren sind, finde ich auf dem Parkplatz vor unserer Schule eine freie Lücke. Beim Aussteigen werfe ich mir meinen Rucksack über die Schulter.

Vor uns ragt das moderne Gebäude in die Höhe. Helle Wände und hohe Glasfenster sowie kunstvoll angelegte Rasenflächen mit einigen Bänken als Sitzgelegenheiten kennzeichnen die River Highschool, auf die an die tausend Jugendliche gehen. Neben dem Schriftzug der Schule ist der Kopf eines Adlers abgebildet, der unser Maskottchen darstellt.

Dieselbe Schule, auf die auch unser großer Bruder ging. Die Tatsache, dass *er* bereits auf diesen Parkplätzen stand, macht mich traurig. Er war auch im Abschlussjahr, wie wir jetzt. Ging es ihm damals an seinem ersten Tag genauso? Hatte er genauso viel Schiss wie ich vor diesem Schritt? Oder hat er sich gefreut, weil er viele Freunde hatte und bei allen beliebt war?

Unsicher blicke ich zu Dean, der den Kopf hebt. Seine glänzenden Augen verraten, dass er an das Gleiche denkt wie ich. Jetzt sind wir fast so alt wie er und in einem Jahr haben wir ihn sogar überholt. Sind älter als unser großer Bruder. Es war nicht nur sein letztes Jahr an der Highschool. Es war sein letztes Lebensjahr.

Ich atme tief durch und straffe die Schultern. Austin, der mit den Händen in den Hosentaschen neben uns steht, bemerkt nichts von Deans und meinem Gefühlsausbruch. Neugierig betrachtet er das Gebäude und wirft einen Blick über die zahlreichen Mädchen und Jungs, die an uns vorbeiströmen oder ihre Autos in die letzten Parklücken quetschen.

Für den ersten Tag haben wir heute schönes Wetter. Die Sonne strahlt herunter und es ist angenehm warm, weshalb ein Großteil der Schüler kurze Klamotten trägt.

»Sieht alles sehr modern aus«, meint Austin, der sich strahlend umsieht.

»Von außen betrachtet tut es das vielleicht. Aber warte erst mal ab, bis du das Innere gesehen hast«, erwidere ich.

»Übertreib nicht, Railey. So alt sieht es innen nun auch wieder nicht aus«, schaltet sich Dean ein und marschiert zum Eingang. »Lasst uns reingehen. Dann kann sich Austin seinen eigenen Eindruck machen.«

Der nickt und schultert seine Umhängetasche. Gemeinsam machen wir uns auf den Weg. Als wir vor den breiten Türen stehen und mir der unverwechselbare Geruch von Schule entgegenströmt, umklammere ich die Riemen meines Rucksacks und will auf der Stelle wieder umkehren. Doch ich werde vom Strom der eintreffenden Leute und meinem Bruder sowie Austin hineingeschoben. Lautes Plappern und das Zuschlagen von Spinden dringt an meine Ohren, als wir die hohe Eingangshalle betreten.

Sowohl außen als auch innen ist das Gebäude in hellen Tönen gehalten, weshalb ich mich nicht ganz so eingeschüchtert fühle. Dennoch schlägt mir das Herz bis zum Hals, als wir uns an den Schülern vorbeidrängeln, die aufgeregt umherlaufen oder sich in die Arme fallen.

Ein Freund von Dean gesellt sich zu uns und verwickelt ihn in ein Gespräch. Die beiden laufen munter quasselnd vor uns her. Austin und ich schweigen uns gegenseitig an.

Wir schlendern an den Spinden vorbei, die die Gänge säumen, auf der Suche nach unseren eigenen. Bis ich an einer Glasvitrine vorbeikomme und mein Blick auf das große Foto inmitten von dunkelblauen Rosen fällt. Ein dunkelhaariger Junge mit stechend blauen Augen strahlt mir fröhlich entgegen. Unter dem Bild steht:

In Gedenken an Reece Young

Bruder, Freund und Schülersprecher.

»Railey? Ist alles okay?«, höre ich Austin fragen.

Ich weiß, dass er genau neben mir steht. Trotzdem kommt es mir so vor, als käme seine Stimme von weit weg. Ich habe Herzrasen, der Schweiß steht mir auf der Stirn und mein Mund fühlt sich plötzlich ganz trocken an. Hitze und Eiseskälte stürmen gleichzeitig auf mich ein. Meine Hände zittern und es ist, als hätte ich keine Kontrolle mehr über meinen Körper.

»Ich ... ich kriege keine Luft mehr«, presse ich angestrengt hervor und kann den Blick nicht mehr von dem Bild wenden.

Unvermittelt spüre ich warme Hände auf meinen Schultern, die mich von dem Memorial wegschieben und durch den Schülerstrom dirigieren. Dann werde ich plötzlich in einen dunklen Raum gezogen. Jemand schaltet eine

Lampe an, die ein wenig flackert und das Zimmer in ein gedämpftes Licht wirft. Doch ich kann mich nicht darauf konzentrieren, wo ich bin. Mein Brustkorb ist wie zugeschnürt. Ich schnappe verzweifelt nach Luft und habe das Gefühl zu ersticken.

»Ich glaube, ich sterbe«, keuche ich und halte mir die Hand ans Herz.

Austin verstärkt den Griff auf meinen Schultern und schaut mich direkt an. »Du wirst nicht sterben. Du hast eine Panikattacke. Sieh mich an, Railey«, sagt er eindringlich und beugt sich zu mir herunter, sodass seine haselnussbraunen Augen mit diesem wunderschönen grünen Ring um die Iriden direkt vor mir schweben. Es fällt mir schwer, seinen Worten zu folgen. Dennoch versuche ich es und nicke langsam, woraufhin Austin erleichtert lächelt. »Gut so. Hör auf meine Stimme und atme tief ein und aus.«

Er macht es mir vor. Ich versuche es ihm nachzumachen. Doch mein Puls beruhigt sich nur mäßig und ich zittere immer noch am ganzen Körper. Austin lässt seine Hände langsam an meinen Armen zu meinen Händen nach unten gleiten und verschränkt sie miteinander.

»Konzentriere dich auf deine Atemzüge und zähl sie mit. Wenn ich eins sage, atmest du ein, und wenn ich zwei sage, atmest du aus.«

Ich presse die Lippen aufeinander und schüttele verzweifelt den Kopf. Das wird nichts bringen. Ich werde sterben.

»Du schaffst das, Railey. Komm schon. Eins. Einatmen.«

Er atmet laut ein und ich mache es ihm unter Anstrengung nach.

»Gut so! Zwei«, lobt er mich aufgeregt und atmet laut wieder aus.

So geht es weiter, bis er das Zählen verlangsamt und sich mein Puls ein wenig beruhigt hat. Allerdings dreht sich die Umgebung noch leicht, sodass ich Angst habe, in Ohnmacht zu fallen. Ich löse meine Hände von seinen und lege sie auf seine Unterarme, um mich an ihm festzuhalten.

Wir verharren schweigend in dieser Position und sehen uns einfach nur an. Lediglich unsere ungleichmäßigen Atemzüge dringen an meine Ohren.

»Hast du öfter Panikattacken?«, will Austin behutsam wissen.

Ich schüttle den Kopf. »Das … Es ist schon lange her«, entgegne ich mit erstickter Stimme. Um genau zu sein, fast drei Jahre. Ich hatte meine erste und letzte an dem Tag, an dem *er* starb. Zwar steht das Denkmal ebenfalls seit drei Jahren, dennoch hat es mich vorhin zum ersten Mal vollkommen aus der Bahn geworfen, als ich es wiederentdeckt habe. Es hat mir vor Augen geführt, in wie vielen Bereichen meines Lebens mein großer Bruder fehlt, jetzt, wo ich an derselben Stelle stehe wie er damals.

»War es wegen diesem Jungen auf dem Foto? War er dein Bruder?«, fragt Austin vorsichtig.

Die Tatsache, dass er mich direkt darauf anspricht, treibt mir Tränen in die Augen und ich kann mir einen lauten Schluchzer nicht mehr verkneifen.

»Hey.« Seine Stimme klingt ganz sanft, als er seine Arme um mich legt und ich an seine warme Brust gedrückt werde. »Es ist okay«, murmelt er an meinem Ohr und fährt mir mit der einen Hand durch die Haare, während die andere wieder Kreise auf meinem Rücken zieht.

Ich bin so entkräftet, dass ich einfach stehen bleibe und zulasse, dass er mich festhält. Meine Hände verkrampfen sich in seinem Shirt, während mich ein Schluchzer nach dem anderen erschüttert.

»Bitte sag niemandem etwas davon. Auch nicht meinem Bruder«, bitte ich ihn und bin froh, dass Dean schon vorausgegangen ist und nichts davon mitbekommen hat. »Das wird nicht wieder vorkommen und ich will nicht, dass er sich Sorgen um mich macht.«

»Ist gut, Shorty«, erwidert Austin zögernd. »Du hast mein Wort. Ich werde es niemandem sagen. Das bleibt unter uns.«

»Danke.« Eine Sekunde später kneife die Augen zusammen. »Hast du mich gerade Shorty genannt?«

Eine laute Klingel bewahrt Austin von einer Antwort. Ich löse mich vorsichtig von ihm und traue mich nicht ihm in die Augen zu sehen. Dass ich ausgerechnet vor ihm zusammengebrochen bin, ist mir mehr als peinlich. Zumal es heute schon das zweite Mal ist, dass ich weine.

»Ich sollte gehen. Der Unterricht beginnt«, haspele ich und wische mir mit dem Handrücken über die Augen.

Mit gesenktem Kopf will ich mich an ihm vorbeidrängen, doch Austin hält mich zurück. Entgegen meiner Annahme, er lache mich aus, zeigt seine

Miene keine einzige Spur von Belustigung, Spott oder Hohn. Er scheint ernsthaft besorgt.

»Dir muss das nicht peinlich sein. Mit einer Panikattacke ist nicht zu spaßen. Und einen Zusammenbruch hat jeder einmal. Das ist nicht schlimm. Genauso wenig, wie wenn man sich mal übergibt«, fügt er noch scherzend hinzu, vermutlich um meine Laune etwas zu heben.

Zumindest bringt er mich damit zu einem schwachen Lächeln.

»Willst du darüber reden?«, hakt er nach.

Ich schüttle den Kopf.

»Wenn du später reden willst, dann bin ich für dich da. Egal wann. Okay?«

Weil ich nicht weiß, was ich sagen soll, nicke ich nur.

Austin lächelt zufrieden. »Gut.«

Er betrachtet mich noch kurz stirnrunzelnd, dann sieht er sich um. Wir befinden uns in der Abstellkammer der Schule. Einige Besen und Wischmopps stehen in einer Ecke. Auf den Regalen befinden sich Handschuhe und weitere Putzutensilien. Auf dem Boden liegt eine Packung voller Lappen, die Austin aufhebt und zurücklegt.

»Zum Glück haben uns keine Lehrer erwischt«, meint er feixend. »Sonst wären die auf falsche Gedanken gekommen.«

Just in dem Moment fliegt die Tür auf und ein verdutzter Hausmeister starrt uns an.

»Das nenn ich mal Timing«, murmelt Austin und schmunzelt.

Er ergreift meine Hand und zieht mich mit sich. Dann schieben wir uns mit einer geraunten Entschuldigung an dem verdatterten Mann vorbei. Da die meisten Schüler schon in ihren Kursen sitzen, ist der Gang fast menschenleer.

Obwohl mir die Situation peinlich ist, steckt Austins plötzliches Gelächter so an, dass mir ein Kichern entfährt. Und das, obwohl mir vor nur wenigen Minuten ganz und gar nicht danach war.

Er betrachtet mich grinsend.

Ich erröte. Schüchtern streiche ich mir eine Strähne hinters Ohr. »Was?«

»Du hast ein schönes Lachen. Ich hoffe, dass ich es öfter zu hören bekomme«, erklärt er leise und bringt mich damit erneut zum Lächeln.

Eine weitere Klingel ertönt. Lehrer marschieren mit genervten Gesichtern den Gang entlang. Sie scheinen genauso glücklich über das Ende der Sommerferien wie die Schüler.

»Was haben Sie hier noch zu suchen? Gehen Sie in Ihre Klassenzimmer!«, schimpft ein besonders streng aussehender, sodass wir auseinanderschrecken.

Schnell trete ich von Austin weg und nehme Reißaus. Zu spät fällt mir ein, dass heute sein erster Schultag an dieser Highschool ist. Als ich mich noch mal umdrehe, ist er bereits vom Flur verschwunden. Soweit ich weiß, hat er seinen Stundenplan bereits. Ich hoffe nur, er findet das Zimmer, in welchem sein erster Kurs stattfindet.

Mrs Jones, die Lehrerin meines Biologiekurses ist nicht gerade sehr begeistert, als ich nur wenige Sekunden zu spät hereinstürze. Mit hochrotem Gesicht lasse ich mich unter dem Starren von zwanzig Augenpaaren auf einen freien Platz neben Ben vor meinem Bruder fallen. Schräg vor mir sitzt Victoria. Sie wirft mir einen finsteren Blick zu, ehe sie sich wieder nach vorne wendet.

Ich balle die Hände zu Fäusten. Anscheinend ist sie immer noch sauer auf mich. Soll sie doch. Ich habe nichts Falsches getan. Wenn, dann sollte sie sich bei mir entschuldigen.

Als die Lehrerin uns den Rücken zudreht, um etwas an die Tafel zu schreiben, beugt sich Dean über seinen Tisch.

»Wo warst du denn auf einmal?«, fragt er leise. »Shane und ich haben uns kurz unterhalten. Ich habe mich nach euch umgedreht, aber da waren Austin und du verschwunden.«

»Klingt sehr verdächtig«, kommentiert Ben und grinst zweideutig. »Oder hat Austin dich auf die Palme gebracht und du hast ihn verprügelt, Kickboxqueen?«

Ich ignoriere ihn, sehe stattdessen meinen Bruder an. Ich will ihm nichts von meinem Zusammenbruch erzählen und hoffe, dass Austin auch schweigt. Aber ein Gefühl sagt mir, dass er sein Versprechen, es nicht zu tun, halten wird.

»Es waren so viele Schüler im Gang und da haben wir dich aus den Augen verloren«, flüstere ich.

Seine Miene zeigt mir, dass er mir nicht ganz glaubt. »Und warum bist du dann zu spät gekommen?«, hakt er skeptisch nach.

»Ich, äh …«

Zum Glück erlöst mich die Lehrerin von einer Antwort, indem sie meinen Bruder und mich ermahnt die Gespräche auf nach dem Unterricht zu verlegen.

***

Nach meinem für heute letzten Kurs treffe ich an meinem Auto, dem vereinbarten Treffpunkt für unsere Fahrgemeinschaft, nicht nur auf Dean, sondern auch auf Ben, Hailee und Kyle, die mich freundlich begrüßen, als ich zu ihnen stoße.

Ich blinzle, weil ich zunächst glaube nicht richtig zu sehen. Aber nach nochmaligem genauerem Hinsehen erkenne ich, dass Ben tatsächlich Hailees Hand hält. Ich runzle die Stirn. Seit wann sind meine Nachbarin und Ben zusammen? Bisher haben sie nie so gewirkt, als hätten sie Interesse aneinander, das über eine Freundschaft hinausgeht. Aber anscheinend hat es wohl zwischen ihnen gefunkt.

Ein eifersüchtiger Stich bohrt sich in mein Herz. Sogar diese beiden sind jetzt ein Paar. Warum finde ich keinen Freund?

In diesem Moment kommt mir Austins Vorschlag wieder in den Sinn. Wenn ich ihm zustimme, könnte ich auch diese Erfahrungen machen, zumindest oberflächlich.

»Kommendes Wochenende findet die nächste Party bei mir statt. Dieses Mal aber auf dem Waldgrundstück außerhalb von River Hill, das meiner Familie gehört«, sagt Kyle in die Runde. »Auf der letzten Party haben sich die Nachbarn über die Lautstärke beschwert und das Haus war danach ganz schön versaut. Das Aufräumen hat wirklich lange gedauert.«

»Wem sagst du das«, kommentiert Ben grinsend. »Immerhin haben wir dir dabei geholfen.«

Kyle lächelt. »Ich weiß. Und dafür bin ich euch sehr dankbar. Ich habe ein Lagerfeuer am Weiher geplant und Bella hatte eine coole Idee bezüglich der

Deko.« Seine Augen funkeln und seine Stimme nimmt einen liebevollen Ton an, als er von ihr spricht. Ich finde es süß, wie viel sie ihm zu bedeuten scheint und dass er daraus auch keinen Hehl macht. »Sie kam auf die geniale Idee, Lampions in die Bäume zu hängen. Wenn das Wetter mitspielt, feiern wir gemütlich unter dem Sternenhimmel. Seid ihr alle wieder dabei? Ich fände es jedenfalls supercool.«

»Klar«, meint Ben.

»Sicher. Isabellas Idee klingt toll«, kommt es von Hailee und auch die anderen stimmen begeistert zu.

Auch ich bin eingeladen, worüber ich mich innerlich sehr freue. Ich wurde noch nie persönlich zu einer Party eingeladen.

Als Austin, auf den wir gewartet haben, endlich zu uns stößt, wollen wir uns gerade von der Truppe verabschieden, als ein Klingeln ertönt. Ben löst sich von Hailee, zieht sein Handy hervor und starrt mit gerunzelter Stirn auf das Display. Seine Miene verfinstert sich.

»Ich muss kurz telefonieren«, erklärt er, ehe er sich ein paar Schritte entfernt und den eingehenden Anruf annimmt. »Was willst du?« Seine Stimme ist plötzlich ganz anders. Kalt. Abweisend. Die Freunde sehen ihm verwirrt hinterher, als er ganz bleich wird. »Ich bin sofort da.« Er legt auf und ist mit wenigen Schritten wieder bei uns. »Ich muss nach Hause. Familiennotfall.«

»Was ist denn los?«, will Kyle wissen.

Ben schüttelt den Kopf. »Kann ich jetzt nicht sagen. Ich muss los.«

»Sollen wir Hailee mitnehmen?«, schlägt Dean vor.

»Wenn das für euch und dich in Ordnung wäre?«, erwidert Ben und blickt erst Hailee und dann mich fragend an.

Sie nickt lächelnd. »Wenn es für Railey kein Problem ist?«

»Nein, überhaupt nicht. Wir nehmen dich mit«, erwidere ich perplex.

»Danke.« Ben drückt kurz meine Schulter, dann umarmt er Hailee und rennt zu seinem Auto – heute ist es wieder der weiße Audi R8. Ich verstehe noch immer nicht, dass er mit einem solchen Gerät herumfahren darf.

Wir verabschieden uns schließlich voneinander. Dann steigen Dean, Hailee, Austin und ich in unseren Wagen. Während der Fahrt unterhalten sich die drei über den ersten Schultag. Ich beteilige mich nicht am Gespräch, sondern konzentriere mich stur auf die Straße. Dabei spüre ich Austins Blick auf mir ruhen, was mich ganz nervös macht.

Als ich endlich unsere Einfahrt hochfahre, steht dort bereits das Auto meines Dads. Er und Austins Vater scheinen auch gerade eben erst heimgekommen zu sein, da sie ihre Uniformen noch tragen. Die beiden unterhalten sich.

»Ich muss dringend aufs Klo. Wir sehen uns dann morgen«, ruft Dean, als wir aussteigen.

Hailee verabschiedet sich ebenfalls von uns und schlurft mit hängenden Schultern zu ihrem Haus. Sie wirkt nicht gerade sehr glücklich wieder daheim zu sein. Oder macht sie sich Sorgen um Ben?

»Wie geht es dir?« Austin stellt sich neben mich.

Ich drehe mich zu ihm. »Geht schon.«

»Sicher?«

»Ja. Ich war heute nur überfordert von meinen Gefühlen. Aber jetzt geht es wieder. Danke, dass du mir geholfen hast.«

»Keine Ursache, das habe ich gern gemacht«, erwidert er lächelnd. Dann runzelt er nachdenklich die Stirn. »Apropos helfen: Wie sieht es mit dem Deal aus? Hast du dir meinen Vorschlag schon mal durch den Kopf gehen lassen?«

Ich erwidere seinen Blick. Seit er mir den Deal vorgeschlagen hat, habe ich lange darüber nachgedacht. Am liebsten hätte ich Victoria davon erzählt, um ihren Rat einzuholen. Aber da diese immer noch zickt, kann ich das vorerst vergessen. Dafür habe ich Vor- und Nachteile abgewogen. Einerseits zögere ich, weil ich Angst habe, von Austin nur veräppelt zu werden. Aber in der kurzen Zeit, in der ich ihn jetzt kenne, glaube ich das nicht. Vielleicht will er sein Verhalten wirklich wiedergutmachen. Vielleicht sollte ich ihm eine Chance geben, mich darauf einlassen. Immerhin hat er mir genau das vorgeschlagen, was ich mir die ganze Zeit über gewünscht habe: Erfahrungen mit Jungs zu sammeln. Wenn er mir auch noch bei meinem Selbstbewusstseinsproblem helfen kann, wäre das perfekt.

»Und wenn ich merke, dass ich mich dabei unwohl fühle, ist der Deal sofort beendet?«, hake ich noch mal nach. »Wir machen nur Dinge, die nichts mit Sex zu tun haben? Und wir trainieren zusammen?«

Austin nickt. »Ich werde dich zu nichts drängen. Wir werden nichts machen, was du nicht willst. Du allein hast die Kontrolle.«

»Warum eigentlich kein Küssen oder so was? Versteh mich nicht falsch. Das wäre sowieso ... komisch«, versuche ich die richtigen Worte zu finden.

Austin lächelt, als hätte er diese Frage bereits erwartet. »Was das angeht, bin ich eher der Typ, bei dem dabei Gefühle im Spiel sein müssen.«

Warum hat er mir dann all die Komplimente gemacht? Oder war das nur freundschaftlich gemeint? Kurz verspüre ich einen Stich im Herzen, den ich jedoch ganz schnell verdränge. Ich will von Austin nichts Festes, habe auch keine Gefühle für ihn. Immerhin kenne ich ihn noch gar nicht lange und richtig.

»Achso, okay. Das verstehe ich. Finde ich gut«, stottere ich.

»Also? Hast du dich schon entschieden?«, hakt er nach.

Ich hole tief Luft, sammle all meinen Mut. Das Herz schlägt mir bis zum Hals, als ich sage: »In Ordnung.«

Austin strahlt mich fröhlich an. »Cool. Ich freue mich. Wie wäre es, wenn ich dich morgen Abend abhole? Das Wetter soll schön werden. Wir könnten bei mir im Garten gemeinsam trainieren.«

»Klingt gut.«

»Super. Ich stehe um fünf Uhr vor deiner Tür.« Er hält mir die Hand hin, sieht mich direkt an. »Dann haben wir einen Deal.«

Ich schlage ein. »Ja, wir haben einen Deal.«

Kapitel 7

Mein Bein wippt nervös auf und ab. Ich verfolge den Uhrzeiger, der heute viel zu schnell seine Runden dreht. Es ist kurz vor fünf. Ungeduldig blicke ich aus dem Fenster auf die leere Einfahrt. Austin wollte gleich da sein. Wo bleibt er denn? Oder hat er es sich spontan anders überlegt?

Doch nur wenige Sekunden später taucht er auf seinem blauen Roller auf. Ich springe von meinem Stuhl, schnappe meine Sporttasche, die ich daneben abgelegt habe, und renne zur Haustür. Ich öffne sie jedoch noch nicht. Er soll nicht denken, dass ich wie auf heißen Kohlen auf ihn gewartet habe.

»Ist das Austin?«, will meine Mutter wissen, die auf der Couch sitzt und in einem Buch liest.

»Ja.« Ich schiele durch den Türspion. Er nimmt gerade seinen Helm ab und klemmt ihn sich unter den Arm. Dann schüttelt er wie im Film kurz die Haare aus und sieht dabei so gut aus, dass mir ganz warm wird.

»Ich habe dich etwas gefragt«, meint meine Mutter.

»Wie bitte?« Ertappt drehe ich mich zu ihr um. Ich war so damit beschäftigt, Austin zu beobachten, dass ich sie überhört habe. »Was hast du gesagt?«

Sie blickt mich über ihr Buch hinweg an. »Ich wollte wissen, bis wann du wieder zurück bist.«

»Das weiß ich noch nicht. Ich denke, so in spätestens zwei Stunden? Ihr braucht beim Essen nicht auf mich zu warten.«

Im selben Augenblick klingelt Austin. Ich lasse mir ein paar Sekunden Zeit, atme einmal tief durch. Dann öffne ich mit klopfendem Herzen die Haustür und blicke direkt in seine unverkennbar haselnussbraunen Augen.

»Hey«, sage ich.

»Hey«, gibt er zurück.

Und ehe ich es mich versehe, hat er mich umarmt. Perplex lasse ich es zu, doch da lässt er mich schon wieder los und winkt meiner Mutter zu, die uns aufmerksam beobachtet. »Hallo, Mrs Young.«

»Hallo, Austin. Ich hoffe, du gibst gut acht auf meine Railey.«

Austin nickt heftig. Seine Wangen färben sich leicht rot und fast kommt es mir so vor, als wäre er verlegen. »Keine Sorge, ich passe gut auf Ihre Tochter auf.«

Mom lächelt geheimnisvoll. »Dann viel Spaß euch beiden. Und tut nichts, was ich nicht auch tun würde.«

Ich werde knallrot. »Mom!«

Sie ist aufgeregter als ich, dass ich mit einem Jungen aus dem Haus gehe. Immerhin ist es das erste Mal, dass ich von einem männlichen Wesen abgeholt werde. Dabei habe ich ihr eindrücklich gesagt, dass Austin und ich nur Freunde sind, die zusammen Sport machen.

Besagter Freund grinst jetzt überraschend lässig. »Natürlich, Mrs Young. Wir werden ganz brav sein.«

Er ergreift meine Hand und zieht mich mit sich nach draußen. Nachdem ich die Haustür abgeschlossen habe, gehe ich vorsichtig zu seinem Roller. Austin klappt den Sitz nach oben und holt aus einem Fach darunter einen Helm hervor, den er mir reicht.

Erst da wird mir bewusst, was das bedeutet. »Warte mal. Wir fahren auf deinem Roller zu dir?«

»Ja, oder glaubst du, wir können uns zu mir beamen?« Er schmunzelt. »Diese Erfindung gibt es leider noch nicht.«

Ich schüttle ängstlich den Kopf. »Ich habe noch nie auf so einem Ding gesessen.«

»Meine Eltern brauchen das Auto, deshalb habe ich nur ihn. Keine Angst, ich fahre langsam«, beruhigt er mich. »Die Tasche kannst du übrigens mir geben. Die können wir in den Stauraum legen.«

Zögernd reiche ich sie ihm, nehme den Helm entgegen und setze ihn auf. Austin verstaut währenddessen meine Tasche unter dem Sitz. Dann tritt er vor mich, um die Schnalle unter meinem Kinn zu schließen. Seine Finger streifen für einen kurzen Moment mein Gesicht, als er überprüft, ob alles festsitzt.

Mit angehaltenem Atem starre ich ihn an, unfähig mich zu bewegen. Mein

Magen kribbelt ganz komisch. Austin erwidert meinen unsicheren Blick lächelnd, ehe er seinen eigenen Helm aufsetzt. Dann schwingt er sich auf seinen Roller und wirft mir über die Schulter einen abwartenden Blick zu.

»Lass uns losdüsen, Shorty.«

Nervös suche ich nach den Stützen, auf die ich den linken Fuß stelle, um mein rechtes Bein über seinen Roller zu schwingen. Dann halte ich mich am Sitz fest und achte darauf, genügend Abstand zu ihm zu halten. Durch den Seitenspiegel kann ich Austin schmunzeln sehen.

»Du musst dich an mir festhalten, sonst fliegst du am Ende noch davon.«

Er lacht über seinen eigenen Witz, was ich ganz und gar nicht lustig finde. Trotzdem lege ich meine Hände auf seine Schultern.

Austin dreht den Kopf zu mir. »Du musst deine Hände um meinen Bauch schlingen.«

Zögernd folge ich seiner Aufforderung. Dadurch muss ich mich so dicht an ihn drängen, dass ich seinen Rücken an meiner Brust spüre. Ich muss schlucken. Noch nie zuvor war ich einem Jungen so nahe.

Austin startet den Motor. »Bereit?«

Nein, denke ich, nicke jedoch.

Als er losfährt, presse ich mich fest an ihn. Wir verlassen die Einfahrt und biegen auf die Straße ab. Häuser, Bäume, Autos und Fußgänger passieren uns. Es ist gar nicht mal so schlimm, wie ich es mir vorgestellt habe. Die anfängliche Panik legt sich und ich genieße es, wie die Umgebung an uns vorbeifliegt.

Kurze Zeit später wird Austin langsamer. »Wir sind da.«

Er fährt eine gepflasterte Einfahrt hoch, die links und rechts von einem unspektakulären Rasen gesäumt ist, auf dem lediglich zwei Laubbäume stehen. Vor uns befindet sich ein kleines Haus. Es hat zwar keine Veranda wie das von Kyle, dafür aber drei Dachgauben und große Sprossenfenster. Ein paar Treppenstufen führen hoch zur Haustür. Daneben befindet sich eine offene Garage voller Gartenutensilien in Regalen an den Wänden.

Austin lässt mich davor absteigen, ehe er den Roller darin parkt. Nachdem wir unsere Helme neben dem Roller abgelegt und meine Tasche aus dem

Stauraum hervorgeholt haben, gehen wir gemeinsam zur Haustür. Austin kramt dabei einen Schlüssel aus seiner Hosentasche heraus.

»Das, ähm ... das ist also dein Haus«, sage ich, um die Stille zwischen uns zu überbrücken.

Ich war auch noch nie bei einem Jungen zu Hause. Damit breche ich eine Regel von Victoria, was erste Dates angeht.

Aber das ist kein richtiges Date, nur ein Sportdate mit einem ... Freund. Außerdem haben wir einen Deal.

Austin steckt den Schlüssel ins Schloss und dreht ihn herum. Als ein Klicken ertönt, wirft er mir einen kurzen Blick über die Schulter zu. »Ja, das ist mein Haus. Bist du bereit in die Höhle des Löwen einzutreten?«

»Die Höhle des Löwen?«

»So eingeschüchtert, wie du wirkst.« Er zwinkert mir zu, ehe er die Tür öffnet.

Wir betreten ein kleines Treppenhaus. Unter einer langen Sitzbank aus Stein stehen mehrere Schuhe. Austin zieht seine aus und ich mache es ihm nach.

»Da hinten geht es in die Küche und das Wohnzimmer.« Er deutet auf einen Gang mit grün angestrichenen und mit Bildern behangenen Wänden neben uns. »Außerdem kommt man von dort aus auch in unseren Garten. Ich würde dir aber erst mein Zimmer und das Bad zeigen, damit du deine Sachen ablegen und dich umziehen kannst.«

Fragend sieht er mich an, woraufhin ich nur nicke. Mein Herz schlägt mir vor Aufregung bis zum Hals, als er mich eine Treppe nach oben führt. Dort sind die Wände in einem hellen Gelbton gestrichen und ebenfalls mit Bildern behangen. Es sind verschiedene Urlaubsfotos von Austin mit seinen Eltern und einem jungen braunhaarigen Mädchen, etwa in seinem Alter. Sie hat dieselben haselnussbraunen Augen und Gesichtszüge, dasselbe markante Kinn wie Austin.

Ich runzle die Stirn. »Du hast eine Schwester?«

Er nickt nur.

»Ist sie auch da?«, hake ich nach. Weder Austin noch seine Eltern haben etwas von einer Schwester erwähnt.

Austin schüttelt den Kopf. »Sie … sie ist momentan auf einem Internat.«

»Warum denn das?«, will ich wissen, weil ich anhand seiner Reaktion das Gefühl habe, dass da noch mehr dahintersteckt.

Doch er zuckt nur mit den Achseln. »Sie hat sich dafür entschieden. Los komm, damit wir endlich anfangen können.«

Ich folge ihm mit einem letzten Blick auf das Foto. Irgendetwas beschäftigt ihn, sonst würde er mir nicht so ausweichen.

Austin bleibt vor einem Zimmer stehen und öffnet nach kurzem Zögern die Tür. Wir betreten einen gemütlichen großen Raum. Eine Wand ist mit einer hellgrünen Farbe bestrichen. Davor steht ein großes, einladendes Bett, auf dem bestimmt drei Personen Platz hätten.

»Das Ding ist ja riesig«, rutscht es aus mir heraus.

»Es ist auch richtig bequem. Wenn du magst, kannst du es gern ausprobieren«, meint er mit funkelnden Augen, woraufhin ich rot werde. Eine Szene bahnt sich vor meinem inneren Auge an, die nicht jugendfrei ist.

»Nein danke«, sage ich schnell und sehe mich weiter um, um mich abzulenken.

Neben dem Bett befindet sich ein Schreibtisch mit einem Monitor darauf. Auf der gegenüberliegenden Seite des Bettes steht ein breiter Kleiderschrank, an dessen einer Tür ein Spiegel hängt.

Wenn Austin sich hier mit einem Mädchen vergnügt, können sie ihr Tun im Spiegel mitverfolgen, schießt es mir durch den Kopf. *Hör auf damit, Railey, und reiß dich endlich zusammen!*, ermahne ich mich selbst und sehe mich krampfhaft weiter um. Ich weiß nicht, warum bei mir jedes Mal das Kopfkino losgeht, sobald ich in Austins Nähe bin.

Von seinem Zimmer aus hat man einen Blick auf den Vorgarten und die Einfahrt. Doch bis auf ein weiteres Regal neben dem Kleiderschrank und eine Couch mit einem Fernseher an der Wand davor gibt es nichts weiter zu sehen.

Nein, ich habe mich geirrt! Mir klappt der Mund auf, als ich neben seiner Zimmertür ein kleines Bücherregal entdecke.

»Du hast Bücher?«

»Das klingt so, als wärst du total überrascht«, meint Austin. »Ich hab doch gesagt, dass ich gerne lese.«

In nur wenigen Schritten bin ich bei dem Regal, gehe in die Hocke und betrachte begeistert die Einbände. Die meisten Autoren kenne ich nicht, aber in seinem Regal sind hauptsächlich Romane aus dem Science-Fiction- und Fantasy-Bereich vertreten.

Er bleibt mit den Händen in den Hosentaschen neben mir stehen, sodass sich unsere Schultern leicht berühren, was erneut Stromstöße durch meinen Körper jagt.

»Lesen ist für mich eine nette Abwechslung«, erklärt er.

Mir springt ein bekannter Titel ins Auge und ich hätte vor Freude beinahe laut aufgejauchzt. Aufgeregt ziehe ich ihn aus dem Regal heraus.

»Du liest die *Lux*-Reihe von Jennifer L. Armentrout?« Zumindest hat er den ersten Band aus Daemons Sicht.

Austin schmunzelt. »Es gehört eigentlich meiner Schwester. Aber weil sie so begeistert davon war und wissen wollte, wie ich die Sicht des männlichen Protagonisten im Vergleich zu der von Katy sehe, wollte ich auch mal reinlesen. Ich habe erst ein paar Seiten geschafft, finde es bisher aber ganz gut.«

»Das finde ich auch. Ich bewundere sie für ihre Art zu schreiben. Sie hat einen wunderschönen Schreibstil und tolle Ideen. Und ihre Liebesszenen sind schön romantisch, ohne dass sie zu erotisch wirken«, platzt es aus mir heraus, weil ich ganz in meinem Element bin. Als mir klar wird, was ich da gerade eben gesagt habe, ist es schon zu spät. Hitze schießt mir in die Wangen.

Wie komme ich nur darauf, mit ihm über romantische Liebesszenen zu reden?

Austin lächelt nur. »Zu den Liebesszenen bin ich bisher noch nicht gekommen, aber jetzt bin ich erst recht gespannt.«

Ich erwidere sein Lächeln. »Ich finde es wirklich total cool, dass du liest.« Dann stelle ich das Buch wieder zurück. »Du hast übrigens ein schönes Zimmer«, wechsle ich das Thema.

»Danke schön. Ich hoffe, ich werde deins auch mal zu sehen bekommen«, erwidert Austin.

Bei dem Gedanken, dass er in meinem Zimmer stehen könnte, wird mir ganz warm. »Mal sehen«, sage ich daher.

Austin grinst nur. Dann geht er zurück auf den Flur und führt mich zur gegenüberliegenden Tür, hinter der sich das Badezimmer befindet.

»Hier kannst du dich gerne umziehen, dann mache ich in meinem Zimmer solange das Gleiche.«

Austin tritt einen Schritt zurück, sodass ich einen Blick hineinwerfen kann. Im Großen und Ganzen ist das Bad sauber aufgeräumt und nirgends liegen benutzte Boxershorts oder sonstige Gegenstände herum.

»Das ist übrigens eine Regendusche. Wenn du willst, kannst du auch die irgendwann mal ausprobieren.« Er zwinkert mir zu.

Ich ignoriere ihn und wende den Blick ab, weil meine Wangen schon wieder rot werden.

***

Nachdem wir uns fertig umgezogen haben, führt Austin mich wieder nach unten ins Erdgeschoss. Durch die Küche gelangen wir ins Wohn- und Esszimmer, das an den Garten und eine Terrasse angrenzt.

Austin schaltet eine Musikanlage im Wohnzimmer an, die er mit dem Handy verbunden hat. Dann gehen wir nach draußen. Der Garten ist von einer hohen Hecke umgeben, die einen vor den Blicken neugieriger Nachbarn schützt. Mehrere Bäume spenden Schatten, wobei die Mitte für einen großzügigen sonnigen Fleck freigehalten wird.

Für das Training hat er zwei Matten auf den schattigen Bereich der Wiese gelegt. Außerdem haben wir noch zwei Paar Boxhandschuhe mitgenommen. Von hier aus hören wir die Musik noch gut, jedoch ist sie nicht zu laut, sodass wir keine Nachbarn stören.

»Wenn dir die Playlist nicht gefällt, kannst du gerne Songs aussuchen«, meint er.

»Danke. Aber ich finde deine ganz in Ordnung. Ich höre das eigentlich auch alles. Wie sieht denn das Training aus, beziehungsweise wie würdest du es aufbauen?«

»Cool.« Austin lächelt. »Eigentlich mache ich jeden zweiten Tag Sport, meistens ein Workout, und gehe ein- bis zweimal in der Woche laufen. Falls du magst, können wir das auch mal zusammen machen. Für unsere Kickbox-Sportdates dachte ich mir, wir wärmen uns wie im Training zuerst auf. Ich kann dir zeigen, was ich da so mache, und wir können Übungen von dir übernehmen, wenn du Ideen hast.«

Seine Augen funkeln und ich merke ihm an, dass er nun voll in *seinem* Element ist. Ich kann nicht anders, als sein Lächeln zu erwidern. »Bei mir sieht es bis auf das Laufen ähnlich aus. Lass es uns gerne so machen.«

Zuerst beginnen wir ganz normal, indem wir ein paar Runden durch den Garten joggen und dann seilspringen. Dann machen wir mit anderen Aufwärmübungen weiter.

Anfangs dachte ich, dass es mir unangenehm wäre, mit ihm zu trainieren. Wider Erwarten macht es richtig Spaß. Denn zu zweit ist man motivierter und pusht sich gegenseitig.

Ich beobachte Austin dabei, wie er Kniebeugen macht. Er trägt Shorts und ein Tanktop, weshalb ich einen fantastischen Blick auf die Bewegungen seiner Muskeln habe. Mir wird noch heißer, dabei ist es ohnehin schon so warm draußen.

Er scheint zu merken, dass ich ihn anstarre, denn er hebt den verschwitzten Kopf und grinst süffisant, weshalb ich mich abwende und mir eine Wasserflasche aus der Kühltruhe nehme, die er auf die Terrasse gestellt hat.

Als Nächstes legen wir die Matten neben die Truhe, um dort Liegestütze auf den Fäusten zu machen.

Dabei kann ich mich allerdings nicht richtig konzentrieren. Immer wieder wandert mein Blick zu Austin. Es sieht verdammt gut aus, wie sich seine Muskeln bei jeder Bewegung, die er macht, anspannen. Wie ihm seine Haare in die Stirn hängen, sein T-Shirt und seine Hose an ihm kleben. Wie sich sein Gesicht vor Anstrengung verzieht und er seine Lippen aufeinanderpresst. Lippen, von denen ich nur allzu gern wüsste, wie sie sich …

Austin dreht den Kopf in meine Richtung und hört plötzlich auf. Hitze schießt in meine Wangen. Schnell mache ich weiter. Jetzt beobachtet er mich.

»Du solltest die Übungen richtig machen, statt mich abzuchecken, sonst bekommst du wegen deiner falschen Technik womöglich Schmerzen in den Handgelenken, den Schultern oder im Nacken«, meint er schmunzelnd, woraufhin ich ertappt in der Planke verharre. »So sexy es übrigens auch aussieht, wenn du deinen süßen Hintern in die Höhe reckst, machst du es falsch«, erklärt er mir fachmännisch und kniet sich neben mich. »Darf ich?«

Ich nicke nur. Er legt eine Hand auf meinen Bauch, während er die andere auf meinem unteren Rücken platziert. Ein mir bisher noch nicht bekanntes Kribbeln breitet sich von meinem Magen nach unten aus.

»Mach es noch mal«, flüstert er mit rauer Stimme, die mir eine Gänsehaut über den ganzen Körper jagt.

Ich ignoriere das verräterische Kribbeln und stemme mich hoch, während mir Austin zeigt, wie und wo ich die Spannung halten muss. So schaffe ich weitere fünfzehn Liegestütze, bis ich erschöpft zusammenbreche.

»Was steht als nächstes an?«, keuche ich.

»Sit-ups«, erklärt er, schnappt sich ebenfalls eine Flasche und trinkt in großzügigen Schlucken. Dann stellt er sie wieder zurück, damit sie kühl bleibt.

Erwartungsvoll blickt er mich an. »Also? Bist du bereit?«

»Klar«, erwidere ich keuchend. So viele Liegestütze wie heute habe ich noch nie gemacht. Aber ich bin stolz auf mich, wie viel ich bisher geschafft habe.

Austin lässt sich neben mir nieder, winkelt die Beine an und überkreuzt seine Hände vor der Brust. Dann hebt er den Oberkörper, als würde er jeden Tag nichts anderes machen.

Ich stelle mir derweil vor, wie er oben ohne trainiert.

Bereit, um dahinzuschmelzen? Ja.

Seufzend wende ich mich ab, ehe ich noch hyperventiliere, und mache es ihm nach. Als ich meine Zielanzahl geschafft habe, greife ich mit hochrotem Kopf nach meiner Wasserflasche und trinke hastig einen Schluck.

»Lass uns jetzt mit dem richtigen Training anfangen.«

Austin erhebt sich und hält mir die Hand hin, um mir aufzuhelfen.

Wir ziehen unsere Boxhandschuhe an und stellen uns in Abwehrhaltung voreinander auf. Austin hält seine Arme vor sich und ich boxe abwechselnd mit der linken und der rechten Hand gegen die seinen. Nachdem er auch einmal an der Reihe war, täuschen wir gegenseitig Geraden, Haken und Stoßtritte an, die der jeweils andere abwehren muss. Dadurch trainieren wir unsere Technik, Schlagkraft, Schnelligkeit und Reaktionsfähigkeit. Dabei kommen wir uns gefährlich nahe, berühren einander immer wieder.

»In meiner ersten Trainingsstunde habe ich mitbekommen, was dieser Miles über dich gesagt hat«, meint er nach einer Weile.

Ich erstarre mitten in der Bewegung, meine Faust von unten nach oben in Richtung seiner Kinnunterseite zu führen. »Was hat er denn gesagt?«

Austin blockt meinen Aufwärtshaken ab und kontert mit einem Frontkick, indem er das Knie seines Vorderbeins zur Brust zieht und dann den Oberkörper nach hinten neigt. Er lässt sein Bein nach vorne schnellen. Sein Fußballen berührt meinen Bauch.

Ich ärgere mich über mich selbst. Ich hätte auf meine Deckung achten müssen und war zu langsam, ihn abzuwehren.

Er zieht sein Bein wieder zurück und stellt den Fuß auf den Boden. »Dass er nicht mit dir trainieren will, weil du so klein bist. Ich fand es super von Steven, dass er ihn vor die Wahl gestellt hat, im Training zu bleiben oder zu gehen.« Aufmerksam mustert er mich. »Kennst du Miles schon länger?«

Seinen nächsten Schlag parierend sehe ich ihn mit finsterer Miene an. »Wir haben uns eigentlich gut verstanden. Aber er …« Ich presse die Lippen aufeinander.

»Was hat er getan?«

Unsicher, ob ich ihm vertrauen kann, ringe ich mit mir.

»Kaum zu glauben, aber ich war mal in ihn verknallt«, murmle ich und rufe mir seine verletzenden Worte wieder ins Gedächtnis, die ich nie vergessen habe. »Doch dann habe ich ein Gespräch zwischen ihm und einem Freund mitbekommen. Er findet mich ›ganz nett und niedlich‹. Aber ich sei nicht sein Typ. Er hat gesagt, dass er auf richtige Frauen steht. In seinen Augen sehe ich aus wie ein Kind und ich zitiere: ›So eine will doch niemand daten‹.«

Austin zieht die Brauen zusammen. »Das ist sehr verletzend. Klar, jeder hat einen bestimmten Typ Mensch, auf den er steht. Aber wichtiger sind doch die inneren Werte.«

Ich zucke nur mit den Achseln und Austin schweigt.

Dann hellt sich seine Miene auf. »Wollen wir für heute aufhören und uns abkühlen? Wir haben eine Eismaschine, die auf ihren Einsatz wartet.«

Meine Laune hebt sich wieder an. »Das wäre schön. Ich liebe selbstgemachtes Eis.«

Während die Maschine die Zutaten für ein klassisches Schokoladeneis vermischt, räumen wir die Sportsachen weg. Dann setzen wir uns mit voll beladenen Glasschüsseln bewaffnet nach draußen auf die Terrasse und genießen die abendlichen Sonnenstrahlen.

Austin stößt seinen Löffel gegen den meinen. »Ich wünsche einen guten Appetit.«

Schweigend löffeln wir unsere Becher aus. Zufrieden lege ich mich auf den Rücken und blicke in den nahezu wolkenlosen Himmel, der aufgrund der langsam untergehenden Sonne bereits eine orangerote Farbe annimmt.

Austin legt sich neben mich. »Und, werden wir unser erstes Sportdate wiederholen?«

Ich drehe den Kopf in seine Richtung. Dafür, dass ich anfangs so nervös war, bin ich jetzt total entspannt. In Austins Nähe fühle ich mich wohl. Mit ihm kann ich mich ganz normal unterhalten, ohne mich verstellen oder mir Gedanken machen zu müssen, was er wohl von mir denkt. »Wenn du das auch möchtest?«

»Natürlich.«

Wir lächeln einander an, dann blicken wir wieder in den Himmel, bis wir uns schließlich umziehen gehen und Austin mich nach Hause fährt.

Kapitel 8

Diese Sportdates wiederholen sich die nächsten Wochen. Manchmal holt mich Austin ab, manchmal fahre ich selbst zu ihm. Wir wärmen uns auf und trainieren gemeinsam. Die Kickbox-Trainingseinheiten mit ihm als Partner machen mir wirklich Spaß. Nicht nur, weil wir einander ebenbürtig sind. Ich freue mich Zeit mit ihm zu verbringen. Wenn ich mit ihm zusammen bin, vergeht sie immer besonders schnell. Hin und wieder laden mich seine Eltern danach sogar zum Abendessen ein.

Unsere Eltern haben uns zum Glück keine komischen Fragen gestellt. Sie denken, Austin und ich wären nun so gut befreundet wie er und Dean. Mom freut sich, dass ich endlich mal mit einer anderen Person in meinem Alter abhänge, die nicht Victoria ist. Die ist sowieso noch immer beleidigt.

Seit drei Wochen schon schweigen wir uns gegenseitig an. Meistens haben wir nach ein paar Tagen wieder miteinander gesprochen, wenn wir gestritten haben. Doch so lange wie momentan war noch nie Funkstille zwischen uns, weshalb ich mir langsam ernsthaft Sorgen um unsere Freundschaft mache. Aber ich sehe es nicht ein, den ersten Schritt zu machen, wenn sie es war, die sich falsch verhalten hat. Dabei würde ich ihr so gerne von dem Deal zwischen Austin und mir erzählen. Bisher weiß niemand davon. Es sei denn, Austin hat es jemandem verraten.

Da es schon den ganzen Tag regnet und seine Eltern bei Freunden zum Abendessen verabredet sind, hat er mich nach dem heutigen Sportdate zu einem Filmabend eingeladen. Ein weiterer Punkt auf der imaginären Liste an ersten Erfahrungen.

Ich bin deswegen sehr aufgeregt. Obwohl ich mittlerweile fast jeden Tag der letzten Wochen mit Austin zusammen verbracht habe, bin ich in seiner Nähe immer wieder nervös. Wenn er mich ansieht oder mich anlächelt, beginnt mein Magen zu kribbeln und mein Herz schlägt schneller.

Ich weiß nicht, ob das so gut ist.

Nachdem wir uns zum heutigen Abschluss unseres Sportdates gedehnt haben, duschen wir nacheinander in dem kleinen Bad gegenüber von seinem Zimmer. Mit geföhnten Haaren sitzen wir kurze Zeit später jeweils in Jogginghose und T-Shirt nebeneinander auf seiner Couch und bestellen über ein iPad Pizza.

»Was willst du trinken?«, will Austin wissen. »Wir haben Wasser, Cola, Limo, Säfte und Tee.«

»Eine Saftschorle wäre toll«, meine ich.

»Super.« Austin lächelt mich fröhlich an. »Die Pizza sollte auch gleich da sein. Du kannst ja schon mal einen Film aussuchen. Mir ist alles recht bis auf Horrorstreifen und Sad Ends.«

»Wieso das denn?«, hake ich nach.

»Solche Filme hinterlassen bei mir kein gutes Gefühl.« Seine Mundwinkel heben sich an, als er mir direkt in die Augen blickt. »Und in deiner Anwesenheit habe ich nur schöne Gefühle, die ich gern behalten würde.«

Mein Magen flattert und mein Lächeln wird breiter.

Austin erhebt sich und verschwindet aus dem Zimmer.

Während er die Getränke aus der Küche holt und die Pizza vom Lieferanten entgegennimmt, zappe ich mit der Fernbedienung durch Netflix auf der Suche nach etwas Geeignetem, das uns beiden gefallen könnte.

Als er mit den Getränken und Pizzakartons, die er auf einem Hocker vor der Couch abstellt, wieder hereinkommt, habe ich mich endlich entschieden. Anfangs wollte ich etwas Actionmäßiges nehmen und war darauf bedacht, ja nichts auszusuchen, wo es romantisch wird. Doch dann habe ich mich für etwas entschieden, das nach einer Komödie klingt. Der Film handelt von einem Mädchen, das neu auf dem College ist und durch Zufall in einer A-capella-Gesangsgruppe landet. Ich mag College- und Musikfilme. Außerdem hege ich die Hoffnung, dass er mich vielleicht bei einem meiner Bücher inspirieren könnte.

Austins Blick fällt auf den Fernseher, als er sich neben mir niederlässt. »*Pitch Perfect*? Gute Wahl. Meine Schwester liebt diesen Film.«

»Cool«, erwidere ich vorsichtig, da er über seine Schwester bisher kaum geredet hat und ausgewichen ist, wenn ich das Thema angeschnitten habe. »Sie ist ja momentan im Internat. Aber kommt sie euch auch besuchen?«, wage ich zu fragen.

Austin lächelt mich an, doch es erreicht nicht seine Augen. »Ja. Sie kommt in den Ferien wieder nach Hause. Vielleicht lernst du sie ja sogar kennen. Sie würde sich sicher freuen.«

Ich bin überrascht. »Das fände ich auch toll.«

Habe ich womöglich übertrieben und mit seiner Schwester ist alles in Ordnung? Nur warum hat Austin dann so komisch reagiert, als ich ihn an meinem ersten Tag in seinem Haus auf sie angesprochen habe? Oder vermisst er sie und ist deshalb so traurig geworden? Auch wenn es nicht dasselbe ist, weiß ich, wie es sich anfühlt, wenn man einen geliebten Geschwisterteil vermisst, der nicht mehr da ist.

»Wollen wir essen?«, wechselt er das Thema.

Ich stimme ihm zu, als der Duft nach Pizza, insbesondere der meiner bestellten Speziale, an meine Nase dringt. Mir läuft das Wasser im Mund zusammen.

Während ich nach meinem ersten Stück greife, startet Austin zunächst den Film und schaltet dann mithilfe einer Fernbedienung das Licht aus. Der Raum wird nur noch vom flackernden Schein des Fernsehers erhellt. Urplötzlich spüre ich eine erdrückende Hitze in seinem Zimmer, das in sich zusammenzuschrumpfen scheint. Mein Herz schlägt mir bis zum Hals, als Austin es sich auf der Couch bequem macht. Seine Schulter berührt die meine, unsere Hände streifen sich kurz. Die kleine Berührung jagt erneut Stromstöße durch meinen Körper. Ich halte die Luft an und starre wie gebannt auf den Fernseher, nur um ihm nicht in die Augen zu sehen.

Mechanisch schaufle ich ein Pizzastück nach dem anderen in mich hinein. Austin tut es mir gleich, weshalb wir stumm das Geschehen im Fernseher mitverfolgen. Allerdings kann ich mich, nachdem wir aufgegessen und unsere Hände mit Servietten gesäubert haben, nicht auf die Handlung konzentrieren.

Aus den Augenwinkeln registriere ich, dass Austin nicht den Bildschirm anschaut, sondern mich. Ich drehe meinen Kopf in seine Richtung, entgegne seinem Blick.

»Was ist?«, will ich wissen.

Er rutscht näher an mich heran, legt seinen Arm um mich. »Ist das okay?«

Ich nicke nur, während mir das Herz bis zum Hals schlägt. Mir wird wärmer, als mir ohnehin schon ist. Victoria hat mir von ähnlichen Begebenheiten mit ihren Jungsbekanntschaften erzählt. Meist haben die Typen das nur getan, um ihr dadurch näherzukommen und sie ins Bett zu kriegen. Aber Austin und ich haben einen Deal. Mein Herz hüpft vor lauter Aufregung ein wenig höher. Eine weitere Sache, die ich noch nie mit einem Jungen gemacht habe: kuscheln.

Vorsichtig bette ich meinen Kopf auf seine Schulter, um sie als Kissen zu verwenden. Ihm so nahe zu sein, lässt meinen Körper unter Strom stehen. Mit wie vielen Mädchen er wohl schon so dagesessen hat?

»Wie viele Freundinnen hattest du denn schon?«, frage ich leise, obwohl es mich nichts angeht und mich nicht interessieren sollte.

»Ich hatte bisher nur eine.« Er zwinkert mir zu. »Im Moment bin ich aber Single.«

»Warum habt ihr euch getrennt?«

»Wir haben irgendwann gemerkt, dass unsere Gefühle auf rein platonischer Ebene basieren, und sind gute Freunde geblieben.« Seine Mundwinkel heben sich. »Bis jetzt habe ich die Richtige noch nicht getroffen. Aber das kann ja noch werden«, überlegt er laut und ich werde rot.

Ich öffne den Mund und will etwas sagen, weiß aber nicht was. Also klappe ich ihn wieder zu und verschränke angespannt die Arme vor der Brust, um mich wieder dem Film zu widmen.

Sowie die *Treblemakers* auftreten, höre ich plötzlich ein Summen neben mir. Austin singt leise vor sich hin und erwidert meinen verwirrten Blick feixend.

»Was machst du da?«

Statt einer Antwort steht er auf, schnappt sich seine Fernbedienung, die er als improvisiertes Mikro vor sich hält, und tanzt ausgelassen singend durchs Zimmer.

Der Song wird langsamer und plötzlich steht er vor mir und geht vor mir auf die Knie, während er sich eine Hand ans Herz hält und das Gesicht verzieht, als hätte er Schmerzen.

»*I've got the magic in me*«, kräht er los und ich kann mich nicht mehr halten. Ich breche in schallendes Gelächter aus.

Da schnappt er sich plötzlich meine Hand und zieht mich von der Couch. Durch den heftigen Ruck stolpere ich nach vorne und lande geradewegs an seiner Brust. Erschrocken sehe ich auf und begegne seinem süffisanten Grinsen.

»Mach mit«, fordert er mich auf.

Ich starre ihn entgeistert an. »Ist dir das nicht peinlich?«

Austin erwidert meinen Blick lächelnd und legt die Fernbedienung wieder weg. »Wenn ich mir andauernd Gedanken darüber machen würde, was andere von mir halten, würde ich mich nur selbst damit kaputt machen.«

»Ich hätte gern dein Selbstbewusstsein«, meine ich ehrlich.

Er lächelt. Und dieses Lächeln lässt mein Herz höherschlagen. »Du hast auch Selbstbewusstsein, nur versteckst du es. Es wird langsam Zeit, dass du es hervorholst und aufhörst so verklemmt zu sein. Hier sind nur du und ich. Da braucht dir nichts peinlich zu sein.«

»Das ist nicht so einfach. Und ich kenne dich doch kaum«, rufe ich kopflos. Mit Victoria hätte ich kein Problem damit gehabt, durch das Zimmer zu tanzen oder beim Autofahren zur Musik zu singen. Aber mit Austin ist es etwas anderes.

»Na und? Dafür kannst du mich kennenlernen«, entgegnet er unbeeindruckt. »Wir blödeln ein wenig herum. Was ist daran so schlimm? Du wolltest lernen selbstbewusster zu werden. Das wäre jetzt die perfekte Gelegenheit dazu.«

Ich verschränke nervös die Arme vor der Brust und schaue zum Fernseher, wo sich die *Barden Bellas* bereit machen. Ich werde ganz sicher nicht tanzen.

»Komm schon, Shorty. Allein ist es langweilig. Lass mich jetzt bitte nicht im Stich«, fleht er mit herzzerreißender Stimme und greift erneut nach meiner Hand. »Du hast gesagt, dass du mit Victoria und ihrem Freund auch getanzt hast. Warum tanzt du nicht mit mir? Wir sind doch auch Freunde?«

»Weil ... weil ...«, stottere ich, doch da legt er plötzlich seine Hand auf meine Hüfte und wirbelt mich grinsend herum, während sich die andere mit meiner verschränkt.

»Ich weiß, dass hinter der verklemmten Railey mehr steckt. Zeig mir, dass ich recht habe«, sagt er mit fester Stimme und macht sich weiterhin zur Musik bewegend einen Schritt auf mich zu. Ich trete automatisch zurück. Er hebt den Arm, damit ich mich einmal um die eigene Achse drehen kann, während sich unsere Fingerspitzen weiterhin berühren. Dann zieht er mich wieder zu sich heran.

Es dauert ein wenig, aber dann lasse ich doch zu, dass er mich durch sein Zimmer führt, auch wenn wir beide nicht tanzen können. Nach einer Weile fällt die Befangenheit wie ein Schleier von mir. Ich muss lachen und fühle mich ausgelassen. Nicht so eingezwängt und gedemütigt wie bei Victoria und ihren Freunden. Sie fände das, was Austin macht, kindisch. Aber damit bringt er mich zum Lachen.

Irgendwann spüre ich plötzlich die Wand hinter mir. Der Song hat aufgehört, die Handlung im Film läuft weiter.

Austin steht jedoch noch immer vor mir und sieht mich mit einem unergründlichen Ausdruck in den Augen an. Seine linke Hand liegt auf meiner Hüfte, während die rechte noch immer mit meiner verschränkt ist. Wir beide atmen heftig und haben erhitzte Gesichter. Sein Blick brennt sich in meine Haut und wandert zu meinen Lippen.

Ich halte die Luft an, als er meine Hand loslässt, um mir eine Haarsträhne zurückzustreichen, ehe er seine wieder heruntemimmt, ohne mich aus den Augen zu lassen. Ein Lächeln breitet sich auf seinem Gesicht aus. Dann löst er sich plötzlich von mir.

»Ich glaube, wir haben uns den falschen Sport ausgesucht. Wir wären bestimmt hervorragende Tänzer«, meint er, tritt ein paar Schritte zurück und lässt sich lässig auf die Couch fallen. Dennoch entgeht mir die seltsame Miene in seinem Gesicht nicht, mit der er mich betrachtet.

Erhitzt setze ich mich neben ihn. In meinem Kopf und meinem Magen dreht sich alles. Für einen kurzen Moment dachte ich wirklich, er würde mich küssen. Wie konnte ich nur so dumm sein und annehmen, er wolle etwas von mir?

»Aber natürlich. Wir würden bestimmt alle Meisterschaften gewinnen«, scherze ich beschämt.

Während dem Rest des Films sitzen wir schweigend da und verfolgen die Handlung. Allerdings ist jetzt die Anspannung größer als zuvor, weil er penibel darauf achtet, mir nicht zu nahe zu kommen.

»Weißt du, was ich an der Geschichte so cool finde?«, fragt er jäh, als der Abspann läuft.

»Nein. Aber du wirst es mir gleich sagen, oder?«

Er grinst breit, als wäre nichts gewesen. Als hätte es diesen merkwürdigen Moment vorhin nicht gegeben.

»Ich konnte anfangs diesen Typen nicht leiden, der die *Treblemakers* anführt. Aber vor allem im zweiten Teil zeigt sich dann, dass er eigentlich ganz nett ist. Denn so ist das Leben auch. Jeder hat seine guten und schlechten Seiten und es gibt immer jemanden, der die Schatten eines Menschen akzeptiert.« Er richtet sich schlagartig auf und schaltet das Licht ein. »Ich sollte dich jetzt nach Hause fahren.«

Ich nicke perplex, als er aufsteht und den Fernseher ausschaltet. In mir zieht sich etwas zusammen und ich bemerke, dass meine Hände zittern.

»Ähm ... Ich geh noch schnell auf die Toilette«, sage ich.

»Okay, du weißt ja, wo du hinmusst«, kommt es von Austin.

Er greift nach den Pizzakartons. Kurz überlege ich ihm beim Aufräumen zu helfen. Aber ich brauche dringend Abstand. Deshalb drehe ich mich um und laufe ins Badezimmer. Dort spritze ich mir eiskaltes Wasser ins Gesicht, das so rot ist wie eine überreife Tomate. Ich schließe kurz die Augen und stütze mich tief ein- und ausatmend mit den Händen am Waschbecken ab.

Als wir tanzten, war die Stimmung ausgelassen. Doch seit dieser plötzlichen Nähe ist es wie auf einen Schlag vorbei, auch wenn Austin sich bemüht fröhlich gibt.

Es sind nur fünf Minuten Fahrzeit bis zu mir, versuche ich mir gut zuzureden.

Seufzend begebe ich mich zurück in sein Zimmer und greife nach meinem Handy, das ich zuvor auf das Fensterbrett neben der Couch gelegt habe.

»Dann lass uns mal los.«

Sowie wir im Auto seiner Eltern sitzen, fühle ich mich so angespannt, als wäre ich eine Bombe kurz vor der Explosion. Austin schaltet das Radio wieder ein und verwickelt mich in ein belangloses Gespräch. Doch dieses Mal kann ich nicht locker werden. Andauernd spielt sich der Tanz vor meinen Augen ab und wie er so dicht bei mir stand. Habe ich mir diese knisternde Spannung zwischen uns nur eingebildet?

Das Auto macht einen plötzlichen Ruck und ich hebe den Kopf. Wir stehen vor unserer Einfahrt. Im Haus brennt noch Licht, was bedeutet, dass sich meine Eltern und Dean vermutlich gerade einen Film ansehen.

Austin schaltet den Motor aus und steigt aus, um mir die Tür zu öffnen und mir herauszuhelfen. Schweigend stehen wir voreinander.

»Also ...«, beginne ich langsam.

»Also?«

»Ich geh dann mal rein«, krächze ich und will mich an ihm vorbeischieben.

Doch da umklammert er sanft, aber bestimmt mein Handgelenk und zieht mich wieder zurück. Ich muss schlucken und starre auf seine Brust, ehe ich den Kopf hebe und ihm direkt in die Augen blicke. Mir stockt der Atem und mein Herz bleibt stehen. Sie funkeln mit den Sternen über uns um die Wette. Ein Lächeln umspielt seine Mundwinkel. Er sieht so unglaublich schön aus.

»Du hast was vergessen«, flüstert er und beugt sich zu mir herunter.

Ich erstarre, als er mich umarmt. Ich werde in einen Duft aus leichtem Aftershave und Austin gehüllt, der mich beinahe aufseufzen lässt. Obwohl es eine ganz normale Umarmung ist, werden meine Beine zu Wackelpudding.

Viel zu früh löst er sich wieder von mir, lässt jedoch seine Hände auf meinen Hüften liegen, wo sie heiße Flammen aussenden, die durch meinen Körper hindurchjagen.

Seine rechte Hand wandert zu meinem Gesicht. Dieses Mal nimmt er sie nicht wieder weg, sondern lässt sie in meinem Nacken liegen.

Er beugt sich zu mir herunter und haucht mir einen zarten Kuss auf die Wange. Ich stehe regungslos da, das Herz schlägt mir bis zum Hals. In meinem Magen bricht ein regelrechter Schmetterlingstornado aus. Es ist nur ein kurzer, sanfter Wangenkuss. Doch er bewirkt, dass mein Körper vollkommen verrücktspielt.

Austin löst sich von mir. Seine Wangen färben sich leicht rot, während meine unter Flammen stehen.

»Ähm … danke fürs Essen und fürs Herbringen. Es war echt gut. Also das Essen. Auch wenn du es nicht gemacht hast«, haspele ich erhitzt.

Ein amüsiertes Grinsen breitet sich auf seinem Gesicht aus. »Sehr gerne, Shorty. Schlaf gut. Ich schreibe dir, wenn ich daheim bin.«

Ich nicke nur und frage mich, wie er mir schreiben will, wo er doch meine Nummer nicht hat. Bisher haben wir unsere Sportdates immer mündlich ausgemacht, da wir uns aufgrund der Fahrgemeinschaft ja so gut wie täglich gesehen haben.

Bevor ich noch weitere Worte sagen kann, wegen denen ich vor Scham im Boden versinken könnte, drehe ich mich um und renne wie vom Blitz getroffen die Einfahrt hoch.

Ich bin so aufgewühlt, dass ich gar nicht aufpasse, wo ich hintrete, und über die erste Treppenstufe stolpere. Perplex rudere ich mit den Armen und stürze nach vorn, wo ich mich mit den Händen geistesgegenwärtig abfange.

»Shit!«, fluche ich, weil ich mir die Handflächen leicht aufgeschürft habe.

Gott, ist das peinlich.

»Ist alles okay?«, ertönt Austins besorgte Stimme von unten.

Ich drehe mich mit hochrotem Kopf zu ihm. Er steht immer noch vor dem Auto seiner Eltern und wartet anscheinend darauf, dass ich ins Haus gehe.

»Ja klar, alles bestens. Guten Morgen dann. Ich meine, gute Nacht«, rufe ich, rapple mich auf und stürme zur Haustür.

Meinen zitternden Händen entgleitet beinahe der Schlüssel, als ich aufsperren will. Im Haus knalle ich die Tür zu, rase die Treppe hoch und bleibe wie erstarrt im Flur stehen, als ich auf *seine* Tür starre.

Wie immer überkommt mich das altbekannte Gefühl von Angst um Dean.

Doch dieses Mal ist etwas anders. Die Angst wird verdrängt von dem aufgeregten Kribbeln in meinem Magen und den Erinnerungen an den Kuss, von dem ich noch immer wie betäubt bin.

Dieses Mal gehe ich keine drei Schritte zurück, sondern stürme sofort in mein Zimmer.

Ich berühre meine Wange, spüre den Druck seiner Lippen immer noch auf meiner Haut. Obwohl es nur ein Wangenkuss war, springe ich vor lauter Freude beinahe umher.

Tausend Fragen schwirren mir durch den Kopf und es kommt mir so vor, als glühte ich am ganzen Körper. An lesen oder schreiben ist gar nicht zu denken, da meine Gedanken ein einziges Durcheinander sind.

Schließlich ziehe ich meine Shorts und mein Schlafshirt an und werfe mich mit meinem Handy aufs Bett. Ich will schon Victoria schreiben, als mir unser Streit wieder einfällt. Frustriert lasse ich das Handy sinken.

Da erhalte ich eine neue Nachricht. Mir entfährt ein fassungsloser Aufschrei, als ich das Profilbild genauer anschaue. Ein Junge mit haselnussbraunen Haaren und ähnlich farbigen Augen strahlt mir vor einem Boxsack entgegen, die Hände stecken in Boxhandschuhen und schweben in Abwehrhaltung vor seinem Gesicht.

Das ist jetzt nicht sein verdammter Ernst?

> Austin: Bin zu Hause. Gute Nacht, Shorty.
> Süßes Profilbild übrigens 😉

Ungläubig klappt mir der Mund auf. Er muss mein Handy genommen und seine Nummer dort eingespeichert haben, als ich kurz auf der Toilette war.

Panisch schaue ich nach, welches Profilbild ich eingestellt habe. Es ist ein älteres Bild, auf dem Victoria und ich herumblödeln und peinliche Grimassen schneiden.

> Ich: Hast du einfach mein Handy genommen, während ich auf dem Klo war?

Die Häkchen werden sofort blau. Ich halte den Atem an, als er eine Antwort schreibt.

Ich hatte bisher erst mit zwei Jungen Kontakt, die mir Victoria angedreht hat. Beide waren zwar häufig online, meldeten sich aber kaum bei mir. Später stellte sich heraus, dass sie etwas von Victoria wollten und nur aus Langeweile mit mir geschrieben haben.

Austin: Keine Angst, ich habe nicht herumgeschnüffelt. Ich wollte nur meine Nummer einspeichern 😊

Ich presse die Lippen aufeinander. Obwohl ich es nicht will, muss ich lächeln und mein Herz hüpft einen Schlag höher.

Ich: Idiot

Wieder werden die Häkchen sofort blau. Ungläubig starre ich das Handy an. Es ist für mich unvorstellbar, dass er auf meine Antworten zu warten scheint.

Austin: Aber dafür bin ich ein heißer Idiot, oder? 🔥😏

Meine Finger schweben über der Tastatur, doch ich weiß nicht, was ich schreiben soll. Austin ist immer noch online und ich frage mich, ob er wirklich darauf wartet, dass ich zurückschreibe, oder ob er gerade anderen Mädchen schreibt. Doch da tippt er erneut eine Nachricht ein.

Austin: Ich hoffe, du träumst heute Nacht schön von mir 😉😁

Ich starre die Nachricht ungläubig an. Dann tippe ich aufgebracht eine Antwort. Meine Finger fliegen so schnell über die Buchstaben, dass mein Handy gar nicht hinterherkommt.

Ich: Davon träumst *du* wohl.

Ich warte unruhig auf seine Antwort, die wenige Sekunden später folgt.

Austin: Natürlich. Schlaf gut, Shorty, und träum was Schönes 😘

Bei seinen Worten und dem Küsschensmiley kribbelt mein Magen plötzlich.

Dennoch ist es nicht okay, dass er sich ohne mein Wissen einfach mein Handy geschnappt und seine Nummer eingespeichert hat.

Ich: Frag mich das nächste Mal um Erlaubnis, wenn du meine Nummer haben willst oder an mein Handy gehst.
Aber danke.
Schlaf du auch gut 😴

Kapitel 9

»Ich hasse Mathe, habe ich das schon einmal erwähnt?«, murrt Austin, als er sich neben mir auf den Stuhl fallen lässt.

Belustigt sehe ich ihn an. »Heute schon zum dritten Mal.«

Meine vorher so gute Laune ist allerdings mit einem Schlag weg, als mein Blick auf Victoria fällt, die soeben das Klassenzimmer betritt. Sie starrt mit ausdrucksloser Miene zurück. Wir schweigen uns noch immer an. Dabei vermisse ich meine beste Freundin. Ich vermisse es, mit ihr zu reden und zu lachen und alles, was in mir vorgeht, mit ihr zu teilen. Dean vertraue ich auch viel an. Aber er ist nicht Victoria. Wie gerne würde ich ihr von Austin und dem Deal erzählen. Ihre Meinung dazu hören.

»Ist alles okay?«, fragt mich Austin.

Ich lege ein unbekümmertes Lächeln auf. »Ja, klar.«

Er betrachtet mich skeptisch, doch da kommt bereits die Lehrerin herein und beginnt mit dem Unterricht.

Den restlichen Tag über bleibt meine Laune im Keller. Nicht einmal Dean kann mich mit seinen Scherzen aufheitern, weshalb im Auto eine beklommene Stille herrscht, als wir nach Hause fahren.

Nach dem Mittagessen setze ich mich vor den Laptop. Mein Finger schwebt lange über der Maus, ehe ich auf ›Löschen‹ drücke und meine angefangene Geschichte unwiderruflich verschwindet.

Dafür öffne ich eine leere Seite, um ein neues Buch zu beginnen. Den Titel überspringe ich, weil mir bis jetzt noch keiner eingefallen ist. Meistens kommen mir die Eingebungen erst während des Schreibens.

Meine Hände kribbeln vor lauter Aufregung, als ich anfange zu tippen. Meine Finger fliegen wie von selbst über die Tastatur. Ich lasse all meine Emotionen, all meine Gefühle, die mich in den letzten Wochen und Monaten überschwemmt haben, miteinfließen, sodass ich innerhalb von zwei Stunden mit dem Prolog fertig bin.

Draußen dämmert es bereits und ich grübele gerade über einen möglichen Titel nach, als jemand an meine Zimmertür klopft.

»Railey? Da ist jemand für dich«, ertönt Deans seltsam angespannte Stimme.

Sofort bin ich hellhörig. »Wer?«

Die Tür wird geöffnet und mein Herz macht einen Satz, als Victoria im Rahmen steht, ein unsicheres Lächeln im Gesicht.

»Ich bin dann mal … irgendwo anders, damit ihr in Ruhe reden könnt.« Dean nickt mir aufmunternd zu, ehe er in seinem Zimmer verschwindet.

»Ich war gerade in der Gegend und dachte mir, ich schaue mal vorbei.« Als ich nicht antworte, tritt Victoria ein und schließt die Tür hinter sich. Nervös zwirbelt sie eine ihrer braunen Locken um den Finger, ehe sie sich auf der Couch neben mir niederlässt. Ich klappe meinen Laptop zusammen und lege ihn zur Seite.

»Es tut mir leid«, beginnt sie. »Ich habe einige Dinge gesagt, die ich nicht hätte sagen dürfen. Es war falsch, auf deiner Größe herumzureiten.«

»Warum tust du es dann immer wieder, obwohl du genau weißt, wie sehr mich das verletzt?«

»Du bist nicht die Einzige, die auf ihr Aussehen reduziert wird. Mir geschieht das auch. Andauernd wollen Typen was von mir, weil sie mich sexy finden. Dabei meint es keiner von ihnen ernst mit mir – außer Luke. Ich habe dich sogar beneidet.«

Irritiert sehe ich sie an. »Wofür hast du mich beneidet?«

»Weil du nicht dieses Gefühlschaos und diesen Stress hattest«, erklärt sie mir. »Klar hat sich nicht gleich jeder für dich interessiert. Dafür blieben dir einige bittere Enttäuschungen erspart. Vielleicht mag ich nicht wissen, wie es ist, wenn sich keiner für einen interessiert. Aber ich weiß, wie es sich anfühlt, wenn ein Junge einem nur die große Liebe vorspielt, weil man gut aussieht und er einen deswegen ins Bett bekommen will.«

»Das ist aber noch lange kein Grund dafür, mich so gemein zu behandeln. Als meine Freundin solltest du mich verteidigen, statt mich vor anderen Leuten zu erniedrigen.«

Victoria senkt den Kopf. »Ich weiß. Und das tut mir leid. Verzeihst du mir? Ich vermisse dich.«

Ich bin noch immer verletzt wegen ihres Verhaltens. Aber sie ist meine einzige Freundin. Es fehlt mir, mit ihr zu reden und all meine Gedanken und Sorgen mit ihr zu teilen.

»Ja«, erwidere ich schließlich. »Ich vermisse dich auch, Vicky.«

Victoria lächelt erleichtert. Dann umarmt sie mich fest. Als sie sich wieder von mir löst, mustert sie mich neugierig. »Was läuft denn eigentlich zwischen dir und diesem Austin?«

»Nichts. Also nicht direkt«, beginne ich und berichte ihr endlich von unserem Deal. Wieder frage ich mich, warum er sich so für mich interessiert. Wirklich nur, um sein verletzendes Verhalten wiedergutzumachen und weil er will, dass wir Freunde sind?

Victoria runzelt die Stirn. »Das klingt ja alles ganz schön. Doch was, wenn er dabei irgendwelche Hintergedanken hat?«

Mir wird mulmig zumute. Ich vertraue Austin eigentlich. Er hat mir bisher noch keinen Grund gegeben, es nicht zu tun. Trotzdem ist da diese unterschwellige Angst, doch nur von ihm verarscht zu werden.

»Es ist nicht so, wie du denkst«, stelle ich klar. »Er tut das als Entschuldigung. Er will mir nur helfen, nicht mehr ganz so verklemmt zu sein. Austin kann echt sympathisch und einfühlsam sein.«

»Warum sollte er so selbstlos sein und einem so gut wie fremden Mädchen einen derart merkwürdigen Deal anbieten?«, widerspricht mir Victoria zweifelnd. »Für mich klingt das so, als wäre da was faul. Warum will er keine Küsse und keinen Sex? Das ergibt für mich keinen Sinn. Entweder er ist bereits vergeben oder er sagt das nur, um dich in Sicherheit zu wiegen. Was, wenn du dich in ihn verliebst und am Ende enttäuscht wirst?« Sie bedenkt mich mit einem wissenden Blick. »Wobei ich glaube, dass du schon längst in ihn verschossen bist, weil du jedes Mal rot anläufst, wenn wir von ihm sprechen.«

»Das stimmt gar nicht.«

»Natürlich nicht«, entgegnet sie trocken. »Ich weiß, wie das ist. Ich habe mich auch schon oft in einen Kerl verknallt.«

Ich schüttle den Kopf.

Ich bin nicht in Austin Anderson verknallt. Er ist ein Freund. Dennoch wird das mulmige Gefühl, das Victoria mit ihren Zweifeln an ihm in mir hervorruft, immer stärker. »Wie läuft es mit Luke?«, wechsle ich das Thema.

»Ich mag ihn. Sehr sogar.« Ihre Miene wird traurig. »Aber … Bei so etwas spielen so viele Dinge zusammen …«

»Was meinst du damit?«

»Er hat einen tollen Charakter. Ich war schon einige Male bei seiner Familie zum Essen eingeladen und verstehe mich mit seinen Eltern und seinem kleinen Bruder super. Ich spüre Schmetterlinge im Bauch, wenn ich ihn sehe oder wir uns küssen. Wenn wir uns nicht sehen, vermisse ich ihn. Ich fühle mich bei ihm wohl. Der Sex ist auch gut. Aber …«

»Aber?«

»Ich fühle mich trotzdem bei seiner Familie unwohl. Sie sind sehr nett und alles … aber ich glaube, ich passe nicht zu ihnen. Sie sind eine richtige Bilderbuchfamilie. Ganz im Gegensatz zu meiner, wie du weißt«, murmelt sie betrübt.

Wenn Victorias Vater bei einem Weinabend mit seinen Freunden oder Kollegen zu viel getrunken hat, fängt er immer an mit ihr oder ihrer Mutter zu streiten. Deshalb hat sie mich schon oft angerufen, um sich bei mir auszuheulen.

Sie seufzt frustriert. »Ich habe Angst, ihn meinen Eltern vorzustellen. Was, wenn mich Dad wieder als Flittchen bezeichnet? Ich wäre blamiert.«

»Dass dein Dad das überhaupt getan hat, ist nicht in Ordnung. Du magst schon mit ein paar Typen geschlafen haben, aber das gibt ihm noch lange nicht das Recht, so etwas zu sagen.«

»Ich weiß. Ich versuche das auch nicht so nah an mich heranzulassen. Aber …«

»Das ist nicht so einfach.«

Victoria nickt. »Außerdem …« Sie zögert.

»Außerdem?«

Sie läuft puterrot an. »Wie schon gesagt, da spielen einige Dinge mit ein.

Der Sex mit Luke ist gut. Er tut alles, damit ich mich wohlfühle und es mir gefällt. Aber ich kann nicht … du weißt schon«, haspelt sie so schnell und undeutlich, dass ich es kaum verstehen kann. »Kommen.«

»Was?« Ich bin verwirrt. Ihre Worte wiederholen sich in meinem Kopf. Und dann macht es bei mir Klick. »Willst du damit sagen, dass du … nicht … dass du keinen …«

»Ja, das will ich damit sagen«, unterbricht sie mich schnell und senkt beschämt den Kopf.

Trotz meiner mangelnden Erfahrungen ist mir bewusst, was das bedeutet. Die Charaktere in den New Adult-Büchern, die ich bisher gelesen habe, bekommen beim Sex oder sogar schon davor praktisch immer einen Orgasmus. In den Büchern scheint das normal und leicht zu sein. Ich habe mir bisher nicht so viele Gedanken darüber gemacht, ob es im wahren Leben auch so ist.

Victoria vergräbt das Gesicht zwischen den Händen. »Es ist schön, wenn ich ihm eine Freude bereiten kann. Ich weiß auch nicht, woran es liegt, wenn er es bei mir versucht. Ich täusche manchmal vor, damit er sich nicht so anstrengen muss.«

Ich runzle die Stirn. »Hast du mit ihm darüber geredet? Du solltest nichts vortäuschen, sondern ihm offen sagen, was dir gefällt und in dir vorgeht. Wie du dich fühlst. Was deine Sorgen dabei sind. Vielleicht fällt es dir dann leichter.«

Erschrocken sieht sie mich an. »Spinnst du? Nein! Was glaubst du, was es mit einem Kerl macht, wenn er ein Mädchen nicht befriedigen kann? Das verletzt nur seine Gefühle!«

»Vielleicht muss er es bloß anders anstellen? Wenn er nicht weiß, was mit dir los ist, kann er dir ja nicht helf–«

»Du hast keine Ahnung von solchen Dingen«, unterbricht sie mich. »Lass uns einfach nicht mehr darüber reden, okay?«

Einige Sekunden lang sehe ich sie nur an. Dann presse ich die Lippen aufeinander und nicke nachgiebig. Wenn Victoria nicht darüber reden will, muss ich das akzeptieren. Auch wenn es mich wieder mal kränkt, was sie sagt.

»Angenommen, Austin ist wirklich so nett, wie du ihn beschreibst, und er würde was von dir wollen, könntest du dir eine Beziehung mit ihm vorstellen?«, will Victoria wissen.

Diese Frage trifft mich unvorbereitet, weshalb ich erst einmal darüber nachdenken muss.

»Ich weiß es nicht«, entgegne ich ehrlich. »Ich hatte noch nie zuvor eine Beziehung. Wie soll ich mir Austin als meinen Freund vorstellen, wenn ich nicht weiß, wie es sich anfühlt, wenn man richtig verliebt ist?«

»Finde es heraus«, ist ihre aufmunternde Antwort.

Dann sitzen wir schweigend nebeneinander.

»Irgendwie witzig«, meint Victoria nachdenklich, während sie nach draußen in den Himmel blickt, an dem sich bereits die ersten Sterne abzeichnen. »Wir sind beide auf der Suche nach der großen Liebe. Wobei ich meine in Luke gefunden haben könnte, wenn er es wirklich ernst mit mir meint.«

Eine Weile sitzen wir noch so da und unterhalten uns über belanglose Dinge wie die Schule oder den neuesten Gossip. Nachdem sie weg ist, lege ich meinen Laptop auf meinen Schoß. Immer wieder lasse ich mir ihre Worte durch den Kopf gehen. Nach und nach nimmt meine Idee Gestalt an. Bei meinem gelöschten Buch wusste ich nicht weiter, weil ich mich nicht mit den Charakteren identifizieren konnte. Warum also nicht eine Geschichte über mein Leben schreiben, das mir zurzeit sowieso vorkommt wie ein Film?

Zufrieden blicke ich auf den Bildschirm und lasse mir den Titel meines neuen Buches auf der Zunge zergehen.

Seeking Love – Der Deal

Kapitel 10

»Hast du's jetzt bald?«, rufe ich, da sich Dean schon wieder im Bad verbarrikadiert hat. Heute war ich so schlau, meinen Haargummi vorher zu holen.

Diesmal öffnet er ausnahmsweise früher die Tür und ist schon so gut wie angezogen. Wieder strömt mir sein starkes Parfüm entgegen und ich muss husten. Zwar kein *CK One*, aber trotzdem nicht weniger intensiv.

»Hast du schon mal von ›weniger ist mehr‹ gehört?«

Dean grinst mich augenverdrehend an. »Du bist in letzter Zeit echt gut drauf. Austin tut dir gut.«

Ich wende mich errötend ab, weil es so offensichtlich scheint, welche Auswirkungen sein Name auf mich hat. Immer wieder gehen mir Victorias Worte durch den Kopf.

»Du, Dean?«

Wir gehen an *seiner* Tür vorbei, weshalb ich meinen Bruder aufmerksam im Auge behalte. Er marschiert, ohne auf die Tür zu achten, in sein Zimmer, um seine Tasche zu holen. Da er mir den Rücken zudreht, trete ich drei Schritte zurück und atme erleichtert aus, als nach dem letzten Schritt die unangenehme Anspannung und Panik wieder von mir fällt.

»Ja?«, fragt mein Bruder und kommt mit seiner Tasche über der Schulter wieder heraus. Er marschiert zum zweiten Mal an *seiner* Tür vorbei, ohne sie zu beachten. Unwillkürlich frage ich mich, ob er wie ich jedes Mal daran denkt, wie *er* mit vor der Brust verschränkten Armen im Türrahmen lehnte und darauf wartete, uns bei Regen zum Training fahren zu dürfen.

Daran, dass er nie wieder dort stehen wird, weil er tot ist.

Ich schlucke den Kloß, der sich in meinem Hals bildet, hinunter. »Woher weiß man, dass man verliebt ist?«

Mein Bruder bleibt mitten auf dem Treppenabsatz stehen, sodass ich fast in ihn hineinlaufe. Langsam dreht er sich zu mir und mustert mich forsch. »Stehst du etwa auf Austin?«

Ich mache große Augen. »Nein«, sage ich schnell. Zu schnell.

Dean grinst wissend. »Ich kann es schlecht beschreiben, aber wenn du die Person siehst oder nur an sie denkst, macht dein Bauch Purzelbäume. Oder es fühlt sich so an, als würden Schmetterlinge in ihm herumfliegen. Aber vor allem spürst du es hier drin.« Er greift sich ans Herz.

»Aber was, wenn ich keine Ahnung habe, was mein Herz fühlt?«

Er sieht mich nachdenklich an und spielt mit dem Träger seiner Tasche. »Das wirst du früher oder später herausfinden. Du spürst es einfach.«

Seine Worte gehen mir noch lange durch den Kopf, sodass wir schweigend unsere Fahrräder aus der Garage holen, um zur Turnhalle zu radeln. Dort angekommen halte ich nach dem blauen Roller Ausschau. Mein Herz macht einen Satz, als ich ihn neben den Fahrradständern entdecke. Austin ist schon da.

Als ich die Turnhalle betrete, stellen sich die Schüler bereits in einer Reihe zur Begrüßung auf. Schnell trage ich meine Unterschrift in das Anwesenheitsbuch ein, ehe ich mich dazustelle.

Ich entdecke Austin einige Schüler weiter. Er sieht mich direkt an, lächelt und winkt mir zu.

Ich winke mit einem dümmlichen Grinsen im Gesicht zurück. Dann konzentriere ich mich auf Steven, der uns begrüßt.

Während des Aufwärmens fällt mir ein hübsches Mädchen mit beneidenswert langen Beinen auf, das auf der Bank sitzt und uns gelangweilt zusieht. Sie trägt ein enges Shirt, das ihren beachtlichen Vorbau nur erahnen lässt. Lange, lockige Haare gleiten in wasserstoffblonden Wellen über ihre Schultern.

Hin und wieder schauen Familienmitglieder, Bekannte oder Freunde der Schüler bei den Trainingsstunden zu. Victoria und Deans Exfreund saßen auch schon dort. Allerdings habe ich keine Ahnung, zu wem dieses fremde Mädchen gehört.

Als wir Partnerübungen machen, trainiere ich mit Dean, während Austin Miles zugeteilt wird.

»Deine Technik ist perfekt«, bemerkt Steven, als er Austin dabei zusieht, wie er Miles mit einem Faustschlag gegen das Kinn angreift, gefolgt von einem Sidekick.

Austin lächelt. »Das ist ja kein Wunder. Schließlich habe ich eine gute Trainerin.« Er zwinkert mir zu.

Steven sieht schmunzelnd zwischen uns hin und her. »Daran habe ich keinen Zweifel. Eure zusätzlichen Trainingseinheiten lohnen sich auf jeden Fall. Ihr gebt ein gutes Paar zusammen ab.«

»Wir sind nicht zusammen«, sage ich schnell.

»Im Moment«, ergänzt Austin leichthin.

Mir klappt der Mund auf, doch ich bekomme kein Wort heraus. Bevor es noch peinlicher werden kann, erlöst mich Steven, indem er uns anweist mit dem Partnertraining fortzufahren.

Nach der Stunde unterhält sich Dean noch im Innenraum mit einem Freund, weshalb ich vor der Turnhalle auf ihn warte.

Miles und die Blondine kommen Händchen haltend nach draußen. Er hat noch nie eine Bekannte oder Freundin mitgebracht.

Das Mädchen entspricht jedenfalls seinen Vorstellungen einer ›richtigen‹ Frau, wie er sie seinem Freund damals beschrieben hat.

Ihr Blick fällt auf mich und sie flüstert ihm etwas zu, woraufhin er breit grinst. »Ja, das ist Railey, die alte Kumpeline, von der ich dir erzählt habe.«

Im Gegensatz zu ihr macht er sich keine Mühe, leise zu sprechen. Mein Herz macht einen Satz. Er hat ihr von mir erzählt?

»Die, die in dich verknallt war?«, fragt Amanda.

Mir rutscht das Herz in die Hose.

»Du weißt, dass ich in dich verknallt war?«, krächze ich entsetzt. Am liebsten würde ich unsichtbar werden.

Die beiden treten zu mir. Miles klopft mir breit grinsend auf die Schulter. »Na klar. Du hast mich damals die ganze Zeit angestarrt und bist immer rot geworden, wenn ich mit dir gesprochen oder dir zugelächelt habe. Das war süß. Ich habe die Aufmerksamkeit genossen. Und du bist cool. Aber du bist nicht mein Typ.«

Seine Worte fühlen sich so an, als ramme er mir ein Messer in den Rücken.

Meine Augen brennen, während mir der Mund aufklappt. Seine Worte drehen sich immer wieder in meinem Kopf. Ich kann nicht glauben, dass er die ganze Zeit von meiner peinlichen Schwärmerei wusste und mich nicht darauf angesprochen hat. Noch schlimmer, dass er seiner Freundin davon erzählt hat und mich jetzt so bloßstellt.

Ich will gerade abhauen, als Austin neben mir auftaucht. Er tritt so nahe an mich heran, dass meine Schulter seinen Ellbogen berührt. Ich war so auf Miles und Amanda konzentriert, dass ich gar nicht bemerkt habe, wie er nach draußen gekommen ist. Seine Miene ist finster, als er nach meiner Hand greift.

»Hoffentlich sind dir bei Amanda ihre inneren Werte genauso wichtig wie ihre äußeren«, sagt er trocken. »Immerhin hast du in der Umkleide damit herumgeprahlt, wie leicht es zwischen all deinen vielen Verehrerinnen war, ein so – ich zitiere – ›heißes Fahrgestell mit großen Brüsten‹ zu finden, das gut im Bett ist.«

Miles läuft knallrot an. Amanda wiederum kneift die Augen zusammen. Sie verschränkt die Arme vor besagter Brust. »Heißes Fahrgestell mit großen Brüsten? Ist das wahr?«

»Ähm ...«, stottert Miles. »Das war doch nur so dahingesagt. Außerdem *bist* du heiß. Das ist ein Kompliment.«

»Für mich ist das kein Kompliment, sondern sexistisch! Bist du mit mir wegen meines Charakters oder meines Aussehens zusammen?«

Austin und ich sehen uns an.

Amanda wartet mit erhobenen Brauen ungeduldig auf eine Antwort.

Miles kratzt sich im Nacken. »Dein Charakter ist mir selbstverständlich auch wichtig.«

»Anscheinend nicht so sehr wie mein Köper.« Sie entschränkt ihre Arme und tippt mit dem Zeigefinger auf seine Brust. »Ich mag womöglich aussehen wie eine klischeehafte Blondine, doch ich studiere Jura und habe durchaus Charakter. Da suche ich mir lieber einen ebenbürtigen Rechtsstudenten statt so einen kindischen Bubi wie dich.«

Damit stolziert sie hocherhobenen Hauptes davon. Miles wirft Austin, der sich ein amüsiertes Grinsen nicht verkneifen kann, einen bösen Blick zu. Dann folgt er seiner Ex(?)-Freundin.

»Amanda, lass uns darüber reden! Keine war bisher so gut wie du.«

Amanda bleibt stehen. »Werd erwachsen!«, giftet sie Miles an. Mehr bekommen wir nicht zu hören, bevor beide um die Ecke des Gebäudes verschwinden.

Ungläubig blicke ich zu Austin.

Der schüttelt den Kopf. »Du hättest mal hören sollen, wie abfällig er in der Umkleide über sie geredet hat. Das hat er davon.« Dann wird er wieder ernst. »Wie geht es dir? Ich habe beim Rausgehen mitbekommen, wie er schon wieder verletzende Dinge zu dir gesagt hat.«

»Dass ich nicht sein Typ bin, war mir schon klar.« Ich starre auf meine Füße. Es ist mir peinlich, weil meine Schwärmerei für Miles anscheinend so offensichtlich war. »Trotzdem tut es weh.«

Austin stellt sich vor mich. Er legt seine Finger unter mein Kinn und hebt es an, damit ich ihn anblicke. »Dieser erbsenhirnige Miles hat nun mal andere … nennen wir es Vorlieben. Doch egal, was er sagt: Er ist mehr als blind, wenn er dich nicht so sieht, wie ich dich sehe. Denn du bist wunderschön, Railey.«

Ich werde rot. Doch gleichzeitig frage ich mich, ob er das nur wegen dem Deal sagt, um mir mehr Selbstbewusstsein einzureden.

»Auf der einen Seite bin ich sogar sehr froh, dass es mit Miles nicht geklappt hat«, fährt er fort. »So hast du dir eine große Enttäuschung erspart. Mit dem wärst du nicht glücklich geworden. Stattdessen haben wir uns gefunden. Ist doch viel besser, oder nicht?«

Seine Worte lassen mein Herz zunächst höherhüpfen. Doch dann werde ich traurig und schweige. Denn das, was zwischen Austin und mir ist, ist nur eine simple Abmachung.

Wir sind Freunde. Mehr nicht.

»Alles okay?« Er betrachtet mich besorgt.

Ich erwidere seinen Blick mit einem aufgesetzten Lächeln. »Ja, klar.«

»Gut«, flüstert er. »Du bist ganz bleich geworden. Ich dachte schon, du wirst ohnmächtig oder so.«

»Warum sollte ich ohnmächtig werden?«

»Vielleicht weil ich so unwiderstehlich bin?«

»Unausstehlich trifft es besser«, gebe ich nüchtern zurück, woraufhin ich mir von ihm einen sanften Seitenhieb einfange. Ich pikse zurück. Doch ehe unsere Herumalberei in einen Kitzelkampf ausarten kann, kommt Dean aus dem Gebäude und wir verabschieden uns von Austin, um nach Hause zu fahren.

Kapitel 11

Es ist später Freitagnachmittag. Ich sitze mit meinem Laptop auf der Terrasse. In nur wenigen Stunden findet erneut eine von Kyles Partys statt. Dean ist dieses Mal nicht dabei, weil er bei Freunden übernachtet, die einen Film- und Popcornabend geplant haben. Mom und Dad sind ebenfalls nicht da. Sie haben sich über das Wochenende ein Wellnesshotel in der Nähe gebucht.

Austin ist bereits vor Ort, um bei den Partyvorbereitungen zu helfen. Er hat mir angeboten mich mitzunehmen, aber ich habe abgelehnt, weil Victoria mich vor ihm gefragt hat, ob wir gemeinsam mit Luke hingehen wollen. Weil ich ihr eine zweite Chance geben wollte und die Hoffnung habe, dass die Party heute anders wird, habe ich zugesagt. Dieses Mal freue ich mich sogar darauf. Was womöglich daran liegt, dass Austin da sein wird. Außerdem würde ich Victoria und ihn gern miteinander bekannt machen.

Während mich die Musik aus meinen Kopfhörern einhüllt, logge ich mich auf der Schreibplattform ein und überfliege meine Benachrichtigungen.

Erfreut stelle ich fest, dass diese oder dieser *read1302* mein neues Buch auch liest und schon einen Kommentar hinterlassen hat.

> Es war eine gute Entscheidung, ein neues Buch anzufangen. Die Charaktere wirken realistischer als beim vorherigen, das ich gelesen habe. Rachels Selbstbewusstseinsprobleme kommen gut rüber und ich kann mich super in sie hineinversetzen. Und dieser Aaron ist mir total sympathisch. Solche Typen sollte es im echten Leben auch geben *_*

Ich freue mich sehr über die Kritik, denn mir kommt es ebenfalls so vor, als wäre die Hauptprotagonistin dieses Mal greifbarer. Was womöglich auch daran liegt, dass *ich* mich besser in ihr Gefühlsleben hineinversetzen kann.

Auch weitere Leser haben mein neues Buch angefangen. Bisher habe ich nur positive Rückmeldungen erhalten, was mich motiviert.

Zufrieden öffne ich das Schreibprogramm und arbeite am nächsten Kapitel weiter. So verbringe ich den restlichen Nachmittag.

Es dämmert bereits, als es klingelt. Ich bin so in meine Arbeit versunken, dass ich vor lauter Schreck zusammenfahre. Schnell speichere ich das fast fertige Kapitel ab und klappe den Laptop zu, den ich daraufhin ins Wohnzimmer lege. Dann laufe ich zur Haustür, wo Victoria und Luke auf mich warten.

Victoria, die ein kurzes Sommerkleid trägt, betrachtet entsetzt mein Gammeloutfit, bestehend aus einer kurzen Jogginghose und einem langweiligen Top. »Wie siehst du denn aus? So willst du aber nicht auf die Party, oder?«

»Tut mir leid. Ich habe geschrieben und vollkommen die Zeit vergessen. Ich ziehe mich schnell um. Kommt doch rein.«

»Passt schon«, winkt Luke ab. »Wir warten im Auto.«

Als er und Victoria kehrtmachen, laufe ich nach oben in mein Zimmer, wo ich meine Hose und das Top auf die Couch werfe und mich nach einem passenden Partyoutfit umsehe. Weil es heute Abend sehr warm ist, entscheide ich mich für Shorts und ein weißes Spitzenoberteil. Nachdem ich meine Wimpern in Rekordschnelle getuscht habe, greife ich nach einer Umhängetasche, schließe die Haustür ab und laufe zu Lukes Auto, in dem er und Victoria bereits sitzen. Kaum, dass ich die Tür hinter mir zugeknallt und mich angeschnallt habe, fährt er los.

Luke parkt nicht weit von Kyles Waldgrundstück sein Auto hinter weiteren Fahrzeugen der Partygäste. Bereits von hier können wir die Musik und das laute Geplapper der Leute hören. Wir marschieren einen kleinen Hügel hoch und gelangen zu einer weiten Wiese, die in einen Wald mündet und auf der sich mehrere Dutzend Leute tummeln.

In der Mitte des Geländes stehen ebenfalls Partygäste um einen kleinen Weiher herum. Dahinter ragt ein Gartenhaus in die Höhe, neben dem ein Klapptisch mit Getränken und Snacks aufgebaut wurde. Außerdem hat jemand ein Lagerfeuer gemacht. Der Geruch von gebratenem Fleisch und Stockbrot liegt in der Luft.

Neben dem Gartenhaus kann ich Deans Freunde und Austin ausmachen. Sie alle haben gefüllte Becher in den Händen. Als Austin mich entdeckt, lächelt er. Nachdem er ein paar Worte mit Kyle und Shane gewechselt hat, marschiert er geradewegs auf uns zu.

»Hey«, begrüßt er uns und zieht mich in eine warme Umarmung.

»Schön dich zu sehen, Railey. Ich habe schon auf dich gewartet. Du siehst übrigens wunderschön aus«, raunt er an meinem Ohr und löst sich von mir.

Ich erröte und weiß nicht, was ich darauf sagen soll. Stattdessen mustere ich ihn ebenfalls und muss schlucken. Austin sieht nicht nur gut aus. Er ist heiß. Megaheiß.

Heute hat er sich für eine kurze Jeans und ein T-Shirt entschieden, das sich um seinen Oberkörper spannt, wodurch seine Muskeln gut zur Geltung gebracht werden.

»Du siehst aber auch ... äh ... nicht schlecht aus.«

Mir wird warm. Das Grinsen auf seinem Gesicht wird breiter.

Victoria, die bisher teilnahmslos mit Luke neben uns stand, mustert Austin argwöhnisch.

»Ich bin Austin«, stellt er sich vor. »Du musst Victoria sein und du Victorias Freund.« Er sieht Luke fragend an.

»Luke«, reagiert dieser freundlich und erwidert Austins Handschlag.

»Freut mich, euch kennenzulernen«, meint Austin.

»Die Freude ist ganz auf unserer Seite.« Victoria kneift die Augen zusammen. »Du bist also der Typ, der sich anscheinend für Railey interessiert. Was willst du denn genau von ihr?«

Mir entgleisen jegliche Gesichtszüge, weil diese Frage wie aus dem Nichts kommt. Luke blickt sie ebenfalls verwirrt an.

»Railey und ich sind gute Freunde«, erklärt Austin sachlich.

Die Tatsache, dass er von ›guten Freunden‹ spricht, löst einen merkwürdigen Stich in mir aus.

Victoria verschränkt die Arme vor der Brust. »Ich weiß von eurem komischen Deal. Was soll das? Was willst du wirklich von ihr?«

»Ich habe keine bösen Absichten«, erwidert Austin. »Ich finde es super, dass du dich so um Railey sorgst. Aber ich kann dich beruhigen und dir versichern, dass sie bei mir in guten Händen ist.«

Victoria schnaubt höhnisch auf. »Das sagen sie alle. Willst du sie ins Bett bekommen, weil sie noch Jungfrau ist, um sie danach eiskalt fallenzulassen? Das braucht sie sich nicht von dir geben lassen! Ich weiß genau, dass sie dich sehr gern hat. Du spielst nur mit ihren Gefühlen, wenn du so weitermachst. Sie hat schon ihren Bruder verloren! Da braucht sie nicht auch noch einen Fuckboy, der sie von hinten bis vorne verarscht!«

Ich bin so schockiert, dass mir die Worte fehlen.

»Vic! Was ist heute nur los mit dir?«, will Luke wissen.

Austin schüttelt den Kopf. »Was auch immer du von mir denkst, ist nicht wahr. Weder spiele ich mit Raileys Gefühlen noch bin ich ein Fuckboy.«

Victoria stolziert nach vorn, sodass sie direkt vor seiner Brust haltmacht. Wütend blitzt sie ihn an. »Railey ist hübsch und hat einen Charakter, an den kein anderes Mädchen heranreichen kann, aber trotzdem wurde sie noch nie von einem Jungen angesprochen. Warum solltest also ausgerechnet du etwas von ihr wollen, wenn du bestimmt jede haben könntest?«

Tränen schießen mir in die Augen. Ich kann nicht glauben, was Victoria da von sich gibt. Ich dachte, ich könnte die beiden miteinander bekannt machen, damit sie sich auch anfreunden, doch das geht anscheinend nach hinten los.

»Was ist los mit dir?«, fahre ich sie an. »Warum sagst du so etwas? Ich dachte, wir hätten alles geklärt. Warum machst du jetzt so einen Aufstand? Wir wollten einen schönen Abend miteinander verbringen.«

Victoria schnaubt verächtlich. »Ja, aber dann habe ich seinen überheblichen Blick gesehen. Du hast null Erfahrung, Railey! Sieh ihn dir an. Er würde dich sitzen lassen, sobald er eine findet, die hübscher und sexyer ist als du. Das ist hart, aber es ist die Wahrheit! Da kann ich nicht einfach schweigen.«

»Du bist mir gegenüber misstrauisch, weil du mich nicht kennst und dich um Railey sorgst. Das verstehe ich.« Austin ist sichtlich bemüht, ruhig zu bleiben. Allerdings bemerke ich, wie er verärgert die Brauen zusammenzieht. »Aber du kennst mich nicht und urteilst aufgrund deiner eigenen schlechten Erfahrungen über mich. Was ich noch schlimmer finde, ist, wie du über deine *beste Freundin* sprichst. Du machst sie klein, derweil ist Railey mehr als hübsch und sexy. Mal abgesehen von ihrem einzigartigen Charakter. Sie kann mir mehr als nur das Wasser reichen.«

Überrascht sehe ich ihn an, erwidere seinen liebevollen Blick.

Victoria wiederum verschränkt unbeeindruckt die Arme vor der Brust. »Vertraust du ihm wirklich mehr als mir? Wir kennen uns seit der Middle School. Ihn kennst du wie lange? Ein paar Wochen?«, wendet sie sich an mich.

Ihre heftige Reaktion und ihr Verhalten verwirren mich. Warum ist sie zurzeit nur so gemein? Gönnt sie mir Austin nicht? »Warum lernst du ihn nicht erst kennen, statt ihn anzugreifen?«

»Ich will ihn nicht kennenlernen. Mir reicht, was ich sehe.« Sie blickt zu Luke, der sich stumm im Hintergrund gehalten hat. »Wollen wir fahren? Ich glaube nicht, dass ich noch Lust auf diese Party habe.«

Luke kratzt sich peinlich berührt am Hinterkopf. »Wie du möchtest. Aber du hast dich deswegen eine Stunde lang aufgebrezelt und wir sind extra hergefahren.«

»Ist mir egal. Mir reicht es.«

»Willst du jetzt wirklich gehen?«, frage ich Victoria.

»Wir können dich ja mitnehmen«, bietet sie mir an.

»Danke, aber ich bleibe da«, erwidere ich. Aufgrund ihres unmöglichen Verhaltens habe *ich* keine Lust, mit ihr mitzufahren.

»Schön.« Victoria greift nach Lukes Hand. »Dann brauchen wir das nächste Mal nicht mehr gemeinsam auf Partys zu gehen. Immerhin hast du ja jetzt deinen tollen Austin.«

Kommt es mir nur so vor oder klingt Victoria eifersüchtig?

»Wenn ich bei euch bleibe, stehe ich sowieso nur dumm herum, während ihr euch gegenseitig die Zunge in den Hals steckt. Das ist für mich kein gemeinsames Feiern. Außerdem ist Austin mein Freund. Genauso wie du. Ja, ich kenne ihn noch nicht so lange, wie ich dich kenne. Aber Dean vertraut ihm. Und ich vertraue ihm auch.« Ich sehe ihr fest in die Augen, weil ich keinen Streit will. »Ich weiß, dass du dich um mich sorgst. Und das bedeutet mir auch viel. Aber es ist immer noch meine Entscheidung, was ich mache und was nicht! Ich finde es echt scheiße von dir, dass du dich so verhältst und ihm nicht einmal eine Chance gibst.«

Victoria sieht mich einige Sekunden lang schweigend an. Dann dreht sie sich abrupt um und geht.

»War nett dich kennenzulernen.« Luke schaut Austin entschuldigend an. »Ich weiß nicht, was gerade mit Vic los ist. Vielleicht sieht man sich bald wieder.«

Er verabschiedet sich von uns, dann folgt er Victoria. Die dreht sich während ihres Abgangs kein einziges Mal nach uns um. Austin greift nach meiner Hand.

»Es tut mir leid«, sage ich, weil ich mich in Grund und Boden schäme.

»Dir muss es nicht leidtun. Du kannst ja nichts dafür.«

»Schon. Aber ... sie hat sich unmöglich verhalten.«

»Hey.« Austin stellt sich vor mich und sieht mir direkt in die Augen. »Du hast es versucht. Vielleicht braucht sie noch eine Weile, um mich zu akzeptieren.«

Ich zucke nur mit den Schultern, da ich das Gefühl habe, dass das nie passieren wird.

»Wollen wir zu den anderen gehen? Sie warten schon auf uns«, meint Austin und lächelt mich aufmunternd an.

Ich erwidere es gezwungen. Denn der Streit und Victorias Worte liegen mir schwer im Magen. Außerdem war ich noch nie ohne meine beste Freundin auf einer Party.

Ich kann auch ohne sie Spaß haben.

»Klar.«

Gemeinsam gehen wir zu seinen Freunden.

Dort angekommen werde ich als Erstes von einem breit grinsenden Ben überschwänglich umarmt. Die Begrüßung überrascht mich ein wenig, immerhin sind wir keine Freunde. Vielleicht tut er es auch nur aus Höflichkeit, weil ich die Schwester seines Kumpels bin.

»Schön, dass du gekommen bist. Wir haben schon auf dich gewartet.« Er löst sich von mir und stellt sich wieder neben Hailee, die mich freundlich anlächelt.

»Wo jetzt alle eingetroffen sind, können wir ja anfangen«, meint Kyle mit einem fröhlichen Grinsen und drückt mir einen Becher in die Hand. »Das ist alkoholfrei. Falls du was mit Alkohol möchtest, müsstest du es an der Bar selbst mischen.«

»Danke, das passt so«, erwidere ich und bin überrascht, dass sie anscheinend alle alkoholfreie Cocktails trinken.

Kyle hebt seinen Becher. »Dann lasst uns anstoßen auf einen coolen Abend.«

Wir stoßen die Becher aneinander, wobei ein paar der anderen dabei zu viel Schwung nehmen und einen Teil der Getränke verschütten. Ich nippe vorsichtig an meinem Drink. Er schmeckt süß, fruchtig und lecker.

Wir bleiben neben dem Weiher in einem Kreis stehen und bewegen uns zum Takt der Musik. Mittlerweile geht die Sonne unter. Sie taucht die Umgebung in ein orangefarbenes Licht und spiegelt sich zudem im Wasser des Weihers.

Austin, der nicht von meiner Seite weicht, lächelt mich aufmunternd an. Ich lächle zurück. In seiner Anwesenheit fühle ich mich superwohl. Zu meiner weiteren Überraschung stelle ich fest, dass es mir auch in Anwesenheit der restlichen Clique so geht. Ich dachte, mir würde unbehaglich werden. Schließlich sind es nicht meine, sondern Deans und nun auch Austins Freunde. Sie sind alle sehr nett, wirken auf mich überhaupt nicht abgehoben und ganz anders als die Leute, mit denen Victoria normalerweise abhängt. Kein einziges Mal machen sie Scherze über meine Größe oder lästern über die anderen Partygäste. Stattdessen unterhalten sie sich über die Schule, Serien, Filme oder ihre Hobbys. Außerdem sind sie wie ich Fans von bestimmten Fantasy- und Abenteuerserien. Und sie alle haben die Harry-Potter-Bücher gelesen!

Mir fällt auf, wie geschmeidig sich Isabella neben Kyle zum aktuellen Song bewegt. Sie schließt die Augen, hebt die Arme und dreht sich im Kreis, sodass ihre Haare im Wind flattern. Dann macht sie verschiedene, beeindruckende Tanzmoves mit ihren Armen und Beinen.

Nach einer Weile öffnet Isabella wieder die Augen. Ihre Wangen färben sich leicht rot, als sie bemerkt, dass sie angestarrt wird. »Sind Kyles Songs nicht der Hammer?«

»Kyles Songs?«, frage ich verwirrt.

Sie sieht ihren Freund an. Dieser wird nun ebenfalls rot. »Der, ähm ... der Song, der gerade läuft, den habe ich selbst gemixt.«

»Wow. Der ist echt cool!«

Die anderen stimmen mir begeistert zu.

»Wenn du ihn selbst gemixt hast«, fahre ich neugierig fort, »bist du dann Songwriter oder DJ?«

»Beides, wenn man es genau nimmt«, erklärt Kyle und kratzt sich verlegen im Nacken.

Ich bin beeindruckt. Niemals hätte ich gedacht, dass der Footballkapitän unserer Schule Künstler ist.

Isabella greift nach seiner Hand. Sie lächelt ihn strahlend an. »Ich finde all deine Lieder und Remixe toll. Du hast großes Talent, Kyle. Irgendwann wirst du bestimmt ein erfolgreicher DJ sein.«

Kyle lächelt, allerdings wirkt es eher gezwungen. »Oder Footballstar«, scherzt er, klingt dabei jedoch eher gequält.

»Du bist bereits Footballstar«, meint Shane grinsend.

Ben stößt Kyle aufmunternd mit der Schulter an. »Deine Freundin hat recht. Du hast Talent.«

Er zuckt nur mit den Achseln und damit ist das Thema beendet.

Eine Weile tanzen wir miteinander. Kyle und Isabella nehmen sich dabei an den Händen und wirbeln sich gegenseitig umher. Ihre Bewegungen wirken wie einstudiert, ihre Blicke weichen nicht voneinander, als gäbe es nur sie beide.

»Die zwei sind ein süßes Paar«, meint Austin, der mein Gestarre bemerkt hat.

Ich nicke nur, wende mich jedoch ab, weil es mir peinlich ist, dass ich die beiden so auffällig beobachtet habe.

»Wenn Kyle und Isabella nicht später heiraten und Kinder kriegen, weiß ich auch nicht«, kommentiert Shane und entfernt sich, um ein paar Jungs anzuquatschen.

Ben und Hailee verschwinden ebenfalls, um sich neue Drinks zu holen.

Da Isabella und Kyle so fixiert aufeinander sind, dass sie keinen um sich herum wahrzunehmen scheinen, sind Austin und ich inmitten der anderen Partygäste praktisch allein. Mir fällt auf, dass einige Mädchen in der Nähe Austin schmachtende Blicke zuwerfen. Entweder er bemerkt sie nicht, oder es interessiert ihn nicht.

Stattdessen lächelt er mich an.

»Du wirst beobachtet«, meine ich mit Blick auf die Mädchen.

Austin schaut kurz hin, seine Mundwinkel heben sich noch weiter, als er sich mir wieder zuwendet. »Na und?«

»Keine Ahnung. Willst du nicht zu ihnen gehen? Sie sind anscheinend interessiert an dir.«

»Ich bin aber nicht an ihnen interessiert. Außerdem bin ich lieber bei dir.«

Mein Herz macht einen sowohl erleichterten als auch erfreuten Hüpfer. »Okay.« Ich achte darauf, möglichst neutral und nicht aufgeregt zu klingen.

Austin tritt einen Schritt an mich heran, sodass er direkt vor mir steht. Wir bewegen uns weiterhin zur Musik. Doch dieses Mal klopft mir das Herz bis zum Hals. Seine Hände streichen über meine Arme und machen bei meinen Händen halt. Unsere Finger verschränken sich ineinander. Er sieht mir tief in die Augen und ich halte die Luft an. Zählt das noch als normales Tanzen unter Freunden?

»Wie gefällt dir die Party bisher?«, will er wissen. »Du wirkst jedenfalls nicht mehr so zurückhaltend und fröhlicher als am Anfang.«

»Ganz gut. Ich mag die Location und die anderen sind auch alle ganz nett.«

Er nickt. »Finde ich auch.«

Da vibriert seine Hosentasche. Er löst unsere Finger voneinander und holt sein Handy hervor. Ein eingehender Videoanruf von einer Grace. Austin runzelt die Stirn.

»Warum ruft sie mich jetzt an?«, murmelt er mehr zu sich selbst und sagt dann an mich gerichtet: »Kommst du schnell mit?« Er zieht mich mit sich an den Rand der Party, wo weniger Leute stehen und die Musik leiser ist. Erst dort nimmt er den Anruf entgegen. »Grace?«

Ein Mädchen erscheint auf dem Bildschirm. »Hey, Austin. Wie schön, dass ich dich doch noch erreichen konnte.«

Anscheinend hat sie das Handy irgendwo angelehnt, weil man ihren gesamten Körper sieht. Es ist jedoch nicht seine Schwester, zumindest sieht sie nicht aus wie das Mädchen auf den Fotos in Austins Haus. Sie ist wunderschön. Sexy. Heiß. Sie hat ein ovales Gesicht, strahlend blaue Augen und volle Lippen. Lange schwarz glänzende Haare fallen geglättet über ihre Schultern und reichen ihr bis kurz über die Hüften. Sie ist groß, ihre Haut leicht gebräunt. Obwohl sie schlank ist, betont das enge schwarze Kleid, das sie trägt und das ihr bis kurz über den Hintern reicht, ihre Kurven und die langen Beine, auf die bestimmt einige Mädchen neidisch sind. Im Hintergrund erkenne ich ein Bett und einen Kleiderschrank.

»Warum rufst du an? Ich bin gerade auf einer Party, wie man vielleicht hört«, meint er und schwenkt sein Handy kurz in Richtung des Weihers, um den die Feiernden herumstehen.

»Hört man«, erwidert sie grinsend. »Tut mir leid, ich war aufgeregt und habe jemanden zum Reden gebraucht. Wie ich sehe, bist du in Begleitung?«

Austin legt mir den Arm um die Schultern. »Grace, darf ich dir vorstellen? Das ist Railey.«

»*Die* Railey? Wie toll!« Grace sieht mich durch das Handy hindurch strahlend an. »Es freut mich, dich endlich kennenzulernen. Austin hat mir schon viel von dir erzählt.« Sie hält ihre ausgestreckte Hand vor das Handy, wie um meine Hand zu schütteln. »Ich bin Grace. Seine Exfreundin.«

Ein Stich bohrt sich in mein Herz. Austin hat schon mal eine Exfreundin erwähnt. Warum ruft sie ausgerechnet jetzt an?

»Wo bist du denn gerade?«, will Austin wissen und hält sein Handy so weit von sich, dass Grace uns beide gut sehen kann.

Diese nimmt ihr Handy und marschiert zu einem Fenster, sodass wir das Meer und Palmen im Hintergrund sehen können. »In Los Angeles. Ich habe gleich ein Fotoshooting und bin danach verabredet. Deshalb wollte ich auch anrufen.«

»Fotoshooting?«, wiederhole ich verwirrt.

»Ich bin Model«, erklärt Grace und hält das Handy vor sich, sodass wir ihr makelloses Gesicht sehen können.

»Das glaube ich sofort«, entfährt es mir. »Du bist wunderschön.«

»Danke schön, das ist wirklich lieb von dir.« Sie mustert mich neugierig. Ihr Grinsen wird breiter. »Das Kompliment kann ich aber nur zurückgeben. Du siehst wirklich so süß aus, wie mir Austin erzählt hat.«

Sie zwinkert ihm zu, woraufhin er sich errötend am Hinterkopf kratzt.

Ihre Worte versetzen mir einen Stich. Ich bin süß. Sie ist heiß. Ich bin seine *gute* Freundin, mit der er einen Deal hat. Sie ist seine Exfreundin.

Mir kommen Victorias Worte in den Sinn.

Warum solltest ausgerechnet du etwas von ihr wollen, wenn du bestimmt jede haben könntest?

Ja, warum würde er etwas von mir wollen, wenn er eine Freundin wie Grace haben kann? Ich werde ihm nie das Wasser reichen können, Grace wiederum tut es. Hat es bereits. Sie spielen in derselben Liga. Ich nicht.

»Er hat mir einiges erzählt«, fährt sie strahlend fort und wirft Austin einen wissenden Blick zu. Dessen Wangen sind plötzlich tiefrot.

»Das ist ... ähm ... sehr schön. Aber ich ... ich muss dringend auf die Toilette«, stottere ich.

Ehe Austin mich noch davon abhalten kann, mache ich mit zu Fäusten geballten Händen auf dem Absatz kehrt und laufe davon. Ich quetsche mich zwischen den tanzenden Partygästen hindurch, umrunde den Weiher erneut und bleibe schließlich am Waldrand stehen. Die Sonne ist bereits ganz untergegangen. Auf dem dunklen Himmel zeichnen sich die Sterne und der Halbmond ab. Fackeln, die um das Gewässer aufgestellt wurden, und Lampions sowie Lichterketten in den Bäumen am Waldrand spenden nun Helligkeit.

Mit zusammengepressten Lippen lehne ich meinen Kopf gegen einen Baumstamm und schließe die Augen, um mich zu sammeln.

Ein hemmungsloses Kichern lässt mich meine Augen wieder aufschlagen. Ich blicke um den Baum herum.

Zwei Mädchen huschen Händchen haltend nicht weit von mir vorbei, unwissend, dass ich sie beobachte.

Mir klappt der Mund auf, als ich einen Blick auf den aschblonden Haarschopf von Hailee erhasche, die Hand in Hand neben einem fremden Mädchen herschlendert. Sie bleiben stehen. Das fremde Mädchen legt ihre Hand an Hailees Gesicht, dann küssen sie sich.

Aber meine Nachbarin löst sich plötzlich wieder von ihr.

»Ich weiß nicht, Kyra. Was, wenn uns jemand sieht? Meine Eltern würden ausflippen«, murmelt Hailee unsicher.

»Die Leute sind eh alle betrunken. Lass uns noch ein wenig weiter reingehen, dann sind wir auf der sicheren Seite.«

Sie begeben sich kichernd tiefer in den Wald hinein.

Ich wusste nicht, dass Hailee anscheinend auch an Mädchen interessiert ist. Doch warum hat sie, wenn sie Kyra zu mögen scheint, etwas mit Ben am Laufen? Weiß er davon?

Kopfschüttelnd laufe ich in Richtung Straße, wo die Autos der Gäste parken. Ich will mein Handy hervorholen, um Dean anzurufen und ihn zu fragen, ob er mich abholen kann. Als ich an mir herunterblicke und meine Hosentaschen abtaste, fällt mir allerdings auf, dass ich meine Tasche in Lukes Auto habe liegen lassen. Frustriert bleibe ich mitten auf dem Hügel zur Straße stehen. Ich habe weder mein Handy noch meine Schlüssel. Was mache ich jetzt nur?

Weil es hier keine Laternen gibt, die Licht spenden würden, bemerke ich das Mädchen, das aus einem parkenden Auto steigt und den Hügel hochstampft, beinahe nicht.

»Mann, Jace, geh einfach mal an dein verdammtes Telefon!«, schimpft sie vor sich hin.

Ich erstarre, weil mir die Stimme bekannt vorkommt.

Aufgrund der Dunkelheit scheint sie mich nicht zu sehen, weshalb sie fast in mich hineinläuft.

»Vorsicht«, warne ich sie und trete einen Schritt zurück.

»Tut mir lei…« Sie hebt den Blick von ihrem Display, dessen Licht ihr Gesicht erhellt. Smaragdgrüne Augen treffen auf die meinen und weiten sich überrascht, als sie mich wiedererkennt.

»Railey?«

Kapitel 12

Ich bin wie versteinert, als ich die Person vor mir anglotze, die ich hier niemals erwartet hätte.

Das letzte Mal habe ich sie vor knapp zwei Jahren in der Schule gesehen, bis sie ihren Abschluss gemacht hat. Seit dem Unfall sind wir uns dort aus dem Weg gegangen. Ich weiß aber noch, dass sie nach *seinem* Tod sehr abgemagert ist.

Allerdings hat sie nun wieder zugenommen, was ihr gut steht. Ihre Wangen sind nicht mehr eingefallen, sondern fülliger, ihre Arme nicht mehr so dünn. Ihre pechschwarzen Haare reichen ihr nur noch bis zu den Schultern und nicht wie früher bis zu den Ellbogen.

Für einen kurzen Moment vergesse ich vollkommen die Gegenwart. Für einen klitzekleinen Augenblick vergesse ich *seinen* Tod. Ich sehe mich automatisch nach ihm um, weil ich weiß, dass er, wenn Olivia in der Nähe ist, auch nicht weit sein wird.

Doch dann fällt mir wieder ein, dass er tot ist, und meine innere Welt bricht in sich zusammen.

»Du bist es wirklich«, flüstert sie, als könne sie es kaum glauben. Und ehe ich es mich versehe, werde ich in eine feste Umarmung gezogen. Ein blumiger Parfümhauch weht mir entgegen, der mir Tränen in die Augen treibt, weil ich dadurch wieder in die alten Zeiten zurückversetzt werde, als sie mich umarmt hat, ehe sie mit ihm die Einfahrt hinuntergeschlendert ist – unwissend, damit seinem Tod entgegenzugehen.

Olivia hält mich eine Armlänge von sich und mustert mich eingehend. Ein schüchternes Lächeln breitet sich auf ihren Lippen aus. »Ich habe dich seit zwei Jahren nicht mehr gesehen. Das letzte Mal war in der Schule, wenn ich mich recht erinnere. Aber das letzte Mal miteinander gesprochen haben wir …« Sie stockt. »… als Reece und ich auf die Party gefahren sind.«

Mein Körper zittert und ich verschränke meine Arme vor der Brust. Das

Herz schlägt mir bis zum Hals. Krampfhaft versuche ich die alten Erinnerungen zu verdrängen, die mit einem Schlag auf mich einprasseln. Weil mir sein Tod so den Boden unter den Füßen weggerissen hatte, konnte und wollte ich weder auf der Beerdigung noch in der Schule mit Olivia reden, um nicht erneut mit allem konfrontiert zu werden.

»Was machst du auf einer Highschool-Party?«, krächze ich heiser und bin froh meine Stimme wiedergefunden zu haben.

»Ich habe noch Semesterferien und wollte meinen Bruder abholen. Seit ... seit Reece' Tod ist mir nicht so nach Partys.«

Ein Kloß bildet sich in meinem Hals.

»Wie geht es dir?«, will sie wissen.

Ich zucke nur mit den Schultern. »Geht schon. Und dir?«

»Auch.« Sie macht eine Pause. Ihre Augen glänzen verdächtig. »Weißt du, Railey, ich habe immer gehofft, mit dir reden zu können. Ich kann mir gut vorstellen, wie sehr du ihn vermisst. Mir geht es genauso. Das alles tut mir so leid. Wir haben zu viel getrunken, waren müde und wollten nur noch ins Bett. Saxon war eigentlich unser Fahrer. Aber er hat auch was getrunken. Wir hätten niemals bei ihm einsteigen dürfen. Ich hätte Reece davon abhalten und unsere Eltern anrufen sollen. Ich mache mir deswegen noch immer Vorwürfe.«

Ich muss schlucken und balle meine Hände zu Fäusten. Das Thema habe ich mit meiner Familie und meiner Therapeutin damals oft durchgekaut.

»Du darfst dir keine Vorwürfe machen«, meine ich schließlich, wenngleich es mir schwerfällt. »In dieser Nacht habt ihr ein paar dumme Entscheidungen getroffen. Doch was am Ende geschehen ist, kann nicht mehr rückgängig gemacht werden.«

»Da bist du ja!«, ertönt plötzlich eine Stimme hinter uns. Ich wirble herum. Vor mir steht Olivias Bruder Jace, den ich auf der Party gar nicht bemerkt habe. Überrascht sieht er mich an. »Oh, hey, Railey.« Er wendet sich an seine Schwester. »Wollen wir fahren?«

Olivia lächelt mich entschuldigend an. »Richte deiner Familie bitte liebe Grüße von mir aus.«

Ich nicke nur und starre ihnen hinterher, wie sie gemeinsam zu ihrem Auto gehen und fahren.

Mein Kopf schwirrt, meine Gedanken drehen sich im Kreis. Mein Herz rast, Schweiß bricht auf meiner Stirn aus. Wie in Trance begebe ich mich zurück zur Party. Meine Füße führen mich zur Bar. Ich merke erst, dass ich zittere, als ich nach einer verschlossenen Flasche greife. Denn zunächst kriege ich den Verschluss nicht auf, dann verschütte ich beinahe den Inhalt. Mit viel Anstrengung fülle ich einen frischen Becher damit randvoll. Ich nehme den ersten Schluck und spucke das ganze Zeug beinahe aus, weil es mir überhaupt nicht schmeckt und wie Feuer in meinem Hals brennt. Nachdem ich eine Weile hustend dastehe, klappt es mit dem Trinken besser, sodass ich bald ein Viertel der Flasche des Rums geleert habe.

Irgendwann gesellt sich Ben zu mir – ohne die Begleitung von Hailee, die vermutlich gerade mit Kyra herummacht.

»Da bist du ja. Austin macht sich Sorgen um dich. Er sucht überall nach dir.« Ben klingt beinahe vorwurfsvoll. Dann runzelt er die Stirn und mustert mich eingehend. »Alles okay, Kickboxqueen? Du siehst richtig fertig aus.«

Ich lache, weil ich mich seltsam beschwingt fühle. »Danke für das überaus nette Kompliment. Aber nee, mit mir is alles okay.«

»Bist du betrunken?«, hakt er skeptisch nach.

Ich grinse breit.

»Wie viel hast du getrunken?«

»Keeeiine Ahnung. Ich hab die Flasche neu aufgemacht, also kanns du ja selber nachschaun.«

Ben starrt erst mich und dann die Flasche sprachlos an. »Hast du das Zeug pur getrunken? Weißt du, dass das hochprozentig ist? Und pur schmeckt das doch widerlich.«

Ich hebe gleichgültig die Arme und breche in einen Lachanfall aus, sodass er mich anstarrt, als wäre ich von allen guten Geistern verlassen.

Ich will einen erneuten Schluck nehmen, doch Ben reißt mir sowohl den Becher als auch die Flasche aus der Hand und schüttet beides vor meinen Augen aus.

»Hey!«, will ich protestieren.

»Du hattest genug«, widerspricht er mir bestimmt.

Ich ziehe beleidigt eine Schnute. Mein Blick fällt auf die Tanzfläche und meine Miene hellt sich wieder auf.

»Lass uns tanzn! Ich will jetz tanzn!«, rufe ich und greife nach seiner Hand. Er lässt Flasche und Becher fallen, dann ziehe ich ihn mit auf die Wiese zu den anderen Partygästen.

»Austin ist gerade auf dem Weg zu dir nach Hause, weil er gedacht hat, du wärst schon gegangen!«, sagt er.

»Oh.« Ich schlage mir in einer übertriebenen Geste die Hand vor den Mund. »Dann sollte er aufpassn, dass er Hailee und Kyra nich erwischt. Ich hab sie, ehm, verschwindn sehn. Sie sahn so aus, als wolltn sie unter sich sein.« Ich grinse vielsagend und erinnere mich zu spät daran, dass er sagte, dass Austin auf dem Weg zu meinem Haus ist und nicht auf der Suche nach mir durch den Wald streunt, was ich aus irgendeinem bedeutungslosen Grund witzig finde.

Bens Gesicht wird aschfahl. »Du hast sie gesehen? Wie viel weißt du?«

»Jaaa«, sage ich gedehnt und frage mich zugleich, warum er davon weiß und warum es ihm egal ist, wenn er doch mit Hailee etwas am Laufen hat. Oder haben sie womöglich eine Dreiecksbeziehung? »Ich weiß davon. Keine Angst. Meine Lippen sinn versieglt. Jeder soll lieben, wen er liebt. Aber ich dachte, du und Hailee wärd susammen?«

»Die Sache ist kompliziert«, erklärt er nur.

Dann holt er sein Handy heraus und tippt eine Nachricht, ehe er es wegsteckt, um mit mir zu tanzen.

Über uns strahlen die Sterne, was unter anderen Umständen und mit einem gewissen anderen Jungen romantisch gewesen wäre. Aber ich habe Spaß. Und das ist das Wichtigste.

Nach einer Weile wird mir verdammt schwindelig.

»Was ist los?« Ben scheint alarmiert, als ich schwanke, über meine eigenen Füße stolpere und beinahe hinfalle.

»Hups«, mache ich und kneife die Augen zusammen. Ich fixiere das

Gartenhaus gegenüber von mir. Allerdings dreht sich mein Kopf dermaßen, dass ich nicht mehr weiß, wo links und rechts ist. »Mir is soo schlecht. Und ich bin sooo müde.«

Ben legt fluchend seinen Arm um meine Hüften. Dann schiebt er mich an den tanzenden Feiernden vorbei zum Gartenhaus, aus dem er ein Pärchen verscheucht. Er setzt mich auf einen Stuhl und achtet darauf, dass ich nicht umkippe. Mein Kopf fühlt sich seltsam schwer an und der Schwindel ist so stark, dass ich kaum mehr einen klaren Gedanken fassen kann.

»Railey?« Er kniet sich vor mich und legt mir die Hände auf die Knie. »Musst du dich übergeben?«

»Wer muss sich übergeben?«, ertönt eine Stimme hinter Ben.

Verschwommen nehme ich Shane wahr. »Shawn?«, lalle ich.

»Ist sie betrunken?«, fragt der. »Und ich heiße Shane. Nicht Shawn. Warum sagt das immer jeder? Ich sehe nicht mal annähernd so aus wie der Sänger.«

»Sie hat eine Viertelflasche Rum geleert! Pur! Ich habe Austin schon Bescheid gesagt. Er ist auf dem Weg«, schimpft Ben. Haarsträhnen hängen ihm in die Stirn und seine eigentlich dunkelbraunen Augen funkeln in der Finsternis wie Obsidian. Ich strecke die Hand nach ihm aus und streichle seine Wange.

»Du erinnerst mich an den hübschn Typn aus *Teeen Wulf.* Eigentlich fand ich ihn in den erstn zwei Staffln nich soo schön, eher nerdy. Aber ab der drittn is er richtig heiß gwordn. Du siehsd aus wie er. Dyln Bieber oder so. Der Name is mir grad entfalln. Aber Austin is noch heißer als su. Austin is einfach toll«, erkläre ich und kämpfe mit meiner Zunge, die mir nicht mehr gehorchen will und unverständliche Worte herausbringt. »Ich mag ihn. Seeehr.«

Durch den verschwommenen Nebel um mich herum meine ich Ben kurz schmunzeln und Shawn-Shane grinsen zu sehen. Doch dann schließe ich die Augen, um den Schwindel auszublenden, was es nur noch schlimmer macht. Jetzt spüre ich erst recht, wie es mich dreht. Der Duft von Alkohol vermischt sich mit dem Geruch vom Rauch des Lagerfeuers.

Hitze bahnt sich in meinem Magen an und kriecht meinen Hals empor.

»Mir is soo schlecht und schwindlig. Ich glaub ich muss kotzn.«

»Kotzen ist gut.« Ben hilft mir vom Stuhl hoch. Ich bin so wackelig auf den Beinen, dass sie immer wieder unter mir nachgeben und ich zusammenknicke. Doch Ben, mein heimlicher Doppelgänger von Dylan Bieber, oder wie der Schauspieler auch immer heißt, stützt mich. »Bringen wir sie hinters Haus an den Waldrand, damit die Leute nicht gaffen oder Fotos und Videos machen.«

Shawn-Shane brummt zustimmend und stellt sich auf die andere Seite neben mich. Gemeinsam hieven sie mich hoch. Ich kann den Brechreiz nicht mehr zurückhalten und falle auf die Knie, wo ich mich lautstark auf den Waldboden übergebe.

»Sag Kyle Bescheid«, weist Ben Shawn-Shane an.

»Mache ich. Kommst du hier schnell allein klar?«, fragt der.

»Ja. Ich schaffe das schon. Und hol bitte eine Flasche Wasser. Sie muss jetzt viel trinken.«

»Alles klar. Bis gleich.«

Als Shawn-Shane weg ist, wendet sich Ben wieder an mich. »Ich kenne mich leider aus mit Räuschen«, murmelt er mehr zu sich selbst.

»Hattest su selber viele?«, will ich wissen.

»Nein. Ich trinke Alkohol nicht so gern. Ich bin lieber Herr meiner Sinne.«

Er streichelt behutsam meinen Rücken, fast so wie es Austin auf dem Barbecue gemacht hat. Wenige Sekunden später muss ich mich wieder übergeben. Meine Kehle brennt unangenehm und der eklige Geschmack von Rum haftet meinem Mund an.

»Wie geht es dir jetzt?«, will Ben wissen.

»Es is ein bisschn besser gewordn.« Allerdings ist mir noch immer schwindelig. »Ich werd niee wieda Alkohol trinkn.«

Ben lächelt mitfühlend. »Warum hast du denn überhaupt so viel getrunken? Und dann auch noch puren Rum?«

Mich fröstelt, weshalb ich mich müde an ihn kuschle. Er legt seine Arme um mich. »Ich ... ich hab Olivia getroffn«, erkläre ich leise. »Und dann kam alles wieder hoch.«

»Okay.« Ben macht eine Pause. »Ich weiß zwar nicht, wer das ist, und es ist jetzt zwar ein blöder Zeitpunkt, um dir das zu sagen, aber Alkohol ist nicht die Lösung für deine Probleme.«

»Ich weiß.«

Er bleibt bei mir, verwickelt mich in ein Gespräch, bis Shawn-Shane gefolgt von Isabella und Kyle zurückkommt. Von Isabella bekomme ich eine Decke, in die ich eingewickelt werde.

»Sollen wir einen Krankenwagen rufen?«, will Kyle wissen.

Ben schüttelt den Kopf. »Railey ist noch ansprechbar und ich glaube, ihr geht es schon etwas besser. Solange sie sich nicht zu häufig erbricht und einschläft oder bewusstlos wird, ist es nicht notwendig.«

Shawn-Shane drückt mir eine volle Wasserflasche in die Hand.

»Trink«, fordert Ben mich auf.

Ich will eigentlich nicht, weil mir noch immer flau im Magen ist und ich Angst habe, dass ich mich erneut übergebe.

»Du musst jetzt Wasser trinken«, wiederholt er hartnäckig. »Der Alkohol hat deinem Körper Flüssigkeit entzogen und du hast dich übergeben, weshalb du zusätzlich dehydriert bist. Außerdem hast du somit morgen weniger Kopfschmerzen. Du wirst mir noch dankbar dafür sein.«

Widerwillig folge ich seiner Anweisung. Zu meiner Überraschung tut es gut und ich merke erst jetzt, wie viel Durst ich habe. Als ich ausgetrunken habe, bringt mir Shawn-Shane eine weitere Flasche. Die ganze Zeit über bleiben die Freunde bei mir.

Irgendwann höre ich Austins aufgeregte Stimme. »Wie geht es ihr?« Er kommt angelaufen und lässt sich neben mich fallen.

»Den Umständen entsprechend mittlerweile ganz gut«, erklärt Ben.

Austin legt seine Hände auf meine Schultern, betrachtet mich eingehend. »Du hast mir einen gewaltigen Schrecken eingejagt, Shorty. Du warst weg und ich habe dich überall gesucht. Ich dachte schon, dir wäre etwas zugestoßen, bis mir Ben geschrieben hat.«

»Es tut mir leid«, murmle ich und traue mich nicht ihm oder den anderen in die Augen zu sehen.

»Du brauchst dich nicht zu entschuldigen«, meint Ben. »Guck das nächste

Mal einfach nicht zu tief in die Flasche. Am besten greifst du gar nicht erst zum Alkohol. Wenn du etwas auf dem Herzen hast, kannst du immer zu uns kommen und wir hören dir zu.«

»Damit meint er uns alle«, ergänzt Kyle und macht eine ausschweifende Handbewegung.

Vor Rührung treten mir Tränen in die Augen. »Danke.«

»Wenn ihr uns hier nicht mehr braucht, werden wir wieder zurück zur Party gehen. Wir sind müde und wollen sie bald auflösen«, fährt er fort.

»Ich bringe Railey nach Hause«, sagt Austin und hilft mir hoch. Dabei fällt die Decke zu Boden. Ich bin noch etwas wacklig auf den Beinen, weshalb ich mich an seinen Unterarmen festhalte.

Ben hebt die Decke auf und legt sie mir wieder um die Schultern. »Pass gut auf die Kickboxqueen auf«, sagt er an Austin gewandt.

»Mache ich. Habt noch eine schöne Nacht und kommt gut heim.«

»Ihr auch.«

Die Freunde verabschieden sich und ich bleibe mit Austin zurück.

»Wollen wir gehen?«, fragt er mich.

Ich nicke nur. Gemeinsam umrunden wir die Wiese. Er bleibt dicht an meiner Seite, weil ich eher stolpere als gehe. Die Umgebung dreht sich noch immer leicht. Dennoch erkenne ich, dass die Partygäste mittlerweile weniger geworden sind. Auch an der Straße parken nicht mehr so viele Fahrzeuge. Austin steht mit dem Pkw seiner Eltern nicht weit vom Hügel entfernt. Als wir davor ankommen, bleibe ich erschrocken stehen.

»Meine Eltern und Dean sin nich da und ich hab meine Schlüssel bei Luke und Victoria vergessn.«

»Möchtest du heute Nacht bei mir schlafen?«, bietet er mir an.

Kurz zögere ich. Ich habe noch nie bei einem Jungen übernachtet. Aber eine andere Wahl habe ich nicht.

»Wenn das für dich okay is?«

»Natürlich. Ich kann dich ja morgen nach Hause fahren.«

Austin holt den Autoschlüssel hervor und entsperrt das Schloss. Wir nehmen jeweils auf dem Fahrer- und Beifahrersitz Platz.

»Was war denn los?«, will er wissen, kaum, dass er losgefahren ist. »Zuerst war doch alles gut. Dann verhältst du dich plötzlich total komisch und verschwindest, ohne dich zu verabschieden. Ich habe dich auf der Party nicht mehr gesehen und angenommen, du wärst zu Hause. Ich stand zehn Minuten vor deiner Tür und habe geklingelt, aber niemand hat aufgemacht. Ich dachte wirklich, dir wäre etwas zugestoßen! Und dann erfahre ich von Ben, dass du total betrunken auf der Party herumtorkelst. So kenne ich dich gar nicht.«

Ich muss an den Streit mit Victoria denken. Danach war der Abend lustig. Bis ich von seiner Exfreundin erfahren habe. Und mit ihr kehrten auf einen Schlag all meine Selbstzweifel zurück. Ich habe Austin in meiner Eifersucht von mir gestoßen. Olivia und die damit verbundenen Erinnerungen haben mir den Rest gegeben.

»Was auch immer plötzlich los war, ich würde es einfach gerne wissen.«

Und wenn er mich auslacht? Unsicher blinzle ich ihn an. Doch ich weiß, dass er das nicht tut. Also atme ich tief durch.

»Es tut mir leid«, flüstere ich, während ich die vorbeiziehenden Bäume und Häuser betrachte. Mein Kopf schwirrt noch immer, aber ich will ehrlich zu ihm sein. »Ich ... ich war unter anderm eifersüchig auf Grace.«

Austin sieht mich kurz stirnrunzelnd an, wendet sich jedoch schnell wieder der Straße zu. »Warum warst du eifersüchtig auf Grace?«

Ich verschränke die Finger ineinander. »Weil sie so hübsch und sexy is und ich nich.«

»Railey.« Austin seufzt schwer. »Du bist das auch. Bei dir klingt es so, als würde es in deinen Augen *entweder* süß *oder* sexy geben. Aber man kann beides zugleich sein. So wie du.«

Ich weiß nicht, was ich darauf sagen soll, weshalb ich schweige.

»Mir tut es leid, dass ich ans Handy gegangen bin, obwohl wir auf der Party waren«, wechselt er das Thema. »Aber ich dachte, es wäre etwas Dringendes. Normalerweise ruft sie nicht einfach so an.«

»Was wollte sie denn?«

»Sie war wegen des Fotoshootings und ihres Dates aufgeregt. Deshalb wollte sie sich letzte Tipps bezüglich ihres Outfits von mir holen. Außerdem hat sie gehofft, dass sie dich kurz sieht. Sie wollte dich kennenlernen.«

»Ich dachte, sie is deine Exfreundin? Warum seid ihr nich mehr zusammen, habt aber noch immer Kontakt?« Und warum wollte seine Exfreundin mich kennenlernen? Die Frage stelle ich ihm aber nicht laut.

»Unsere Beziehung hat nicht lange gehalten«, erklärt Austin. »Wir haben relativ schnell festgestellt, dass unsere Gefühle füreinander auf rein freundschaftlicher Ebene basieren.« In dem Moment erinnere ich mich daran, dass er mir das schon einmal gesagt hat. »Also sind wir als gute Freunde in Kontakt geblieben. Grace ist immer da, wenn ich jemanden zum Reden brauche«, fährt er fort.

»Achsooo.« Ein eifersüchtiger Stich bohrt sich durch mein Herz bei dem Gedanken, dass er ihr anscheinend alles anvertraut. Ich würde auch gern all seine Geheimnisse kennen.

»Aber Grace war nicht der wahre Grund für dein Verhalten. Du würdest dich doch wegen so was nicht einfach betrinken, oder?«, hakt Austin nach. »Mal davon abgesehen, dass Alkohol niemals die Lösung für Probleme ist.«

Ich verdrehe die Augen. »Dankee, den gleichn Vortrag hat mir Ben schon gehaltn. Ich weiß, dass das dumm war. Wirklich. Ich werde nie wieder so viel Alkohol trinkn. Aber in dem Moment war ich so durcheinander. Erst der Streit mit Victoria, Grace und dann hab ich Olivia getroffn. Sie is … sie war die Freundin von meinem Bruder. Ich hab sie seit über zwei Jahrn nich mehr gesehn. Sie hat alte Erinnerungen wieder wach werdn lassn und darauf war ich nich vorbereitet. 'S war wie'n Kurzschluss. Ich hab wahllos nach einer Flasche gegriffn und getrunkn. Ich konnte nich wissn, dass der Rum so zuschlägt. Hätte ich es gewusst, hätte ich niemals so viel getrunkn.«

Austin nickt verständnisvoll. »Ich verstehe. Dean hat mir von eurem Bruder erzählt. Willst du darüber reden, was passiert ist?«

Ich schüttle den Kopf. »Ich kann nich.«

»Okay«, sagt Austin nach einer kurzen Pause. »Aber wenn du doch noch darüber reden möchtest, höre ich dir zu. Das weißt du, oder?«

Ich nicke. »Danke.«

Wir verfallen in Schweigen. Müde lehne ich meinen Kopf gegen die Fensterscheibe. Für einen kurzen Moment döse ich weg und wache erst wieder auf, als wir vor seinem Haus halten. Austin steigt zuerst aus. Er marschiert um das Auto herum und öffnet die Beifahrertür für mich.

»Danke, aber ich bin nich mehr so betrunkn. Die hätte ich auch so aufbekommen«, sage ich.

Austin grinst nur. »Ich halte dir gerne die Tür auf.«

Ich rutsche vom Sitz. Er fängt mich auf und lässt mich langsam zu Boden sinken. Meine Hände liegen auf seinen Unterarmen. Unsere Gesichter sind sich plötzlich sehr nahe. Wir sehen uns in die Augen. Doch dann tritt Austin einen Schritt zurück.

»Lass uns reingehen. Es ist kalt.«

Schließlich betreten wir das Haus und er führt mich in sein Zimmer, wo er aus seinem Kleiderschrank ein langes T-Shirt, Boxershorts und eine Jogginghose heraussucht, die er mir in die Hand drückt.

»Hier hast du frische Kleidung. Deine Wäsche kannst du in die Waschmaschine im Bad werfen. Ich wollte meine morgen früh sowieso waschen, dann kann ich deine gleich mitwaschen, damit du sie mittags wieder anziehen kannst.«

Ich nehme dankend seine Klamotten entgegen und begebe mich ins Bad. Dort lege ich die Kleidung ab, trete vor das Waschbecken und starre mein Spiegelbild an. Ich sehe so fertig aus, wie ich mich fühle. Meine Wangen sind leicht gerötet, doch der Rest meines Gesichts ist kalkweiß. Unter meinen Augen habe ich dunkle Schatten. Dafür bin ich froh, dass es mir nicht mehr so schlecht geht wie auf der Party.

Mir hätte sonst was passieren können, wenn ich an die falschen Typen geraten wäre. Ich hatte Glück, dass Ben und Shane da waren. Ein Fremder hätte alles mit mir machen können. Das wird mir erst jetzt bewusst.

Ich spritze mir kaltes Wasser ins Gesicht. Dann entledige ich mich meiner Kleidung und stecke alles in die Waschmaschine. Schließlich ziehe ich seine Boxershorts an und wage nicht, daran zu denken, dass er sie auch schon anhatte – gewaschen hin oder her. Seine Jogginghose ist mir zu lang, weshalb ich sie hochkrempeln muss. Das T-Shirt reicht mir bis kurz unter den Hintern, sodass ich es eigentlich als Kleid oder Nachthemd tragen könnte. Dafür sind seine Klamotten schön warm und duften nach ihm.

Schließlich gehe ich aus dem Bad heraus und auf den Flur. Als ich sein Zimmer wieder betrete, trägt Austin ebenfalls eine Jogginghose und ein T-Shirt und richtet gerade sein Bett her. Befangen bleibe ich im Türrahmen stehen und beobachte ihn dabei, wie er eine Decke über der Matratze ausbreitet.

»Du kannst in meinem Bett schlafen. Ich nehme die Couch«, erklärt er, ohne sich umzudrehen.

»Aber …«, will ich protestieren. Er hat schon genug für mich getan. Ich kann ihm nicht auch noch sein Bett wegnehmen.

»Das Bettzeug ist frisch gewaschen und viel bequemer.« Er dreht sich zu mir um. »Die Couch macht mir für die eine Nacht nichts aus.«

»Danke, Austin. Ich weiß nicht, was ich ohne dich und die anderen getan hätte.«

»Das ist doch selbstverständlich.«

Er verschwindet kurz aus dem Zimmer. Als er wieder zurückkommt, hat er ein Glas Wasser in der Hand, das er mir in die Hand drückt. »Trink noch ein wenig.«

Ich stürze die kühle Flüssigkeit dankbar hinunter. Als ich es ausgetrunken habe, stelle ich das Glas beiseite.

»Wollen wir Zähne putzen? Wir haben noch genügend frische Zahnbürsten da.«

»Klar und danke schon mal dafür.«

Gemeinsam schleichen wir zurück ins Bad, wo mir Austin aus einem Schrank eine noch verpackte Zahnbürste und Zahnpasta reicht. Wir stellen uns nebeneinander vor das Waschbecken, wo Austin seine Zahnbürste grinsend gegen meine stößt, als würde er mir zuprosten.

Dabei sehen wir uns durch den Spiegel hindurch in die Augen, was mich lächeln und meinen Magen Purzelbäume schlagen lässt.

Danach begeben wir uns wieder zurück in sein Zimmer. Mittlerweile werden mein Kopf und meine Lider immer schwerer. Gähnend lege ich mich in sein Bett, kuschle mich in seine weiche Decke ein, die nach Waschmittel duftet.

Austin wiederum macht es sich auf der Couch bequem. Mit seiner Fernbedienung schaltet er das Licht aus.

»Schlaf gut«, flüstert er in die Dunkelheit und Stille hinein.

»Danke. Du auch«, gebe ich ebenso leise zurück.

Dann fallen mir endgültig die Augen zu.

Kapitel 13

Laute Sirenen von Feuerwehr, Polizei und Krankenwagen lassen mich aus einem unruhigen Schlaf schrecken.

Blinzelnd blicke ich aus dem Fenster, das ich aufgrund der schwülen und warmen Nacht offen gelassen habe. Der Himmel ist tiefschwarz, doch unzählige Sterne spenden Licht.

Die Sirenen verlieren sich in der Ferne. Wahrscheinlich ist irgendwo ein Unfall passiert. Nicht weit von uns verläuft der Highway, wo es hin und wieder kracht.

Mit einem mulmigen Gefühl im Magen blicke ich auf meinen Wecker. Es ist schon fast vier Uhr in der Früh.

Dean und unsere Eltern sind gegen Mitternacht zurückgekommen. Danach sind wir ins Bett gegangen, weil Reece erst spät mit Olivia heimkommen wird. Aber wollte er nicht schon längst da sein? Normalerweise dauern die Partys nicht bis zum Morgengrauen.

Nervös greife ich nach dem Schutzengel, den Reece mir gegeben hat und den ich vor dem Schlafengehen auf meinen Nachttisch gelegt habe. Weil ich nicht mehr einschlafen kann, rufe ich den Chatverlauf mit meinem großen Bruder auf. Er war das letzte Mal vor einer halben Stunde online. Ich schreibe ihm, ob er noch auf der Party oder schon auf dem Heimweg ist. Zwei Häkchen zeigen mir, dass die Nachricht angekommen ist. Allerdings liest er sie nicht.

Eine Weile liege ich noch wach. Immer wieder checke ich mein Handy auf eine neue Nachricht, eine Antwort von meinem Bruder. Aber weder öffnet er den Chatverlauf noch antwortet er.

Bis es plötzlich an der Haustür klingelt und ich vor lauter Schreck zusammenfahre. Wer klingelt denn um fünf Uhr in der Früh? Reece hat einen Schlüssel. Oder hat er ihn womöglich verloren?

Mit klopfendem Herzen bleibe ich stocksteif liegen. Ich höre, wie meine Eltern aufstehen und die Treppe hinunterschlurfen. Ich höre, wie sie die Haustür öffnen, mit jemandem Worte wechseln. Ich höre, wie meine Mom laut zu schreien beginnt.

Ängstlich springe ich aus dem Bett, knalle im Flur fast mit einem verschlafenen Dean zusammen, dessen Haare ganz zerzaust sind.

»Was ist los?«, murmelt er und gähnt.

Ich blicke über das Treppengeländer nach unten. Unsere Eltern stehen im Türrahmen. Dad hat Mom umarmt und sie an sich gezogen. Tränen laufen über ihre Wangen. Vor ihnen stehen zwei Polizisten mit kreidebleichen Gesichtern und traurigen Mienen.

»Was ist los?«, frage nun auch ich.

Gemeinsam laufen wir die Treppe nach unten.

»Es geht um Reece ...«, beginnt Dad schluchzend. »Er hatte einen Unfall. Er ... er war sofort tot.«

Zunächst verstehe ich nicht. Immer wieder hallen seine Worte in meinem Kopf nach, doch ich kann sie nicht greifen.

Erst als Dad es noch mal wiederholt und Dean »Nein, das kann nicht sein« murmelt, bricht etwas in mir zusammen. Meine Beine zittern. Ich kann mich nicht mehr aufrecht halten, falle auf die Knie. Immer wieder schüttele ich den Kopf. Das kann nicht sein. Reece ist nicht tot. Das ist nicht möglich. Es muss sich um ein Missverständnis handeln. Mir passiert so etwas nicht. Nicht mir! Nicht uns! Nicht meinem großen Bruder!

Ich schrecke aus dem Schlaf hoch. Meine zitternden Hände verkrampfen sich in der Bettdecke. Mein Atem geht nur noch stoßweise. Im Zimmer ist es stockdunkel. Ich sehe nichts.

»Austin?«, flüstere ich und als er nicht antwortet, noch einmal etwas lauter, panischer: »Austin!«

»Was ist los?«, ertönt seine verschlafene Stimme.

Obwohl ich in seinem warmen, kuscheligen Bett liege, ist mir eiskalt. Fröstelnd schlinge ich meine Arme um den Oberkörper und versuche meinen rasenden Puls und meine flache Atmung zu beruhigen.

Austin schaltet mithilfe seiner Fernbedienung eine Stehlampe an, sodass sein Zimmer in gedämpftes Licht getaucht wird. Dann schlägt er die Decke zurück und läuft zu mir. Er setzt sich an die Bettkante, legt eine Hand auf meine Schulter. Obwohl er müde wirkt, sieht er mich aufmerksam an. Seine Haare sind genauso zerzaust wie die von Dean in meinem Traum.

»Was ist los?«, wiederholt er.

»Er ist tot«, flüstere ich, als hätte ich die Einsicht erst jetzt bekommen. Es fühlt sich so an, als hätte ich den Moment, in dem ich von seiner Todesnachricht erfahren habe, noch mal durchleben müssen.

Dieses Mal kann ich die Tränen nicht zurückhalten. Wortlos rutscht Austin an mich heran, schlingt die Arme um mich und drückt mich an sich, während ich an seiner Brust hemmungslos heule. Die ganze Zeit über sagt er kein Wort, sondern streicht behutsam über meinen Rücken, wo seine Finger leichte Kreise ziehen.

Irgendwann ist mein Tränenvorrat aufgebraucht. Ich bin so erschöpft, das ich entkräftet an seine Brust gelehnt meinen Kopf in seiner Halsbeuge verberge. Austin schweigt immer noch, seine Finger weiterhin sanft über meinen Rücken bewegend. Ich sitze mittlerweile auf seinem Schoß, was mir unter normalen Umständen gewiss unangenehm wäre. Jetzt bin ich froh über die körperliche Nähe zu ihm. Er strahlt Wärme aus, die mich einhüllt und beruhigt.

Schließlich streicht er durch meine Haare und ich lehne mich ein wenig zurück, damit ich ihn ansehen kann.

»Wer ist tot? Hast du schlecht geträumt? Willst du mir davon erzählen? Geht es um deinen großen Bruder?«

Ich nicke nur. »Ich ... ich kann aber nicht darüber reden. Ich kann einfach nicht.«

Denn wenn ich das tue, wird es real. Wenn ich das tue, akzeptiere ich, dass er fort, dass er tot ist. Und das will und kann ich nicht.

»Ist schon okay«, sagt er ruhig und fährt mit dem Daumen über meine Wange.

Ich drücke mich an ihn, schließe ihn in eine Umarmung.

»Danke.« Ich schweige eine Weile, ehe ich leise sage: »Ich habe hin und wieder Erinnerungen, Träume, in denen ich die schönen, aber auch letzten Momente mit ihm wiedererlebe.«

Ich löse mich von Austin und wische mir über die Augen. Erst da fällt mir auf, dass ich die ganze Zeit über an seinem nackten Oberkörper gelehnt habe.

Hitze schießt mir ins Gesicht und ich räuspere mich verlegen. Austin schiebt mich vorsichtig von sich herunter und steigt aus dem Bett. »Ich kann jetzt nicht mehr einschlafen und ich schätze mal, du auch nicht.«

Ich nicke perplex. Allerdings ist mir übel und ich habe leichte Kopfschmerzen. Doch dann fällt mein Blick noch einmal auf Austin, beziehungsweise seinen halbnackten Körper, und ich mache große Augen.

Als ich auf ihm saß, war ich so von Trauer überschüttet, dass mir nicht nur nicht aufgefallen ist, dass er in der Nacht wohl sein T-Shirt ausgezogen hat, sondern auch, dass er mittlerweile nur noch mit Boxershorts bekleidet ist, die ihm bis zur Mitte seiner Oberschenkel reichen. Sie bringen seine langen, muskulösen Beine perfekt zur Geltung. Von seinem durchtrainierten Oberkörper ganz abgesehen.

Ich bin nur froh, dass er nicht so eines von diesen engeren Modellen trägt wie Dean immer, sonst würde man alles durchsehen. Und das wäre nicht gut. Das wäre gar nicht gut.

»Ich schlafe nachts eigentlich immer nur in Boxershorts und mir ist warm geworden«, erklärt Austin, der meinen Blick bemerkt hat.

Er greift nach seinem T-Shirt und der Jogginghose vor der Couch und zieht sich beides über.

»Was hältst du davon, wenn wir eine Serie oder einen Film anschauen, bis wir wieder müde werden?«

»Das klingt gut«, erwidere ich überrascht von seinem Vorschlag.

Austin lächelt. »Cool. Ich mache uns noch schnell einen Tee.« Er marschiert zur Tür und verschwindet mit einem »Bin gleich wieder zurück.« auf dem Flur.

Ich sehe auf den Radiowecker auf seinem Nachttisch und stöhne leise auf. Es ist halb fünf Uhr in der Früh. Ich habe gerade einmal zwei Stunden geschlafen, bin jedoch hellwach. Schuldgefühle kommen in mir hoch, weil ich ihn geweckt habe. Aber ich war nach dem Aufwachen so in Panik, dass ich ihn und eine tröstende Umarmung gebraucht habe.

Als er wieder zurückkommt, hat er zwei dampfende Tassen in den Händen, die er auf einer Ablage neben seinem Bett abstellt. Ein fruchtiger Duft strömt mir entgegen und lässt mir das Wasser im Mund zusammenlaufen.

Austin holt aus einer Schublade sein iPad hervor, ehe er die Bettdecke anhebt und sich neben mich legt. Ich rutsche zur Seite, damit er genug Platz hat. Dann reicht er mir eine Tasse.

»Vorsicht, der Tee ist heiß«, warnt er, als ich danach greife.

Ich umklammere das warme Getränk und atme den Duft von Zitrone und Pfefferminze ein. Und noch etwas, das ich nicht kenne.

»Das ist Ingwertee«, erklärt Austin auf meinen fragenden Blick hin und legt das Tablet zwischen uns auf die Decke. »Ich habe noch eine frisch gepresste Zitrone und Pfefferminze dazugegeben. Er soll gegen Übelkeit und nervliche Belastung helfen.«

Ungläubig starre ich ihn an, weil diese Geste unglaublich süß ist. Zudem wäre ich unter anderen Umständen aufgeregt und nervös, mit einem Jungen in einem Bett zu liegen. Doch bei Austin ist es merkwürdigerweise anders. Bei ihm fühle ich mich wohl. Als er meinen Blick mit seinen haselnussbraunen Augen, in denen ich versinken könnte, erwidert und mich anlächelt, kribbelt mein Magen.

Austin pustet den Dampf weg, ehe er einen Schluck trinkt und die Tasse auf die Ablage neben seinem Bett stellt. Er tippt das Tablet an und dreht zuerst die Lautstärke runter.

»Wir müssen leise sein, weil meine Eltern schlafen«, erklärt er mir flüsternd.

»Das kann man auch ganz anders auslegen«, murmle ich und muss kichern.

Austin ruft schmunzelnd Netflix auf. »Hast du Serienwünsche?«

»Was siehst du denn so an?«, ist meine Gegenfrage. Ich nehme ebenfalls einen Schluck. »Der Tee ist wirklich gut.«

Austin lächelt. »Danke schön. Was die Serien angeht: Kommt darauf an, auf was ich gerade Lust habe. Im Moment schaue ich *Shadowhunters*, weil meine Schwester diese Serie so liebt und mich mehr oder weniger dazu gezwungen hat, sie anzusehen.«

»Dann lass uns die gerne anschauen. Ich kenne nur den Kinofilm und habe den ersten Band gelesen, der hat mich nicht so gepackt.«

»Dann bin ich gespannt, wie du die Serie im Vergleich dazu findest. Bist du bereit?«

Als ich nicke und meine fast ganz ausgetrunkene Tasse ebenfalls auf die Ablage stelle, tippt er auf ›Play‹ und die erste Folge beginnt. Eine Weile sitzen wir schweigend nebeneinander und verfolgen das Geschehen in der ersten Episode, die ich sogar ganz gut finde. Vielleicht sollte ich die Bücher doch mal weiterlesen.

Allerdings kann ich mich nicht wirklich auf die Handlung der Serie konzentrieren, denn ich bemerke Austins Anwesenheit sehr deutlich neben mir. Unsere Hüften und Schultern berühren sich. Unsere Hände liegen locker seitlich neben unseren Körpern. Erneut verspüre ich dieses mir mittlerweile wohlbekannte Kribbeln im Magen, wenn er in der Nähe ist. Irgendwann berühren sich unsere Finger. Zunächst zaghaft, dann verschränken sie sich ineinander. Ich halte den Atem an, das Herz schlägt mir bis zum Hals.

Halten Austin und ich gerade Händchen?

»Stimmt es, dass du mich heiß findest und sogar noch heißer als Ben?«, fragt er leise.

Ich verfluche mich dafür, dass ich zu Ben so ehrlich war und er es anscheinend an Austin weitergepetzt hat. Beschämt vergrabe ich das Gesicht zwischen den Händen.

»Da war ich betrunken«, murmle ich undeutlich.

»Na und? Bekanntlich sagen Betrunkene die Wahrheit«, entgegnet Austin belustigt.

Ich sehe ihn an. Seine Augen schimmern im gedämpften Licht in einem wunderschönen Braunton. Er betrachtet mich mit schief gelegtem Kopf, sodass ihm ein paar Haare in die Stirn fallen. Ich hebe die Hand. Doch statt sie ihm aus dem Gesicht zu streichen, fahre ich mit den Fingern seine Wangen nach.

»Was?«, haucht Austin atemlos.

»Du bist echt.« Keine Ahnung, warum ich das jetzt gesagt habe, aber meine Zunge war anscheinend schneller als mein Gehirn.

Er runzelt die Stirn. »Ja, ich denke schon, dass ich echt bin. Warum sagst du das?«

»Weil das alles nur ein Traum sein kann«, flüstere ich und muss an all die Dinge denken, die er für mich getan hat.

»Ich bin aber echt«, schmunzelt Austin. »Oder fühlt sich das nicht so an?«

Er beugt sich zu mir, wodurch sein Gesicht nur ganz knapp vor meinem verharrt. Mir stockt der Atem. Er verzieht die Lippen zu einem Lächeln und haucht mir einen sanften Kuss auf die Stirn.

»Oder das?«

Sein Mund setzt seinen Weg zu meinem Hals fort und ich schließe die Augen, während sich meine Hand wie von selbst zu seinen Haaren vortastet und durch sie hindurchfährt. Seine Lippen auf meiner Haut jagen mir einen wohligen Schauer über den Rücken.

»Fühlt sich das denn wie ein Traum an?« Seine Hand verschränkt sich wieder mit meiner anderen.

»Nein«, bringe ich mit geschlossenen Augen hervor.

Die Serie ist plötzlich in den Hintergrund gerückt.

»Gut. Wäre doch auch schade.« Austin lächelt mich an. »Ich *bin* echt. Echter, als man echt sein kann.«

Er streicht mit seinen Fingern über meine Wange. Sein Gesicht kommt meinem wieder näher, seine Lippen verharren vor den meinen. Ich halte erneut den Atem an. Das Herz klopft mir bis zum Hals. Werden wir uns jetzt küssen?

Doch dann lehnt sich Austin wieder zurück. Er räuspert sich, seine Wangen sind leicht gerötet. Ich weiß nicht, was ich tun soll. Wollte er mich gerade küssen oder habe ich mir das nur eingebildet?

»Ich muss dringend auf die Toilette. Ich habe zu viel getrunken«, piepse ich und springe schnell auf, um mehr oder weniger in das Bad zu flüchten. Dabei war die Notlüge keine richtige Lüge. Ich merke den Tee tatsächlich.

Nachdem ich auf der Toilette war und meine Hände gewaschen habe, bleibe ich vor dem Waschbecken stehen. Ich blicke in mein erhitztes Gesicht. Die Röte hat sich bis in meinen Hals ausgebreitet. Was haben diese Gesten von ihm zu bedeuten? Freunde halten nicht Händchen oder berühren sich auf die Art und Weise, wie wir es vorhin getan haben. Sie kommen sich nicht so nahe wie eben. Oder ist das alles Teil des Deals?

Ein merkwürdiges Gefühl macht sich in mir breit. Ein dumpfer Schmerz in meiner Herzgegend. Ich balle meine Hand zu einer Faust und drücke sie gegen meinen Brustkorb. Was ist nur los mit mir? Warum fühle ich mich auf einmal so komisch? Oder sind das die Folgen des Restalkohols in meinem Blut?

Aufgewühlt kehre ich in sein Zimmer zurück. Die Tassen sind nicht mehr auf der Ablage, weshalb ich vermute, dass Austin sie in die Küche gebracht hat, als ich im Bad war. Auch das iPad ist verschwunden. Dafür liegt er noch in seinem Bett und klopft auf den leeren Platz neben sich. Zögernd setze ich mich auf den Bettrand.

»Du darfst dich ruhig neben mich legen, wenn du magst. Ich beiße nur, wenn du es willst«, witzelt er.

Als Antwort greife ich nach einem Kissen neben mir und werfe es nach ihm. Er will es auffangen, doch es gleitet zwischen seinen Fingern hindurch und landet mitten in seinem verdutzten Gesicht. Statt es zurückzuwerfen, nimmt er es herunter und legt es unter seinen Kopf. »Danke, ich habe noch eins gebraucht. Woher wusstest du das?«

Ich schnaube. »Idiot.«

»Dafür bin ich aber ein heißer Idiot, nicht wahr?«

»Du siehst nicht schlecht aus«, meine ich.

Austin hebt schmunzelnd seine Hand. Mir stockt der Atem, als er mir eine Strähne zurückstreicht und seine Hand auf meiner Wange liegen lässt.

»Das kann ich nur zurückgeben, Railey. Du bist aber mehr als das. Du bist wunderschön. Und sexy«, fügt er augenzwinkernd hinzu.

»Sehr witzig«, sage ich, weil ich nicht weiß, was ich von seinem Kompliment halten soll.

»Ich meine das ernst«, entgegnet er.

Dann gähnt er lautstark, zieht mich an sich unter die Decke und schiebt seinen Arm unter meinen Kopf, sodass ich ihn als Kissen verwenden kann. Ich kuschle mich automatisch an seine Brust, atme den Geruch von Austin und Waschmittel ein, der von seinem T-Shirt ausgeht.

»Ist es für dich okay, wenn ich heute Nacht bei dir bleibe? Oder ist dir das unangenehm, mit mir in einem Bett zu schlafen? Wenn du das nicht möchtest, lege ich mich wieder auf die Couch.«

»Das macht mir nichts aus.«

Mein Verstand hat sich natürlich nicht unter Kontrolle und denkt bei seinen Worten schmutzige Dinge. Ich will außerdem gar nicht, dass er mich jetzt verlässt. Es fühlt sich gut an, so angekuschelt neben ihm zu liegen. Und bei der Vorstellung, gewisse Dinge mit ihm zu tun, wird mir warm. Wärmer, als mir neben ihm unter der Decke ohnehin schon ist.

»Wie viele Mädchen haben in deinem Bett schon übernachtet?«, will ich wissen.

»Nur du«, erwidert er schläfrig.

Diese Antwort durchflutet mich mit Erleichterung und Freude.

»Warum? Du siehst gut aus, bist witzig und sympathisch. Ich habe gesehen, wie dich die Mädchen und manche Jungs beim Kickboxen, in der Schule oder auf der Party anschauen. Du würdest so leicht eine Freundin oder einen Freund finden ...«

»Ich bin hetero«, erklärt er. »Aber ja, wahrscheinlich ist es nicht schwer, eine Freundin zu finden. Ich will jedoch keine, nur damit ich eine habe. Wenn ich mit einem Mädchen zusammenkomme, dann weil ich Gefühle für sie habe.«

Seine Worte stimmen mich nachdenklich. Bisher habe ich mir immer einen Freund gewünscht, weil gefühlt alle anderen einen haben. Weil ich die gleichen Erfahrungen sammeln wollte wie alle anderen. Erfahrungen, wie sie in den Büchern immer beschrieben werden. Und weil ich den Gedanken schön fand, jemanden an meiner Seite zu haben, der für mich da ist und mit dem ich irgendwann mein Leben verbringen will.

Dabei hat Austin recht: Der Gedanke, mit jemandem zusammen zu sein, weil man diese Person wirklich liebt, ist schöner.

»Das klingt toll«, murmle ich etwas verzögert.

Mir fallen die Augen vor Müdigkeit zu. Die kurze Wachphase von gerade eben hat ihren Tiefpunkt erreicht. Ich drehe mich um, sodass mein Rücken an seiner Brust liegt, und bin schon halb weggedöst, als ich seine verschlafene Stimme hinter mir höre.

»Schlaf gut, Railey.«

Er ist so dicht hinter mir, dass ich seinen warmen Atem in meinem Nacken spüren kann. Sein Arm dient mir noch immer als Kissen, auch wenn es etwas unbequem ist. Allerdings genieße ich es, so dazuliegen, weshalb ich meinen Kopf nicht umbette. Den anderen Arm hat er um meine Hüfte geschlungen. Seine Finger ziehen auf meinem Bauch Kreise, rufen ein wohliges Gefühl in mir hervor. So dazuliegen fühlt sich gut und schön an. Denn in seinen Armen fühle ich mich beschützt. Als könnte mir nichts auf der Welt etwas anhaben. Als wäre die Zeit stehen geblieben und es gäbe nur noch ihn und mich.

»Du auch, Austin.«

Kapitel 14

Als ich aufwache, ist mir ein wenig übel und mein Kopf pocht. Müde rapple ich mich auf, setze mich an die Bettkante und streiche mir die zerzausten Haare aus dem Gesicht. Ein leichter Schwindel befällt mich. Ich drehe mich zur Seite, doch dort ist kein Austin. Lediglich eine kleine Kuhle deutet darauf hin, dass er heute Nacht neben mir gelegen hat.

Ich schließe kurz die Augen. Neben dem Schwindel und dem flauen Gefühl in meinem Magen breitet sich wieder dieses Flattern in mir aus. Ich erinnere mich an das, was Austin zu mir gesagt hat. Und ich erinnere mich an die Gefühle, die er mit seinen Berührungen und seiner Nähe in mir ausgelöst hat.

In diesem Moment geht die Tür auf und Austin tritt ins Zimmer. Er trägt eine frische Jogginghose und ein anderes T-Shirt. Seine Haare sind nass, weshalb ich vermute, dass er geduscht hat.

»Oh, du bist aufgewacht. Guten Morgen, beziehungsweise schon bald einen guten Mittag«, begrüßt er mich bester Laune. »Hast du noch gut geschlafen? Ich bin ziemlich schnell weggedöst.«

»Dir auch einen guten Morgen oder Mittag.« Ich schiele auf seinen Wecker. Es ist elf Uhr. »Ich bin auch wieder ziemlich schnell eingeschlafen.«

»Das freut mich zu hören. Du hast vorhin so friedlich ausgesehen, deshalb habe ich dich nicht geweckt, als ich aufgestanden bin.« Er macht eine Pause und mustert mich aufmerksam. »Du siehst fertig aus.«

»Danke. So fühle ich mich auch«, gebe ich zurück. »Ich werde nie wieder Alkohol trinken.«

»Nie wieder ist ein großes Vorhaben.«

»Dann vielleicht nicht mehr so viel«, verbessere ich mich. »Der Rum war nicht mal gut und der Kater ist es mir nicht wert.«

Austin lächelt. »Da stimme ich dir zu.« Er macht eine kurze Pause. »Ich habe eben noch geduscht. Deine Klamotten sind schon gewaschen und getrocknet. Ich habe sie auf den Deckel vom Wäschekorb neben der Waschmaschine gelegt. Wenn du auch kurz unter die Dusche springen möchtest, kannst du das gerne tun. Dann machen wir danach ein verspätetes Katerfrühstück. Was hältst du davon?«

»Danke, Austin. Das klingt gut.«

»Super. Falls du was gegen die Kopfschmerzen brauchst, haben wir was da. Wenn du dich übergeben musst und ich dir die Haare zurückhalten soll, gib mir einfach Bescheid«, scherzt er, woraufhin ich ihm einen finsteren Blick zuwerfe.

Ich begebe mich schließlich ins Badezimmer. Als hätte er gewusst, dass ich gerne duschen würde, hat er mir bereits ein frisches Handtuch bereitgelegt. Ich ziehe mich aus, werfe seine geliehenen Klamotten bis auf das T-Shirt in den Wäschekorb und stelle mich unter die Dusche. Das kühle Wasser macht mich wacher.

Nachdem ich fertig bin, ziehe ich meine Unterwäsche, meine Shorts und statt meines Spitzenoberteils sein T-Shirt an, weil es bequemer ist. Erst da wird mir klar, dass er, wenn er meine Wäsche in die Waschmaschine und den Trockner getan hat, meinen Slip in seinen Händen hatte. Ein merkwürdig kribbelndes Gefühl befällt mich bei dem Gedanken.

Mit geröteten Wangen gehe ich zurück in sein Zimmer. Doch Austin ist nicht dort. Dafür strömt mir vom Flur her der Geruch von Rührei in die Nase. Mein Magen knurrt.

Ich folge dem Geruch nach unten in die Küche, wo ich Austin herumhantieren höre. Im Vorbeigehen sehe ich, dass er im Esszimmer bereits den Tisch gedeckt hat: Zwei Gläser, ein Krug voller Wasser, Orangensaft und zwei Teller mit Besteck stehen dort bereit.

Austin brät am Herd in einer großen Pfanne köstlich duftendes Rührei und Lachs.

Als er mich bemerkt, dreht er sich zu mir um. Sein Blick wandert von meinem Gesicht zu seinem Shirt und seine Lippen verziehen sich zu einem Lächeln.

»Ich …«, will ich mich schon entschuldigen.

»Ich mag es, wenn du meine Sachen trägst«, meint Austin geradeheraus. »Wobei du in dem Top von gestern auch sehr hübsch aussahst.«

»Danke«, meine ich bloß schüchtern. Er sieht in seiner Jogginghose und dem T-Shirt, das sich um seine Oberarme spannt, ebenfalls nicht schlecht aus.

Grinsend wendet Austin sich wieder der Pfanne zu. »Meine Eltern sind mit Freunden brunchen gegangen, deshalb essen wir beide allein.«

»Wissen sie eigentlich, dass ich da bin?«, hake ich nach. Ich hatte das Thema ›Übernachtung bei einem Jungen‹ mit den meinen noch gar nicht, weil ich bis vor Austin noch nie eine männliche Person mit nach Hause gebracht habe. Allerdings kann ich mir vorstellen, dass sie nicht so begeistert darüber sein werden. Dabei ist zwischen Austin und mir nichts gelaufen.

Dieser nickt. »Ich bin zu meinen Eltern immer ehrlich. Das erspart unnötigen Ärger.« Er zwinkert mir zu. »Aber ich habe ihnen gesagt, wie es ist: dass deine Freundin auf der Party abgehauen ist, aber dein Handy und deine Schlüssel bei ihrem Freund im Auto sind. Und dass niemand daheim ist und du deshalb keine Übernachtungsmöglichkeit hattest, weshalb ich dich auf der Couch habe schlafen lassen.«

»Das ist aber nicht die ganze Wahrheit«, bemerke ich.

Austin grinst breit. »Sie müssen ja auch nicht *alles* wissen. Nicht, dass wir noch eine Aufklärungsstunde über uns ergehen lassen müssen.«

Ich mache große Augen. »Würden deine Eltern so etwas tun?«

Er zuckt mit den Achseln. »Während du duschen warst, habe ich im Internet nach Rezepten gesucht, die man am besten macht, wenn man einen Kater hat«, wechselt er das Thema. »Leider sagt da gefühlt jede Seite etwas anderes. Aber auf vielen heißt es, man soll möglichst salzig essen. Allerdings klangen Heringsfilets zum Frühstück für mich nicht so appetitlich. Deshalb dachte ich mir, ich mache uns Rührei mit Lachs«, erklärt Austin. »Aber wenn dir nicht danach ist, kann ich dir auch etwas anderes machen. Ich habe leckere englische Rezepte wie Spiegelei mit Baked Beans oder süßes Porridge gefunden.«

»Nein, das passt schon. Es klingt und riecht übrigens schon sehr gut«, meine ich und lächle ihn an. Es rührt mich, wie viel Mühe er sich gibt.

***

Nach dem Frühstück leihe ich mir Austins Handy aus und rufe Victoria an, um ihr zu sagen, dass ich meine Tasche brauche.

Als er mich auf seinem Roller nach Hause fährt, halten wir kurz bei ihr, damit ich mir mein Handy und meinen Schlüssel wiederholen kann. Sie kommt nicht einmal raus, sondern hat mir die Tasche vor die Tür gelegt.

Bei mir daheim angekommen begleitet mich Austin noch bis zur Haustür. Dort umarmt er mich zum Abschied fest. Ich schließe die Augen und vergrabe meinen Kopf an seiner Brust. Lasse mich von seiner Wärme, seinem Geruch einlullen. Bei ihm fühle ich mich so geborgen und sicher.

Als er sich wieder von mir löst, sehen wir uns in die Augen. Er neigt seinen Kopf in meine Richtung. Mein Herz macht einen Satz, als er sich weiter nach vorne beugt und seine Lippen auf meine Wange drückt.

»Ich werde noch warten, bis du im Haus bist«, sagt er, tritt einen Schritt zurück und zwinkert mir zu. »Nicht, dass sich hier draußen irgendwo ein Verbrecher herumtreibt.«

Ich hebe die Brauen. »Du weißt, ich bin eine Kickbox-Meisterin. Wenn mich jemand angreift, schlage ich ihn k. o.«

Austin grinst breit. »Das glaube ich dir sofort.«

Als er sich umwendet, um zu seinem Roller zu gehen, greife ich nach seiner Hand und halte ihn zurück.

»Danke. Für … Danke. Ich wüsste nicht, was ich ohne dich gemacht hätte. So was hat noch nie jemand für mich getan.«

»Das ist wirklich kein Problem, Shorty. Ehrlich.« Er entzieht mir seine Hände, um sie mir auf die Schultern zu legen, und blickt mich eindringlich an. »Dafür sind Freunde doch da. Oder?«

Ich senke den Kopf und presse die Lippen zusammen. Das Wort *Freund* hat für mich mittlerweile verschiedene Bedeutungen.

Victoria ist meine beste Freundin und lässt mich im Stich.

Austin ist ein guter Freund, der für mich Dinge tut, die nicht jeder für mich tun würde. Ein guter Freund, für den ich gefährliche Gefühle entwickelt habe.

»Außerdem fand ich es cool, dass du bei mir übernachtet hast«, fügt er noch hinzu. Dann macht er eine kurze Pause. Sein Blick ist voller Wärme. »Ich fand es schön, neben dir einzuschlafen und aufzuwachen.«

In meinem Magen breitet sich ein angenehmes warmes Gefühl aus. »Fand ich auch.«

Austin lächelt. »Bis morgen, Railey.«

»Bis morgen, Austin.«

Daraufhin marschiert er mit den Händen in den Hosentaschen zu seinem Roller. Dort setzt er seinen Helm auf und wartet.

Ich winke ihm zum Abschied, dann gehe ich ins Haus. Als ich durchs Fenster blicke, fährt er davon.

Da unsere Eltern erst am späten Nachmittag nach Hause kommen und Dean zu seinen Freunden geht, verbringe ich den restlichen Tag allein vor dem Laptop. So habe ich Zeit, die vergangenen Stunden zu reflektieren. Ich schreibe all meine Eindrücke nieder, die mir gerade durch den Kopf gehen. Diese Gefühle, wie ich sie in Austins Nähe habe, sind mir neu und unbekannt.

Nachdem Dean und meine Eltern wieder da sind, sitzen wir abends gemeinsam am Esstisch.

»Na, wie war es auf der Party?«, will Dad wissen und beißt von seinem Hotdog ab.

Drei Augenpaare sind auf mich gerichtet.

»Die Party war ganz okay«, sage ich nur, weil sie nichts von meinem Alkoholausrutscher zu wissen brauchen. Allerdings bemerke ich, wie Dean die Brauen hochzieht. Haben ihm seine Freunde erzählt, was passiert ist?

»Warum bist du mit Austin heimgekommen? Ich dachte, du wärst mit Victoria und ihrem Freund hingegangen?«, hakt Mom nach.

Ich werde rot. War ja klar, dass diese Frage jetzt kommt. Ich habe schon darauf gewartet. Das kommt davon, wenn man ehrlich zu ihnen ist. Aber lieber so, als dass sie es von Austins Eltern erfahren.

»Ich bin auch mit ihnen hingegangen. Eigentlich wollte ich, dass Austin und Victoria sich kennenlernen. Bis sie ein paar sehr uncoole Kommentare von sich gegeben hat und wir uns gestritten haben. Sie ist mit Luke abgehauen, aber ich bin dageblieben. Mit Austin und den anderen. Allerdings habe ich zu spät bemerkt, dass ich meine Tasche mit dem Haustürschlüssel in Lukes Auto vergessen habe.«

»Victorias Verhalten ist unmöglich«, meint mein Bruder verständnislos. »Sie kann ja eine gute Freundin sein, wenn sie will. Aber von dem, was ich momentan mitbekomme, verhält sie sich in letzter Zeit eher wie das genaue Gegenteil.«

»Ich weiß«, murmle ich finster.

»Und deshalb hast du bei Austin übernachtet?«, sagt meine Mutter ganz unverbindlich. Allerdings bemerke ich den neugierigen Blick, mit dem sie mich mustert. Ich werde rot. Sie fragt sich, ob zwischen Austin und mir etwas läuft.

»Ja, habe ich. Er hat auf der Couch geschlafen«, erkläre ich schnell, bevor sie auf falsche Gedanken kommen. »Austin ist wirklich nett. Er hat sich sehr lieb um mich gekümmert, als ich ...« Ich verstumme. Beinahe hätte ich ihnen von meinem Rumunfall erzählt.

»Als du was?« Mein Dad schaut mich skeptisch an.

Ich schweige kurz, um mich zu sammeln. Das, was ich jetzt sagen werde, wird vermutlich alte Wunden wieder aufreißen. Unsicher sehe ich meine Familie an.

»Auf der Party habe ich Olivia getroffen.«

Ich kann förmlich spüren, wie sich die Stimmung verändert. Meine Mom zieht zischend die Luft ein, Dad erstarrt und Dean atmet hörbar aus.

»Sie hat ihren Bruder von der Party abgeholt. Sie macht sich Vorwürfe wegen dieser ... wegen dieser Nacht. Weil sie *ihn* nicht aufgehalten hat, mit seinem Freund mitzufahren.« Ich mache eine Pause. »Irgendwie hat dieses Aufeinandertreffen mit Olivia alte Erinnerungen geweckt. Es ging mir gar nicht gut. Austin und seine Freunde haben sich um mich gekümmert. Und dann hatte ich einen Albtraum, in dem ich den Moment wiedererlebt habe, als die Polizisten vor der Tür standen und ... und ...« Ich breche ab.

Meine Eltern sehen mich bestürzt an. Dean steht wortlos auf. Er geht um den Tisch herum, um mir seinen Arm um die Schultern zu legen.

»Olivia trifft keine Schuld«, meint Dad mit belegter Stimme. Er hat seine Hand auf die von Mom gelegt. »Ja, sie hätten nachdenken sollen. Vielleicht hätten sie es besser wissen müssen. Aber es war unverantwortlich von ihrem Freund, Alkohol zu trinken. Was geschehen ist, ist geschehen. Wir dürfen nicht stehen bleiben und an der Vergangenheit festhängen. Wir müssen uns auf die Gegenwart und die Zukunft konzentrieren.«

»Ich weiß«, murmle ich.

Ich kann Dad verstehen. Aber ich vermisse *ihn* so unglaublich. Wie soll ich mich da auf die Gegenwart oder Zukunft konzentrieren?

»Das habe ich Olivia auch so ähnlich gesagt«, erkläre ich.

»Wie geht es ihr denn?«, will Mom wissen.

»Ich denke, dass sie ihr Leben mittlerweile wieder im Griff hat. Sie sieht gesünder aus als vor zwei Jahren. Und sie studiert ja, hatte aber Semesterferien. Ich soll euch von ihr grüßen.«

Unsere Eltern lächeln traurig. Sie mochten sie sehr gerne und wollten nach *seinem* Tod den Kontakt aufrechterhalten. Aber dazu waren weder Olivia noch ich imstande.

»Dann sind die Jungs aber gute Freunde«, wechselt Dad schließlich das Thema.

»Sie sind die besten, die man sich vorstellen kann«, meint Dean und versucht die Stimmung mit seinem Lächeln anzuheben.

***

Nach dem Abendessen verschwinden Dean und ich auf unsere Zimmer. Er, weil er mit seinen Freunden videochattet, ich, weil ich schreiben will. Allerdings stelle ich fest, dass ich vergessen habe etwas zu trinken mitzunehmen. Lust auf etwas zu naschen hätte ich auch. Also laufe ich wieder nach unten.

Die Küchentür ist angelehnt und ich will sie gerade öffnen, als ich die leisen Stimmen meiner Eltern vernehme. Angespannt halte ich den Atem an und drücke mich an die Wand, ehe ich durch den Türschlitz hindurchlinse. Meine Eltern sitzen noch nebeneinander am Küchentisch. Sie halten sich an den Händen.

»… sie die Begegnung mit Olivia aus der Bahn werfen wird?«, fragt Mom gerade.

»Ich weiß nicht. Sie wirkte den Umständen entsprechend recht ruhig. Oder meinst du, sie versteckt ihre wahren Gefühle vor uns?«, erwidert Dad.

»Railey hat selbst zugegeben, dass die Begegnung mit Olivia alte Erinnerungen geweckt hat«, murmelt Mom. »Sie hatte einen Albtraum. Was, wenn sie einen Rückfall bekommt? Sie kann seinen Namen nach fast drei Jahren noch immer nicht aussprechen und bald ist der Jahrestag. Außerdem hat sie weiterhin diese Zwänge. Sie glaubt zwar, wir merken es nicht, aber ich sehe es immer wieder, wenn sie denkt, dass sie unbeobachtet ist. Immer diese drei Schritte zurück und die sich wiederholenden Handlungen. Ich dachte, sie würde es von selbst wieder ablegen.«

Der schuldbewusste Unterton in ihrer Stimme treibt mir Tränen in die Augen. Ich bin zutiefst erschrocken, dass ihr aufgefallen ist, dass die Zwänge wieder begonnen haben. Eigentlich habe ich sie nie abgelegt. Ich habe sie nur gut verborgen. Dachte ich zumindest.

»Wir sollten Railey besser im Auge behalten. Wir können auch Dr. Shepard anrufen und mit ihm darüber sprechen. Ihm die Situation schildern. Er könnte sich noch mal mit ihr unterhalten, dann kann er besser einschätzen, ob es notwendig ist, dass sie die Therapie wieder aufnimmt.«

Da ich genug gehört habe, drehe ich mich um und laufe nach oben. Dabei pralle ich im Flur mit Dean zusammen, der nur mit Boxershorts bekleidet aus dem Badezimmer tritt.

»Was ist los?«, will er auf meine verstörte Miene hin wissen.

Ich schüttele nur den Kopf, weil ich nicht in der Lage dazu bin, ein sinnvolles Wort herauszubringen. Es schnürt mir die Luft ab und ich weiß, dass ich kurz vor einer Panikattacke stehe. Schnell stürme ich in mein Zimmer und schlage die Tür hinter mir zu. Dann lasse ich mich mit dem Rücken daran zu Boden sinken und ziehe die Knie an. Meinen Kopf vergrabe ich zwischen den Armen und warte darauf, dass das unkontrollierte Zittern meines Körpers, der Schwindel und das Herzrasen wieder aufhören, bis ich nur noch eine tiefe gähnende Leere in mir spüre. Ich fühle mich leblos. Tot.

Dass ich wieder zu Dr. Shepard gehen soll, hätte ich nicht erwartet. Wir haben alles versucht. Von Medikamenten bis über Tiefenpsychologie. Aber ich habe eisern über *ihn* geschwiegen. Seit seinem Tod konnte ich weder seinen Namen aus- noch über ihn sprechen. Ich bin in meiner eigenen Welt versunken und habe eine Schutzhülle um mich herum aufgebaut. Ich wollte niemanden an mich heranlassen, aus Angst, wieder jemanden zu verlieren.

Auch wenn ich nicht über ihn reden konnte, haben mir die Gespräche mit dem Psychologen zumindest ein Stück weit zu neuer Lebensfreude verholfen, weil sie mir eine Möglichkeit gegeben haben, mit meiner Zwangsstörung umzugehen. Leider sind die belastenden Zwänge und die Trauer, die ich immer wieder und erst recht vor dem Jahrestag seines Todes verspüre, nie ganz verklungen.

Nachdem ich mich einigermaßen beruhigt habe, setze ich mich auf die Couch und lege mir meinen Laptop auf den Schoß. Ich bin zu erschöpft und aufgewühlt, um die angestauten Gefühle an meinem Boxsack auszulassen. Stattdessen lasse ich alles in meine Worte einfließen, die mir heute wie von selbst über die Finger kommen.

Irgendwann tritt Dean, ohne zu klopfen, ein. Er setzt sich schweigend neben mich auf die Couch, wo er mir zuschaut. Da es mir unangenehm ist, wenn mich jemand beim Schreiben beobachtet oder in meiner Anwesenheit meine Geschichten liest, klappe ich schnell den Laptop zu und sehe ihn an. Er erwidert meinen Blick ernst.

»Die Jungs haben mir erzählt, wie betrunken du warst. Ich wollte vorhin nichts sagen. Aber ich habe mitbekommen, dass Mom und Dad dich wieder zu Dr. Shepard schicken wollen«, flüstert er und starrt aus dem Fenster hinaus in den Garten. Der Himmel ist bereits vollkommen schwarz. Lediglich ein paar Sterne funkeln auf uns herab.

»Es wird doch sowieso nichts bringen«, murmle ich niedergeschlagen. »Dr. Shepard kann *ihn* nicht mehr zurückbringen. Wie schaffst du das nur? Wie kannst du nicht daran zerbrechen, dass er nicht mehr da ist?«

»Dr. Shepard kann dir aber helfen mit deiner Trauer umzugehen«, erwidert Dean ernst. »Ich vermisse ihn nach wie vor. Aber er ist tot und wir leben.

Die Welt hört nicht auf sich zu drehen, nur weil ein geliebter Mensch fort ist. Sie dreht sich unaufhörlich weiter. Unser Leben geht weiter. Wie Dad gesagt hat, dürfen wir uns nicht an der Vergangenheit festklammern, sondern müssen in der Gegenwart leben und uns auch auf die Zukunft konzentrieren.« Er drückt meine Hand. »Wir haben noch einander. Ich habe meine Freunde. Daran halte ich mich fest. Und an dem Glauben, dass er jetzt ein Engel ist und über uns wacht. Dass wir ihn irgendwann wiedersehen werden.« Dean lächelt. »Bestimmt sitzt er gerade neben uns und sagt uns, dass wir aufhören sollen so traurig zu sein.«

Ich muss ebenfalls lächeln. »Der Gedanke klingt schön.«

Stille legt sich über uns, die aber nicht unangenehm ist wie vorhin in der Küche. Ganz im Gegenteil. Sie hat etwas Beruhigendes an sich. Etwas Tröstliches. Und für einen minikurzen Moment kommt es mir sogar wirklich so vor, als sitze *er* neben uns. Als schweige er mit uns.

»Ich vermisse ihn so sehr.«

»Ich auch, Railey. Ich auch.«

Dean rückt an mich heran, legt seine Arme um mich und bettet seinen Kopf auf meine Schulter. So sitzen wir eine Weile da, bis er sich plötzlich von mir löst und mich angrinst. »Wie war denn die Party sonst so? Und noch viel wichtiger: Wie war es mit Austin? Hattet ihr Sex?«

»Was? Nein!«, rufe ich und falle vor lauter Schreck beinahe von der Couch. »Ich habe nur bei ihm übernachtet. Ich in seinem Bett, er auf seiner Couch. Das war alles.«

Ich verrate ihm jedoch nicht, dass wir eine Serie geschaut haben und dann Arm in Arm nebeneinander eingeschlafen sind. Ansonsten würde sich Dean wer weiß was zusammenreimen.

Ich berichte ihm schließlich von der Party. Seine Freunde haben ihm tatsächlich erzählt, was passiert ist. Unseren Eltern gegenüber hat er aber nichts gesagt. Wir reden und lachen noch eine Weile miteinander.

Irgendwann blickt Dean auf die Uhr und streckt sich. »Ich habe noch ein Skype-Date mit Joshua.«

»Wer ist denn Joshua?«, hake ich stirnrunzelnd nach.

»Ein Freund von Shane. Wir haben uns auf einer Party letztens kennengelernt. Er ist echt süß.« Mein Zwillingsbruder zuckt mit den Achseln. Jedoch bemerke ich das aufgeregte Funkeln in seinen Augen. »Außerdem ist er wie ich ein großer Marvel-Fan und scheint sich auch für mich zu interessieren. Vielleicht wird ja was daraus.«

»Das klingt doch toll. Ich würde mich auf jeden Fall für dich freuen«, erwidere ich ehrlich. Er hatte bisher noch keinen Freund, aber ich weiß, dass er genauso gerne einen hätte wie ich.

Dean verschwindet mit einem merkwürdigen Grinsen in sein Zimmer.

Ich bleibe auf der Couch sitzen und lese noch ein wenig, bis Schlafenszeit ist.

Da ich allerdings nicht einschlafen kann, greife ich nach meinem Handy, das ich seit heute Nachmittag nicht mehr angerührt habe, und werde geradezu überflutet von neuen Nachrichten. Ich wurde einer neuen Gruppe hinzugefügt, zu der Dean, Ben, Kyle, Isabella, Hailee, Shane, Kyra und Austin gehören.

Die Absturzgruppe.

Neugierig scrolle ich durch die Bilder, die sie reingestellt haben. Es sind Bilder von der Party. Bei einem halte ich inne. Darauf sind Austin und ich zu sehen, wie wir auf der Wiese miteinander tanzen. Wir stehen ganz dicht beieinander und sehen uns in die Augen. Unsere Wangen sind gerötet. Wir lachen. Wenn ich es nicht besser wüsste, würde ich sagen, wir sehen aus wie ein frisch verliebtes Pärchen.

Als ich meinen Blick endlich von dem Bild losreißen kann, überfliege ich ein Dutzend Nachrichten, die in der Gruppe hin- und hergeschrieben wurden.

Ich zögere noch kurz und meine Finger schweben über Austins Namen. Dann tippe ich eine Nachricht an ihn ein, die ich immer wieder umändere, bis ich halbwegs zufrieden damit bin. Doch dann geht Austin online. Mein Herz schlägt schneller. Es macht mich ganz nervös. Schreibt er mit den Jungs? Oder mit einem anderen Mädchen?

In genau diesem Moment wird angezeigt, dass er eine Nachricht an mich eintippt. Ich halte die Luft an.

Daraufhin geht er offline und ich will schon enttäuscht das Handy weglegen, als ein eingehender Anruf auf dem Display erscheint. Ich zögere kurz, ehe ich ihn annehme.

»Hey, ich wollte dir gerade schreiben, aber dann habe ich gesehen, dass du online bist und auch etwas tippst. Also dachte ich, ich rufe dich spontan an«, flüstert Austin mit rauer Stimme, die meinen Magen kribbeln lässt.

»Okay.« Es ist mir irgendwie peinlich, dass er mich dabei erwischt hat, wie ich eine Nachricht an ihn getippt habe. »Warum wolltest du mir denn schreiben?«

»Ich habe mich gerade bettfertig gemacht und musste daran denken, wie ich letzte Nacht neben dir eingeschlafen bin. Und dann habe ich dich irgendwie ... vermisst.«

Mein Herz schlägt schneller. Er hat mich vermisst?

»Bist du noch dran?«, hakt er nach.

»Ja. Ich ... ich habe dich irgendwie auch vermisst. Ein wenig«, gebe ich mit klopfendem Herzen zu.

»Wie geht es dir?«, will Austin wissen. Ich höre jedoch das Lächeln in seiner Stimme heraus.

»Geht so«, murmle ich und lege mich mit dem Rücken auf die Couch, um an die Decke zu starren.

Bis auf die Tatsache, dass ich meine Zwänge anscheinend nicht so gut verstecken kann, wie ich dachte, und dass ich höchstwahrscheinlich wieder zu Dr. Shepard gehen soll.

Aber das muss er nicht wissen. Es ist mir schon unangenehm genug, dass er die Panikattacke miterlebt hat und von dem Albtraum weiß.

»Du hörst dich nicht so an, als würde es dir gut gehen«, meint er nach einer Weile, in der ich geschwiegen habe.

Ich lege mir den Arm über die Augen und schüttele den Kopf. Dann fällt mir ein, dass Austin mich ja gar nicht sehen kann. »Können wir bitte über etwas anderes sprechen? Ich will nicht darüber reden.«

»Natürlich.« Ich höre im Hintergrund seinen Atem und raschelndes Papier. Er bewegt sich und etwas, das sich wie sein Bett anhört, quietscht.

»Wo bist du?«, frage ich.

»Ich liege in meinem Bett. Heute Nacht bin ich ja leider allein«, ist seine anzügliche Antwort.

Ich räuspere mich, um meine Verlegenheit zu überspielen. Dabei würde ich ihm am liebsten sagen, dass es mir auch gefallen hat, neben ihm zu liegen. Allerdings glaube ich, dass er nur scherzt, um mich aufzumuntern. Außerdem ist es schon genug, dass ich zugegeben habe, dass ich ihn ebenfalls vermisst habe.

»Unser Gespräch entwickelt sich in eine, ähm ... interessante Richtung«, bemerke ich.

»Ja, nicht wahr? Mir gefällt diese Richtung übrigens.«

Er hört sich so ernst an, dass ich meinen Arm leise lachend herunternehme und beschließe das Spiel mitzuspielen.

Austin weiß es nicht. Aber er tut mir gut. Bei ihm kann ich lachen und ich selbst sein. Ich muss mich bei ihm nicht verstellen. Und er bringt mich auf andere Gedanken.

Ich betrachte die Leuchtsterne an der Decke. An die Wände habe ich Fotos von Landschaften, Orten und Szenen geklebt, die mich bei meinen Büchern inspiriert haben. Mein Blick fällt auf einen weißen Sandstrand vor einem neonblau leuchtenden Meer, auf dessen Wasseroberfläche sich der Vollmond spiegelt. Ich kann geradezu die Wellen hören, die an den Strand spülen. Inmitten des Wassers küsst sich ein junges Paar.

Die Szene erinnert mich an mein Fantasybuch. Das Mädchen lebt im Meer und der Junge an Land. Die Liebe ist zum Scheitern verurteilt und verboten, weil beide aus unterschiedlichen Welten kommen. Aber ihre Liebe ist so stark, dass sie nicht ohneeinander können.

Ich wünsche mir auch von einem Jungen so bedingungslos geliebt zu werden wie das Mädchen in meinem Buch.

»An was denkst du gerade?«, will Austin wissen.

»Ich habe an mein Buch gedacht.«

»Das mit der Meerjungfrau und dem Landtypen oder das andere?«

»Das mit der Meerjungfrau.« Ich runzle die Stirn. »Woher weißt du, dass ich noch eins schreibe?«

Austins Antwort kommt etwas verspätet. »Du hast mir doch davon erzählt, als ich gefragt habe, an was du so arbeitest.«

»Achso.« Ich starre weiter an die Decke.

»Du bist gerade nicht sehr gesprächig«, stellt Austin fest. »Soll ich auflegen?«

Ich reiße die Augen auf und richte mich auf. Dabei bewege ich mich so schnell, dass ich beinahe meinen Laptop mit den Füßen von der Couch gefegt hätte. Damit er nicht runterfällt, lege ich ihn zusammengeklappt zur Seite.

»Nein!«, rufe ich viel zu energisch in mein Telefon. Ich atme einmal tief durch, um mich zu beruhigen. »Nein, tut mir leid. Mir geht nur gerade so viel durch den Kopf. Aber ich finde es toll, dass du angerufen hast.«

Austin schweigt kurz, sodass ich schon fast Angst habe, ihn verärgert zu haben. Doch als er spricht, klingt er weder wütend noch traurig. »Es freut mich zu hören, dass mein Anruf nicht unerwünscht ist«, meint er und ich höre das Lächeln aus seiner Stimme heraus.

Errötend zwirble ich an meinem Shirt herum und halte erschrocken inne. »O shit!«, entfährt es mir, weil mir auffällt, dass ich immer noch sein T-Shirt trage.

Ich habe ganz vergessen mich umzuziehen. Meinen Eltern und Dean ist es bestimmt auch aufgefallen! Ich schlage mir die Hände vors Gesicht. Kein Wunder, dass er mich gefragt hat, ob ich mit Austin geschlafen hätte.

»Was ist los?«, will Austin wissen, der mein Fluchen natürlich gehört hat.

»Ich ... ähm ...«, stottere ich hochrot und stelle das Handy auf Lautsprecher. »Ich habe gerade gemerkt, dass ich dein Shirt noch anhabe. Tut mir echt leid. Ich habe total vergessen es dir zurückzugeben.«

Am anderen Ende der Leitung ist es still. Dann bricht er plötzlich in schallendes Gelächter aus. Ungläubig starre ich mein Smartphone an und warte darauf, dass er sich wieder beruhigt hat. Ich verstehe nicht, was daran so witzig ist. Mir ist es unglaublich peinlich.

»Warum lachst du so?«, frage ich eingeschnappt.

»Ach, Shorty«, haucht Austin an meinem Ohr, sodass sich auf meinem Körper wieder diese angenehme Gänsehaut ausbreitet. »Du bist wirklich süß. Ich finde es toll, dass du es noch anhast. Du siehst darin nämlich sehr sexy aus.«

Seine Worte bringen mich zum Lächeln. Unwillkürlich ziehe ich das Shirt an meine Nase und atme seinen unverwechselbaren Austinduft ein, der einen leichten Hauch von seinem Aftershave enthält. Zum Glück kann mich jetzt niemand sehen, sonst würde derjenige mich für verrückt halten. Vielleicht bin ich das ja auch.

Oder ich bin einfach nur verrückt nach Austin.

Bei diesem Gedanken muss ich kichern.

»Schön, wenn ich dich zum Lachen bringen kann. Auch wenn ich nicht weiß warum.« Durch das Telefon hindurch höre ich ihn wieder lächeln. »Erzähl mir etwas über das Schreiben. Deine Bücher sind dir sehr wichtig, oder?«, meint er nachdenklich.

»Ja. Ich liebe es zu schreiben. Es ist ein Teil von mir geworden. Es hat mir über eine sehr schwere Zeit hinweggeholfen, in der ich zu verzweifeln drohte. Ohne das Schreiben, ohne das Eintauchen in meine Geschichten hätte ich diese Phase in meinem Leben nicht so gut überstanden.«

Ich richte mich wieder auf und lehne mich mit dem Rücken gegen die Wand. Dann ziehe ich meine Füße an und lege das Handy neben mich. Austin hört aufmerksam zu und unterbricht mich kein einziges Mal, als ich weiterrede.

»Schreiben bedeutet mir alles. Ich kann darin meine Probleme verarbeiten und aus der Realität fliehen, wenn sie mich zu erdrücken scheint.« Ich sehe zu dem Strandfoto und betrachte das sich küssende Pärchen zwischen den Wellen. »Wenn ich schreibe, dann tauche ich in meine eigene Welt ein. Ich bin eine ganz andere Person, lebe ein anderes Leben. Ich kann über den Verlauf der Handlung entscheiden. Ich habe die Kontrolle über alles und niemand kann sie mir nehmen.«

Wäre mein Leben ein Buch, hätte ich *ihn* davon abgehalten, das Haus zu verlassen und auf diese Party zu gehen. Oder zumindest davon, in das Auto zu steigen. Dann wäre er noch am Leben.

»Es ist wie eine Droge für mich. Manchmal halte ich nicht einmal einen Tag aus, ohne ein Wort zu tippen. Ich mache mir fast immer Gedanken darüber, wie es in meinen Geschichten weitergehen könnte. Ich würde meine Bücher gerne bei einem Verlag unterbringen, mein eigenes Buch in den Händen halten. Aber ich will auch die Menschen mit meinen Geschichten und Problemen erreichen. Ich weiß, dass ich nicht die Einzige auf dieser Welt bin, die mit solchen Dingen zu kämpfen hat. Die Leser sollen sich mit meinen Figuren identifizieren können und sehen, dass sie nicht allein sind.«

Ich stoppe und schnappe nach Luft, weil ich beim Reden kaum geatmet habe. Ich war so versunken in meine Erzählungen, dass ich Austin am anderen Ende der Leitung ganz vergessen habe.

»Tut mir leid. Ich plappere schon wieder zu viel.«

»Nein«, widerspricht er mir. »Du plapperst überhaupt nicht zu viel. Ich mag es, wenn du mir von deiner größten Leidenschaft erzählst. Ich bewundere dich dafür, wie du immer wieder neue Ideen findest und dir die Zeit nimmst, sie aufzuschreiben. Diesen Ideenreichtum, deine Motivation und den Ehrgeiz hat nicht jeder. Ich bin mir sicher, dass du vielen Lesern aus der Seele sprichst. Du bist eine sehr starke Person, Railey.«

Er klingt so anerkennend, dass mir ganz warm wird von seinem Lob. Mein Blick fällt wieder auf den Sternenhimmel draußen.

»Ich bin nicht stark. Ganz im Gegenteil«, murmle ich.

»Nein«, widerspricht mir Austin mit einer solchen Überzeugung in der Stimme, dass ich es ihm für einen kurzen Moment abkaufe. Aber ich weiß es besser. Ich bin schwach. Wäre ich stark, würde ich den Zwängen nicht nachgeben und *seinen* Tod akzeptieren. Wäre ich stark, würde ich mich von anderen Leuten nicht auf meine Größe reduzieren lassen.

»Statt dich zu verschließen, schreibst du über deine Probleme. Du teilst sie mit anderen Menschen. Fremden Menschen. Das schafft nicht jeder, Railey. In meinen Augen ist das mehr als stark.«

Ich schweige, weil ich ihm nicht widersprechen will. Zu gern würde ich ihm glauben. Aber ich weiß, dass das nur Wunschdenken ist. Austin scheint zu merken, dass ich nicht weiter darüber sprechen will, denn er seufzt resigniert.

»Ich fände es schön, wärst du öfters so leidenschaftlich. Würdest du mit derselben Leidenschaft, die du fürs Schreiben hast, durchs Leben gehen, würden dir viele Jungs zu Füßen liegen. Man merkt, wie viel es dir bedeutet. Du klingst dann immer so lebendig. Ich wette, deine Augen strahlen gerade, deine Wangen nehmen diesen süßen Rotton an und du lächelst. Müssten wir morgen nicht so früh aufstehen, weil Schule ist, würde ich jetzt gerne vorbeigekommen, um dich zu sehen. Du hast ein wunderschönes Lächeln, Railey.«

Mein Magen flattert. Er will mich sehen. Er sagt, dass ich ein wunderschönes Lächeln habe. Wegen ihm werde ich schon wieder rot. Ich atme langsam ein und aus, um meinen rasenden Puls zu beruhigen. Stille breitet sich zwischen uns aus, bis Austin sie wieder durchbricht. Seine Stimme klingt rau und leise und jagt mir einen Schauer über den Rücken. Einen sehr angenehmen Schauer.

»Was genau wünschst du dir, Railey?«

»Habe ich dir doch schon gesagt. Ich will Autorin werden.«

»Das meinte ich nicht. Was wünschst du dir für dein Leben?«

Ich halte inne, weil mich diese Frage überrascht und ein wenig überfordert. Deswegen überlege ich lange, ehe ich antworte.

»Man kann nicht alle Wünsche wahr machen.«

»Manche nicht«, stimmt mir Austin zu. »Aber manche schon. Es gibt immer einen, den man in Erfüllung gehen lassen kann. Deswegen frage ich dich noch mal: Was ist dein größter Wunsch?«

Ich seufze leise und sehe aus dem Fenster, wo die Sterne am dunklen Himmel mittlerweile um die Wette strahlen.

»Ich will glücklich werden«, gebe ich schließlich zu. »Ich will nicht noch mal diese niederschmetternde Phase durchmachen wie vor knapp drei Jahren.«

Austin sagt lange Zeit nichts, sodass ich schon fast denke, dass er erkannt hat, wie krank ich bin, und auflegt, um unsere Freundschaft oder was auch immer das zwischen uns ist zu beenden.

Doch dann spricht er weiter: »Du wirst diese Phase nie wieder durchmachen müssen. Ich will dir helfen, Railey. Es macht mich traurig, dich so unglücklich zu sehen. Hiermit gebe ich dir ein Versprechen. Du kannst es morgen gern handschriftlich haben oder wie auch immer du es willst. Aber ich verspreche dir: Ich werde dich glücklich machen.«

Kapitel 15

»Da ist sie ja, unsere Absturzkönigin«, ertönt eine fröhliche Stimme hinter mir, als ich mit einer Box in meinen Händen gemeinsam mit Austin und Dean in der Mittagspause den Pausenhof betrete. Ehe ich mich nach der Person umdrehen kann, taucht Kyle bereits neben mir auf und grinst mich an.

Ich bin verwirrt. »Wie bitte?«

»Wir haben wochenlang überlegt. Dann hast du etwas zu tief in die Flasche geguckt und bam! Wir haben einen neuen Gruppennamen«, erklärt er grinsend.

»Deswegen heißt die Gruppe *Absturzgruppe*?«

Ich habe keine Ahnung, ob ich mich geehrt fühlen oder mir wünschen soll unsichtbar zu werden.

Shane gesellt sich zu uns. »Wir waren der Meinung, der Name passt perfekt.«

Ich sehe zu Austin und Dean. Die lächeln nur, sagen jedoch nichts. Austin sehe ich einen Tick zu lange an. Er erwidert meinen Blick ruhig, woraufhin Schmetterlinge durch meinen Magen schwirren. Seit unserem Telefongespräch gestern Abend haben wir heute Morgen nur belanglose Worte miteinander gewechselt. Trotzdem stehe ich unter seinem Blick plötzlich unter Strom, weshalb ich mich schnell abwende und in die fröhlichen Gesichter der Jungs schaue.

»Was?«, frage ich.

Denn Kyle, Dean und Shane sehen so aus, als wüssten sie etwas, von dem ich keine Ahnung habe. Zudem sie bis über beide Ohren grinsen. Und das macht mich nervös.

»Mir ist das ehrlich gesagt richtig peinlich.«

»Hey.« Kyle legt mir die Hände auf die Schultern. »Du brauchst dich nicht zu entschuldigen oder schämen. Jeder von uns hat sich mit Alkohol schon mal übernommen. Das gehört eben zu Partys dazu. Man sollte es halt nicht übertreiben.«

Er grinst und ich muss auch lächeln. Seine Worte beruhigen mich ein wenig. Shane tritt neben ihn.

»Außerdem hatten wir alle schon mal einen Absturz. Mich mussten sie vor Wochen in mein Zimmer tragen, weil ich selbst nicht mehr in der Lage war zu gehen«, erzählt er achselzuckend. »Was aber nichts ist, was ich gerne wiederholen würde.« Er lacht und ich bewundere ihn dafür, dass er so offen darüber spricht.

»Der liebe Kyle«, fährt er fort und klopft besagtem Freund auf die Schulter, »ist bei der letzten Waldparty in seiner Hütte eingepennt.«

Austin legt mir den Arm um die Hüfte und zieht mich an sich.

»Was die Jungs damit sagen wollen ist, dass wir alle einmal unseren mehr oder weniger schlimmen Absturz hatten und aus unseren Fehlern gelernt haben. Deshalb muss dir das nicht peinlich sein. Du bist nicht allein.«

Beim letzten Satz sieht er mir fest in die Augen und es klingt so, als läge hinter seinen Worten mehr Bedeutung, als man auf den ersten Eindruck vermutet.

Der Kloß in meinem Hals löst sich langsam wieder und ich muss wider Erwarten lächeln. Eine ungewohnte Wärme breitet sich in meiner Brust aus, als ich zu meinem Bruder, Kyle und Shane blicke, die zustimmend nicken.

»Danke.«

»Railey wollte sich für eure Hilfe bedanken, deshalb hat sie gestern gebacken«, meint Dean und deutet auf die Box in meinen Händen.

»Uh, was gibt es denn? Ich habe einen Bärenhunger«, meint Kyle und leckt sich über die Lippen, während er über Deans Schulter linst und den Deckel aufmachen will.

Doch mein Bruder schlägt entrüstet seine Hand weg. »Finger weg! Meine Schwester soll die Ehre haben, es euch zu zeigen. Ich hoffe nur, wir werden es überleben.«

»Dean!«, schimpfe ich empört.

Shane beäugt Kyle skeptisch, aber auch belustigt. »Du hast gerade erst einen fetten Burger verdrückt!«

Sein Kumpel erwidert seinen Blick mit Unschuldsmiene und legt sich eine Hand aufs Herz, was so gar nicht zu seinem Image passt.

»Das verletzt mich jetzt zutiefst, Kumpel. Glaubst du etwa, die wachsen von selbst?«, fragt er und lässt seine Bizepse spielen. Er hat sehr beachtliche Armmuskeln, die ausgeprägter, aber nicht so schön sind wie die von Austin.

Shane verdreht beleidigt die Augen und sieht ihn neidisch an. »Musst du deine Muskeln so spielen lassen? Da kriegt man Minderwertigkeitskomplexe.«

»Also von mir aus kann er gern weitermachen«, wirft Dean grinsend ein und zwinkert Kyle zu, der seine Lippen amüsiert verzieht.

Wegen allem, was ich bisher über ihn gehört habe, hätte ich gedacht, er wäre der typische Footballkapitän und Aufreißer, wie die Typen in den Filmen immer dargestellt werden. Aber Kyle ist keineswegs so. Er ist ein beliebter, cooler, offener Typ. Und wenn ich an die Blicke und Gesten denke, die er Isabella schenkt, scheint er dem Klischee auf keinen Fall gerecht zu werden.

Ich bin positiv überrascht, wie sehr ich mich in den Jungs anfangs geirrt habe. Ebenso wie in Austin, den ich auch für einen Player hielt. Es lohnt sich wohl doch, hinter die Fassade zu blicken, statt auf den ersten Eindruck und das Gerede der Leute zu vertrauen.

Gemeinsam setzen wir uns an einen der runden Holztische mitten auf dem Pausenhof. Austin lässt sich neben mir nieder. Unsere Ellenbogen berühren sich, was leichte Stromschläge durch meinen Körper jagt.

Die Freunde sehen mich gespannt an, als ich unter glühenden Wangen den Deckel hochhebe und die Schokocupcakes zum Vorschein kommen, die fein säuberlich gestapelt auf einem kleinen Teller liegen.

»Ich wollte mich bei euch bedanken. Und dann dachte ich mir eben, ich backe etwas«, erkläre ich und schiebe mir eine Haarsträhne zurück, die mir ins Gesicht gefallen ist.

»Das wäre nicht nötig gewesen, aber wenn es ums Essen geht, sage ich nicht Nein.« Kyle reibt sich schon voller Vorfreude die Hände.

Dann nimmt sich jeder einen Cupcake mit der Schokosahnecreme und ich warte mit klopfendem Herzen auf ihre Reaktionen, als sie hineinbeißen. Ich bin erleichtert, als sie ihre Gesichter nicht verziehen.

»Seid bitte ehrlich, Leute. Ich verkrafte das schon. Mir ist objektive Kritik sehr wichtig«, bitte ich und nehme mir ebenfalls einen Muffin.

Er schmeckt besser als erwartet. Kochen und Backen ist nicht mein Spezialgebiet. Aber ab und zu mache ich es gern.

»Also ich finde, sie schmecken super«, meint Kyle mit vollem Mund und greift gleich nach einem neuen.

Shane wirft ihm einen angeekelten Blick zu und kaut erst zu Ende, ehe er ihm zustimmt.

Auch Dean grinst. »Sie schmecken echt gut, Schwesterherz. Bleibt nur noch zu hoffen, dass wir später keine Magen-Darm-Probleme bekommen.«

Dafür fängt er sich einen freundschaftlichen Seitenhieb von Austin ein, der neben ihm sitzt. Er wendet sich mir lächelnd zu und mein Herz schlägt schneller. Irgendwie rufen Austin und sein Lächeln diese Körperreaktion in letzter Zeit häufiger in mir hervor.

»Mir schmecken sie auch fantastisch«, sagt er. Dabei beugt er sich zu mir, sodass seine Lippen mein Ohr streifen und ich seinen warmen Atem auf meinem Hals spüre. »Du könntest für mich auch mal backen. Oder wir kochen gemeinsam etwas.«

»Das klingt toll.«

Lächelnd greife ich nach dem nächsten Cupcake. Auch die Jungs lassen es sich nicht nehmen, einen zweiten (und Kyle einen dritten) zu essen.

Trotzdem kann ich meinen Blick nicht von Austin wenden. Der scheint es zu merken und sieht mich fragend an. An seinem Mundwinkel kleben braune Schokobrösel. Bisher hat ihn niemand darauf hingewiesen.

»Du … ähm …« Ich deute mit dem Finger auf seinen Mund, berühre ihn beinahe. »Du hast da noch was.«

Austin hebt die Brauen und macht ein unschuldiges Gesicht. »Wo habe ich was?«

Ich halte den Atem an, als meine Fingerspitzen seine Mundwinkel leicht berühren und die Brösel wegwischen.

»So. Jetzt sind sie weg«, flüstere ich heiser.

»Sucht euch doch ein Zimmer«, stöhnt Shane und hält sich gespielt die Hand vor die Augen. »Die sexuelle Spannung zwischen euch ist ja schlimmer als in jedem Porno!«

Austin ignoriert ihn. Kyle, Shane und Dean sehen mich mit einem fetten Grinsen im Gesicht an.

Ich wiederum würde am liebsten im Boden versinken.

Irgendwann legt Austin seine Hand auf meinen Oberschenkel und reißt mich damit aus meinen Gedanken. Wärme durchflutet mich und ich spüre seine Hand bis unter die Haut.

Als ich mich traue ihn anzusehen, deutet er auf seinen Schoß, auf dem er sein Handy platziert hat. Dann zu mir.

Stirnrunzelnd wühle ich in meinem Rucksack nach meinem Telefon. Mein Herz schlägt schneller, weil ich eine Nachricht von ihm erhalten habe.

> Austin: Immer schön atmen, Shorty 😁
> Wir wollen doch nicht, dass du erstickst 🙉

Ich werfe ihm einen bösen Blick zu und tippe unter dem Tisch eine Antwort. Dabei sind Handys an der Schule erlaubt, solange wir sie im Unterricht nicht anhaben oder zum Spicken verwenden. Im Hintergrund höre ich Kyle und Shane über einen Witz meines Bruders lachen.

> Ich: Wie kommst du darauf, dass ich nicht atme? 🙇

Er bewegt die rechte Hand unter dem runden Tisch so unauffällig, dass ich ihn dafür bewundere, weil es niemand bemerkt. Die Jungs unterhalten sich weiterhin angeregt, während ich mich heraushalte und die stumme Beobachterin spiele. Und ungeduldig auf seine Nachricht warte.

> Austin: Weil du nichts mehr sagst … Ich dachte schon, du hättest dich in eine Statue verwandelt oder so. Wie bei Küss den Frosch 😘🐸

Verständnislos sehe ich ihn an.

> Ich: Wie kommst du jetzt auf Küss den Frosch? Hast du den Film überhaupt jemals gesehen??? 🙈 Da hat sich niemand in eine Statue verwandelt … 🙇‍♀️

»Wo ist eigentlich Ben?«, fragt Dean gerade.

»Er hat mir geschrieben, ihm gehe es nicht so gut. Migräne oder so«, antwortet Austin, den Blick auf meinen Zwillingsbruder geheftet, während sich sein rechter Daumen über das Display bewegt und eine Antwort eintippt, die ich Sekunden später erhalte.

> Austin: Doch, schon. Das Mädchen hat doch den Frosch geküsst und sich auch in einen verwandelt.
> Ich dachte schon, die Berührung an meinen Lippen hätte dich versteinert oder so 🙉 Auch wenn es nur die Fingerspitzen waren 😂 Dann müsste ich dich wieder wachküssen wie bei Dornröschen …

Ich sehe kopfschüttelnd auf. Er erwidert meinen Blick zwinkernd und spitzt die Lippen.

»Was machst du da?«, fragt Shane in dem Moment und sieht Austin verstört an.

»Ja, was machst du da?«, stimme ich ihm böse grinsend zu und denke schon voller Vorfreude, dass ich ihn jetzt habe.

Dean und Kyle heben die Köpfe und sehen verwirrt zwischen den anderen beiden hin und her. Ich erwarte schon, dass Austin rot wird. Doch zu meinem Ärger lächelt dieser unschuldig, fast schon zufrieden. Seine Hand streichelt behutsam mein Knie.

»Ich mache Lippenübungen.«

»Lippenübungen?«, fragen wir alle wie aus einem Mund.

Es ist nur allzu deutlich, dass ihm niemand glaubt. Dean sieht mich an und zwinkert mir verschwörerisch zu. Ich bin mir ziemlich sicher, dass er bereits ahnt, dass da zwischen Austin und mir etwas ist.

»Lippenübungen«, bestätigt dieser, als wäre das die Wahrheit. »Damit verbessert man die Beweglichkeit und Koordination der Lippen. Ich habe mal gelesen, dass man dadurch besser ist im Küssen.«

Mir klappt die Kinnlade herunter. Genauso wie den Jungs, die große Augen machen. Das kaufen sie ihm doch nicht wirklich ab. Oder?

Shane runzelt skeptisch die Stirn. »Und funktioniert es?«

Kyle und Dean sehen Austin interessiert an.

Der lächelt breit. »Das kann ich selbst leider nicht beurteilen.«

Mir schießt der Gedanke durch den Kopf, dass ich das gerne beurteilen würde. Ich würde ihn gerne küssen oder von ihm geküsst werden. Aber nicht bloß, weil ich unbedingt wissen will, wie es sich anfühlt. Ich will wissen, wie es sich mit *ihm* anfühlen würde.

Dabei sind wir nur gute Freunde, die einen Deal haben.

Ein dumpfer Stich bohrt sich in meine Brust. Wie tief bin ich gesunken, dass ich mich auf einen Deal einlassen muss, um einen Jungen dazu zu bringen, ein guter Freund zu sein und mir mit meinem Selbstbewusstsein zu helfen?

Zum Glück lenkt Kyle das Thema in eine andere Richtung, indem er mit Dean über eine anstehende Prüfung diskutiert. Da mich niemand weiter beachtet, tippe ich eine Nachricht.

Railey: Hast du denn keine Mädchen, die deine Lippenübungen beim Küssen beurteilen können?

Austin sieht mich an. Sein Mundwinkel hebt sich.

Austin: Nein, leider nicht 🥺
Würdest du sie etwa gerne testen?

Vor lauter Schreck wäre mir beinahe das Handy entglitten. Das Herz schlägt mir bis zum Hals, als ich Austins Blick erwidere. Hat er mich gerade wirklich gefragt, ob ich ihn gerne küssen würde? Oder war es nur ein Scherz?

Railey: Das hättest du wohl gerne

Austin antwortet nur Sekunden später. Seine Worte lassen meinen Puls in die Höhe schießen.

Austin: Vielleicht hätte ich das tatsächlich gerne

***

Nach der Schule treffen sich nur Austin und ich an meinem Auto, weil der Rest der Freunde in diversen Nachmittags- und Sportkursen ist.

Ich wechsle kein einziges Wort mit ihm, als ich einsteige. Und als er etwas sagen will, stelle ich das Radio so laut, dass die Musik seine Stimme übertönt. Er gibt es schließlich auf, lehnt sich mit vor der Brust verschränkten Armen zurück und starrt auf die Straße.

Einerseits bin ich froh, dass er schweigt. Auf der anderen Seite ärgert es mich, dass er so schnell aufgibt. Das passt nicht zu ihm. Zu gern wüsste ich, was ihm jetzt durch den Kopf geht. Bereut er es, diesen Deal mit mir abgeschlossen zu haben? Bereue ich es? Darüber habe ich mir den ganzen restlichen Schultag über Gedanken gemacht. Anfangs fand ich es cool. Es hat mir große Freude bereitet, mit Austin Zeit zu verbringen und dabei erste Erfahrungen mit einem Jungen zu sammeln. Jetzt fühle ich mich nicht mehr so wohl dabei.

Ich mag Austin.

Ich mag ihn sogar sehr gerne.

Vielleicht bereitet mir deshalb das Wissen um den Deal, dass unsere gemeinsamen Momente, unsere Freundschaft nur darauf basieren, ein mulmiges Gefühl in der Magengegend.

Während der Fahrt sprechen wir lediglich miteinander, als Austin mich zu Ben navigiert. Wir fahren durch ein Viertel mit teuren Autos und eleganten Villen hinter hohen Mauern und Zäunen.

Schließlich halten wir vor einer beeindruckenden Villa, die in einem angenehmen Vanilleton gestrichen ist. Durch ein großes Eisentor kann ich von einem kunstvoll angelegten Vorgarten in die Einfahrt blicken, wo ein grauer Porsche Cayenne, ein weißer Audi R8 und ein weißer Lamborghini Aventador stehen, mit denen Ben hin und wieder zur Schule fährt.

»Verdienen Bens Eltern wirklich so gut?«, will ich wissen.

»Sein Vater ist ja Autohändler für solche Modelle. Ich denke, er wird dafür gute Rabatte bekommen.« Austin legt seine Hand auf mein Knie. »Ist alles okay zwischen uns?«, fragt er vorsichtig nach.

Ich räuspere mich, weil sich mein Hals plötzlich trocken anfühlt. »Warum sollte es nicht okay sein?«

Er legt den Kopf schief, sodass ihm ein paar braune Strähnen in die Stirn fallen. Es brennt mir geradezu in den Fingern, sie wegzustreichen.

»Weil du seit der Mittagspause nicht mehr mit mir geredet hast. Und du hast mich auch die ganze Autofahrt überwiegend angeschwiegen. Bist du sauer auf mich oder so? Habe ich etwas falsch gemacht?«

Ich zögere. »Ich glaube, die anderen denken, wir hätten was am Laufen«, rücke ich endlich mit der Sprache heraus.

»Fändest du das denn so schlimm?«

»Was?«

»Wenn wir was am Laufen hätten?«

»Wir haben aber nichts am Laufen«, erwidere ich. »Wir sind nur gute Freunde.«

Gute Freunde, die einen Deal haben.

Stille entsteht. Unangenehme Stille, in der Austin mich lediglich stumm anstarrt. Ich komme mir plötzlich ganz eingepfercht vor, weshalb ich nach Luft schnappe und gegen den Kloß in meinem Hals und die aufsteigenden Tränen ankämpfen muss.

»Die Leute denken, wir wären zusammen. Früher oder später wird herauskommen, dass das zwischen uns nur eine Lüge ist«, murmle ich und traue mich nicht ihm in die Augen zu sehen.

Austin schweigt. Er schweigt lange. Währenddessen starrt er mich an. Er bewegt die Lippen, doch kein Ton verlässt seinen Mund. Seine Miene verfinstert sich. Kopfschüttelnd legt er die Hand auf den Griff der Beifahrertür.

»Wir sollten Ben die Cupcakes bringen«, sagt er ausweichend und in mir zerbricht etwas.

Dass er mir nicht widerspricht, beweist nur, dass ich recht habe.

Er marschiert um das Auto herum und öffnet die Beifahrertür, um mir herauszuhelfen. Aber ich schlage seine Hand weg, die er mir hilfsbereit hinhalten will.

Verletzt sieht er mich an, doch ich gehe auf Abstand. Während ich immer noch mit den Tränen kämpfe, hole ich die fast leere Box von der Rücksitzbank. Für Ben haben wir extra zwei Cupcakes übriggelassen.

Gemeinsam laufen wir zum verschlossenen Eingangstor. Ich drücke die kleine Klingel, auf der in Kursivschrift ›*Blake*‹ zu lesen ist. Wir warten schweigend. Aber nichts tut sich. Rein gar nichts.

Unruhig starre ich durch die Eisenstäbe des Tors hindurch. Dass zwischen Austin und mir eine gewisse Spannung herrscht, macht es nicht gerade besser. Um mich abzulenken, betrachte ich das Grundstück, das von einer hohen Steinmauer umgeben ist, genauer. Der Vorgarten ist nichts Besonderes. Ein kleiner Weg führt zwischen angepflanzten Beeten und Bäumen hoch zu einer Treppe vor einer großen Eingangstür. Daneben verläuft die Einfahrt zu einer Garage hoch, vor der die teuren Autos parken.

»Bist du sicher, dass er zu Hause ist?«, frage ich skeptisch nach, traue mich jedoch nicht Austin anzusehen.

Dieser stellt sich neben mich, sodass sich unsere Arme berühren, und blickt ebenfalls zwischen den Gitterstäben hindurch.

»Ja, er ist zu Hause. Das hat er mir zumindest vorhin geschrieben, als ich ihn gefragt habe.«

Ungeduldig drückt er noch mal auf die Klingel.

Als ich schon die Hoffnung aufgeben will, öffnet sich die Haustür und Ben erscheint im Türrahmen. Er trägt einen dünnen Pullover und eine enganliegende Jogginghose. Seine Haare sind verwuschelt, als wäre er gerade erst aufgestanden. Seine Haltung ist gebückt, als trüge er eine schwere Last auf den Schultern. Langsam schlurft er die Treppe hinunter. Er hebt den Kopf erst, als er direkt vor uns steht und uns nur noch die Eisenstäbe voneinander trennen.

»Was macht ihr denn hier?«

Er wirkt nicht sehr erfreut über unseren Besuch. Immer wieder huscht sein Blick nervös zurück zum Haus und er fährt sich durch die dichten dunkelbraunen Haare. Unter seinen Augen liegen tiefe Schatten und er wirkt müde, als hätte er die ganze Nacht nicht geschlafen.

»Ich habe als Dankeschön, weil du dich am Samstag so lieb um mich gekümmert hast, Cupcakes gebacken«, erkläre ich unsicher und halte ihm die Box hin.

Ben sieht erst den Behälter und dann mich an. Schließlich tippt er einen Code neben der Tür ein, die automatisch aufgeht. Aber er bittet uns nicht herein, sondern stellt sich vor uns in die freie Öffnung des Tors und lächelt mich an. Dafür, dass er sich anscheinend nicht so sehr über unseren Besuch freut, wie ich es mir erhofft hatte, wirkt zumindest sein Lächeln ehrlich.

»Ich mag Cupcakes supergerne. Das ist echt nett und süß von dir, Railey. Vielen Dank.«

Er tritt an mich heran und zieht mich in eine schnelle Umarmung. Ich werde in den angenehmen Duft seines Aftershaves eingehüllt, bei dem ich mich automatisch wohlfühle. Ich habe Ben mittlerweile sehr ins Herz geschlossen. In der kurzen Zeit, in der ich ihn kennengelernt habe, habe ich festgestellt, dass er genauso wenig arrogant ist wie Kyle. Er hat ein ansteckendes Lächeln, ist cool, nett und fürsorglich. Außerdem mag er Kampfsport, auch wenn Karate nicht Kickboxen ist. Dass er ein guter Freund ist, hat er besonders nach meinem Rum-Unfall auf der Party gezeigt.

Allerdings verspüre ich bei ihm nicht dasselbe Magenkribbeln und Herzflattern wie bei Austin.

Er löst sich wieder von mir und umarmt auch Austin kurz. Dann öffnet er neugierig den Deckel.

»Schoko ist meine liebste Sorte!« Er sieht mich strahlend an. »Danke, Railey. Wirklich. Ich werde sie später essen.«

Wieder wirft er einen nervösen Blick zu seinem Haus und tritt einen Schritt zurück. »Ihr solltet jetzt gehen.«

Austin runzelt die Stirn. »Ist alles okay? Du verhältst dich merkwürdig. Du weißt, wenn irgendetwas ist …«

»Ich weiß.« Ben lächelt niedergeschlagen. »Ich habe heute Nacht kaum geschlafen und bin deshalb einfach nur müde. Ich will die leckeren Cupcakes essen und mich dann eine Runde hinlegen. Aber es hat mich wirklich gefreut, dass ihr da wart.«

Austin hat sich bereits zum Gehen gewandt. Weil Ben jedoch wirkt, als könnte er noch mal eine richtige, feste Umarmung gebrauchen, trete ich zu ihm und umarme ihn erneut. Dieses Mal inniger.

Austin, der schon fast beim Auto steht, räuspert sich lautstark, weshalb wir uns wieder voneinander lösen. Ben grinst, während er einen Arm um mich legt und mir ins Ohr flüstert: »Ich glaube, Austin ist eifersüchtig auf mich.«

Irritiert sehe ich ihn an. »Wieso sollte er eifersüchtig auf dich sein?«

Austin kneift die Augen zusammen und beobachtet uns wachsam.

Bens Grinsen wird noch breiter und er beugt sich wieder zu meinem Ohr. Er flüstert so leise, dass nur ich ihn verstehen kann. »Damit meine ich, dass Austin auf dich steht, so wie du auf ihn stehst, Kickboxqueen.«

Mir bleibt das Herz stehen. Hitze schießt mir ins Gesicht und ich fühle mich ertappt. »Woher willst du das wissen? Außerdem stehe ich nicht auf ihn!«, zische ich zurück.

»Die Blicke, die ihr euch zuwerft, lügen nicht«, erwidert er nur. Dann schiebt er mich zu Austin und schließt das Tor hinter sich, die Box unter den Arm geklemmt. »Ich werde den Behälter waschen und dir in der Schule wieder zurückgeben. Aber ich bin mir sicher, sie werden mir schmecken. Danke noch mal. Ich habe mich sehr über diese Geste und euren Besuch gefreut. Wir sehen uns.«

Vor der Haustür dreht er sich ein letztes Mal um und winkt uns zum Abschied. Dann verschwindet er im Inneren.

Verwirrt sehen Austin und ich uns an.

»Was war das denn?«, spricht er meine Gedanken aus.

»Ist bei ihm wirklich alles in Ordnung?«, frage ich vorsichtig nach, weil mich das Gefühl nicht loslässt, dass da mehr ist. »Musste er nicht letztens spontan nach Hause, weil etwas mit seinen Eltern war? Geht es ihnen gut?«

»Ich habe ihn schon danach gefragt.« Austin seufzt schwer. »Er wollte nicht darüber sprechen. Ich weiß nur, dass seine Mom momentan sehr gestresst und sein Dad viel unterwegs ist. Vielleicht hat er aber auch nur Liebeskummer.« Er zuckt mit den Achseln.

»Meinst du wegen Hailee? Die beiden wirken auf mich eher wie gute Freunde als wie ein Paar.« Ich muss an Hailee und Kyra denken, zwischen denen auf der letzten Party im Wald eindeutig etwas gelaufen ist. Ben weiß davon. Akzeptiert er es, um Hailee nicht zu verlieren, oder steckt mehr dahinter?

Austin marschiert zum Auto und wartet vor der Beifahrertür. »Komm schon, Shorty. Wir fahren an meinen Lieblingsplatz«, wechselt er das Thema, ohne auf meine Bemerkung einzugehen. »Ich navigiere dich wieder. Dort können wir in Ruhe miteinander reden. Was hältst du davon?«

Ich zögere, weil ich genau das nicht weiß. Wenn jemand sagt, »Wir müssen reden«, bedeutet das doch meistens nichts Gutes. Oder?

Bens Worte gehen mir durch den Kopf. Aber das ist unmöglich. Das kann ich nicht glauben. Austin steht ganz sicher nicht auf mich. Er findet mich nett. Ich bin nichts weiter als eine gute Freundin für ihn.

Besagter Typ, der bereits auf dem Beifahrersitz hockt, kurbelt das Fenster herunter und streckt den Kopf heraus. »Worauf wartest du noch? Los, komm schon.«

Schließlich überwinde ich meinen Stolz und lasse mich ins Auto fallen. Das Herz schlägt mir bis zum Hals, als ich den Gang einlege und losfahre. Ich habe keine Ahnung, wohin er mich dirigieren wird. Oder wie das Gespräch verlaufen wird.

Ich weiß nur, dass in meinem Magen ein regelrechter Orkan losgebrochen ist, der so schnell nicht ruhen wird.

Kapitel 16

Ich parke das Auto am Rande der Straße. Meine Füße treten auf einen unebenen, steinigen Weg. Wir befinden uns auf einem Berg vor einem dichten Wald. Gegenüber erstreckt sich eine lange Wiese, die den hohen Berg hinunter zum Tal führt, wo unsere Stadt liegt. Kein einziges Motorengeräusch dringt zu uns herauf. Ich höre lediglich das Zwitschern von Vögeln und das Rauschen des Windes, als er durch die Baumkronen fährt.

Wir folgen einem kleinen Pfad zu einer Bank inmitten einer Lichtung. Daneben befindet sich ein Steintisch mit Bänken.

»Woher kennst du diesen Ort?«, frage ich neugierig. Victoria und ich waren hier hin und wieder. Oft kommen Wanderer für eine Rast oder Jugendliche aus der Umgebung her, um zu trinken.

»Ich war mit meinem Roller unterwegs. Die Gegend auskundschaften und nach schönen Strecken suchen. Dann bin ich irgendwie hierhergelangt.« Er sieht zur Seite, wo man die Stadt noch durch die Bäume sehen kann. »Die Ruhe hier oben hat mir sehr gefallen. Ben hat auch einen Rückzugsort. Er sagt, wenn er dort ist, scheinen alle Probleme weit entfernt zu sein. Und das stimmt. Ich komme gern hierher, um nachzudenken.«

Ich beobachte ihn genau. Während er spricht, funkeln seine Augen und er lächelt glückselig. Jetzt weiß ich, was er damit meinte, dass ich immer strahle, wenn ich vom Schreiben und von meinen Büchern rede. Wenn einem etwas wirklich viel bedeutet, sieht man es einem an. Und dieses Strahlen jetzt in Austins Gesicht zu sehen ist unbezahlbar.

Wir lassen uns nebeneinander auf der Bank nieder. Austin legt seinen Arm um mich und ich lehne mich nach kurzem Zögern an seine Schulter. Immerhin liegen noch ungesagte Worte zwischen uns. Ich habe Angst vor dem unausweichlichen Gespräch. Ich will Austin nicht verlieren.

Schweigend beobachten wir den Sonnenuntergang, der River Hill und die ganze Umgebung in einen rötlichen Schimmer taucht, sodass es aussieht, als stünde die Stadt und alles darum herum in Flammen.

»Ich war vor geraumer Zeit auch mal hier«, flüstere ich nach einer Weile der Stille. »Die Aussicht ist unglaublich schön.«

Austin betrachtet mich lächelnd von der Seite. »Ja, da hast du recht.«

Ich sehe ihn an. Ein merkwürdiges Gefühl sagt mir, dass er nicht von unserer Umgebung spricht.

Mir fällt auf, dass sich unsere Finger leicht berühren. Diese Berührung, die mir zuvor immer ein aufgeregtes Kribbeln beschert hat, lässt meinen Magen jetzt ganz flau werden und macht mich traurig, weil es die letzte sein könnte.

Plötzlich legt Austin seine Hand ganz auf die meine.

Mir stockt der Atem.

»Jetzt erkläre mir mal, warum du denkst, der Deal sei eine Lüge. Ist es dir unangenehm? Denn das will ich nicht«, sagt er ernst.

»Ich weiß es nicht«, murmle ich. »Wie lange wollen wir das denn noch durchziehen?«

»Was weißt du nicht, Railey? Fühlst du dich nicht mehr wohl dabei? Willst du den Deal beenden?«

Ein Kloß bildet sich in meinem Hals. Tränen treten mir in die Augen. Denn ich weiß, was das bedeutet, was nun unweigerlich kommen wird, auch wenn ich damit gerechnet habe.

Wir werden den Deal tatsächlich auflösen.

Er ist Geschichte.

Wir sind Geschichte.

Austin atmet tief durch. »Weißt du, Railey, der Deal war für mich nur ein Vorwand, um dir näherzukommen.«

Verwirrt blicke ich ihn an. »Was meinst du damit?«

»Ist es für dich so schwer vorstellbar, dass ich dich mögen könnte?«

Die Frage habe ich nicht erwartet. Und sie trifft mich wie ein Faustschlag. Mir klappt die Kinnlade herunter.

»Ich weiß doch, dass du mich magst. Als gute Freundin«, schiebe ich schnell hinterher, aus Angst, seinen Worten mehr Bedeutung beizumessen als er.

Doch dann schießen mir Bens Worte wieder durch den Kopf.

Damit meine ich, dass Austin auf dich steht, so wie du auf ihn stehst, Kickboxqueen.

»Du weißt genau, was ich meine, Shorty.«

Ich atme tief durch und versuche mein vor Aufregung rasendes Herz zu beruhigen. »Es ist schwer zu glauben, weil noch nie ein Junge an mir Interesse gezeigt hat. Du siehst unglaublich gut aus. Du bist heiß. Und dein Charakter ist einzigartig. An dich kann kein anderer heranreichen. Viele Mädchen wären froh dich kennenlernen zu dürfen.«

»Ist dir klar, was du da sagst und dass du mich mit deinen Worten auch auf mein Aussehen reduzierst?«, bemerkt Austin ruhig.

»Ich …«, will ich protestieren, als mir klar wird, dass ich tatsächlich davon gesprochen habe, dass er gut aussieht und heiß ist und deshalb nichts von mir wollen kann. Weil er, wie Victoria es ausgedrückt hat, in einer anderen Liga spielt als ich. Zumindest glaube ich das. Dabei tue ich genau das, was ich von anderen nicht will.

»Es tut mir leid«, sage ich ehrlich. »Das war mir gar nicht bewusst, aber du hast recht.«

Austin lächelt schwach. »Das Aussehen spielt eben manchmal doch eine wichtigere Rolle, als man möchte. Ich will übrigens kein anderes Mädchen kennenlernen. Mich interessierst nur du.«

»Aber warum ausgerechnet ich? Andere …«

»Weißt du, was dein Problem ist, Railey?«, unterbricht er mich. »Du vergleichst dich viel zu sehr mit Victoria und anderen. Du hörst darauf, was sie behaupten. Du denkst andauernd schlecht über dein Aussehen. Ja, andere Leute haben dir das eingeredet, aber jetzt machst du dich selbst schlecht. Du ziehst dich selbst runter.« Sein eindringlicher Blick fängt mich auf und lässt mich nicht mehr los. »Du bist nicht hässlich. Du bist wunderschön. Das ist eine Tatsache, Railey. Außerdem bist du auch sexy. Man muss nicht groß sein und lange Beine haben, um attraktiv zu sein. Es könnten noch so viele langbeinige Mädchen mit dir und mir hier sein. Und weißt du, wen ich anschauen würde?«

Wieder schweige ich, da ich mir schon denken kann, was er sagen will.

»Dich. Und selbst sie dazu nackt wären, wärst es immer noch du. Ich mag deinen Körper, auch wenn ich davon noch nicht alles gesehen habe.« Er zwinkert mir kurz zu und ich erröte. Hat er das jetzt wirklich gesagt?

Doch da wird er schon wieder ernst. »Aber noch mehr mag ich deinen Charakter, weil der außergewöhnlich ist. Du bist einzigartig, Railey. Und das finde ich so toll an dir.«

Mir stockt der Atem und ich bin nicht mehr dazu in der Lage, einen klaren Gedanken zu fassen, geschweige denn ein sinnvolles Wort herauszubringen. Hat Austin Anderson gerade gesagt, dass er meine Einzigartigkeit toll findet?

»Das Erste, was mir an dir aufgefallen ist, als ich dich das erste Mal gesehen habe, waren deine Augen. Was ist das für eine Farbe?«, haucht er mit unerwartet ruhiger Stimme.

»Eisblau«, krächze ich überrumpelt über seinen abrupten Stimmungs- und Themenwechsel.

»Du hast tolle Augen«, murmelt er.

Dann wandert seine Hand zu meinem Gesicht und fährt die Konturen meiner Wangenknochen nach. Sein Blick weicht dabei keine einzige Sekunde von mir.

»Du hast ein hübsches Gesicht. Ich mag es, wenn du rot wirst, wenn dir etwas peinlich ist. Das sieht echt süß aus.«

Seine Hand wandert zu meinen Haaren. Er greift nach einer dunklen Strähne und zwirbelt sie zwischen seinen Fingern. »Ich mag deine Haare – ihre Farbe bringt deine Augen perfekt zur Geltung.«

Sein Blick wandert weiter an mir herunter und macht bei meinem Oberkörper, genauer gesagt meinen Brüsten, halt, weshalb ich scharf die Luft einziehe, ebenso wie Austin. Seine Finger gleiten an meinen Armen herunter.

»Du hast schöne Brüste. Ich wette, sie würden perfekt in meine Hände passen«, macht er mit merkwürdig belegter Stimme weiter, sodass mir der Mund aufklappt, weil ich denke mich verhört zu haben.

Besagte Hände wandern von meinen Armen nach hinten und machen bei meinem unteren Rücken halt.

»Und einen schönen Hintern.«

Er lässt sie unter mein Shirt schlüpfen. Ich sehe ihn fassungslos an, als er mit seinen kühlen Fingern über meinen Bauch streicht. »Ich mag deinen Bauch«, flüstert er und legt seine Hände auf meine Hüften. »Deine Beine mag ich auch.« Austin senkt den Kopf und starrt mir direkt auf die Lippen. »Oh und ich mag deine Lippen. Sie können bestimmt sehr gut küssen.«

Er zwinkert mir zu und ich weiß nicht mehr, wo mir der Kopf steht. Mein gesamter Körper steht unter Strom.

Er beugt sich vor, sodass sein Atem an meine Lippen stößt und wir die gleiche Luft einatmen. Für einen kurzen Augenblick glaube ich, dass er mich küsst, doch da lehnt er sich zurück und tippt mir grinsend auf die Nase.

»Deine Nase ist übrigens sehr niedlich.«

Austin lässt seine Hand an meiner linken Seite hinuntergleiten. Er neigt sich wieder nach vorn, sodass unsere Augen auf gleicher Höhe sind.

»Und weißt du, was ich noch toller an dir finde als deinen Körper?«

Ich schweige, weil ich keine Worte finde. Diese ganze Situation fühlt sich so unwirklich an. Als würde ich durch einen rosaroten Nebel schweben.

»Das ist das, was hier drin ist.«

Er legt seine Hand auf eine Stelle oberhalb meiner linken Brust, wo mein Herz liegt. Es ist keine perverse Geste, als würde er mich begrapschen wollen. Mehr ist sie innig, intim.

»Hör auf zu denken, du seist hässlich, nicht sexy oder was auch immer. Du wirst Zeit brauchen, das zu akzeptieren. Aber ich fände es toll, wenn du dich irgendwann so sehen könntest, wie ich dich sehe: als eine wunderschöne Frau, innerlich sowie äußerlich.«

Er scheint es wirklich ernst zu meinen. Was hat das jetzt zu bedeuten? Doch dann holen mich die Selbstzweifel wieder ein.

»Letztendlich bin ich trotzdem verzweifelt. Sonst hätte ich mich nie auf diesen Deal eingelassen«, murmle ich finster.

»So schlimm war der Deal doch gar nicht«, widerspricht mir Austin.

»Immerhin haben wir uns dadurch besser kennengelernt und sind uns nähergekommen. Wir hatten beide was davon und ich habe jeden einzelnen Moment davon genossen. Mit dir.«

»Geht mir genauso. Ich fand die Momente mit dir auch sehr schön.« Ich hole tief Luft. So ehrlich war ich noch nie zu einem Menschen. »Ich habe mich jedes Mal wieder gefreut dich zu sehen.«

»Ich mich auch. Also *dich* zu sehen«, verbessert sich Austin hastig. »Ich verstehe nicht, warum diese Typen, die nichts von dir wollten, so blind waren. Aber ich bin froh, dass es dir wenigstens erspart wurde, wie Victoria verarscht zu werden.« Sein Gesicht verdüstert sich wieder, als wäre er in Gedanken. Dann sieht er mich fest an. »Aber ich meine es ehrlich mit dir, Railey. Vergiss diesen Deal. Lass uns sehen, was sich zwischen uns entwickelt. Natürlich nur, wenn du das auch möchtest. Ich mag dich, Railey. Sehr sogar. Und ich habe das Gefühl, dass du mich auch magst. Ich weiß, dass du noch nie eine feste Beziehung hattest und das Neuland für dich ist. Deswegen würde ich dir vorschlagen, wir versuchen es miteinander und lassen es einfach laufen. Sehen, wohin es uns führt. Ich weiß, dass da etwas zwischen uns ist. Und das will ich nicht ignorieren. Es sei denn, du empfindest nicht wie ich.«

Seine Augen funkeln mich erwartungsvoll an. Er wirkt ein wenig verlegen auf mich, sodass mir ebenfalls Hitze in die Wangen schießt.

Ich bin in der Erwartung hergekommen, dass Austin den Deal canceln will, weil er genug von mir hat. Niemals hätte ich zu hoffen gewagt, er würde mir anbieten es miteinander zu versuchen. Noch nie zuvor wurde ich so etwas gefragt.

»Was sagst du?«, hakt er vorsichtig nach.

Ich öffne den Mund und klappe ihn wieder zu. »Ja«, hauche ich schließlich, als ich meine Stimme wiedergefunden habe.

»Das freut mich sehr«, meint Austin und strahlt mich an. Er umarmt mich. Als er sich von mir löst, verweilen seine Hände auf meinen Oberarmen. Er sucht meinen Blick. »Ich würde dich jetzt gerne küssen, wenn das für dich in Ordnung ist.«

»Dann tu es doch«, gebe ich zurück und bin froh, dass wir sitzen, weil meine Beine zu Wackelpudding werden. In diesem Moment erinnere ich mich daran zurück, dass Austin einmal meinte, dass für ihn beim Küssen Gefühle im Spiel sein müssen.

Ich halte den Atem an, als er sich vorbeugt und vor meinem Gesicht verharrt, sodass sich unsere Nasen berühren. Seine Hand wandert von meinem Arm zu meiner Wange. Ich sitze stocksteif da, weil ich nicht weiß, was ich tun soll.

Er erwidert meinen Blick, als wäre er unsicher. Als ich aber nicht zurückweiche, überbrückt er den Abstand zwischen uns. Meine Gedanken schalten ab. Ich schließe die Augen und seufze leise, als ich seine Lippen auf den meinen spüre.

Austin Anderson küsst mich.

Es fühlt sich verdammt gut an. Seine Lippen fühlen sich gut an. Sie sind behutsam, aber bestimmt. Er weiß, was er tut.

Ich versuche mich seinen Bewegungen anzupassen und es ihm nachzumachen. Weil ich nicht weiß, wohin mit meinen Händen, lege ich sie auf seinen Schultern ab. Austin zieht mich an sich.

Unsere Lippen verschmelzen miteinander und wir lächeln beide in den Kuss hinein. Mein Magen kribbelt wie verrückt. Ein unbeschreiblich schönes Gefühl rauscht durch mich hindurch. Es erfüllt mich mit einer Glückseligkeit, die ich noch nie zuvor verspürt habe.

Kapitel 17

»Guten Morgen«, rufe ich fröhlich, als ich in die Küche gehe. Gefühlt schwebe ich, weil ich heute so gut drauf bin.

Mein Vater, der gerade Kaffee macht, und meine Mutter, die gegenüber von meinem Bruder am Küchentisch sitzt, wechseln einen verwirrten Blick. Normalerweise bin ich ein absolut grummeliger Morgenmuffel und brauche nach dem Aufstehen ein wenig Zeit, bis ich aufnahmebereit bin. Doch heute bin ich seit dem Aufwachen hellwach. Und glücklich. Überglücklich. Was vielleicht daran liegt, dass ich Austin gleich sehen werde.

»Was ist denn?«, frage ich, weil sie mich ansehen, als hätte ich den Verstand verloren.

»Du bist so gut gelaunt. So kennen wir dich gar nicht. Hast du heute ausnahmsweise Fröhlichkeit angezogen?«, scherzt Dad und gießt den fertigen Kaffee in zwei Tassen.

Ich lasse mich auf dem Stuhl neben Dean nieder und sehe Dad mit erhobener Braue an.

»Hast du einen Clown gefrühstückt?«, kontere ich und greife an ihm vorbei nach einer kleinen Schüssel, die ich mit Müsli und kalter Milch fülle.

Dean legt den Kopf schief. Er grinst wissend. Dad setzt sich neben Mom und schiebt ihr eine dampfende Kaffeetasse zu. Dann werde ich von drei neugierigen Augenpaaren niedergestarrt.

Ich halte mitten in der Bewegung, meinen vollgehäuften Löffel voller Müsli an den Mund zu führen, inne. »Was seht ihr mich so an, als wäre ich von einem anderen Planeten?«

Mein Vater räuspert sich, meine Mutter schweigt und mein Bruder schmunzelt weiterhin, als würde der Schauspieler von Alec in *Shadowhunters* splitterfasernackt in der Küche herumlaufen.

»Du bist gestern spät nach Hause gekommen und du warst mit Austin unterwegs. Was habt ihr so gemacht?«, will meine Mom neugierig wissen.

»Hat deine selten gute Laune was mit ihm zu tun?«, fügt Dad hinzu. »Oder bist du doch von einem anderen Planeten?«

Ich verschlucke mich beinahe an meinen Müsliflocken. Meine Kehle fühlt sich plötzlich ganz trocken an, weshalb ich nach einem Glas Wasser greife und meinen Hals wieder freispüle.

»Wir haben nur ein wenig abgehangen«, erkläre ich so unverbindlich wie möglich. Allerdings verraten mich bestimmt meine glühenden Wangen.

Dean rümpft mit zusammengezogenen Brauen die Nase. Dann beugt er sich vor und schnüffelt wie ein Hund an mir.

Ich schiebe ihn von mir weg. »Was machst du da?«

Mein Bruder zieht die Stirn kraus. »Sag mal, hast du dich einparfümiert? Du duftest ja. Und das sogar richtig gut.«

»Ich habe nur ein wenig Körperlotion und das Parfüm benutzt, das mir Mom zum Geburtstag geschenkt hat«, erkläre ich. Was ich seitdem kein einziges Mal getan habe. Bis auf heute. »Was ist so verwerflich daran?«

»Du trägst normalerweise nie Parfüm auf.«

Ich zucke, weiterhin das Müsli in mich hineinschaufelnd, mit den Achseln. Meine Eltern grinsen nun auch wissend.

»Und du hast dich geschminkt«, bemerkt mein Zwillingsbruder verblüfft. »Zwar nur mit Wimperntusche, aber das sieht sogar ganz gut aus.«

»Danke für das nette Kompliment«, entgegne ich trocken.

Deans Blick fällt auf meine Ohren, dann auf meine Handgelenke. »Du trägst sogar Schmuck?« Er macht große Augen. »Ooookaaay. Langsam wirst du echt gruselig.« Er tippt mich an. »Sicher, dass du Railey bist und kein Dämon, der sich in ihr eingenistet hat?«

Ich schlage seine Hand weg. »Ich bin kein Dämon, du schaust zu viele Horrorfilme. Ich hatte halt mal Lust auf Schmuck. Es sind nur Ohrringe, ein Armband und ein Ring. Wäre doch schade, wenn der Kram in meinem Schrank verstaubt.«

Da es langsam spät wird, stehe ich auf und räume mein Geschirr weg. Dann schultere ich meinen Rucksack und warte ungeduldig vor der Haustür darauf, dass Austin und sein Vater eintreffen.

Ich habe keine Ahnung, wie ich mich verhalten soll, wenn ich ihn sehe. Wir sind so etwas wie zusammen. Eine Art Vorstufe von Paar, was für mich noch immer unglaublich klingt. Ich habe keine Erfahrung darin, eine Beziehung zu führen. Was bedeutet das jetzt? Küssen wir uns zur Begrüßung und zum Abschied, halten Händchen und tun all die anderen Dinge, die normale Paare gemeinsam machen? Sind wir überhaupt ein richtiges Paar, wenn wir es ›laufen lassen‹? Wenn es nur ein Anleitungsbuch für Beziehungen oder Ähnliches gäbe ... Niemals hätte ich geglaubt, dass es so schwer werden würde.

Nachdem ich Austin gestern nach Hause gebracht und ihm geschrieben habe, dass ich ebenfalls gut zu Hause angekommen bin, kamen nur noch zwei Nachrichten, ehe er bis heute Morgen offline ging.

Austin: Okay, perfekt
Gute Nacht, Shorty 😴😘

Ich wusste nicht, was ich darauf schreiben sollte, weshalb ich ihm ebenfalls eine gute Nacht gewünscht habe.

Da ich heute Morgen früher aufgewacht bin und nicht mehr einschlafen konnte, bin ich unseren Chatverlauf noch mal durchgegangen. Zu blöd nur, dass er mir genau in diesem Moment geschrieben hat.

Austin: Guten Morgen, Shorty ☀️
Ich hoffe, du hattest schöne Träume von mir 😘

Austin hat an den verräterischen blauen Haken bestimmt bemerkt, dass ich die Nachricht sofort gesehen habe. Er hat mich dabei erwischt, wie ich unseren Chatverlauf erneut gelesen habe. Dabei habe ich das nur getan, weil ich bei seinen Worten jedes Mal lächeln muss.

Das Herz klopft mir bis zum Hals, als ich den schwarzen Ford um die Ecke biegen sehe. Bevor ich nach draußen gehen kann, hält Dad mich zurück. Verwirrt warte ich darauf, was er mir sagen will. Er verharrt, bis Dean an uns vorbeiläuft und draußen verschwindet. Dann sieht er mich ernst an.

»Austin ist ein toller Junge, das steht außer Frage. Ich habe dich schon lange nicht mehr so glücklich gesehen. Nicht seit ...«

Er schweigt und ich weiß, woran er denkt. Seit *seinem* Tod.

»Ich mache mir Sorgen, dass du deine Laune nur von ihm abhängig machst.«

Daran habe ich noch nicht gedacht und daran will ich auch gar nicht denken. Seit ich ihn kenne, ist mir Austin so sehr ans Herz gewachsen, dass ich ihn mir aus meinem Leben gar nicht mehr weggedenken könnte. Ein Leben ohne ihn wäre ein Leben ohne einen ... besten Freund.

Mir ist durchaus bewusst, dass ich ihn verlieren könnte. Ich bin erleichtert und froh darüber, dass der Deal nun vorbei ist. Weil ich für Austin Gefühle entwickelt habe, hat es sich einfach nicht mehr richtig angefühlt.

Aber ich habe keine Ahnung, wie sich das zwischen uns in Zukunft entwickeln wird. Ob ich jemals richtig mit ihm zusammen sein werde und was mit uns geschieht, wenn wir unseren Abschluss machen. Wenn wir aufs College gehen. Es ist möglich, dass wir auf verschiedene Universitäten gehen, sodass uns Stunden voneinander trennen werden. Es könnte sein, dass er ein anderes Mädchen findet, das er lieber mag als mich. Oder dass ihm irgendwann doch klar wird, wie verkorkst ich bin, und er mich verlässt.

Doch obwohl mich diese Gedanken beängstigen und mein Vater mit seinen Sorgen recht haben könnte, will ich seine Worte nicht an mich heranlassen und schiebe sie in mein tiefstes Unterbewusstsein.

Ich habe miterlebt, wie schnell das Leben vorbei sein kann, das man kannte. Wie es ist, in einer anderen, neuen Realität zu leben. Austin macht mich glücklich. Warum sollte ich das jetzt nicht genießen?

»Dad«, stöhne ich deshalb verzweifelt auf. »Austin ist okay. Du musst dir keine Sorgen machen.«

Er legt mir die Hand auf die Schulter. »Ich will damit nicht sagen, dass du die Zeit mit Austin nicht genießen sollst. Ich freue mich, dass du so glücklich bist, seit er in dein Leben getreten ist. Aber ich habe das Gefühl, dass das vorrangig an ihm liegt. Ich will nur, dass du daran denkst, dass du auch selbst und alleine glücklich sein kannst.«

»Ich weiß, Dad«, beruhige ich ihn.

Nachdem ich mich von meinem Vater verabschiedet habe, flüchte ich aus dem Haus und lasse mich mit rasendem Herzen auf dem Fahrersitz nieder.

»Morgen«, begrüße ich Austin und bemerke aus den Augenwinkeln, dass er mich direkt ansieht. Mein Bruder tippt auf dem Beifahrersitz eine Nachricht in sein Handy ein.

»Ich wünsche dir auch einen wunderschönen guten Morgen, Railey«, erwidert Austin lächelnd.

Wir sehen uns an. Er beugt sich zu mir, legt seine Hand auf meine Wange. Sein Gesicht verharrt nur wenige Zentimeter vor meinem. Er ist mir so nahe, dass ich seinen warmen Atem auf meiner Haut spüre und seinen Geruch nach herbem Aftershave einatme.

Mein Blick fällt auf seinen Mund, der nur wenige Zentimeter von dem meinen entfernt ist. Austin lächelt. Dann überbrückt er die fehlende Distanz und verschließt seine Lippen mit den meinen.

Der Kuss raubt mir den Atem, bringt mich dazu, alles um mich herum zu vergessen und in dem aufregenden Strudel von Glücksgefühlen zu versinken.

Ich würde mich am liebsten abschnallen und auf seinen Schoß klettern, um ihm so nahe wie möglich zu sein.

Doch irgendetwas war da noch.

»Soll ich lieber fahren? Dann könnt ihr zwei Turteltäubchen hinten auf der Rückbank weiterturteln«, ertönt Deans Stimme wie aus der Ferne an mein Ohr.

Erschrocken reiße ich mich von Austin los. Mein Atem geht stoßweise und ich mache große Augen. Hitze schießt mir ins Gesicht.

»Gerne«, scherzt Austin, dessen Gesicht ebenfalls rot angelaufen ist.

»Spinnst du?«, rufe ich im selben Moment und schiebe ihn an seinen Schultern zurück. Es ist mir unglaublich unangenehm, dass wir uns vor meinem Bruder geküsst haben. Wie konnte ich ihn nur vergessen?

»Schade.« Austin zwinkert mir fröhlich zu. »Was gibt es denn Besseres als turteln auf der Rückbank?«

Ich ignoriere ihn und fahre los. Wenigstens verhalten sich die Jungs die restliche Fahrt über ruhig und lassen keine peinlichen Bemerkungen fallen, sondern singen mit mir laut zur Musik mit, die aus dem Radio dringt. Anfangs habe ich mich noch geschämt vor Austin zu singen. Mittlerweile macht es mir nichts mehr aus.

Als wir an der Schule angekommen sind und aussteigen, lässt mich Dean mit ihm stehen, weil er angeblich einen Mitschüler gesehen hat, mit dem er noch etwas Schulisches besprechen muss.

Allerdings glaube ich, dass er das absichtlich tut, damit ich mit Austin allein sein kann.

Dieser greift im Gehen wie beiläufig nach meiner Hand.

»Ich fand den Begrüßungskuss trotz Zuschauer toll. Ich hätte nichts dagegen, wenn ich jeden Morgen einen Kuss von dir bekäme. Da würde mir das Aufstehen noch leichter fallen, weil ich dann jeden Tag etwas hätte, auf das ich mich freuen kann.

»Ich hätte auch nichts dagegen«, erwidere ich kokett.

Austin strahlt mich an. Er bleibt stehen. Wir sehen uns in die Augen. Mir bleibt die Luft weg, als er sich zu mir herunterbeugt und mich erneut küsst.

Mitten auf dem Campus.

Vor allen Leuten.

***

Während dem Stundenwechsel begebe ich mich auf die Toilette. Als ich vor dem Waschbecken stehe, geht eine andere Toilettentür auf. Sowie ich in den Spiegel sehe, vergeht mir das Lächeln. Ebenso wie Victoria, die aus jener Kabine herauskommt und neben mir stehen bleibt.

Unsere Blicke treffen sich im Spiegel. Sie mustert mich genauer und kneift die Augen zusammen. Ich warte darauf, dass sie etwas sagt. Aber sie macht nur den Wasserhahn an und wäscht sich schweigend die Hände. Doch dann, als ich meinen Rucksack schultere und mich zum Gehen wenden will, hält sie mich zurück.

»Railey.«

Ich bleibe stehen.

»Es tut mir leid, dass ich wieder abgehauen bin.«

Ich drehe mich zu ihr um.

Victoria lächelt schuldbewusst und klingt so ehrlich, dass ich ihr am liebsten glauben würde.

Ich verschränke die Arme vor der Brust. »Was war denn los? Warum hast du dich so aufgeführt?«

Sie zuckt mit den Achseln. »Du hattest doch Austin. Da brauchtest du mich nicht mehr.«

»Wenn du mit Luke auf Partys gehst, bin ich doch auch dabei. Du bist meine beste Freundin. Wir sind gemeinsam hingegangen. Ich habe Austin extra abgesagt, da wir uns bereits verabredet hatten. Ich dachte, ihr könntet euch endlich kennenlernen. Stattdessen stößt du den einzigen Jungen, der Interesse an mir gezeigt hat und den ich wirklich gernhabe, vor den Kopf. Wir hätten alle einen schönen Abend haben können, aber du musstest dich wie eine eifersüchtige Diva verhalten. Warum siehst du nicht ein, dass er nicht wie die Jungs ist, auf die du hereingefallen bist?«

Victoria hebt unbeeindruckt die Brauen. »Woher willst du das wissen? Kennst du ihn denn richtig?«

»Ja, verdammt noch mal!« Ich hebe verzweifelt die Hände. »Austin ist mir zur Seite gestanden, als ich Olivia getroffen habe.«

Victoria sieht mich überrascht an. Sie weiß, wer Olivia ist. »Ich habe sie gar nicht gesehen auf der Party.«

Ich nicke heftig. »Sie geht ja aufs College, deshalb habe ich sie seit ihrem Abschluss auch nicht mehr gesehen. Weil Semesterferien sind, ist sie gerade daheim und hat ihren Bruder von der Party abgeholt. Dort sind wir aufeinandergetroffen. Das hat mich …«

»Aus der Bahn geworfen«, vollendet Victoria meinen Satz ruhig. Ihre eingeschnappte Miene weicht einer mitfühlenden.

Ich nicke. »Das Gespräch hat mich so aufgewühlt, dass ich getrunken habe. Und das nicht gerade wenig. Letztendlich war ich so hinüber, dass ich mich übergeben musste und beinahe nicht mehr handlungsfähig war.«

Victoria macht große Augen. »Ist dir etwas passiert?«

»Nein. Austin und seine Freunde waren bei mir. Sie haben auf mich aufgepasst. *Obwohl* wir uns erst seit ein paar Wochen kennen.«

Victoria schweigt. Sie kennt mich schon so lange. Noch nie hat sie erlebt, dass ich mich betrinke. Das ist eigentlich ihr Ding. Für sie muss meine Erzählung wie eine erfundene Geschichte klingen. Wahrscheinlich hätte sie mir das nie zugetraut, doch an der Art, wie sie mich ansieht, weiß ich, dass sie mir glaubt.

»Austin hat mich mit zu sich nach Hause genommen. Er hat sich die ganze Nacht und den ganzen nächsten Tag über um mich gekümmert, statt mir an die Wäsche zu gehen! Er ist einer von den Guten. Warum verstehst du das denn nicht?«, frage ich leise.

Victoria starrt auf den Boden vor sich, ehe sie mich direkt anblickt. Ihre Lippen verziehen sich zu einem grimmigen Lächeln. »Weil jeder Mensch eine gute und eine schlechte Seite hat. Ich bin mir ganz sicher, dass auch er eine schlechte hat. Du hast sie nur noch nicht gesehen.«

»Ja, du hast recht. Was ist denn so schlimm daran?« Ich erinnere mich an die depressive Zeit zurück, in der ich mit niemandem sprechen, geschweige denn jemanden sehen wollte. Eine Zeit, in der ich eine tiefe Leere in mir verspürt habe und in schwere Hoffnungslosigkeit verfallen bin. Victoria aber stand mir zur Seite, hat mich abgelenkt. »Du akzeptierst mich doch auch?«

Victoria atmet tief durch. »Ich freue mich für dich, dass du endlich jemanden gefunden hast. Aber Austin ist, wie du ja selbst sagtest, der erste Junge, der sich wirklich für dich interessiert, und er ist einfach ... perfekt. Zu perfekt, findest du nicht?«

»Niemand ist perfekt.«

»Denk doch mal daran, wie viele Typen mich verarscht haben. Warum solltest du ausgerechnet beim ersten Mal auf einen treffen, der es ernst mit dir meint?«

Fassungslos über ihre Worte schüttle ich den Kopf, weil wir uns im Kreis drehen. »Warum sagst du so etwas? Du hast doch jetzt Luke.«

»Luke?« Sie schnaubt. Aber als sie weiterspricht, zittert ihre Stimme verräterisch. »Der will mich doch auch nur, weil er mich scharf findet. Andernfalls wäre er bestimmt nie auf mich aufmerksam geworden.«

»Das Aussehen spielt leider oft eine wichtige Rolle. Aber woher willst du denn wissen, dass Luke deine inneren Werte nicht auch wichtig sind? Hast du schon jemals mit ihm über deine Gedanken und Bedenken gesprochen?«

Sie schweigt.

Ich lasse die Schultern hängen. Plötzlich tut mir Victoria nur noch leid. »Ich bin nicht diejenige, die Hilfe in Sachen Jungs braucht. Du bist es, Victoria.«

***

Die restlichen Schulstunden über bin ich so aufgewühlt, dass ich mich nicht richtig auf den Unterricht konzentrieren kann. Nachdem ich Victoria an den Kopf geworfen habe, dass sie Hilfe in Sachen Jungs brauche, bin ich gegangen. Ich habe sie einfach stehen lassen. Und das habe ich noch nie zuvor getan, weshalb ich die ganze Zeit darüber nachgrübeln muss, ob es die richtige Entscheidung gewesen ist.

Ich bin so in Gedanken, als ich über den Schulhof schlendere, dass ich gar nicht aufpasse und direkt in Austins Arme renne. Ich merke es erst, als ich gegen seinen Oberkörper pralle und zwei warme Hände meine Oberarme festhalten.

»Wow, nicht so stürmisch, Shorty. Ich bin kein Prellbock«, scherzt er.

Ich sehe auf und ihm in die Augen. Er runzelt die Stirn. Seine Hände gleiten von meinen Armen zu meinen Händen. Er verschränkt unsere Finger miteinander. »Was ist los?«

Ich atme einmal tief durch und ziehe ihn zu meinem Auto, weil wir sonst den Schülern im Weg stehen, die zu ihren Wägen gehen oder sich mit aufheulenden Motoren auf den Nachhauseweg machen. Da Dean heute wieder Nachmittagsunterricht hat und mit einer anderen Fahrgemeinschaft nach Hause kommt, brauche ich nicht auf ihn zu warten.

Erschöpft lehne ich mich gegen das Auto. Austin stellt sich wachsam neben mich und stützt sich mir zugewandt mit dem Ellbogen an der Tür ab. Aufmerksam sieht er mich an.

»Ich hatte ein Gespräch mit Victoria«, beginne ich.

Seine Miene verfinstert sich. »Hat sie dich wieder gedemütigt?«

»Nein. Sie hat sich bei mir dafür entschuldigt, dass sie mich wieder alleingelassen hat.«

»Okay.« Austin runzelt die Stirn. »Aber da ist noch etwas, oder?«

»Ich ... ich habe endlich erkannt, wer sie wirklich ist«, erkläre ich und weiß, wie verrückt das für Austin klingen muss. Deshalb atme ich noch einmal tief durch. »Ich dachte immer, ich wäre diejenige, die Probleme mit ihrem Körper, ihrem Selbstvertrauen und Jungs hätte. Derweil bin ich nicht die Einzige, auch wenn ich noch daran arbeite. Victoria geht es genauso. Sie denkt, dass die Jungs sie nur wegen ihrem Körper wollen, was auch auf einige dieser falschen Idioten zutrifft. Das unterstellt sie sogar Luke. Klar spielt das Aussehen auf irgendeine Art und Weise trotzdem eine Rolle. Aber ich denke, dass er sie vor allem wegen ihres Charakters mag. Wenn sie will, kann sie die beste Freundin sein, die man sich vorstellen kann.«

Ich erinnere mich an die Zeiten zurück, als sie unangemeldet in mein Zimmer platzte, um mich aus meiner Trauer herauszuholen.

»Ohne Victoria hätte ich diese schwere Zeit nicht überstanden. Ich hoffe für sie, dass es bei ihr irgendwann Klick macht und sie versteht, dass ihre Sichtweise falsch ist. Dass es Menschen gibt, die sich für die wahre Victoria interessieren und nicht nur für ihr Aussehen.« Ich lächle ihn zögerlich an. »Ich bin froh, dass ich dich kennengelernt habe. Ohne dich wäre mir das vermutlich nie bewusst geworden.«

Austin zieht mich zu sich heran. Er lehnt sein Kinn an meine Schulter und vergräbt seine Hand in meinen Haaren.

»Ich bin stolz auf dich, Railey«, flüstert er an meinem Ohr, sodass mein Herz einen erfreuten Satz macht.

Austin löst sich wieder von mir, tritt jedoch nicht zurück. Stattdessen legt er seine Hände an meine Wangen und sieht mich überglücklich an. Das Strahlen in seinem Gesicht lässt meine Knie wackelig werden.

»Ich freue mich übrigens auch dich kennengelernt zu haben. Und ich freue mich, wenn ich dir helfen kann.«

Kapitel 18

Heute steht wieder eine gemeinsame Trainingsstunde an, in der wir üben, wie ich mich gegen einen größeren und stärkeren und Austin sich gegen einen kleineren, aber technisch versierteren Gegner behaupten kann.

Seine Wangen sind vor Anstrengung und Leidenschaft gerötet und seine Haare stehen ihm zu allen Seiten ab, was ihm einen verwegenen Look gibt. Mal abgesehen davon, dass er im Gegensatz zu mir kaum zu schwitzen scheint. Grinsend fährt er sich durch die zerzausten Haare. Man merkt ihm an, wie viel Spaß es ihm macht, mit mir zu trainieren. Mir geht es mit ihm genauso.

Wir gehen beide in Kampfstellung. Ich positioniere meine Hände und Füße so, wie Steven es mir beigebracht hat.

Dann fixiere ich mit meinem Blick Austins Oberkörper, der nur von seinem Tanktop bedeckt wird, das mehr als verboten eng anliegt und seine Muskeln gut definiert. Wie soll ich mich denn konzentrieren bei dem Anblick?

»Du bist ein Meter achtundvierzig klein, oder?«, fragt er und tänzelt mit seinen Boxhandschuhen im Anschlag um mich herum.

Irritiert lasse ich die Hände sinken und sehe ihn an. »Warum?«

Austin springt plötzlich auf mich zu und ich weiche seinem Schlag gerade so aus. Er erwidert meinen Blick eindringlich.

»Du bist klein. Fast so klein wie ein Minion.«

Mir entgleisen alle Gesichtszüge und es kostet mich sehr viel Mühe, mich zu konzentrieren und seinem nächsten Schlag ebenfalls auszuweichen, der so unerwartet kommt, dass ich zurückstolpere.

»Was soll das werden?«, frage ich mit brennenden Augen.

Austin legt unschuldig den Kopf schief. »Ich stelle nur Tatsachen fest.«

Wieder greift er mich an. Dieses Mal passe ich nicht richtig auf, sodass er mich an der Schulter erwischt und ich über meine eigenen Füße stolpere. Mit den Armen rudernd kann ich gerade noch so das Gleichgewicht wiedererlangen.

Fassungslos starre ich ihn an. »Was machst du da?«

Doch er lässt sich nicht beirren. Der folgenden Faust entgehe ich, indem ich mich unter ihm wegducke und zur Seite ausweiche, sodass dieses Mal er derjenige ist, der aus dem Gleichgewicht gebracht wird.

»Du bist süß und niedlich«, meint Austin laut.

Seine Worte versetzen mir einen tiefen Stich und ich spüre einen Kloß in meinem Hals.

»Hör auf damit!«, rufe ich und pariere einen erneuten Angriff mit dem Unterarm.

Doch Austin hört nicht auf. In aller Seelenruhe tänzelt er wieder um mich herum. »Du bist klein.«

»Hör auf!«

»Du bist so klein, dass du für ein Kind gehalten wurdest.«

»Austin!«, brülle ich und balle die Hände zu Fäusten, während ich verzweifelt versuche die aufsteigenden Tränen zurückzuhalten. Ich verstehe nicht, warum er sich plötzlich so verhält.

»Weißt du, warum ich dich immer Shorty nenne?«, macht er unbeeindruckt weiter. »Weil du winzig bist.«

Ich weiß nicht warum, aber plötzlich brennen bei mir die Sicherungen durch. In diesem Moment greift er mich wieder mit einem Faustschlag gegen den Kiefer an. Schnell weiche ich zur Seite aus und warte darauf, dass er aus dem Gleichgewicht gerät, da er die ganze Kraft in seinen Schlag hat fließen lassen.

»Na und? Ja, ich bin klein! Was hast du für ein Problem damit?«, brülle ich ihn an.

Mit meinem Fuß fege ich das Standbein unter ihm weg und verpasse ihm einen kräftigen Stoß, sodass er zu Boden stürzt, wo er mit seinen Händen den Aufprall abschwächt und sich abrollt. Statt mich überrascht anzusehen, lächelt er selbstzufrieden. Langsam rappelt er sich wieder auf und sieht mich weiterhin grinsend an.

Verständnislos erwidere ich seinen Blick, die Hände immer noch zu Fäusten geballt. Schweißperlen stehen mir auf der Stirn und mein Puls ist bestimmt auf Hundertachtzig.

»Was sollte das verdammt noch mal?«

Austin lächelt immer noch. »Du hast es geschafft.«

»Was habe ich geschafft? Ich habe gar nichts geschafft. Ich habe mich von dir aus der Fassung bringen lassen!«, knurre ich, als es mir klar wird. Er wollte mich nur ärgern, damit ich unaufmerksam werde und mich von meinen Gefühlen leiten lasse.

Doch er schüttelt den Kopf. »Das meine ich nicht. Erstens hast du mich zu Fall gebracht. Und zweitens hast du endlich akzeptiert, dass du bist, wie du bist.«

Mir klappt der Mund auf. In meinem Kopf drehen sich die Räder, bis es Klick macht. Ich lasse meine Hände sinken und starre ihn ungläubig an.

»Die … Du hast das nur gesagt, damit ich …«, stottere ich überrumpelt.

Austin nickt zufrieden. »Selbstbewusstsein zu haben bedeutet sich selbst zu akzeptieren, so wie man ist. Und das hast du gerade eben.«

Ich bin baff. Wirklich baff. So baff, dass mir die Worte fehlen und ich ihn nur schweigend anblicken kann.

Austin legt mir die Hand auf die Schulter und runzelt besorgt die Stirn. »Hey, du sagst ja gar nichts. Ich wollte dich damit nicht verletzen. Ich wollte nur …«, entschuldigt er sich plötzlich verlegen.

Doch ich unterbreche ihn, indem ich ihn stürmisch umarme. »Danke«, flüstere ich an seine Brust gepresst.

Austin erstarrt erst. Dann entspannt er sich und seine Hände gleiten beruhigend über meinen Rücken. »Kein Problem, Shorty.« Er neigt seinen Kopf zur Seite, sodass seine Lippen mein Ohr berühren. »Dass ich dich Shorty nenne, ist übrigens nicht böse gemeint. Ich drücke dir damit nur meine Zuneigung aus. Für mich ist es einfach eine Tatsache, dass du klein bist. Aber ich finde das nicht schlimm. Ganz im Gegenteil. Ich finde dich toll, so wie du bist, Railey.«

Mit klopfendem Herzen löse ich mich so weit von ihm, dass wir uns in die Augen sehen können. Als er sich endlich herunterbeugt, komme ich ihm entgegen. Ich stelle mich auf die Zehenspitzen und umschlinge seinen Hals mit meinen Armen. Austin umfasst meine Taille mit den Händen und presst mich an sich. Mit seinen Lippen fährt er den Schwung der meinen nach. Ich öffne den Mund, doch da zieht er meine Unterlippe zwischen seine Zähne und seine Hände wandern zur gleichen Zeit zu meinem Hintern. Er drängt mich zurück, bis ich mit dem Rücken an der Wand stehe.

Ich keuche überrascht auf, als er mich leidenschaftlicher küsst. Austin öffnet den Mund und fährt mit der Zunge über meine Lippen. Trotz meiner mangelnden Erfahrungen habe ich genug Bücher gelesen, um zu wissen, was er da tut. Allerdings habe ich keine Ahnung, was ich machen soll. Also versuche ich es ihm nachzumachen.

Zögernd öffne ich ebenfalls meinen Mund. Ich spüre Austins Grinsen an meinen Lippen, ehe seine Zunge meine berührt und mich ein Stromschlag der Aufregung durchfährt. Seine Hände gehen langsam auf Wanderschaft. Sie schlüpfen unter mein Shirt und streichen über meinen Rücken. Ich lasse meine Finger über seine Brust und seinen Bauch gleiten. Wir berühren einander, vermeiden jedoch intime Stellen.

Irgendwann lösen wir uns schwer atmend voneinander und sehen uns lächelnd an. Seine Haare hängen ihm in die Stirn und sein Kopf ist rot angelaufen. Ich weiß nicht warum, aber ich muss plötzlich grinsen.

»War der Kuss okay?«, fragt er und mustert mich vorsichtig.

Seine jähe Zurückhaltung überrascht mich, weil er sonst immer so selbstsicher scheint. Ganz im Gegensatz zu mir.

»Die Frage ist eher, ob ich das richtig gemacht habe«, murmle ich ebenfalls errötend.

»Du musst keine Angst haben, dass du etwas falsch machst«, meint Austin. »Für deinen ersten Zungenkuss warst du fantastisch. Sie können übrigens richtig heiß sein«, fügt er zwinkernd hinzu.

Schließlich gehen wir nacheinander duschen, ziehen uns gemütliche Klamotten an und legen uns nach einem gemeinsamen Abendessen mit seinen Eltern zu zweit nebeneinander auf eine Decke im Garten. Austin hat den Arm ausgebreitet, den ich wieder als Kopfkissen verwende. Meinen linken Arm habe ich auf meinen Bauch gebettet, meine rechte Hand ruht auf seinem Oberschenkel.

Schweigend blicken wir in den Sternenhimmel. Lediglich das Zirpen von Grillen und das gelegentliche Aufheulen eines Motors durchbrechen die Stille. Das Schweigen zwischen uns ist nicht unangenehm. Ganz im Gegenteil. Es tut gut, einfach einmal nichts zu sagen, sondern den Moment zu genießen. Nur dazuliegen und stumm den Atemzügen des anderen zu lauschen. Jemanden an seiner Seite zu haben, der einen festhält und davor bewahrt zu fallen.

Kapitel 19

Da Austin über das Wochenende mit seinen Eltern verreist ist, verbringe ich nach meinem samstagnachmittäglichen Workout meine Zeit mit Schreiben. Die Musik hallt durch meine Ohren, bringt mich in die richtige Stimmung für die heutige Szene. Vor meinem inneren Auge sehe ich genau, was passiert. Die Worte fließen wie von selbst aus meinen Fingern, sodass ich nach kurzer Zeit das nächste Kapitel geschrieben habe und sogar früher fertig werde, als ich dachte. Ich bin stolz und zufrieden, dass ich so gut vorankomme.

Als ich in meiner Schreibpause nachschaue, ob Austin mir geschrieben hat, erhalte ich die Benachrichtigung über einen verpassten Anruf von Victoria. Ich runzle die Stirn. Normalerweise ruft sie nie an, sondern schreibt mir. Außerdem haben wir seit unserem Aufeinandertreffen auf der Schultoilette nicht mehr miteinander gesprochen oder getextet.

Kurzerhand rufe ich sie zurück.

Sie geht schon nach dem zweiten Klingeln ran.

»Railey?«

Ich räuspere mich. »Ja?«

»Gut, ich dachte schon, du wolltest mich ignorieren wegen unserem … du weißt schon.« Sie atmet erleichtert auf.

Ein Engegefühl macht sich in meiner Brust breit und ich wünschte mir, dass nichts mehr zwischen uns stünde. Wie gerne würde ich meine beste Freundin wieder umarmen oder ihr erzählen, was in meinem Leben vorgeht.

»Was ist los?«, will ich wissen. »Du hast noch nie einfach so angerufen. Ist alles okay?«

»Du kennst mich wohl zu gut.« Sie atmet einmal tief durch. »Ich wäre ja vorbeigekommen, aber ich bin gerade bei Luke. Wir fahren gleich zu seinen Großeltern. Sie haben uns zum Abendessen eingeladen. Er ist kurz im Garten, seinem Dad etwas helfen. Deshalb habe ich dich jetzt schnell angerufen. Ich wollte nicht warten. Ich wollte dir nur sagen, dass du recht hattest.«

»Mit was hatte ich recht?«

»Dass ich Probleme mit Jungs und mit mir selbst habe.«

Überrascht lasse ich mich auf die Couch fallen. Damit habe ich überhaupt nicht gerechnet.

»Ich weiß, dass Luke mich mag. Ich ... ich habe mit ihm über meine Probleme geredet.« Ihre Stimme ist kaum mehr als ein Flüstern und ich kann mir vorstellen, dass sie jetzt knallrot angelaufen ist. »Es hat mich richtig viel Überwindung gekostet und ich habe es auch nur gemacht, weil wir einen Streit hatten.«

»Wie hat er darauf reagiert?«

Am anderen Ende der Leitung ist es kurz still. »Ich dachte, er würde mich auslachen. Aber er ... er hat sich verständnisvoll gezeigt und gesagt, dass er mich wirklich gernhat. Dass er es ernst mit mir meint. Dass er mich zwar wunderschön findet und ich ihm deshalb aufgefallen bin, aber ihm meine inneren Werte wichtiger sind. Ich habe ihm sogar gesagt, dass es mich frustriert, dass ich bisher noch nie bei gewissen Dingen mit einem Typen kommen konnte. Dann wollte er wissen, was mir gut gefällt, und gestern hat sogar das geklappt.«

Jetzt klingt sie nicht mehr so niedergeschlagen, sondern glücklich. »Danke, Railey. Ohne dich hätte ich mich wahrscheinlich gar nicht getraut ihm zu sagen, was mich beschäftigt. Jetzt weiß ich, wie wichtig Kommunikation ist. Egal, in welcher Art von Beziehung.« Sie macht eine Pause. »Ich will mich bei dir entschuldigen. Es tut mir leid, dass ich dich immer so runtergemacht und mit dir auf den Partys gestritten habe. Ich war so frustriert, weil ich dachte, alle würden nur auf mein Äußeres achten, dass ich das an dir ausgelassen und mich besser gefühlt habe, wenn die Aufmerksamkeit der anderen auf dir lag. Das war nicht richtig und tut mir unglaublich leid. Verzeihst du mir bitte und gibst mir eine neue Chance?«

Mir fehlen die Worte. Zwar hatten wir ja letztens schon einmal einen Streit, nach dem wir uns wieder vertragen haben. Bei diesem dachte ich jedoch, es wäre aus zwischen Victoria und mir. Doch dass sie jetzt so ehrlich ist und auch wirklich aufrichtig klingt, lässt Erleichterung durch mich hindurchfluten.

»Es freut mich für dich, dass du das Gespräch mit Luke finden und das mit ihm klären konntest.« Ich lächle, auch wenn sie es nicht sehen kann. Doch vermutlich hört sie es aus meiner Stimme heraus. »Du hast mich mit deinem Verhalten sehr verletzt. Aber ich freue mich, dass du das eingesehen, mich angerufen und dich entschuldigt hast. Ich nehme die Entschuldigung gerne an, Vicky. Allerdings werde ich mich in Zukunft nicht mehr so von dir behandeln lassen.«

Victoria atmet beruhigt aus. »Da bin ich wirklich froh, Railey. Du bist meine beste Freundin und ich vermisse dich. Wie läuft es mit dir und Austin?«, wechselt sie das Thema.

»Wir ... wir sind jetzt anscheinend zusammen.«

»Anscheinend?«

Ich räuspere mich. »Also wir *sind* zusammen. Er hat gesagt, dass er mich mag und wir es miteinander versuchen könnten, wenn ich das auch will. Und wir, ähm ... wir haben miteinander gekuschelt und uns geküsst. Das macht man als Paar, schätze ich?«

Victoria lacht leise. »Ja, es klingt ganz danach. Wie war dein erster Kuss?«

»Er war wirklich toll. Aber ich wusste nicht, was ich tun soll. Das hat mich anfangs etwas, ähm ...«

»Verunsichert? So ging es mir auch. Nach ein paar Malen hast du den Dreh raus«, meint sie ermutigend.

Ich erzähle ihr von Austin und unseren gemeinsamen Momenten und davon, wie glücklich er mich macht.

»Das klingt ... Er wirkt wirklich fürsorglich und rücksichtsvoll«, meint Victoria nach einer Weile. Sie scheint sich für mich zu freuen, doch irgendetwas an dem Unterton in ihrer Stimme lässt mich stutzen. Ein ungutes Gefühl überkommt mich.

»Du hast mich nicht nur angerufen, um dich zu entschuldigen, oder?«

Victoria schweigt kurz. Dann atmet sie tief durch. »Ich finde es schön, dass du endlich einen Freund gefunden hast, der dich so mag, wie du bist. Weil er dir wichtig ist, würde ich ihn gerne noch mal richtig kennenlernen.«

»Aber?«, unterbreche ich sie ungeduldig und schließe kurz die Augen, obwohl ich gar nicht hören will, was sie jetzt schon wieder zu sagen hat.

Sie seufzt schwer. »Ich habe mich ein wenig über Austin informiert. Es gibt ja einige Gerüchte über ihn.«

»Wie das Gerücht, er wäre ein Player?«, unterbreche ich sie genervt. Da er der Neue in unserer Jahrgangsstufe ist, wurde anfangs viel über ihn herumerzählt. Ich habe ihn einmal darauf angesprochen und er hat mir mehrmals versichert, dass das Lügen wären. Und ich glaube ihm, denn Austin ist nicht der Typ für etwas Schnelles, das weiß ich mittlerweile.

»Dieses Gerücht meinte ich nicht. Habe ich dir erzählt, dass ich von jemandem gehört habe, dass Austin schon einmal Probleme mit der Polizei hatte?«

»Nein. Ich erinnere mich zumindest nicht daran. Worauf willst du hinaus?«

»Genau darauf. Ich habe das letztens von einem Mitschüler gehört. Daraufhin haben Luke und ich ihn gegoogelt. Zuerst haben wir nicht viel gefunden außer Artikeln über seinen Regionalmeistertitel.«

»Warum spionierst du Austin hinterher?«, rufe ich entrüstet.

»Ich wollte nur wissen, ob es stimmt, was erzählt wurde«, verteidigt sie sich beleidigt. »Also habe ich tiefer gegraben und etwas herausgefunden.«

Jetzt bin ich still. Meine Gedanken drehen sich, Angst schnürt mir die Kehle zu. »Was hast du herausgefunden?«

»Ich schicke dir einen Link.«

Kaum, dass sie das gesagt hat, erhalte ich auch schon eine Nachricht von ihr. Ich stelle Victoria auf laut.

Mit zitternden Fingern tippe ich auf besagten Link. Es ist ein Artikel vom Anfang des Jahres. Ich überfliege ihn und mir gleitet vor lauter Schock beinahe das Handy aus der Hand. Wie erstarrt sitze ich da und kann nicht glauben, was ich da gerade lese:

> Im Februar dieses Jahres stand der sechzehnjährige Austin Anderson in Lighthousetown vor Gericht. Angeklagt wurde er wegen schwerer Körperverletzung, da er auf einer Party zwei Jungen verprügelt haben soll.

Der Sechzehnjährige wurde schließlich vom Gericht zu einer Bewährungsstrafe von sechs Monaten und einer Geldstrafe in Höhe von 4.000 $ verurteilt.

Mir fehlen die Worte. Mehrere Sekunden, gefühlte Stunden, sitze ich nur da und starre auf das Display.

»Railey? Bist du noch dran?«

Ich nicke, bis mir auffällt, dass sie mich ja gar nicht sehen kann. »Woher willst du wissen, dass es sich dabei um ihn handelt? Es gibt bestimmt noch andere Austin Andersons.«

Ich weiß selbst, wie verzweifelt ich mich anhöre. Aber ich kann einfach nicht glauben, was ich da erfahren habe.

Victoria seufzt. »Schön wär's, aber es handelt sich um ein und denselben Austin, mit dem du zusammen bist. Ich sagte ja, er hat irgendwo seine dunkle Seite versteckt. Hat er es dir denn nicht erzählt?«

»Würde ich sonst wohl so reagieren? Ich kann mir aber nicht vorstellen, dass er so etwas getan haben soll. Austin ist nicht so … er ist kein … Schläger.«

Victoria seufzt. »So wie du ihn immer beschreibst, scheint er wirklich nett und alles zu sein. Vielleicht kennst du ihn nicht richtig. Vielleicht irre ich mich auch. Ich weiß es nicht. Aber eventuell beruhigt es dich zu hören, dass wir noch etwas herausgefunden haben.«

»Erzähl«, fordere ich.

»Die Typen, die er verprügelt hat, gingen anscheinend auf die gleiche Schule, wenn nicht sogar in dieselbe Jahrgangsstufe. Sie wurden ebenfalls angeklagt. Wegen Mobbing. Mehr konnten wir leider nicht herausfinden.«

Ich weiß nicht, inwiefern mich die neugewonnenen Informationen beruhigen sollen. Mein Kopf besteht aus einem einzigen Wirrwarr an Dingen, die ich nicht wahrhaben will. Ich will nicht glauben, dass der Austin, den ich kenne, zu so etwas fähig ist.

Fahrig laufe ich in meinem Zimmer auf und ab. Schließlich lasse ich mich an der Wand zu Boden sinken, lege das Handy neben mich und vergrabe das Gesicht in den Händen.

»Was soll ich jetzt tun?«, hauche ich hilflos.

»Rede mit ihm. Dann weißt du, woran du bist. Ich hoffe für dich und für ihn, dass es sich dabei um ein Missverständnis handelt, denn er scheint dich wirklich glücklich zu machen. Aber in einer Beziehung sollte man keine Geheimnisse voreinander haben.«

Ich nicke wie in Trance und bekomme nur vage mit, wie Victoria sich verabschiedet, weil Luke zurückgekommen ist und sie jetzt gehen müssen.

Müde lasse ich den Kopf auf die Knie sinken und starre vor mich hin. In mir dreht sich alles. Es fällt mir schwer, meine Gedanken richtig zu ordnen.

Irgendwann kommt mir ein Einfall und ich renne hinaus auf den Flur. Dort überfällt mich Unruhe, als ich an *seinem* Zimmer vorbeikomme. Ich bin hin- und hergerissen zwischen dem Drang, die drei Schritte zurückzugehen und bewusst daran zu denken, dass Dean *nicht* sterben wird, und dem Drang, mich dem Zwang zu widersetzen. Immerhin hat das in letzter Zeit sehr gut geklappt, weil in meinem Kopf nur Platz war für Austin.

Doch dieses Mal bin ich zu aufgewühlt. Frustriert laufe ich die drei Schritte zurück, ehe ich, ohne anzuklopfen, zu meinem Zwillingsbruder ins Zimmer stürme. Dieser sitzt mit einem Buch auf seinem Bett. Als ich hereinpresche, hebt er überrascht den Kopf, richtet sich auf und legt sein Buch zur Seite.

»Was ist los?«, will er stirnrunzelnd wissen.

»Wusstest du, dass Austin vorbestraft ist?«

Dean sieht mich erst verdattert an. Dann weitet er überrascht die Augen. »Du weißt es?«

»Woher weißt *du* es denn?«

Mein Bruder wird knallrot, seine Augen sind überall, nur nicht auf mir. »Ich ... ähm ... Er hat es mir gesagt.«

Ein Stich der Enttäuschung bohrt sich wie eine scharfe Messerspitze in mein Herz, ein Kloß bildet sich in meinem Hals. Ich kann das nicht glauben.

»Wenn er es dir erzählt hat, warum erzählt er es dann nicht auch mir? Ich dachte, ich bin seine Freundin!«

»Das bist du auch. Er hat es mir verraten, als ihr euch noch gar nicht richtig kanntet. Außerdem hast du ihm auch nicht alles gesagt, oder? Du müsstest am besten wissen, wie man sich fühlt, wenn man eine beschissene Vergangenheit hat, die man vergessen will.«

Ich schweige, weil er recht hat. Trotzdem kann ich nichts gegen die Enttäuschung unternehmen, die sich wie Feuer in mich hineinfrisst und mich von innen heraus ausbrennt. »Warum hat er es dir erzählt, wenn ihr euch noch nicht mal richtig kanntet?«

Dean lässt die Schultern hängen und hebt hilflos die Hände. »Das hat mit mehr Dingen zu tun, von denen du noch nichts weißt. Ich habe mit ihm über Reece gesprochen. Ich brauchte jemanden zum Reden. Und Austin auch. Wir haben uns gut verstanden und dann hat er es mir eben gesagt. Eigentlich wollte er damit abschließen, aber manchmal lässt einen die Vergangenheit nicht los.«

»Was meinst du damit?«

Mein Bruder presst die Lippen aufeinander. »Ich meine damit, dass Austin auch so seine Sorgen hat. Nach außen hin mag er wirken, als hätte er ein leichtes Leben, aber im Inneren zerfressen ihn die Probleme manchmal. Ihm geht es so wie dir, deshalb bin ich froh, dass er auf meinen Deal eingegangen ist. Ihr beiden habt so viele Gemeinsamkeiten und passt einfach so gut zusammen.«

Ich starre ihn an. In meinen Ohren klingeln die Alarmglocken. »Deal? Auf welchen Deal ist Austin eingegangen?«

Dean wird kreidebleich und schlägt sich mit vor Schreck geweiteten Augen die Hand vor den Mund. »Scheiße.«

»Welchen Deal meinst du?«, bohre ich hartnäckig nach.

»Äh ...«

»Jetzt rück verdammt noch mal mit der Sprache raus!«, brülle ich ihn an, sodass er zusammenzuckt.

Kurz fühle ich mich schuldig, weil ich so laut geworden bin. Aber ich verliere allmählich an Geduld und Fassung. Wie sollte ich mich auch beruhigen, wenn alles, was ich bisher wusste, auf den Kopf geworfen wurde und ich mich fühle, als hätte man mich von vorne bis hinten belogen? Wenn ein unheilvoller Verdacht in mir aufkeimt, den ich nicht ignorieren kann?

Mein Zwillingsbruder schluckt und starrt auf den Boden vor sich. »Das sollte Austin dir lieber selbst sagen.«

»Aber der ist jetzt nicht da und ich will es von dir hören! Immerhin hast du von *deinem* Deal gesprochen! Was für einen Deal meinst du?«

Er atmet tief durch und klopft schließlich neben sich auf die Bettdecke. »Du solltest dich lieber setzen. Und du musst mir versprechen, dass du ruhig bleibst und mich nicht wieder anschreist oder schlägst und mich nicht dafür hasst. Du sollst wissen, dass ich es nur gut mit euch beiden gemeint habe.«

»Sag jetzt endlich, was du mir sagen willst!«, verlange ich mit bemüht ruhiger Stimme.

Nervös schielt er zur Tür, doch unsere Eltern haben sich heute mit einem befreundeten Paar zum Tennisspielen verabredet, weshalb wir bis zum Abendessen allein sind.

Was vielleicht auch gut so ist, ansonsten würden sie jetzt im Türrahmen stehen und wissen wollen, warum ich hier wie eine Verrückte herumschreie.

»Also … äh … Ich weiß gar nicht, wo ich anfangen soll«, stottert mein Bruder überfordert und lächelt mich schuldbewusst an. Ich kenne diesen Blick. Den setzt er jedes Mal auf, wenn er etwas angestellt hat. »Als Austin und ich beim Training aufeinandergetroffen sind, haben wir uns unterhalten. Da kannten wir uns ja noch nicht und wussten nicht, dass unsere Väter befreundet sind. Ich habe ihn gefragt, wie es ihm hier bisher gefällt. Da wollte er wissen, wer das Mädchen mit den kurzen Haaren ist, das er vorm Eingang beinahe umgefahren hätte. Er meinte natürlich dich.«

Mein Bruder sieht mich lächelnd an und mein Herz macht einen Satz. Ich wusste gar nicht, dass Austin schon beim ersten Training mit ihm über mich gesprochen hat.

»Ich habe ihm erklärt, dass du meine Schwester bist, und er fand dich süß«, fährt Dean fort. »Da habe ich ihm von dir erzählt und dass du so verklemmt bist, was Jungs angeht.«

Ich weiß nicht, ob ich mich darüber freuen soll, dass Austin sich anscheinend von Anfang an für mich interessiert hat, oder ob ich sauer auf Dean sein soll, der einem fremden Jungen von meinen Komplexen berichtet hat.

Doch was hat das mit dem Deal zu tun?

Als hätte sich in meinem Gehirn ein Schalter umgelegt, kommt ein unguter Verdacht in mir hoch. Meine Hände verkrampfen sich und ich erstarre, während ich meinen Zwillingsbruder entsetzt anstarre. »Worum geht es in dem Deal? Was hast du ihm vorgeschlagen?«

Dean tippt nervös mit den Fingern auf seinem Bein herum. »Du musst eins wissen, Railey: Austin hat sich schon vorher für dich interessiert und ich habe ihn gewarnt, dass du eine harte Nuss bist. Aber ihr beide habt es verdient, glücklich zu werden.«

»Sag mir jetzt endlich, worum es in dem Deal geht!«, schnauze ich ihn an. Mein harscher Ton tut mir leid, weil sich Dean wirklich schuldig zu fühlen scheint. Doch ich will endlich wissen, was mein Zwillingsbruder angestellt hat. Er druckst noch ein wenig herum, ehe er endlich den Mund öffnet. Im selben Moment wünsche ich mir, er hätte es nicht getan.

»Ich habe ihm vorgeschlagen, ihm einen Gefallen zu tun und ihn in meine Clique zu integrieren, damit er schnell Anschluss findet, wenn er sich um dich und deine Komplexe kümmert.«

Es dauert eine Weile, bis ich verstehe, was er damit meint. Hatte ich gerade noch meine Hände zu Fäusten geballt, sacken jetzt meine Schultern nach unten und meine Hände fallen leblos auf die Matratze. Unglaube, Enttäuschung, Wut, alles strömt auf einmal auf mich ein und reißt mich nieder. Immer wieder hallen seine Worte in meinem Kopf nach, wie in einer endlosen Dauerschleife.

Einen Gefallen. Wenn er sich um dich und deine Komplexe kümmert.

Dean sieht mich flehentlich an. »Bitte sei jetzt nicht sauer, Railey. Ich wollte doch nur, dass du endlich deine Komplexe loswirst und dein Glück findest. Dass du erkennst, dass nicht alle Typen gleich sind.«

Tränen schießen mir in die Augen und verschleiern meine Sicht. Ich schüttele den Kopf.

»Dass ich endlich mein Glück finde? Weißt du eigentlich, was das bedeutet?

Ich dachte, Austin mag mich, weil ich ... weil ich ... Ich dachte, er mag mich, weil ich ich bin, und nicht, weil mein Bruder einen verdammten Deal mit ihm geschlossen hat, dass er sich um mich kümmert wie eine Nanny!«

Dean zuckt zusammen und senkt traurig den Kopf.

»Austin hat mir geholfen mit meinen Hemmungen umzugehen. Er ... Ich ... Wie kannst du nur erwarten, dass ich dir deswegen nicht böse bin? Du hast mich angelogen, Dean. Weißt du eigentlich, wie ich mich jetzt fühle?«

Als er schweigt, stehe ich auf. Ich will noch etwas sagen, doch mir fehlen die Worte. Dean macht Anstalten, mir zu folgen, aber ich halte ihn zurück. »Ich will nicht, dass du mir nachläufst. Lass mich jetzt in Ruhe.«

Meine Stimme bricht und ich wische mir über die tränennassen Wangen, die sich anfühlen, als stünden sie in Flammen. Ehe er mich davon abhalten kann, stürme ich in mein Zimmer, wo ich die Tür zuschlage und hinter mir zusperre. Dann lasse ich mich mit dem Rücken daran zu Boden sinken und vergrabe das Gesicht in den Händen.

Ich fühle mich, als säße ich vor einer dicken, unüberwindbaren Mauer. So ging es mir schon damals nach *seinem* Tod, als ich die Gegenwart nicht akzeptieren wollte. Aber das Tor zur Vergangenheit hatte sich geschlossen und ich konnte nicht mehr fliehen. Ich saß hier fest. So wie jetzt.

Mit Austin habe ich mich so glücklich gefühlt wie schon seit Langem nicht mehr. Es hätte mir klar sein müssen, dass man ganz schnell wieder fallen kann, wenn man so weit oben ist.

Wie konnte ich nur glauben, dass ein Junge wie er etwas von mir will? Austin hat mich doppelt hintergangen, indem er nicht nur mit meinem Bruder, sondern auch mit mir einen Deal eingegangen ist. Für ihn stand nichts auf dem Spiel. Er hat von beiden Abmachungen profitiert. Kein Wunder, dass er mir so etwas vorgeschlagen hat.

Und so naiv, wie ich bin, bin ich darauf eingegangen und habe dabei mein Herz verloren.

Wäre ich jetzt eine Figur aus meinem Buch, würde ich all meine Unterlagen vom Schreibtisch fegen und irgendetwas umstoßen, um die angestaute Wut rauszulassen.

Doch das bin ich nicht. Und ich bin auch nicht bloß wütend. Ich bin enttäuscht. Fühle mich hintergangen. Bloßgestellt.

Haben Dean und Austin das von Anfang an so besprochen? Dass er mich dazu bringt, mich in ihn zu verlieben? Dean meinte, Austin hätte sich schon davor für mich interessiert. Vielleicht hat er das in seinem Übereifer auch fehlinterpretiert und Austin wollte nur wissen, wer das verrückte kleine Mädchen war, das er beinahe umgefahren hätte. Was bedeutet das jetzt für all die schönen Momente, die ich mit Austin hatte? Momente, in denen ich Gefühle für ihn entwickelt, mich ihm anvertraut habe? War das alles gelogen?

Mein Blick fällt auf mein Handy, das immer noch auf dem Boden liegt. Ich wische mir mit dem Ärmel über die Augen, ehe ich danach greife und mit klopfendem Herzen seine Nummer wähle. Ich bin mehr als erleichtert, dass nach mehrmaligem Klingeln der Anrufbeantworter anspringt.

»Hey, Austin, ich bin's, Railey. Aber das weißt du vermutlich schon, weil du meine Nummer eingespeichert hast. Keine Ahnung, warum du das überhaupt getan hast. Der Grund, warum ich dich anrufe, ist, dass mir Dean alles gebeichtet hat.« Ich hole tief Luft und unterdrücke ein Schluchzen, das in meiner Kehle hochkriecht.

»Warum? Ich habe geglaubt, das alles zwischen uns sei echt gewesen. Dass du mich wirklich magst. Aber es hat sich herausgestellt, dass das nicht stimmt. Keine Ahnung, ob du mich überhaupt leiden kannst. Es würde mich auch wundern, immerhin bin ich nichts weiter als ein kleines Mädchen, dem das nötige Selbstbewusstsein fehlt und das die Vergangenheit nicht loslassen kann.«

Ich schluchze auf. Es fühlt sich so an, als hätte man mir das Herz gebrochen. Nein, als hätte man es mir herausgerissen und wäre darauf herumgetrampelt.

»Warum hast du dich überhaupt auf den Deal eingelassen und deine Zeit mit mir vergeudet? Weißt du … ich mag dich. Ich mag dich sogar sehr. Du bist einer der wichtigsten Menschen in meinem Leben geworden und du hast mir so viel Gutes getan. Deswegen tut es umso mehr weh zu wissen, dass dein Verhalten, dein Interesse an mir, deine liebevollen Gesten, deine Worte, all die schönen Momente zwischen uns, dass alles nur eine Lüge war.«

Da der Druck in meiner Brust zu groß wird, lege ich auf und schleudere das Handy von mir, ehe ich wieder den Kopf zwischen meinen Armen vergrabe und mich weinend den Tränen hingebe, die ich schon so lange nicht mehr vergossen habe.

Ich weine, weil ich mich benutzt fühle. Ich weine um meine Zeit mit Austin. Um die Hoffnung, die ich hatte. Ich weine um Dean, weil er mir nur helfen wollte, aber dabei nicht bedacht hat, dass er es damit nur noch verschlimmert. Ich weine auch um *ihn*, weil ich mir wünsche, er wäre jetzt hier und würde mich in den Arm nehmen, um mich zu trösten.

Letztendlich weine ich auch um mich, weil ich es nicht selbst hinbekommen habe, meine Komplexe zu bekämpfen. Weil es erst einen Jungen gebraucht hat, der mir dabei geholfen hat, Selbstbewusstsein zu finden. Selbstbewusstsein, das ich mit seiner Hilfe so mühsam aufgebaut habe und das mit dem Wissen um seine Lügen wie ein Kartenhaus wieder in sich zusammengefallen ist.

Kapitel 20

Ich schlage auf den Boxsack in unserem Trainingszimmer ein. Immer und immer wieder. Schweiß steht mir auf der Stirn, mein Herz rast, meine Muskeln brennen und meine Fingerknöchel schmerzen bereits, obwohl ich Boxhandschuhe angezogen habe.

Ich dachte, es würde mir helfen, mich abzureagieren. Aber es funktioniert nicht. Statt mich besser zu fühlen, fühle ich mich nur noch schlechter. Statt die angestaute Energie rauszulassen und mich wie immer nach dem Sport fit und lebendig zu fühlen, bin ich nur noch erschöpfter.

Mittlerweile ist es zwei Tage her, dass ich von dem Deal zwischen Austin und Dean erfahren habe. Zwei Tage, in denen mich Austin immer wieder angerufen hat oder, wie gestern Abend, nachdem er mit seinen Eltern von dem Besuch bei seiner Schwester zurückgekehrt ist, vor meiner Zimmertür stand. Aber ich habe seine Nachrichten und Anrufe ignoriert. Als er da war, habe ich mich eingeschlossen, meine Kopfhörer aufgesetzt und geschrieben, um ihn auszublenden. Jedenfalls habe ich es versucht, doch ich habe keinen einzigen zusammenhängenden Satz zustande gebracht. Ich weiß, dass wir reden müssen, aber ich war noch nicht bereit dafür.

Dabei war Austin der erste Junge, dem ich vertraut habe. Der erste Junge, in den ich mich verliebt habe.

»Railey, bist du bald fertig? Schön und gut, wenn du gerne Sport treibst. Aber das muss nicht in der Früh vor der Schule sein. Du musst noch duschen und die Andersons kommen gleich«, ruft meine Mutter ungeduldig.

»Ja!«, gebe ich zurück und verpasse dem Boxsack einen letzten Stoß, ehe ich mir über die verschwitzte Stirn wische. Ich habe so was von gar keine Lust auf die Andersons. Leider werde ich ihnen nicht aus dem Weg gehen können.

Nachdem ich geduscht habe, stehe ich unschlüssig vor dem Kleiderschrank. Mein Blick fällt auf den Spiegel an der Außenseite der rechten Tür. Obwohl ich mich richtig ausgepowert habe und eine gesunde rote Wangenfarbe haben sollte, bin ich bleich. Unter meinen Augen liegen tiefe Schatten. Meine Haare hängen mir wirr ins Gesicht und meine Augen starren mich sowohl müde als auch verbittert an. Ich sehe genauso aus, wie ich mich fühle. Erschöpft. Hässlich. Klein.

Kurzerhand ziehe ich die erstbesten Kleidungsstücke heraus und schlage die Tür wieder zu. Am liebsten würde ich mich in meinem Zimmer einschließen und mich unter der Bettdecke verstecken, doch ich weiß, dass ich ihm früher oder später gegenübertreten muss. Spätestens in der Schule, beim Training oder auf dem Kickbox-Wettkampf kommendes Wochenende würden wir uns wiedersehen.

Fertig angezogen mit meinem Rucksack über der Schulter treffe ich auf dem Flur auf Dean, der ebenfalls gerade sein Zimmer verlässt. Als er mich entdeckt, öffnet er den Mund, um etwas zu sagen, doch ich hebe die Hand.

»Ich will nichts hören. Lass mich in Ruhe.«

Traurig presst er die Lippen aufeinander und lässt die Schultern hängen. Dennoch versucht er es wieder. »Du ignorierst mich jetzt schon seit zwei Tagen. Es tut mir leid, Railey. Ich wusste nicht, dass es dich so verletzen würde. Ich wollte doch nur, dass du glücklich wirst und –«

Ich schnaube. »Und dabei ist dir nicht in den Sinn gekommen, es könnte mir wehtun, wenn ich es herausfinde? Hattet ihr überhaupt vor mir jemals davon zu erzählen?«

»Irgendwann … bestimmt«, stottert Dean aufgelöst.

»Mit Gefühlen spielt man nicht!«, schimpfe ich.

Dean blickt schuldbewusst zu Boden. Es tut mir leid, ihn so anzufahren. Ich liebe meinen Bruder und weiß, dass er nur das Beste für mich will. Aber diesmal ist er über das Ziel hinausgeschossen.

»Lass mich bitte in Ruhe. Ich brauche ein wenig Zeit, okay?« Ohne eine Antwort abzuwarten, stürme ich an ihm vorbei.

In der Küche bleibe ich wie angewurzelt stehen, als meine Augen auf haselnussbraune treffen. Mein Herz macht einen Satz. Austin und sein Dad sitzen am Küchentisch. Unsere Eltern unterhalten sich miteinander und scheinen mein Kommen nicht zu registrieren.

Für einige Sekunden bin ich wie erstarrt und kann mich nicht bewegen, während Austin meinen Blick auffängt und festhält. Er ist ebenfalls blass im Gesicht. Auch unter seinen Augen liegen Ringe. Seine Haare stehen ihm zu allen Seiten ab, als hätte er sich die ganze Nacht herumgewälzt und sie heute Morgen nicht mehr zähmen können. Er sieht müde und erschöpft aus.

Ich erinnere mich an das, was ich über ihn erfahren habe. Egal was im Internet steht, ich kann mir nicht vorstellen, dass er jemanden schwer verletzt haben könnte. Er ist nicht der Typ für so etwas. Er hatte bestimmt einen guten Grund dafür, den ich nur allzu gern wüsste. Er öffnet den Mund, als wolle er etwas sagen, doch es kommen keine Worte über seine Lippen.

Als Dean hinter mir auftaucht, unterbreche ich die Verbindung. Erneut treten mir Tränen in die Augen, doch ich blinzele sie schnell weg. Ohne Austin weiter anzusehen, setze ich mich auf einen freien Stuhl am Eck des Tisches. Hauptsache nicht in seine Nähe. Dabei spüre ich seine brennenden Blicke auf mir. Aber ich gebe ihnen nicht nach, sondern starre stur auf meine unangerührte Schüssel voller Müsli und Milch.

»Railey, möchtest du nichts essen?« Mom mustert mich besorgt. »Erst streitest du mit Dean, dann treibst du schon in aller Herrgottsfrühe Sport? Was ist denn los mit dir?«

»Hab keinen Hunger«, murmle ich nur undeutlich.

»Das ist mir egal. Du isst trotzdem was. Du kannst nicht mit leerem Magen aus dem Haus gehen.« Meine Mutter sieht mich einige Sekunden lang an, wendet sich dann Austins Dad entschuldigend zu. »Sie ist seit Samstag ein wenig durch den Wind.«

Angespannt verschränke ich die Arme vor der Brust. Ich hasse es, wenn sie so über mich redet, obwohl ich direkt danebensitze.

»Ist etwas vorgefallen zwischen euch?«, wendet sie sich an meinen Bruder. »Railey hat sich seit Samstag in ihrem Zimmer verbarrikadiert und ihr redet nicht mehr miteinander. Nicht einmal mit Austin. Derweil dachten wir, ihr versteht euch so gut?«

Aufmerksam blickt sie zwischen uns hin und her.

Ich vergrabe das Gesicht zwischen den Händen. Mein Bruder schweigt kleinlaut.

Jack mustert Austin nachdenklich. »Austin ist seit Samstag auch sehr aufgewühlt. Gestern Abend kam er ganz aufgelöst nach Hause. Hattet ihr Streit?«

»Dad!«, ruft Austin und läuft knallrot an. »Ich denke nicht, dass es euch etwas angeht, was zwischen uns vorgefallen ist. Außerdem sitzen wir direkt neben euch!«

Auch mir schießt Hitze in die Wangen und ich weiche seinem verzweifelten Blick aus. Was würden meine Eltern und die Andersons davon halten, wenn sie wüssten, warum sich Austin so für mich interessiert hat?

Meine Mutter seufzt schwer. »Nehmt es Railey nicht übel. Bald steht uns ein schwerer Tag bevor. Sie hat noch nicht mit Reece' Tod abgeschlossen und ...«

Wütend springe ich auf. »*Ich* habe noch nicht damit abgeschlossen? Wir alle vermissen ihn! Der Jahrestag ist für uns alle nicht leicht. Doch *er* hat nichts damit zu tun, wie es mir gerade geht!«

Unangenehme Stille tritt ein. Jack starrt sich räuspernd auf seinen Kaffee, mein Vater seufzt und meine Mutter blickt mich verwirrt an. Dean presst die Lippen aufeinander, Austin wirft mir einen niedergeschlagenen Blick zu. Da ich ihre teils beschämten, teils mitleidigen Mienen nicht mehr ertrage, schnappe ich mir meinen Rucksack.

»Ihr braucht nicht auf mich zu warten. Victoria nimmt mich mit«, rufe ich und stürme nach draußen, ehe mir Austin folgen kann.

Als ich mich kurz umdrehe, sehe ich, wie er sich mit hängenden Schultern wieder auf den Stuhl fallen lässt.

Draußen warten Victoria und Luke bereits auf mich. Ich habe ihr vorhin schon geschrieben und erzählt, was mit Austin passiert ist. Während der Fahrt beobachte ich sie. Wie sie lachen, wie Luke kurz seine Hand lächelnd auf Victorias Knie legt und sie ihn anstrahlt. Sah ich auch so aus mit Austin?

Luke setzt uns an der Schule ab und fährt zu dem nahegelegenen College weiter, an dem er studiert. Seine Vorlesungen beginnen später als unser Unterricht, weshalb er manchmal Victorias Chauffeur spielen kann.

Dort angekommen trennen sie und ich uns voneinander, weil wir verschiedene Kurse haben. Kurse, die ich heute weder mit Dean noch Austin zusammen besuche. Kurse, in denen ich mich nicht auf den Unterricht konzentrieren kann, weil meine Gedanken andauernd bei Austin und *ihm* sind.

Als ich während eines Stundenwechsels die Bücher für den nächsten Unterricht heraushole und die Spindtür zuschlage, erschrecke ich. Austin lehnt mit vor der Brust verschränkten Armen daneben und mustert mich mit entschlossener Miene.

»Spinnst du? Du hast mich total erschreckt!«, rufe ich und lange mir mit der Hand an mein rasendes Herz.

»Tut mir leid, das wollte ich nicht.«

Ihm vergeht das Lächeln, als ich meinen Rucksack schultere und an ihm vorbeigehen will. Er streckt die Hand aus und berührt mich am Ellenbogen, um mich zurückzuhalten.

Obwohl es nur eine klitzekleine Berührung ist, spüre ich sie bis in meine Zehenspitzen. Ein Prickeln durchfährt mich und ich fühle die Sehnsucht, die ich nach ihm habe, nur noch stärker. Ich vermisse ihn. Ich vermisse seine Berührungen, seine Nähe. Einfach alles an ihm. Ich vermisse Austin.

»Wir müssen reden, Railey.«

Beim Klang seiner Stimme und mit wie viel Gefühl er meinen Namen haucht, zucke ich zusammen.

»Bitte, Railey. Lass mich dir alles erklären. Du kannst mir nicht ewig aus dem Weg gehen. Ich will nicht, dass es so zwischen uns ist. Ich vermisse dich.«

Ein Kloß bildet sich in meinem Hals, den ich verzweifelt versuche zurückzudrängen. Ebenso wie die Tränen, die sich in meinen Augen sammeln.

Unentschlossen erwidere ich seinen eindringlichen, flehenden Blick. Versinke in den haselnussbraunen Tiefen mit dem dunkelgrünen Ring um die Iriden. Ich will nichts lieber tun, als mich ihm in die Arme zu werfen und mich an ihn zu schmiegen. Seinen Duft einzuatmen und mich an ihm festzuhalten. Ihn zu küssen und das alles wieder zu vergessen. Doch dann entdecke ich Victoria am anderen Ende des Ganges.

»Meine Freundin wartet auf mich«, murmle ich.

Austin verzieht seine Miene, als hätte er Schmerzen. Den verletzten Ausdruck auf seinem Gesicht zu sehen tut weh. Doch dann verändert sich etwas in seiner Miene und er stellt sich mir entschlossen in den Weg, sodass ich erneut stehen bleiben muss.

»Ich werde nicht aufgeben, bis du mir endlich zuhörst und mich alles erklären lässt. Ich werde dich nicht aufgeben. Gib du mich auch nicht auf, solange du nicht die ganze Geschichte kennst.«

Ich würde ihm so gerne glauben. Will ihm zuhören. Ich bin es leid, auf ihn wütend zu sein, denn das bin ich nicht einmal richtig. Seitdem der erste Schock abgeklungen ist, bin ich vielmehr verletzt und fühle mich gedemütigt. Hintergangen. Doch der Schmerz sitzt noch zu tief.

»Es tut mir leid. Aber ich brauche jetzt für ein paar Tage Abstand. Akzeptiere das bitte«, füge ich noch hinzu, weil er bereits protestierend den Mund öffnet.

Unschlüssig blickt er mich an. Dann nickt er schließlich widerstrebend. »In Ordnung. Wenn es das ist, was du willst. Aber es tut mir weh, dich so traurig zu sehen.«

Ich blicke ihm in die Augen. Lasse zu, dass er meinen Schmerz sieht. »Du bist der Grund dafür, dass es mir so geht. Das hättest du dir vorher überlegen müssen.«

Kapitel 21

»Ich bin gespannt, wer die jeweiligen Wettkämpfe gewinnt«, meint Dean aufgeregt und schließt sein Fahrrad ab.

Ich habe noch Probleme, meins zwischen die Stangen zu bekommen, und kämpfe eine Weile damit herum, bis sich mein Bruder erbarmt und mir hilft es anzuketten.

»Danke«, murmle ich, ohne ihn anzusehen.

»Bitte«, erwidert er.

Im selben Moment ertönt ein leises Sirren, das näherkommt. Mein Herz macht einen Satz, da ich dieses Geräusch nur allzu gut kenne.

Mein Bruder, mit dem ich mich mittlerweile wieder vertragen habe, grinst breit. »Austinbaby ist im Anrollen.«

Genervt verpasse ich ihm einen Stoß gegen die Schulter. »Hör auf damit, ihn so zu nennen!«

»Wieso? Er ist doch trotz eurem Streit dein Austin? Ich weiß doch, dass du ihn vermisst. Und er vermisst dich auch. Es wird langsam Zeit, dass ihr miteinander sprecht. Gebt ihr euch eigentlich keine Kosenamen? Ich dachte, er nennt dich immer Shorty? Du könntest ihm auch einen geben. Ich wäre für Austinbaby. Oder Megaschwa–«

»Dean!« Ich klatsche ihm meine Hand vor den Mund, um ihn zum Schweigen zu bringen. Allerdings kann das das sehr lebhafte Kopfkino, das ich nun vor Augen habe, nicht mehr aufhalten.

Im selben Moment fährt Austin auf seinem Roller an uns vorbei. Hoffentlich hat er Deans letzte Worte nicht mitbekommen.

Er stoppt direkt neben den Fahrrädern und stellt seinen Roller ab. Mein Magen flattert, als er den Helm herunternimmt und mich direkt anblickt.

Es erinnert mich an das erste Mal, als wir hier aufeinandergetroffen sind und er mich beinahe erwischt hätte. Mehr oder weniger unabsichtlich. Hier hat alles angefangen. Hier habe ich ihn kennengelernt.

Er und mein Bruder begrüßen sich mit einem Handschlag.

Austin sieht mich derweil immer noch an, doch ich drehe mich um, laufe ins Gebäude und verschwinde in der Umkleide, um mich umzuziehen.

In Sport-BH und Shorts betrete ich die Turnhalle. Da ein Pferdeschwanz im Kampf leicht aufgeht, habe ich meine Haare zu zwei strengen kurzen Zöpfen geflochten.

In der Turnhalle herrscht bereits reges Treiben. Heute ist der letzte Wettkampf für dieses Jahr. Auch wenn es kein großes Turnier ist, weil wir lediglich gegen Gegner aus unserem Training und einer weiteren regionalen Gruppe antreten, bin ich dennoch ganz hibbelig vor Aufregung und Nervosität. Solche Wettkämpfe zeigen einem immer wieder, ob man wirklich Fortschritte gemacht hat, und sind eine gute Übung für überregionale Meisterschaften. Gegen wen man dabei antritt, wird innerhalb der jeweiligen Gewichtsklasse ausgelost.

An einem Tisch vor dem Ring sitzen drei Kampfrichter. Ein weiterer, der Hauptkampfrichter, befindet sich im Ring selbst. Es ist ein glatzköpfiger, breit gebauter und muskulöser Mann mittleren Alters mit strenger Miene. Er beobachtet konzentriert zwei Kontrahenten, die bereits voll bei der Sache sind.

Um den Ring herum und im Raum verteilt sitzen die Zuschauer auf Holzbänken oder Matten auf dem Boden. Sie bestehen aus Familienmitgliedern, Freunden oder anderen Kickbox-Schülern. Manche von ihnen wärmen sich gerade auf oder trainieren vor ihrem Kampf noch miteinander, um sich vorzubereiten.

Mein Blick trifft auf Austin, der mit Dean aus der Männerumkleide kommt. Als hätte Austin meinen Blick gespürt, dreht er den Kopf in meine Richtung und erwidert ihn. Mein Herz zieht sich schmerzhaft zusammen. Wie gerne würde ich jetzt zu ihm gehen, mich von ihm beruhigen lassen. Dean hat recht. Ich vermisse ihn. Sehr sogar. Ich kann ihm nicht mehr länger aus dem Weg gehen. Deshalb habe ich mir fest vorgenommen nach dem Wettkampf endlich mit ihm zu sprechen.

Bald tritt mein Bruder in den Ring. Ich feure ihn an, ebenso wie unsere

Eltern, die zu Fuß nachgekommen sind. Der Kampf ist sehr spannend, wobei Dean im Gegensatz zu seinem dominanten Gegner eher zurückhaltend ist. Er pariert die Schläge und Tritte mehr, als selbst anzugreifen. Doch am Ende, als hätte er sich am Anfang absichtlich zurückgehalten, gibt er plötzlich Gas und bombardiert seinen Kontrahenten mit verschiedenen Kicks und Punches mit der hinteren Schlaghand. Am Ende verliert mein Zwillingsbruder nur knapp gegen sein Gegenüber.

Obwohl Dean verloren hat, kommt er freudestrahlend aus dem Ring, zieht seinen Helm, seine Boxhandschuhe und seinen Mundschutz aus. Dann lässt er sich von meinen Eltern tröstend auf die Schulter klopfen und von mir umarmen.

»Schade, dass du verloren hast. Aber du hast gut gekämpft«, meint Dad mitfühlend.

»Wir sind stolz auf dich«, fügt Mom lächelnd hinzu.

»Ach, dass ich verloren habe, macht nichts. Der Kampf hat richtig Spaß gemacht«, meint Dean fröhlich.

Nach ein paar weiteren Runden stellen sich irgendwann Miles und Austin gegenüber voneinander auf.

Nachdem der Kampfrichter »Shake Hands« gesagt hat, begrüßen sich Miles und Austin halbwegs respektvoll. Allerdings sieht man ihnen deutlich an, dass sie den jeweils anderen nicht leiden können. Sie starren sich mit zusammengekniffenen Augen gegenseitig nieder.

Auf das Kommando »Fight« dürfen sie anfangen. Zunächst tänzeln sie umeinander herum. Dann greifen sie sich gegenseitig an.

Der Kampf ist ganz anders als der von meinem Bruder und seinem Kontrahenten. Keiner von beiden hält sich zurück, sie gehen direkt in die Offensive. Austin probiert es mit Fußfegern und Sprungtritten zum Kopf, um Punkte zu sammeln. Dieselbe Taktik verfolgt auch Miles.

Die beiden scheinen einander ebenbürtig. Obwohl ich noch immer verletzt bin, fiebere ich heimlich mit Austin mit.

Miles springt und zielt nun ebenfalls mit dem Fuß in Richtung von Austins Kopf. Doch dieser duckt sich unter dem schwungvollen Sprungtritt hindurch und boxt Miles in die Seite. Miles legt seine Hand auf Austins Schulter und hebt das Knie, was Austin mit dem seinen abblockt. Sie umklammern einander ringend.

»Break«, unterbricht der Kampfrichter die beiden, da die Umklammerung, der sogenannte Clinch, regelwidrig ist.

Sie lösen sich voneinander, treten jeweils einen Schritt zurück. Auf ein Kommando des Richters dürfen sie weiterkämpfen.

Sie sind erbitterte Gegner, greifen sich mit Schlägen und Kicks immer wieder an, parieren die Angriffe des jeweils anderen, sodass das Ganze flüssig, beinahe wie einstudiert wirkt.

Bis Austins Blick auf mich fällt und er kurz erstarrt. Er ist für eine Sekunde abgelenkt. Doch diese Sekunde ist fatal.

Miles dreht sich blitzschnell mit dem Körper seitlich zu Austin, zieht das Knie an und stößt zu. Er erwischt seinen Gegner mit dem seitlichen Stoßtritt mit voller Wucht im Bauch.

Ich schlage mir erschrocken die Hand vor den Mund. Austin stolpert zurück, hält sich mit schmerzverzerrtem Gesicht den Magen.

Doch niemand unterbricht den Kampf.

Miles folgt ihm. Er schwingt sein gestrecktes Hinterbein nach oben, sodass sein Fuß höher ist als Austins Kopf.

Ich weiß, was er vorhat: einen Axekick. Wir haben ihn häufiger im Training geübt. Ein solcher Kick ist schwer zu kontern. Miles lässt seinen Fuß wie eine Axt nach unten fahren, visiert Austins Nase an.

Rufe werden laut, als die umstehenden Leute die beiden Kontrahenten anfeuern. Austin zieht geistesgegenwärtig den Kopf zur Seite, doch Miles trifft ihn mit der Fußunterseite mitten in der Brust.

Austin stolpert nach Luft schnappend einen weiteren Schritt zurück, kommt den Seilen, die den Ring einzäunen, gefährlich nahe.

Erneut folgt ihm Miles, boxt auf ihn ein, treibt ihn weiter rückwärts, bis Austin zwischen die Seile gerät. Doch anstatt dass Miles von ihm ablässt, schlägt er ihn weiter, klemmt ihn ein.

Eigentlich sollte der glatzköpfige Kampfrichter nun den Kampf unterbrechen, da das, was Miles da macht, verboten ist.

Doch noch immer greift niemand ein.

Entweder sie sind zu gebannt von dem Kampf oder zu faul.

Austin holt aus, kann sich befreien und schlägt zurück. Er attackiert Miles mit mehreren schnellen Schlägen, um ihn auf Distanz zu bringen. Bis dieser das Knie hebt und Austin mit voller Kraft unter der Gürtellinie trifft.

Er brüllt vor Schmerz auf und geht zu Boden.

Mir bleibt ein Aufschrei im Hals stecken. Ein erschrockenes Raunen geht durch die Turnhalle.

»Knock-out«, kommentiert der glatzköpfige Hauptkampfrichter.

»Ich habe gewonnen!«, jubelt Miles.

»Das war ein Body Foul!«, protestiere ich wütend. »Das waren sogar zwei Verstöße! Miles sollte mindestens eine Verwarnung bekommen. Immerhin hat er Austin angegriffen, obwohl dieser zwischen die Ringseile geraten ist und ihn dann mit einem Tiefschlag verletzt! Austin hat ein Recht auf Erholungszeit, ansonsten muss Miles disqualifiziert werden.«

»Austin konnte sich aus den Ringseilen befreien und das war kein richtiger Tiefschlag. Er müsste innerhalb der gezählten zehn Sekunden wieder aufstehen. Doch so wie es aussieht, ist Austin k. o. Miles hat den Kampf gewonnen«, widerspricht mir der Kampfrichter mit Blick auf den noch immer am Boden liegenden Austin.

Seine Haltung ist gekrümmt und er hält sich mit schmerzverzerrtem, gerötetem Gesicht den Magen. Schweißperlen rinnen von seiner Stirn. Seine Augen sind geschlossen, die Lippen fest aufeinandergepresst.

Der Kampfrichter zählt von zehn rückwärts.

Steh auf, denke ich.

Doch er bleibt liegen.

Es tut mir weh, ihn so zu sehen. Ich balle die Hände zu Fäusten. Wut lodert wie Feuer durch meine Adern. Nicht nur auf den unfairen Glatzkopf und die sich nicht einmischenden anderen Juroren, sondern auch auf Miles.

Wie konnte ich nur in ihn verknallt gewesen sein? Seine gemeinen Kommentare im Training, wenn er sich über meine Größe lustig gemacht hat.

Oder als er mir sagte, dass er schon lange gewusst habe, dass ich in ihn verknallt gewesen war, worüber er sich lustig gemacht hat.

Schon da fand ich ihn längst nicht mehr so sympathisch wie am Anfang, als ich noch jünger und naiv war.

Doch jetzt hat er ganz klar eine Grenze überschritten.

Ich sehe hilfesuchend zu den anderen Kampfrichtern. Diese wirken nicht begeistert, schreiten jedoch weiterhin nicht ein. Sie stecken die Köpfe zusammen, diskutieren flüsternd miteinander, vermutlich um eine Entscheidung zu treffen.

Doch das dauert mir zu lange.

Ehe jemand etwas sagen kann, bin ich schon vorgetreten und steige in den Ring, stelle mich mit dem Rücken zu ihm vor Austin, der noch immer zusammengekrümmt und nun keuchend am Boden liegt.

Wütend blitze ich Miles an. Obwohl er mich mindestens um zwei Köpfe überragt und ich ihm gerade mal bis zu den Oberarmen reiche, baue ich mich vor ihm auf und bohre ihm meinen Zeigefinger in die Brust.

»Der Kampf ist noch nicht zu Ende«, sage ich mutiger, als ich mich fühle. Mir ist vollkommen bewusst, dass mich alle umstehenden Leute und die Jury überrascht anstarren und ich aus dem Ring geworfen werden könnte, weil das, was ich da gerade mache, ebenfalls gegen die Regeln und mehr als unüblich ist.

Aber ich kann nicht zulassen, dass Miles einfach so davonkommt.

Miles, der völlig perplex ist, weitet die Augen und runzelt die Stirn. »Was soll das? Ich habe gewonnen.«

»Du hast ihn angegriffen, obwohl er in den Ringseilen eingeklemmt war, und ihm einen Tiefschlag verpasst. Du weißt genau, dass das verboten ist und ein Body Foul war.« Ein böses Lächeln schleicht sich auf meine Lippen. »Du hast nicht gewonnen. Ich werde Austins Kampf beenden. Ich werde gegen dich antreten und gewinnen.«

»Aber ...« Ihm klappt der Mund auf. »Das ist gegen die Regeln.«

»Du hast unfair gespielt. *Das* ist gegen die Regeln. Der Kampfrichter hat es einfach ignoriert. Also können wir die Regeln doch ausnahmsweise umgehen.

So wie du es getan hast. Oder hast du ein Problem damit? Hast du ein Problem mit meiner Größe?« Ich weiß noch genau, wie er deswegen nicht mit mir trainieren wollte. »Hast du Angst, von einem kleinen Mädchen, einem *Fliegengewicht* wie mir, fertig gemacht zu werden?«, lege ich noch einen drauf.

»Das ist gegen die Regeln«, protestiert nun auch der Glatzkopf finster.

»Gegen die Regeln ist, was Miles getan hat. Und das wissen Sie«, schimpfe ich. Obwohl der Riese eine respekteinflößende Ausstrahlung hat, lasse ich mich nicht von ihm einschüchtern. Ich entgegne seinem durchdringenden Blick standhaft. »Lassen Sie mich gegen ihn antreten und Austins Kampf beenden.«

»Aber sie ist ein Mädchen«, wirft nun einer der anderen Juroren ein, die bisher untätig geblieben sind. »Das ist eine vollkommen andere Gewichtsklasse.«

»Das hat nichts mit Können zu tun«, verteidigt mich unser Trainer Steven, der bisher schweigsam neben ihnen gestanden hat.

Er nickt mir zu. »Im wahren Leben können wir uns unsere Gegner auch nicht aussuchen. Lasst sie gegen ihn antreten und sich beweisen. Natürlich nur, wenn das für Miles auch in Ordnung ist.«

Der macht große Augen. Er läuft hochrot an und sieht sich unwohl um. Mittlerweile haben auch die restlichen Paare aufgehört zu trainieren und sehen neugierig zu uns herüber. Alle starren uns an.

»Na klar«, sagt er schließlich mit zusammengebissenen Zähnen.

»Wenn das unbedingt sein muss«, schnauzt der Glatzkopf sichtlich genervt.

Die anderen widersprechen nicht. Anscheinend haben sie wieder keine Lust, sich einzumischen. Wozu sitzen sie überhaupt da?

Steven gibt mir meinen Schutzhelm und meine Boxhandschuhe. Danach hilft er Austin auf, der schwach auf den Beinen ist und stützt ihn, während er ihn aus dem Ring führt. Unsere Blicke streifen einander. Mein Magen zieht sich zusammen. Austin wirkt noch immer so, als habe er Schmerzen. Doch sein Mundwinkel hebt sich leicht.

»Mach ihn fertig«, flüstert er angestrengt.

Er wirkt nicht besorgt.

Er glaubt, dass ich es schaffen kann.

Sein Vertrauen in mich bestärkt mich, gibt mir Mut und Kraft. »Das werde ich«, gebe ich entschlossen zurück.

Dann wende ich mich Miles zu, tänzele ein wenig umher, um den Bodenbelag zu überprüfen.

Miles stellt sich mir gelangweilt gegenüber.

Kurz kommen mir Zweifel. In was habe ich mich da nur hineinmanövriert? Ich habe schon öfter gegen ihn gekämpft und immer verloren. Er *ist* größer und stärker als ich.

Doch jetzt gibt es kein Zurück mehr. Ich bringe meine Hände in Kampfposition. Miles hält sich ebenfalls die Hände vors Gesicht und geht wie bei unserem Partnertraining in die Knie. Er verhöhnt mich.

»Damit wir zumindest auf gleicher Augenhöhe sind«, scherzt er.

Haben mich solche Worte früher verletzt, so lassen sie jetzt meine Selbstzweifel, die kurz zurückgekehrt sind, mit einem Schlag verpuffen. Stattdessen entfacht er damit eine Wut in mir, die das Blut in meinen Adern zum Brodeln bringt.

»Wehe du verschonst mich«, warne ich ihn.

»Ich brauche dich gar nicht zu verschonen, weil der Kampf sowieso bald vorbei sein wird«, meint Miles. »Du hast keine Chance gegen mich, Young.«

»Ich werde dir das Gegenteil beweisen«, erwidere ich selbstsicherer, als ich wirklich bin. Doch mein Zorn über sein Verhalten überwiegt.

Angespannt warte ich darauf, dass der Hauptkampfrichter das Startzeichen gibt.

»Shake Hands«, knurrt der Glatzkopf.

Wir ziehen kurz die Boxhandschuhe aus, um uns die Hände zu schütteln. Miles' Händedruck ist so fest, dass er meine Finger beinahe zerquetscht.

»Wer zuerst am Boden liegt, hat verloren«, knurre ich, entreiße ihm meine Hand und ziehe den Boxhandschuh wieder über.

»Mach dich auf eine harte Landung gefasst«, erwidert Miles bissig.

»Hochmut kommt vor dem Fall«, zitiere ich nur, woraufhin ich mir einen weiteren finsteren Blick einfange.

»Fight!«, gibt uns der glatzköpfige Kampfrichter das Zeichen, dass wir loslegen können.

Zunächst tänzeln wir umeinander herum, täuschen Faust- und Beinhiebe an, bis Miles plötzlich nach vorne springt und mich mit einem schnellen Schlag gegen mein Kinn angreift.

Ähnliche Kampfabläufe habe ich bereits mit Austin geübt. Ich tauche unter seinem Arm weg und springe zur Seite.

Miles sieht mich verblüfft an, fängt sich jedoch schnell wieder. Ich kann mir vorstellen, dass er denkt im Vorteil zu sein, weil er so groß ist. Ich habe kürzere Arme und Beine als er, weshalb es mir eigentlich schwerer fallen müsste, an ihn heranzukommen. Dafür bin ich flinker als er.

Immer wieder deuten wir Bewegungen und Schläge an und der jeweils andere zieht sich zurück.

Ich probiere es mit einem Sidekick, den Miles gekonnt abblockt. Er revanchiert sich mit einem Frontkick in Richtung meines Bauches, den wiederum ich abwehre.

Ich ziehe das Knie seitlich an, drehe mich im Halbkreis und strecke das Bein in einem Roundhousekick aus. Mein Fußballen trifft Miles auf dem Oberschenkel.

Danach greift er mich mit einem Frontkick an. Dieses Mal zielt er auf meinen Hals. Ich kann gerade noch zurückweichen, ansonsten hätte er mein Kinn erwischt.

Miles folgt mir, springt mit einem wuchtigen Faustschlag nach vorne und trifft mich fast an der Schulter.

»Genau deshalb wollte ich mit einem ebenbürtigen Gegner kämpfen. Das Wegducken ist langweilig«, murrt er.

So langweilig kann es allerdings nicht sein, da sein Gesicht ganz erhitzt ist. Schweißperlen stehen ihm auf der Stirn und er ist leicht außer Atem.

»Wo ist eigentlich deine Freundin?«, frage ich provokant und springe zur Seite, als er einen erneuten Schritt nach vorne wagt. Wieder mal entwische ich ihm, was ihn frustriert knurren lässt.

»Sie ist nicht mehr meine Freundin.«

Ich bleibe stehen und hebe die Braue, kann mir jedoch ein schadenfrohes Grinsen nicht verkneifen. Das habe ich mir nach ihrem Abgang auf dem Parkplatz schon fast gedacht. »Warum das denn?«, frage ich scheinheilig.

Miles nutzt diesen Moment, um auf mich zuzuspringen. Ich weiche seinem Boxhandschuh aus, der nur ganz knapp meinen Kiefer verfehlt.

»Dank deinem tollen Austin hat sie mit mir Schluss gemacht«, erwidert er kurz angebunden.

»Sie hat nun mal erkannt, was für ein Vollidiot du bist«, spreche ich meine Gedanken laut aus und schrecke zurück, als er gleich noch mal auf mich zustürmt und mein Gesicht mit mehreren Schlägen attackiert.

Ich halte mir schützend die Hände vors Gesicht, sodass er nur die gepolsterten Boxhandschuhe trifft. Allerdings hat er einen kräftigen Schlag. Mit weiteren Punches und Jabs drängt er mich wie Austin zuvor zurück in Richtung der Ringseile.

Ich kann nicht all seinen schnell aufeinanderfolgenden Schlägen ausweichen. Er erwischt mich von der Seite an der Wange. Ich stöhne auf, als mich ein brennender Schmerz durchfährt. Auch wenn er nur meinen Helm erwischt hat, klingelt es kurz in meinen Ohren, bis der Schmerz wieder verebbt.

Miles tänzelt abwartend um mich herum und wartet darauf, dass ich mich wieder gefangen habe.

»Willst du nicht lieber aufhören? Dann sparst du dir eine Blamage und Schmerzen. Ich will dich nicht auch verletzen«, bietet er mir an und klingt dabei wirklich ehrlich.

»Du hast mich schon längst verletzt«, entgegne ich verbittert.

Er weitet überrascht die Augen, fängt sich jedoch wieder und greift mich erneut an. Dieses Mal warte ich, bis er seinen Ausfallschritt gemacht hat und seine Faust auf mich zufliegt. In letzter Sekunde ducke ich mich weg, kontere mit einem Schlag gegen den Magen.

Miles krümmt sich mit einem schmerzverzerrten Stöhnen.

Ich trete um ihn herum und nutze die Tatsache, dass er sein komplettes Gewicht nach vorn verlagert hat. Ich kicke seinen Standfuß mit voller Wucht unter ihm weg und bringe ihn mit einem Schlag seitlich gegen die Schulter aus dem Gleichgewicht, sodass er zu Boden stürzt. Dort bleibt er nach Luft schnappend liegen.

Der glatzköpfige Kampfrichter zählt von zehn runter.

Als Miles nicht aufsteht, sagt er: »K. o.«

Ich nehme meinen Helm vom Kopf und knie mich neben Miles, sodass wir auf gleicher Augenhöhe sind.

»Ich kann nicht glauben, dass ich gedacht habe, in dich verknallt zu sein«, murmle ich kopfschüttelnd.

Miles ringt nach Atem. »Wieso … dachtest? Du warst doch … in mich verknallt?«, bringt er keuchend hervor.

Ich schenke ihm ein grimmiges Lächeln. »Das habe ich damals geglaubt. Aber da war ich noch jung und hatte keine Ahnung vom Leben und der Liebe. Es war nur eine dumme Schwärmerei, bis ich erkannt habe, was für einen schrecklichen Charakter du hast.«

»Warum das denn? Wir haben uns immer gut verstanden«, protestiert Miles verständnislos.

»Wahrscheinlich hast du es selbst nicht einmal gemerkt, aber du hast mich gedemütigt«, erkläre ich ihm. »Du hast dich über meine Größe lustig gemacht. Ich weiß noch genau, wie du zu deinem Kumpel sagtest, dass du mich nett und niedlich findest, aber ich gar nicht dein Typ wäre, weil ich so winzig bin. Dass du nicht auf kleine Mädchen stehst, die aussehen wie aus dem Kindergarten. Wie hast du so schön gesagt? *So eine will doch niemand daten.*«

Miles läuft kreidebleich an. »Woher weißt du das? Das habe ich doch nur einmal gesagt –«

»Und ich habe es mitangehört«, unterbreche ich ihn. »Diese Worte von dir zu hören hat sehr wehgetan. Und das war nicht das erste Mal, dass du dich über mich lustig gemacht hast. Du bist so oft über meine Größe hergezogen. Du wolltest sogar einen anderen Trainingspartner, weil ich dir deiner Meinung nach nicht ebenbürtig war. Glaubst du etwa, es hätte mir nichts ausgemacht, nur auf meine Größe reduziert zu werden? Genauso wie es Amanda nicht gestört hat, nur auf ihr Aussehen reduziert zu werden?«

Miles presst die Lippen zusammen und schweigt betreten. Sein Kopf ist jetzt nicht mehr weiß, sondern knallrot, seine Augen zucken unruhig umher.

Wir werden nach wie vor von allen beobachtet.

Niemand schreitet ein.

»Ich bin ehrlich gesagt froh, dass du das gesagt hast und ich es mitangehört habe, sonst hätte ich nie gecheckt, was für ein großer Vollidiot du bist. Du hast mich vielleicht für schwach gehalten, aber ich habe dir das Gegenteil bewiesen. Ich bin dir mehr als ebenbürtig.«

Mit diesen Worten erhebe ich mich und stolziere aus dem Ring heraus.

Steven klopft mir auf die Schulter und raunt mir ein »Das hast du gut gemacht, ich bin stolz auf dich« zu.

Jemand klatscht. Immer mehr Leute fallen mit ein und schließlich applaudiert die gesamte Turnhalle.

Ich werde rot, weil mir die Aufmerksamkeit plötzlich unangenehm ist. Erst jetzt wird mir bewusst, dass ich tatsächlich gewonnen habe. Ich habe Miles besiegt. Ich habe Austins Kampf gewonnen.

Dean stürmt auf mich zu und umarmt mich. »Wow, das war zwar ein nicht ganz regelkonformer, aber wirklich sehr epischer Kampf.«

Kapitel 22

Zur Feier des Tages und aufgrund des noch schönen spätsommerlichen Wetters richten meine Eltern am Abend wieder eine Gartenparty aus. Mom, die sowohl auf mich als auch auf Dean stolz ist, hat sich mit einem schönen Kleid in Schale geworfen. Dad steht mit seiner Schürze vor dem Grill. Ich habe ausnahmsweise ebenfalls freiwillig ein Kleid angezogen, Mascara und Parfüm aufgetragen. Außerdem habe ich etwas Schmuck angelegt.

Dean war in der letzten Zeit aufgefallen, dass ich das anfänglich getan habe, um Austin zu gefallen. Jetzt tue ich es, weil ich mir selbst damit gefalle.

Wenn ich in den Spiegel schaue, gibt es noch immer Momente, in denen ich mir wünsche, ich wäre nicht so klein und zierlich. Doch dann versuche ich daran zu denken, dass ich zufrieden mit mir sein kann. Weil ich so, wie ich bin, schön und einzigartig bin.

Nach und nach treffen Freunde, Nachbarn, Joshua, mit dem Dean nun zusammen ist, Victoria und Luke sowie Ben, Hailee, Kyra und Shane in unserem Garten ein. Allerdings fehlt eine gewisse Person. Ich kann Austin und seine Eltern nirgends ausmachen, obwohl ich mir ziemlich sicher bin, dass Mom und Dad sie eingeladen haben.

Unsere Gäste bringen Kleinigkeiten zum Essen und Trinken mit. Sie stellen selbstgemachte Salate und Limo, Bier oder Wein auf den extra dafür vorgesehenen Gartentisch und in die Kühltruhe und bedienen sich reichlich am Buffet.

Victoria, die bei unserem Turnier nicht dabei war, umarmt mich fröhlich. »Herzlichen Glückwunsch zum gewonnenen Kampf. Das ist total cool.«

»Danke schön«, erwidere ich.

Seit unserer zweiten Aussprache haben wir kein weiteres Mal gestritten. Sie ist auch nicht mehr auf meiner Größe herumgeritten. Ich hoffe, dass das so bleibt. Ansonsten weiß ich mich zu wehren und sie in ihre Schranken zu weisen. Ich werde mich nie wieder so behandeln und mir nichts mehr gefallen lassen.

Victoria und Luke begeben sich schließlich zum Buffet, um sich was zu essen zu holen. Kaum sind sie weg, kommt Ben auf mich zu.

»Ich habe eben von Dean gehört, dass du Austins Kampf beendet und erfolgreich gegen einen gemeinen Typen gewonnen hast«, meint er und grinst breit. »Herzlichen Glückwunsch. Ich sage ja immer, dass du eine Kickboxqueen bist. Du machst deinem Namen alle Ehre.«

Ich lächle ihn stolz an. »Danke, Ben. Geht es dir mittlerweile besser?«

Kurz fällt das Lächeln aus seinem Gesicht, doch er hebt die Mundwinkel schnell wieder. »Klar. Irgendwie habe ich durch dich wieder Lust auf Kampfsport bekommen.«

Überrascht blicke ich ihn an. »Du hast deine Karate-Kenntnisse einmal erwähnt. Allerdings wusste ich nicht, dass du anscheinend aufgehört hast?«

Ben nickt. »Ich bin bis zur Middle School ins Training gegangen. Aber es hat mir irgendwann keinen Spaß mehr gemacht. Vielleich probiere ich es jetzt doch noch mal mit dem Kampfsport.«

Ich lächle ihn an. »Das freut mich zu hören. Ich hoffe, es wird dir wieder großen Spaß machen.« Mein Blick fällt auf Dean in der Nähe des Grills, bei dem sein Freund sowie Hailee, Kyra und Shane stehen. »Sag mal, bist du eigentlich noch mit Hailee zusammen oder was läuft da zwischen euch?« Diese Frage stelle ich mir schon länger. »Und weißt du, wo Kyle und Isabella sind? Sie waren auch eingeladen, aber Isabella ist heute aus unserer Gruppe ausgetreten?«

Als ich nämlich vorhin in unserem Chat nachgeschaut habe, um zu fragen, wann alle kommen, stand dort eine Benachrichtigung, dass sie kommentarlos die Gruppe verlassen hätte. Die Jungs haben Kyle gefragt, ob er weiß, was los ist, allerdings hat der bisher nicht geantwortet.

»Bist du etwa interessiert an mir oder einfach nur neugierig?«, witzelt Ben und zwinkert mir zu. Doch dann wird er wieder ernst. »Das mit Hailee ist, wie gesagt, kompliziert. Was Kyle und Isabella angeht ... Soweit ich mitbekommen habe, ziehen Isabella und ihre Familie weg.«

Ich runzle die Stirn. »Davon hat sie gar nichts erzählt.« Und was bedeutet das für die beiden?

Ben zuckt mit den Schultern. »Ich weiß leider auch nicht mehr. Der Umzug scheint kurzfristig vonstattenzugehen.«

»Merkwürdig«, meine ich, da wir uns wirklich gut verstanden haben und es mir komisch vorkommt, dass sie keinen Ton gesagt hat. Immerhin ist ein Umzug meines Wissens nach auch mit viel Zeit und Aufwand verbunden.

Ben stimmt mir zu. Dann fällt sein Blick auf etwas oder jemanden hinter mir und er grinst breit.

»Dein Lover ist angekommen.«

Ich drehe mich um, folge seinem Blick.

Mein Herz macht einen Satz, als die Andersons den Garten betreten, gefolgt von Austin, der in Cargoshorts und einem einfachen T-Shirt steckt.

Sie wechseln ein paar Worte mit meinen Eltern. Austin wiederum kommt schnurstracks auf uns zu. Er geht aufrecht, ein Lächeln liegt auf seinem Gesicht.

»Hey«, begrüßt er uns.

»Wie geht es dir?«, will Ben wissen. »Ich habe gehört, du bist ordentlich erwischt worden?«

Austin nickt. »Es geht mir schon wieder besser. Außerdem wurde ich gebührend gerächt«, bemerkt er mit einem liebevollen Blick in meine Richtung.

Ich zwinge mich zu einem Lächeln, obwohl mir nicht ganz danach ist. Nicht, wenn noch unausgesprochene Worte zwischen uns liegen. Denn nach dem Kampf wurden wir jeweils von unseren Familien umringt. Ich wurde von unzähligen Kickbox-Schülern beglückwünscht und Austin von einem Arzt untersucht, sodass wir gar keine Gelegenheit mehr hatten, uns auszusprechen oder wenigstens ein paar Worte zu wechseln.

»Können wir reden?«, fragt er nun an mich gewandt.

»Ich sehe schon, ich soll gehen. Wir sehen uns später, dann könnt ihr mir alle Einzelheiten des spannenden Kampfes berichten«, meint Ben grinsend und marschiert zurück zu Dean und dem Rest der Gruppe. Sie alle haben mitbekommen, dass in den letzten Tagen zwischen mir und Austin Funkstille geherrscht hat.

Ich wende mich ihm zu.

»Ja, das sollten wir«, erwidere ich. »Allerdings nicht hier«, füge ich mit Blick auf den mittlerweile gut gefüllten Garten hinzu. Wir brauchen keine Zuhörer.

Ich gehe voraus und Austin folgt mir auf mein Zimmer. Dort angekommen macht er die Tür hinter sich zu und wir sind endlich allein.

Weil ich ganz unruhig bin und nicht im Zimmer auf und ab laufen will, wie es sonst meine Angewohnheit ist, lasse ich mich auf der Couch nieder.

Austin bleibt zögernd vor mir stehen und sieht mich fragend an. »Darf ich mich setzen?«

Ich nicke nur, woraufhin er neben mir Platz nimmt. Dabei sitzt er so dicht bei mir, dass sich unsere Schultern und Knie leicht berühren.

»Ich habe dich verletzt und du fühlst dich wegen des Deals, den ich mit Dean geschlossen hatte, vermutlich hintergangen«, beginnt er direkt. »Das tut mir so leid. Dean und ich sind riesige Volltrottel. Aber das zwischen uns beiden war niemals nicht echt. Es war keine Lüge. Ebenso wie meine Gefühle für dich, Railey. Denn die sind mehr als echt. Du hast mir den Kopf verdreht. Ich vermisse dich und will dich nicht verlieren. Hör mir bitte zu, damit ich dir alles erklären kann.«

Ich erwidere seinen flehenden Blick und nicke langsam. Deshalb sitzen wir auch hier. Es war von Anfang an klar, dass wir miteinander reden müssen. Aber ich habe die letzten Tage Ruhe und Abstand gebraucht, um mich zu sammeln und zu sortieren. Jetzt bin ich bereit mir anzuhören, was er zu sagen hat.

Ein erleichtertes Lächeln schleicht sich auf seine Lippen. Dann fährt er sich nervös durch die Haare.

»Ich weiß gar nicht, wo ich anfangen soll.«

»Wie wäre es damit, wie ihr auf diesen Deal gekommen seid?«

Eigentlich will ich es gar nicht wissen, weil er die Wunde damit nur noch mal aufreißt. Aber ich weiß gleichzeitig auch, dass ich die Antworten brauche, um endlich damit abschließen zu können.

Austin nickt und mustert mich wachsam, als hätte er Angst, ich würde jede Sekunde aufspringen und verschwinden.

»Ich … Du bist mir sofort aufgefallen, als ich dich beinahe umgefahren habe. Es war keine Absicht und ich habe dich zuerst wirklich für einen Jungen gehalten. Aber als du dich dann zu mir umgedreht hast und ich in deine Augen gesehen habe … da … da ist etwas tief in mir drinnen geschehen.«

Er langt sich ans Herz und ich halte den Atem an.

Ich erinnere mich an unsere erste Begegnung. Ich weiß noch genau, wie er mich beinahe umgefahren hätte und was er zu mir gesagt hat. Jetzt scheint es eine Ewigkeit her, obwohl es nur ein paar Wochen sind.

»Du hattest etwas an dir … Ich kann es mir nicht erklären, aber ich wollte dich näher kennenlernen. Ich fand dich süß und hübsch, du warst schlagfertig und du hast mich beim Training mit deinem Können beeindruckt. Als ich dann mit Dean im Partnertraining zusammenkam und wir uns unterhielten und sich dann auch noch herausstellte, dass ihr Geschwister seid und unsere Eltern befreundet sind, da … Ich wollte dich einfach unbedingt kennenlernen«, wiederholt er.

Seine Worte reißen mir den Boden unter den Füßen weg, lassen mein Herz einen heftigen Kampf ausfechten. Ich bin hin- und hergerissen zwischen dem Wunsch, ihm zu glauben, und der Angst, noch mal enttäuscht zu werden.

Austin zögert kurz. Ich sehe ihm an, dass er mit sich ringt. »Dean kam dann auf die Idee mit dem Deal. Er meinte, wenn ich mich sowieso für dich interessiere, könnte ich dir mit deinen Komplexen helfen. Ich dachte mir, warum nicht? So kann ich neue Freundschaften schließen und Leute kennenlernen. Außerdem fand ich dich, wie bereits erwähnt, interessant.«

Ich presse die Lippen aufeinander.

»Du bist Dean sehr wichtig und er wollte dir helfen, auch wenn das die Herangehensweise nicht entschuldigt«, fährt er fort. »Die Idee war dumm und wir zwei sind Idioten. Es tut mir leid, Railey.«

Austin klingt so ehrlich, so verzweifelt, dass ich ihm glaube. Dennoch macht das nicht alles ungeschehen.

Ich entgegne seinem bittenden Blick. »Warum dann die Idee mit *unserem* Deal?« Ich deute zwischen uns hin und her.

Austin läuft rot an. Verlegen kratzt er sich im Nacken und fährt sich durch die Haare, sodass sie ihm nach allen Seiten abstehen.

Es juckt mir geradezu in den Fingern, durch sie hindurchzufahren, um sie wieder in Ordnung zu bringen.

»Dean hat mir davon erzählt, dass du Probleme damit hättest, Jungs zu trauen. Ich dachte mir, wenn ich dir als Entschuldigung für mein Verhalten vor der Turnhalle einen Deal vorschlage, wärst du offener und würdest dich sicherer mit mir fühlen. Und mir eine Chance geben, dich kennenzulernen. Ich weiß, es war dumm von mir, aber ich kann es nicht ungeschehen machen. Ich kann mich nur entschuldigen und dich bitten mir zu verzeihen. Es tut mir wirklich sehr leid, Railey.«

»Weißt du eigentlich, wie ich mich gefühlt habe, als ich davon erfahren habe? Es hat wehgetan. Ich dachte, es würde sich wirklich ein Junge für mich interessieren. Nicht weil etwas für ihn dabei herausspringt, sondern wegen mir selbst. Ich habe geglaubt, ich hätte endlich jemanden gefunden, der mich so mag, wie ich bin. Bei dem ich mich sicher und geborgen fühle. Jemanden, auf den ich mich verlassen kann.« Es fällt mir schwer, diese Worte auszusprechen. Aber es ist mir wichtig, dass Austin weiß, was in mir vorgeht. »Ich … ich habe dir vertraut, Austin. Als Dean mir das gesagt hat, hat es sich angefühlt, als wäre das alles nur eine Lüge gewesen. Ich habe mich gedemütigt gefühlt.«

Austin greift nach meiner Hand. Er sieht mir fest in die Augen. »Ich habe dich nicht belogen, was meine Gefühle für dich angeht. Ich versuche dir hier nur gerade klarzumachen, dass ich dich liebe, aber ich weiß nicht, wie ich es dir sagen soll, weil ich Angst habe, etwas Falsches zu sagen. Ich …«

Mir klappt der Mund auf. »Was hast du da gerade gesagt?«

Austin scheint verwirrt. »Ich habe dich nicht belogen, was meine Gefühle für dich angeht.«

»Nein, nicht das.« Ich schüttele den Kopf und starre ihn ungläubig an. »Das danach.«

Er überlegt, dann fällt es ihm wieder ein und er wird ganz bleich. Plötzlich nervös geworden fährt er sich durch die Haare und sieht mich ängstlich an, als wisse er nicht, was er von meiner Reaktion halten soll.

»Ich … äh …« Zuerst verunsichert, wandelt sich seine Miene jetzt in feste Entschlossenheit. Er greift nach meiner zweiten Hand, sucht meinen Blick. »Ich liebe dich, Railey.«

Seine Stimme klingt belegt und rau, aber fest. Unfähig einen klaren Gedanken zu fassen starre ich ihn an. Immer und immer wieder hallen seine Worte durch meinen Kopf.

Ich liebe dich, Railey.

»Das war es, was ich dir die ganze Zeit über sagen wollte, aber nicht konnte. Weil ich Angst hatte, du würdest es nicht erwidern. Du bist nicht die Einzige, die Ängste hat. Ich habe mich Hals über Kopf in dich verliebt. Angefangen in dem Moment, als ich dir zum ersten Mal in die Augen gesehen habe, weil du da etwas in mir ausgelöst hast, das kein Mädchen zuvor in mir auslösen konnte.« Er führt meine Hand zu seiner Brust. »Wenn ich dich ansehe, bekomme ich Herzklopfen und mein Magen, mein ganzer Körper spielt verrückt, wenn du in der Nähe bist oder ich nur an dich denke.«

»Warum hast du mir das nicht schon früher gesagt?«

Er zögert. »Weil ich Angst hatte, du würdest meine Gefühle nicht erwidern. Ich wollte das, was sich zwischen uns aufgebaut hat, nicht gefährden.«

Sprachlos starre ich ihn an. Tränen brennen in meinen Augen, weshalb ich ein paarmal blinzeln muss, bis ich ihn wieder deutlich vor mir sehe.

»Aber Austin …«, protestiere ich.

Ich löse meine Hand aus der seinen und lege sie auf seine Wange. Mein Daumen streift über seine Unterlippe und ich kann nicht fassen, dass der sonst immer so selbstbewusste Austin unsicher wird, wenn es darum geht, mir seine Gefühle zu gestehen. Noch weniger kann ich glauben, was er mir gerade gesagt hat, weil ich es nie erwartet hätte.

»Ich liebe dich auch«, hauche ich.

Austin öffnet die Lippen, doch er bringt keinen Ton hervor. Eine Weile starren wir uns bewegungslos an.

»Bist du noch sauer auf mich?«, will er wissen.

Ich schüttle den Kopf. »Ich war nie richtig sauer. Ich war verletzt. Zwar finde ich den Deal, den du und Dean abgeschlossen habt, noch immer nicht in Ordnung. Aber ich verzeihe dir. Ich liebe dich«, wiederhole ich die drei wichtigen Worte, weil ich sie ernst meine.

Die große Mauer aus Stolz, die ich um mich herum aufgebaut habe, bricht in sich zusammen. Ich halte es nicht mehr aus, länger von ihm getrennt zu sein. Sowohl auf emotionaler, als auch körperlicher Ebene. Austin scheint es genauso zu ergehen, denn seine Hände umschlingen meine Taille und er zieht mich auf seinen Schoß. Ich halte mich an seinen Schultern fest und küsse ihn stürmisch.

Es ist viele Tage her, seitdem wir uns das letzte Mal geküsst haben. Jetzt kommt es mir vor wie eine Ewigkeit. Ich wusste gar nicht, wie sehr ich es vermisst habe, seine warmen Lippen auf meinen zu spüren. Wie sehr ich es vermisst habe, wie er mich berührt und festhält.

Irgendwann lösen wir uns voneinander. Mein Herz rast, meine Atmung geht nur noch stoßweise. Austin betrachtet mich mit glänzenden Augen, seine eine Hand verschränkt er mit der meinen, während seine andere zu meiner Wange wandert und sie sanft streichelt.

»Du weißt gar nicht, wie glücklich du mich gerade machst«, murmelt er mit einem unverkennbaren Strahlen im Gesicht.

Unsicher sehe ich ihn an.

»Was bedeutet das jetzt?«, frage ich und deute auf unsere miteinander verwobenen Hände. »Du meintest letztens, dass wir es zwischen uns einfach mal laufen lassen sollten. Ich bin mir allerdings nicht sicher, was das genau bedeutet.«

Austin erwidert meinen Blick. »Das habe ich zu dem Zeitpunkt anscheinend nicht klar und deutlich formuliert.« Er lächelt mich an. »Ich wäre gern offiziell mit dir zusammen. Vorausgesetzt, du willst das auch?«

Mir fehlen die Worte, weshalb ich ihn wieder küsse. Ich lege alles, was ich ihm sagen will, in den Kuss hinein.

Danach löst sich Austin von mir. »Ich deute das mal als Ja?«

Heftig nickend strahle ich ihn an und er stößt einen erleichterten Seufzer aus. Er drückt mich fest an sich, als wolle er mich nicht mehr loslassen. Ich lege meine Arme um seinen Nacken, schmiege meine Wange an die seine und genieße einfach den Moment.

Nach einer Weile blicke ich in seine funkelnden Augen.

»Austin?«, flüstere ich. »Wenn man ein Paar ist, hat man keine Geheimnisse voreinander, oder?«

Er nickt verwirrt. »Ja, das stimmt.«

Ich zögere kurz, ehe ich mich traue ihn zu fragen: »Sagst du mir dann, warum du vorbestraft bist?«

Kapitel 23

Austin wird kreidebleich. Ich spüre, wie er sich anspannt.

»Woher weißt du es?«, flüstert er tonlos.

Ich drücke seine Hand, um ihm zu signalisieren, dass ich für ihn da bin und dass was auch immer ich vielleicht gleich erfahren werde nichts zwischen uns ändern wird. Austin hat bereits seinen Platz tief in meinem Herzen. Egal, was er mir jetzt erzählt, ich werde ihn von dort nicht mehr verstoßen.

»Victoria hat von einem Gerücht gehört, dass du schon einmal mit der Polizei zu tun gehabt hättest. Also hat sie Nachforschungen über dich angestellt und mir einen Artikel aus dem Internet geschickt«, erkläre ich.

Er hebt die Brauen. »Victoria scheint mich ja sehr zu mögen, wenn sie so tief gegraben hat.« Er erwidert meinen Blick unsicher.

»Ich fand es auch nicht so cool, dass sie dir nachspioniert hat. Aber stimmt es denn wirklich? Wenn du es mir nicht erzählen willst, musst du natürlich nicht. Aber ... ich würde es gerne wissen, weil das so gar nicht zu dem Austin passt, den ich kennengelernt habe. Ich kann es mir einfach nicht vorstellen und will es verstehen.«

Austin schweigt für ein paar Sekunden.

»Es hat mit meiner Schwester zu tun«, beginnt er schließlich vorsichtig.

Das habe ich mir schon fast gedacht. Ich höre Verzweiflung und Trauer aus seiner Stimme heraus. Irgendetwas muss vorgefallen sein. Etwas Schlimmes.

»Dafür muss ich allerdings etwas weiter ausholen, da es eine längere Geschichte ist.« Austin lächelt traurig. »Megan hat sich wie viele Mädchen in ihrem Alter einen Freund gewünscht. Sie war vierzehn, hübsch und naiv. Das gefundene Fressen für die Seniors an unserer ehemaligen Highschool.«

»Was ist geschehen?«, flüstere ich leise.

»Ein Typ, Cole, hat sich an sie herangemacht. Er war sehr beliebt, ein Frauenheld. Meine Schwester hat ihm vertraut.«

Zorn auf diesen Cole macht sich in mir breit, obwohl ich ihn nicht kenne und noch keine Ahnung habe, was er getan hat.

»Irgendwie hat er ihre Nummer bekommen. Sie haben sich geschrieben und auch außerhalb der Schule getroffen. Megan hat sich in ihn verliebt. Sie hat geglaubt, er würde sie wirklich mögen.« Austin macht eine Pause. »Dann wollte er Nacktbilder von ihr.«

»Sie hat sie ihm geschickt, nicht wahr?«

»Sie hat ihm die Fotos geschickt«, bestätigt er. »Cole hat sie an seine Freunde weitergeleitet. Diese wiederum haben sie an andere geschickt und so weiter. Irgendwann sind die Bilder auch in sozialen Netzwerken aufgetaucht. Am Ende wusste die ganze Schule davon.«

Schockiert schlage ich mir die Hände vor den Mund. Ich kann mir gar nicht vorstellen, wie sich Megan und auch Austin gefühlt haben müssen.

Teilnahmsvoll umarme ich ihn.

»Ich bin sofort zum Direktor gegangen, in der Hoffnung, dass er die Schuldigen zur Rechenschaft ziehen und dafür sorgen würde, dass die Bilder aus dem Internet verschwinden.« Seine Miene ist düster, als er weiterspricht. »Viele Leute sind über meine Schwester und ihren Körper hergezogen. Sie wurde zur Schuldigen, weil sie in den Augen vieler Leute so dumm gewesen ist, diese Fotos von sich zu machen und zu verschicken. Und ehe die Polizei nachverfolgen konnte, wer sie auf den sozialen Netzwerken gepostet hatte, hatten sie diese bereits gelöscht.« Er schnaubt voller Bitterkeit. »Die Verantwortlichen kamen lediglich mit einer Verwarnung davon.«

Ich weiß nicht, was ich sagen soll, so schockiert bin ich über das, was Megan zugestoßen ist. Wütend balle ich die Hände zu Fäusten. »Wie können Menschen nur so gemein sein? So was ist asozial!«

Austin blickt mich traurig an. »Jap, da hast du recht. Megan ging zur Psychologin, die ihr helfen sollte, mit alldem umzugehen. Wir haben sogar die Schule gewechselt, in der Hoffnung, es wäre so leichter für sie. Doch an ihrer neuen Schule wusste man auch davon. Also wurde sie weiter gemobbt.«

»Was ist dann passiert? Und was hat das mit deiner Vorstrafe zu tun?«, frage ich, weil ich keine anderen Worte finde.

»Ich war auf einer Party, wo ich auf Cole und seine Kumpels traf«, fährt Austin fort und ich kann mir denken, was jetzt kommt. »Cole hat mich provoziert. Sie sind vor mir über meine Schwester hergezogen, haben sich über sie lustig gemacht. Da sind bei mir die Sicherungen durchgebrannt. Obwohl ich schlauer hätte sein müssen, bin ich darauf eingegangen. All die Wut, die sich in mir angestaut hatte, brach in diesem Moment über mich herein. Ich habe die beiden geschlagen. Immer und immer wieder. Und ich habe nicht damit aufgehört.« Er macht eine Pause, um Luft zu holen. »Sie mussten mich von ihnen wegziehen.«

Er starrt an mir vorbei an die Wand, als wäre er in Gedanken wieder auf dieser Party. »Sie haben die Polizei gerufen und ich wurde wegen schwerer Körperverletzung angezeigt. Außerdem wurde ich aus meinem Kickboxteam geworfen.«

»Das tut mir so leid für dich«, sage ich ehrlich und drücke seine Hand.

Austin lächelt schwach. »Das einzig Gute an der Schlägerei war, dass sie, als sie mich provoziert haben, die Wahrheit gesagt und zugegeben haben, dass sie die Bilder weitergeschickt und ins Netz gestellt haben – aus Spaß, wie sie meinten. Irgendjemand hat es aufgenommen und das Beweisvideo der Polizei übergeben. Nur so konnte man sie wegen schweren Eingriffs in das Persönlichkeitsrecht verurteilen.« Er macht eine kurze Pause. »Sie mussten allerdings nur eine Geldstrafe zahlen und wurden von der Schule suspendiert.«

»Meiner Meinung nach hätte man sie noch härter bestrafen müssen.« Ich kann den Zorn in meiner Stimme nicht mehr verbergen. »Es ist falsch, jemanden zu verletzen. Du hättest dich nicht auf ihre Provokation einlassen sollen. Aber ich hätte an deiner Stelle vermutlich ähnlich reagiert. Ich wäre auch ausgerastet. Du hast deine Schwester verteidigt«, erwidere ich ehrlich und bin mir sogar ziemlich sicher, dass *er* wie Austin gehandelt hätte, wäre ich an Megans Stelle gewesen.

Austin nickt betrübt. »Im Nachhinein weiß ich, dass es falsch von mir war. Ich ärgere mich allerdings manchmal noch immer darüber, dass ich meine Schwester nicht beschützen konnte. Immer wieder frage ich mich, ob ich etwas hätte tun können. Hätte ich gemerkt, dass sie sich mit ihm trifft und dass er nur ein falsches Spiel mit ihr spielt, dann hätte ich das womöglich verhindern können.«

Ich kann Austin sehr gut verstehen, weil es mir mit meinem Bruder ähnlich ging.

»Du darfst dich nicht mit Was-wäre-wenn-Fragen quälen«, sage ich eindringlich. »Du darfst dir keine Vorwürfe machen. Du kannst nichts dafür, dass dieser Cole deiner Schwester näherkam und sie dazu überredet hat, ihm die Nacktbilder zu schicken. Was geschehen ist, ist geschehen. Du kannst es nicht mehr ändern.«

»Aber ...«, will er protestieren, doch ich lege ihm einfach die Hand auf den Mund, damit er verstummt. Überrascht weitet er die Augen. Ich erwidere seinen Blick standhaft und hole tief Luft, weil mich die nächsten Worte sehr viel Kraft kosten. Das Herz schlägt mir bis zum Hals und ich spüre, wie sich mein Brustkorb schmerzhaft zusammenzieht.

Doch ich weiß, dass jetzt endlich rausmuss, was ich seit über zwei Jahren in mir behalte. Was ich Dr. Shepard nicht erzählen konnte, weil es zu schmerzhaft war. Weil ich glaubte, es würde nur alte Wunden aufreißen. Jetzt weiß ich, dass das Gegenteil der Fall ist. Es für mich zu behalten würde die Wunde weiterhin offenhalten. Ich muss die Vergangenheit akzeptieren, damit ich die Gegenwart leben und endlich heilen kann.

»Mir geht es ähnlich wie dir mit den Schuldgefühlen. Es war vor knapp drei Jahren. Mein großer Bruder und ich haben einen Filmabend gemacht, als seine Freunde plötzlich vorbeigekommen sind. Sie wollten ihn auf eine spontane Party mitnehmen. Er wäre dageblieben, hätte ich ihn darum gebeten. Aber ich wusste, dass er lieber mit seinen Kumpels auf diese Party wollte. Zudem seine Freundin auch mit dabei war. Die beiden waren frisch verliebt und unzertrennlich. Also habe ich ihm gesagt, er könne gehen, ihn sogar dazu ermutigt, obwohl es mir lieber gewesen wäre, er wäre geblieben. Wir haben uns vor der Haustür verabschiedet. Es war das letzte Mal, dass ich ihn lebend gesehen habe.«

Ich atme tief ein und aus, ehe ich fortfahre.

»Es war ausgemacht, dass Saxon – ein Freund von ihnen – an diesem Abend den Fahrer spielt. Allerdings hatte er etwas getrunken. Gegen Ende der Party waren alle müde und wollten nur noch nach Hause. Also sind sie trotz der Bedenken, dass er nicht mehr ganz fahrtüchtig war, bei Saxon eingestiegen.«

Ich erinnere mich daran, wie wir gemeinsam im Wohnzimmer gesessen und den Horrorfilm angesehen haben, ehe seine Freunde uns unterbrochen haben und mit ihm verschwunden sind. Aus der Tür. Aus unserem Haus. Aus meinem Leben.

»Hey.«

Jetzt ist es an Austin, mich festzuhalten, doch ich bremse ihn, weil ich noch nicht fertig bin. Ich muss endlich mit ihm darüber reden, weil es mich sonst innerlich zerfrisst. Außerdem will ich ihm deutlich machen, dass er nicht allein ist mit seinen Schuldgefühlen.

»Saxon hat die Kontrolle über das Auto verloren. Sie kamen ins Schleudern und sind gegen einen Baum gefahren. Nachts bin ich wachgeworden. Ich konnte nicht mehr einschlafen und hatte so ein ungutes Gefühl im Magen. Also habe ich aufs Handy geschaut und ihm geschrieben. Er war zu diesem Zeitpunkt das letzte Mal vor einer halben Stunde online. Die Nachricht kam an, aber er hat sie nicht gelesen. Kurze Zeit später hat es mitten in der Nacht an der Haustür geklingelt. Zuerst dachte ich, dass er vielleicht den Schlüssel vergessen hätte. Aber als meine Eltern nach unten gingen und ich Mom schreien hörte, wusste ich, dass etwas nicht stimmte. Dean und ich sind ebenfalls nach unten gelaufen, wo zwei Polizisten standen und uns mitteilten, dass er tot war. Seitdem habe ich Schuldgefühle, weil ich ihn habe gehen lassen. Ich weiß, dass ich objektiv nichts dafürkann. Dennoch stelle ich mir oft die Frage: Was wäre gewesen, hätte ich ihn gebeten dazubleiben?«

»Dean hat mir ein wenig davon erzählt«, gibt Austin zu. »Ich wusste allerdings nicht, dass du von deiner Familie die Letzte warst, die ihn gesehen hat. Und dass du deswegen Schuldgefühle hast, weil du ihn hast gehen lassen.«

Ich nicke.

»Diese Nachricht hat mich total überfordert. Es war, als wäre ich in ein tiefes Loch gestürzt. Meine Welt, mein Leben ist in sich zusammengebrochen. Ich wollte es nicht akzeptieren. Ich habe immer wieder davon geträumt. Auch jetzt manchmal noch. In meinen Träumen will ich ihn davon abhalten, doch er geht immer wieder mit ihnen mit«, flüstere ich heiser. »Weil es mir so schlecht ging, wurde ich einem Psychologen zugewiesen, der mir helfen sollte mit der Trauer und den Zwangsstörungen, die ich bekommen habe, umzugehen.«

»Zwangsstörungen?«, hakt Austin nach. »Meinst du die abgezählten Schritte und das übertriebene Händewaschen?«

Ich werde rot. Es ist nicht nur meiner Mom aufgefallen, sondern auch ihm. Beschämt nicke ich. »Laut Dr. Shepard hat mich diese Situation, der Verlust meines großen Bruders, total überfordert. Dadurch habe ich die Kontrolle über mein Leben verloren. Diese Zwänge geben mir scheinbar eine Art von Kontrolle zurück. Mir schießen plötzlich Gedanken durch den Kopf, dass zum Beispiel Dean sterben könnte, wenn ich nicht auf der Stelle drei Schritte zurückgehe oder mich dreimal umziehe. Ich weiß, dass es eigentlich total unlogisch ist. Aber wenn ich es nicht tue, spüre ich eine Unruhe und Angst in mir, die mich nicht loslassen, bis ich dem Zwang nachgegeben habe.«

»Wow.« Austin sieht mich kopfschüttelnd an. »Ich habe gemerkt, dass etwas nicht stimmt, aber ich wusste nicht, dass es so schlimm für dich ist.«

»Eine Weile ist es auch besser geworden, aber dann hat es wieder angefangen. Ich dachte, ich würde alleine damit klarkommen, aber das tue ich nicht. Deshalb hat Mom Dr. Shepard angerufen. Ich werde ab nächster Woche wieder die Therapie besuchen. Aber ich denke, dass ich es dieses Mal schaffen werde. Sowohl die Zwänge zu kontrollieren und die Schuldgefühle zu besiegen als auch endlich über ihn zu reden. Denn das konnte ich bis heute nicht. Es ging einfach nicht. Ich konnte nicht einmal seinen Namen aussprechen. Ich dachte mir, wenn ich über ihn rede, wenn ich es akzeptiere, dann ist es wirklich passiert. Dann ist er wirklich tot. Aber ich weiß, dass ich es akzeptieren muss, sonst werde ich nie vorankommen.«

»Railey.« Austin öffnet den Mund, will etwas sagen, doch er bringt nichts heraus. »Ich …«, beginnt er.

»Es ist okay«, flüstere ich und lächle ihn an.

Austins Daumen streicht beruhigend über meinen Handrücken. »Bitte versprich mir, mir das nächste Mal zu sagen, wenn es dir nicht gut geht. Du kannst immer über alles mit mir reden.«

»Danke. Aber mir geht es jetzt gut. Und mir wird es noch besser gehen. Was ich damit meine: Wir können die Vergangenheit nicht mehr ändern. Mein Bruder würde nicht wollen, dass ich mir Schuldgefühle mache, weil ich ihn habe gehen lassen. Zwar kenne ich deine Schwester nicht, aber ich kann mir gut vorstellen, dass sie ebenfalls sagen würde, dass du dir keine Gedanken darüber machen sollst, dass du sie hättest beschützen können.«

Austin lächelt. »Ja, das würde sie.«

»Dean wollte es mir schon vor Kurzem klarmachen. Aber da war ich noch nicht bereit es zu akzeptieren. Doch er hat recht: Uns geht es gut. Wir sind gesund. Wir haben ein Dach über dem Kopf und sind glücklich. Wir haben unsere Familie, unsere Freunde, die wir lieben. Und das ist das, was zählt. Das Leben ist zu wertvoll, um sich andauernd Gedanken darüber zu machen, was geschehen wäre, wenn man so oder so gehandelt hätte.«

»Da haben Dean und du vollkommen recht«, stimmt mir Austin zu. »Ich finde dich wirklich stark, Railey.«

»Manchmal finde ich mich gar nicht stark. In solchen Momenten denke ich mir, wenn ich wirklich stark wäre, hätte ich es schon längst geschafft, den Zwängen zu widerstehen.«

»Du zeigst Stärke, indem du Hilfe akzeptierst und wieder zur Therapie gehst«, meint Austin. »Außerdem meinte ich vor allem das, was du mir gerade eben gesagt hast. Dass du jetzt so weit bist und die Dinge so siehst, wie du sie mir beschrieben hast.« Er macht eine Pause und zwinkert mir zu. »Außerdem, als du Miles herausgefordert und gegen ihn gewonnen hast, das war episch. Ich bewundere dich für deinen Mut, Railey.«

Ich werde rot. Wir sehen uns lange in die Augen. Schließlich umfasst Austin meine Wangen und zieht mein Gesicht zu sich heran. Ich schließe meine Augen, spüre seinen Atem auf meinem Mund. Unsere Lippen finden einander.

In dem Kuss liegen so viele noch unausgesprochene Worte, dass mir ganz schwindelig wird.

Austin sitzt immer noch auf dem Sofa, ich auf seinem Schoß, mit meinen Händen auf seinen Schultern abgestützt. Seine Finger wandern über meinen Rücken und bleiben auf meinem Hintern liegen, um mich näher an sich heranzuschieben, bis kein Blatt mehr zwischen uns passt. Ich drücke mich an ihn, will ihm so nahe sein wie möglich.

Doch irgendwann löst er sich von mir. Seine Wangen glühen verräterisch, seine Augen blitzen mich unsicher an.

»Wir ... wir sollten jetzt lieber aufhören.«

Ich steige erhitzt von seinem Schoß, als ich verstehe. Er legt einen Arm um mich und lässt sich mit mir zurücksinken, sodass ich an seine Schulter gekuschelt dasitze. Mit seiner Hand streicht er geistesabwesend über mein Bein.

Eine Weile verharren wir so, bis ich es nicht mehr aushalte und ihn frage: »Wie geht es Megan jetzt eigentlich?«

Austin fährt sich mit der freien Hand durch die Haare, während seine andere weiterhin mein Bein streichelt.

»Wir wollten einen Neuanfang. Also sind wir hierhergezogen. Sie hat einer psychotherapeutischen Behandlung zugestimmt und ist deswegen bis Weihnachten in einer spezialisierten Klinik in unserer Nähe.«

»Ah, okay. Also doch kein Internat?«, hake ich nach.

Austin nickt. »Es tut mir leid, dass ich dich damit angelogen habe. Aber ich konnte bisher noch nicht darüber sprechen. Es war einfacher zu sagen, sie gehe aufs Internat. Wir wollten uns hier erst mal einleben und nicht riskieren, dass jemand etwas über ihre Vergangenheit erfährt, bevor er sie kennengelernt hat.«

»Das kann ich verstehen. Wie geht es ihr denn? Hilft ihr die Therapie?«

»Ja.« Austin nickt lächelnd. »Sie macht große Fortschritte und wird, wenn alles gut läuft, zum Halbjahr ebenfalls auf unsere Schule gehen. Ich glaube, es wird ihr hier gefallen. Ihr werdet euch sicher super verstehen. Immerhin mögt ihr beide gerne Bücher, lest ähnliche Genres und habt sogar dieselben Lieblingsautoren.«

»Cool. Das denke ich auch. Ich freue mich sie kennenzulernen.«

Austin nickt erneut. Sein Lächeln wird breiter. »Sie freut sich auch schon. Wir beide sind große Fans von deinen Büchern. Sie ist zwar eine stille Leserin, dafür habe ich immer fleißig unter deinen Kapiteln kommentiert.«

Erschrocken fahre ich hoch und starre ihn an. Ein beängstigender Verdacht kommt in mir hoch. »Was heißt ›ihr beide seid große Fans von meinen Büchern‹?«

Austin wird rot. »Oh. Das habe ich dir auch noch gar nicht erzählt. Ich lese deine Bücher. Also alle. Jedes einzelne.«

»Du bist aber nicht *read1302*?«

Austin grinst schuldbewusst. »Ich habe am dreizehnten Februar Geburtstag. Ein besserer Username ist mir auf die Schnelle nicht eingefallen. Ähm … Überraschung?«

»Du … du …«, stottere ich und schlage mir entsetzt die Hand vor den Mund. Er und seine Schwester haben meine Bücher gelesen. *Austin* hat alle meine Bücher gelesen. Deshalb wusste er von der Meerjungfrauengeschichte. Er hat auch das Buch gelesen, für das ich mich von ihm und meinem Leben habe inspirieren lassen. Er hat *alles* gelesen. Er kennt all meine Gedanken.

Beschämt vergrabe ich das Gesicht zwischen den Händen.

»O Gott!«

Ich spüre, wie er sich bewegt und die Couch unter seinem Gewicht nachgibt, als er sich vor mich setzt und sanft nach meinen Handgelenken greift, um sie wieder nach unten zu ziehen, damit ich ihn ansehen kann. »Das muss dir doch nicht peinlich sein.«

Ich mache große Augen. »Das muss mir nicht peinlich sein? Und wie peinlich es mir ist! Du hast *Seeking Love* gelesen! Ich … ich habe dort meine Gefühle niedergeschrieben. Du … du wusstest, was ich für dich empfinde! Warum hast du mir nichts gesagt?«

»Ja, ich habe deine Bücher gelesen. Ich dachte mir schon, dass ich diesem Aaron sehr ähnle, und mir kamen manche Szenen bekannt vor. Aber du hast ja trotzdem einiges verändert oder dazuerfunden. Daher war ich mir nicht sicher, ob du es im wirklichen Leben ernst meinst. Ich wusste nicht, was der Wahrheit entspricht und was fiktiv ist. Bist du jetzt sauer?«

»Ob ich sauer bin?«, fahre ich ihn aufgelöst an und hebe die Hände über den Kopf.

Dann zeige ich zwischen zusammengekniffenen Augen auf ihn, wenngleich ich auch irgendwie gerührt bin. Von meiner Familie und meinem kleinen Freundeskreis hat sich bisher niemand für meine Geschichten interessiert. Außerdem hat er mir mit seinem Kommentar bei meinem alten Buch tatsächlich weitergeholfen. Ohne ihn hätte ich *Seeking Love* gar nicht angefangen.

»Du kannst froh sein, dass wir gerade eben ein sehr emotionales Gespräch hatten, ich dir wegen dem Deal vergeben habe und daher nicht dazu aufgelegt bin, sauer zu sein. Du kannst sogar sehr froh sein. Warum hast du es mir nicht gesagt?«

Austin grinst mich schulterzuckend an. »Du hast nicht danach gefragt. Außerdem wollte ich weiterhin deine Inspiration sein und ich hatte Angst, du würdest mit dem Buch aufhören, wenn du wüsstest, dass ich es lese. Jetzt kannst du ja endlich das von den Lesern heiß ersehnte Happy End schreiben, in dem sich die Protagonisten vertragen und für immer lieben werden.«

Ich will schimpfen, doch da verschließt er meinen Mund mit dem seinen und bringt mich so zum Verstummen.

Ich erwidere den Kuss.

Ich kann ihm einfach nicht lange böse sein.

Wir kuscheln uns wieder gemeinsam auf die Couch. Austin legt seine Arme um mich und ich lehne mich an ihn.

»Es tut mir ehrlich leid, dass ich es dir nicht gleich gesagt habe. Bitte sei mir nicht böse. Ich freue mich wirklich sehr darüber, deine Inspiration zu sein«, flüstert er in mein Ohr. »Ich bin dein größter Fan, Railey.«

Epilog

Für Ende November ist das Wetter passend. War der Himmel gestern noch strahlend blau, ist er heute von einigen dicken Wolken verhangen. Hin und wieder kämpft sich ein schwacher Sonnenstrahl hindurch.

Allerdings ist es nicht so kalt, wie man eigentlich meinen sollte. Der beißende Frost zeigte sich nur in der Früh, aber jetzt, wo es Mittag ist und die Sonne am höchsten steht, ist es schon fast angenehm, sodass ich wegen der Temperatur kaum noch zittere.

Mich fröstelt aus einem anderen Grund, weswegen ich meinen Mantel enger um mich ziehe und Austins Hand fester, fast schon verzweifelt greife, als wäre er der einzige Halt, den ich gerade habe.

Er erwidert meinen Händedruck ruhig, sagt jedoch nichts. Er weiß, dass ich meine Ruhe, dass ich jetzt lediglich seine Nähe brauche.

Mein Blick wandert über den Waldfriedhof, den ich seit zwei Jahren nicht mehr betreten habe. Das letzte Mal war bei *seiner* Beerdigung und daran kann ich mich nur noch vage erinnern, weil ich diesen Moment über die vielen Monate hinweg erfolgreich aus meinen Gedanken verdrängt habe.

Wir wollten ihn an einem besonderen Ort begraben, weil er die Natur so geliebt hat, also entschieden sich meine Eltern damals für diesen Ort, der außerhalb von River Hill liegt.

Er befindet sich direkt neben einem großen Waldstück und ist umgeben von einer Steinmauer. Allerdings ähnelt er eher einem alten Park, weshalb man sich auf den ersten Eindruck wie in eine andere Zeit hineinversetzt vorkommt. Es wäre eigentlich die perfekte Schreibkulisse für meine Bücher.

Zwischen neuen und alten Grabsteinen, die teilweise von Efeu und Moos überwuchert sind, sprießen Bäume in die Höhe, deren dichte Kronen im Sommer genügend Schatten spenden. Kleine Kieswege führen zwischen den Grabblöcken hindurch. Hin und wieder befindet sich am Rand eine Bank oder ein Brunnen, an dem halb kaputte Gießkannen hängen. Leute sind kaum unterwegs, sodass wir allein sind, als wir bei unserem Ziel ankommen: einem Gräberblock, der eher abgelegen liegt.

Mein Herz schlägt automatisch schneller, als ich die Grabsteine absuche. Das Atmen fällt mir schwer, Schweißperlen stehen mir auf der Stirn. Meine Hand verkrampft sich in der von Austin. Er drückt beruhigend meine Finger, um mir zu signalisieren, dass er bei mir ist.

»Soll ich hier auf dich warten?«

Ich sehe zu ihm auf.

»Ja. Ich muss das jetzt allein tun«, erwidere ich mit fester Stimme, auch wenn es mir die Kehle zuschnürt bei dem Gedanken, wieder vor *seinem* Grab zu stehen.

Bevor ich das jedoch tue, lege ich meine Hände in Austins Nacken und ziehe ihn zu mir herunter. Mir ist bewusst, dass wir mitten auf einem Friedhof stehen, aber das ist mir egal. Denn ich brauche ihn jetzt.

Er legt seine Hände auf meine Hüften und drückt mich fest an sich. Seine warmen, weichen und sanften Lippen und seinen Körper zu spüren nimmt mir ein wenig von der Angst und Anspannung, die sich in mir anstauen.

Als ich mich von ihm löse, fährt Austin aufmunternd lächelnd mit dem Daumen die Konturen meiner Wange nach. »Ich warte hier auf dich.«

Er drückt mir einen kurzen Kuss auf den Scheitel, dann schiebt er die Hände in die Taschen seines Mantels und tritt etwas zurück. Ich werfe ihm noch einen schnellen Blick zu, ehe ich tief Luft hole und mich schwerfällig in Bewegung setze.

Obwohl ich wieder zu Dr. Shepard gehe, damit er mir mit meinen Zwangsstörungen und der Trauer hilft, habe ich mich selbst dazu entschieden, diesen Schritt zu wagen.

Eigentlich sind es nur sehr wenige Schritte. Um genau zu sein, elf, wie ich leise mitzähle, als ich mit einem mulmigen Gefühl im Magen an den teilweise schiefen Grabsteinen vorbeigehe, darauf bedacht, nicht auf eine Fläche zu treten, unter der vermutlich ein Toter liegt. Ich will niemandes Ruhe stören.

Jetzt sind es nur noch vier Schritte, doch sie fühlen sich an wie ein gewaltiger Sprung. Sowie ich vor dem am neuesten wirkenden Grabstein stehe, halte ich die Luft an und befinde mich für einen kurzen Augenblick in einer Art Schockstarre.

Zwischen niedrigen Grasbüscheln ragt eine kleine Platte hervor, auf der steht:

Reece Young
geb. 03.06.2000
gest. 28.11.2018

Daneben befindet sich ein kleiner Engel mit ausgebreiteten Schwingen, der das Grab zu beschützen scheint. Er hält einen großen Stein fest, auf dem steht:

In Gedenken an Reece Young
Großer Bruder, Sohn und Freund
In Gedenken an einen Menschen, der viel zu früh aus dem Leben gerissen wurde.
Einen Menschen, der unsere Herzen erhellt hat und sie nie verlassen wird.

Worte, die ich damals mithilfe von Dean geschrieben habe.

Darunter befindet sich ein Foto, auf dem mein großer Bruder zu sehen ist. Als wäre nichts gewesen, als wäre er nicht tot, strahlt er mit seinen eisblauen Augen in die Kamera, ein warmes, verschmitztes Lächeln auf den Lippen, das so typisch für ihn war. Das Bild versetzt mir einen Stich, weil es so echt, so lebendig aussieht. Als stünde er direkt vor mir. Als lächle er mich direkt an. Ich kann sein Lachen geradezu hören.

Ein Kloß bildet sich in meinem Hals, als mir ein Strauß frischer roter Rosen auffällt, der auf das Grab gelegt wurde. Tränen treten mir in die Augen. Der Blumenstrauß muss von Olivia sein. Sie hat mir mitgeteilt, dass sie in der Früh an sein Grab gehen würde.

Ich konnte mich letzte Woche dazu überwinden, sie anzurufen. Seit dem Telefonat schreiben wir miteinander und wollen uns heute Nachmittag treffen, um gemeinsam mit meiner Familie noch mal hierherzukommen.

Ich wollte ihn allerdings zuerst allein besuchen. Ich musste es allein tun.

Doch jetzt stehe ich hier und ... es kommt alles wieder in mir hoch.

Ich sehe ihn vor mir, erinnere mich zurück an die Zeit mit ihm, wie er mich in den Arm genommen hat, weil ich wegen Miles geweint habe. Wie er mit mir gemeinsam Horrorfilme angesehen hat. Wie er gelacht und mich damit zum Strahlen gebracht hat. Wie er Dean und mich zum Training gefahren und uns währenddessen zugesehen hat. Wie er gemeinsam mit uns Ausflüge unternommen hat, wenn Mom und Dad keine Zeit für uns hatten.

Ich merke erst, dass ich weine, als meine Sicht vor Tränen ganz verschleiert ist. Ein unkontrollierbares Zittern überkommt meinen Körper und ich will mich fallen lassen. Will nichts mehr denken und nichts mehr fühlen. Will einfach nur noch vergessen, dass er wirklich tot ist.

Doch da spüre ich starke Hände, die meine Taille packen, und ich werde an Austins warmen Körper gezogen. Er schlingt die Arme um mich und hält mich fest. Schluchzend vergrabe ich das Gesicht an seinem Hals. Austin sagt nichts, er fährt mir die ganze Zeit über nur beruhigend über den Rücken und durch die Haare, bis die Tränen langsam versiegen und die Schluchzer leiser werden.

»Ich vermisse ihn. Er fehlt mir so«, wimmere ich an seine Brust gepresst.

»Ich weiß«, murmelt Austin und löst sich ein wenig von mir, damit er mir in die Augen sehen kann. Seine Hände umfassen meine Wangen, seine Finger streichen meine Haare zurück und seine Daumen wischen meine Tränen weg. »Nur weil er tot ist, bedeutet das nicht, dass er weg ist. Er ist immer noch bei dir.« Austin berührt meine Brust. »Du trägst ihn in deinem Herzen. Dort wird er nie verschwinden, wenn du es nicht zulässt. Er wird immer bei dir sein.«

Ich erwidere seinen Blick lange.

Austin scheint zu erkennen, dass ich mich wieder einigermaßen beruhigt habe, denn er greift nach meiner Hand.

Zögernd drehe ich mich zurück zu *seinem* Grab.

»Er ... er sieht aus, als wäre er ein toller großer Bruder gewesen«, meint Austin nach einer Weile leise, als wisse er nicht, wie ich darauf reagieren werde.

Ich schweige lange, ehe ich antworte. Traurig blicke ich das Foto an und wünsche mir, Austin könnte ihn kennenlernen.

»Er war der beste große Bruder, den man sich vorstellen kann. Du hättest dich gut mit ihm verstanden.«

»Das glaube ich dir sofort.«

Ich weiß nicht, wie lange wir noch hier stehen und auf das Grab hinabschauen, als mir Austin eine Kerze hinhält, die ich ganz vergessen habe mitzunehmen. Er hat natürlich daran gedacht. Unsere Finger streifen sich, als ich sie entgegennehme, und mich durchfluten Wärme und Geborgenheit. Ich bin so froh, dass er mitgekommen ist.

Nachdem ich die Kerze auf einem kleinen Podest neben dem Grabstein abgestellt habe, reicht mir Austin ein Feuerzeug. Da meine Hand so sehr zittert, brauche ich mehrere Versuche, um es anzuzünden. Doch schließlich entzündet sich der Docht, sodass nun eine kleine Flamme brennt. Ich richte mich wieder auf, um ihr dabei zuzusehen, wie sie sich mit dem Wind bewegt, als würde sie mit ihm tanzen.

Austin greift wieder nach meiner Hand. Ich sehe ihn an und er erwidert meinen Blick wortlos. In diesem Augenblick denke ich mir erneut, dass ich unglaubliches Glück hatte, ihn kennenlernen zu dürfen.

Ich wende den Blick ab, um *sein* Bild anzusehen. Mir kommt der Moment ins Gedächtnis, als er mich vor drei Jahren wegen Miles' verletzender Worte tröstete.

Du hattest recht, denke ich. *Du hattest recht mit dem, was du sagtest. Ich habe den Richtigen gefunden. Genau als ich es am wenigsten erwartet habe.*

In diesem Augenblick teilen sich die Wolken ein wenig, sodass ein kaum wahrnehmbarer Sonnenstrahl wie ein Lichtkegel zwischen den Bäumen in den Wald scheint. Und obwohl ich weiß, dass es unmöglich ist, stelle ich mir vor, dass *er* dort steht, die Haare wie immer leicht zerzaust, mit dem funkelnden Blick in den lebendigen eisblauen Augen, und uns lächelnd beobachtet.

Er wäre stolz auf mich, würde er mich jetzt so sehen, wie ich mein Leben langsam in den Griff kriege. Ein Teil von mir hofft noch immer, dass es ein

Leben nach dem Tod gibt. Dass ich ihn irgendwann wiedersehen und in meine Arme schließen kann.

»Du warst der beste große Bruder, den ich hätte haben können«, hauche ich. »Ich werde dich nie vergessen. Ich werde dich immer in meinem Herzen tragen. Ich habe dich lieb, Reece.«

ENDE von Band 1

Triggerwarnung

Diese Geschichte enthält folgende sensitive Themen:

- zwanghaftes und selbstverletzendes Verhalten
- Panikattacken
- Tod
- Verlust und Trauer

Danksagung

Zuallererst möchte ich den Lesern danken, die die erste Fassung dieser Geschichte auf Wattpad gelesen haben. Danke, dass ihr immer mitgefiebert habt. Ohne euch gäbe es dieses Buch vielleicht nicht.

Denn bevor ich auf die Idee kam, *Kicking Your Love* (auf Wattpad habe ich es unter dem Arbeitstitel *Seeking Love* hochgeladen) zu schreiben, habe ich den zweiten Band dieser Reihe, *Seeking Your Love* (ehemals *Fucking Fate* auf Wattpad), geschrieben.

Railey und Austin waren ursprünglich nur ein Pärchen der Clique von Ben. Sie waren Nebenfiguren. Doch ihr fandet die beiden so sympathisch und wolltet wissen, wie sie zusammengekommen sind. Also habe ich ihre Geschichte geschrieben. Das Endergebnis habt ihr in *Kicking Your Love* gelesen.

Ich freue mich riesig darüber, dass ihr die Geschichte von Railey und Austin nun auf eure E-Reader laden und euch ins Bücherregal stellen könnt – und ich natürlich auch. Es ist jedes Mal wieder ein tolles Gefühl, sein eigenes Buchbaby in den Händen halten zu dürfen.

Deshalb geht als Nächstes ein großes DANKE an das Impress-Team und insbesondere Nicole, die das überhaupt möglich gemacht haben. Danke, dass ihr dieser Reihe eine Chance und den einzelnen Bänden so schöne neue Titel und Cover gegeben habt.

Danke an Larissa für deine Mühe und Zeit, die du in dieses Manuskript gesteckt hast. Durch dich hat es einen wunderbaren Schliff bekommen.

Danke an die Autorinnen-Mädels Saskia, Verena, Annie, Christina und Izzy. Der Austausch mit euch macht großen Spaß und motiviert.

Danke an Maxi, weil du mich immer unterstützt und sogar fast alle meiner

Bücher gelesen hast, obwohl sie gar nicht dein Genre sind. Das bedeutet mir so viel.

Zu guter Letzt danke ich allen Lesern, die Railey und Austin eine Chance gegeben haben.

Wir lesen uns (hoffentlich) im nächsten Band über Ally und Ben.

Eure Nicole

FUNKEN SPRÜHENDE
SPORTS ROMANCE

Mimi Heeger
SECRET CRUSH. DER STAR DER MANNSCHAFT
ISBN 978-3-551-30259-5
Softcover
Auch als E-Book erhältlich

Die schüchterne Journalistik-Studentin Lauren kann sich wirklich Schöneres vorstellen, als zwei Wochen lang einem arroganten Fußballstar an den Fersen zu hängen. Ausgerechnet sie soll über den berüchtigten Frauenheld Scott Peterson berichten und den verboten gut aussehenden Sportler in der Öffentlichkeit als einen repräsentablen und sympathischen jungen Mann darstellen.

Genovefa Adams
RISKY GAME. KÜSSE AUF DEM EIS
ISBN 978-3-551-30228-1
Softcover
Auch als E-Book erhältlich

Avery liebt die Sonne und Wärme der Südstaaten über alles. Als sie ihr Zuhause und ihre Freundinnen verlassen soll, bricht für sie eine Welt zusammen. Doch Averys neue Heimat hält nicht nur Schnee für sie bereit, sondern auch den charmanten Tyler. Er setzt alles daran, das Geheimnis um seine Identität zu bewahren, und führt Averys Herz dabei mehr und mehr aufs Glatteis.

WWW.IMPRESSBOOKS.DE

Impress
Die Macht der Gefühle

Wir produzieren nachhaltig
• Klimaneutrales Produkt
• Papiere aus nachhaltigen und kontrollierten Quellen
• Hergestellt in Europa

FSC www.fsc.org
MIX
Papier aus verantwortungsvollen Quellen
FSC® C083411

Impress
Ein Imprint der Carlsen Verlag GmbH
Juni 2022

Lektorat: Larissa Bendl
Coverbild & Covergestaltung: www.bookcoverstore.com
ISBN 978-3-551-30438-4
www.impressbooks.de